MAXI Annales

Sujets & corrigés

2024

Toutes les matières 3e

W0205189

Mathématiques
Carole Feugère
Gilles Mora

Français
Thomas Bouhours

Histoire-Géographie-EMC
Grégoire Pralon
Laure Genet

Physique-Chimie
SVT-Techno
Nicolas Coppens
Olivier Doerler
Laurent Lafond
Sébastien Guivarc'h
Arnaud Lopin

Nathan

MODE D'EMPLOI

Ces Annales ont été conçues pour vous aider à réviser efficacement et progressivement les épreuves du Brevet.

RÉUSSIR LE BREVET

Toutes les infos sur le **Brevet** et la **description des épreuves**.

L'épreuve expliquée et les **astuces pour réussir** et apprendre à **bien mémoriser**.

RÉVISER ET PROGRESSER

Sujets guidés

Des **sujets expliqués** avec une démarche pas à pas.

Méthode par étapes pour acquérir les **bons réflexes**.

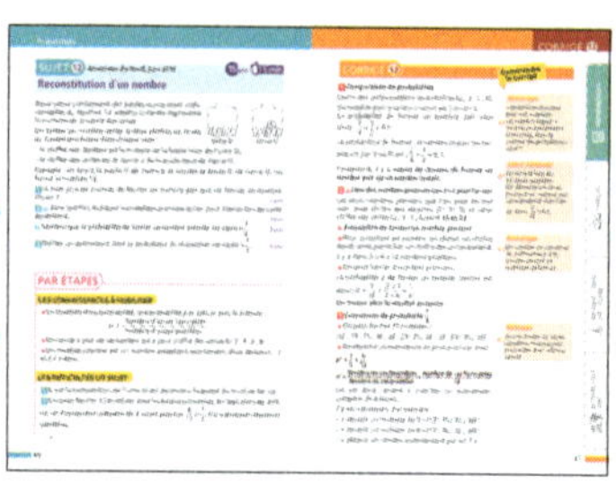

Corrigé commenté avec les **conseils et astuces** des **correcteurs**.

S'ENTRAÎNER POUR LE JOUR J

Des **sujets complets corrigés**, conformes à l'épreuve.

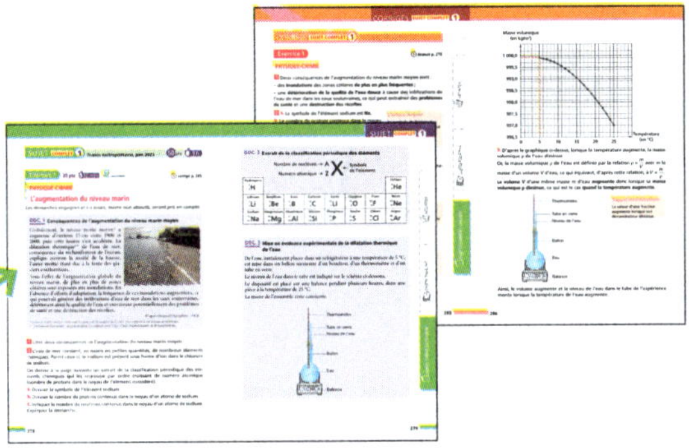

Des sujets récents pour mieux se préparer.

Sujets complets

Des **corrigés complets** avec des **notions** et des conseils.

S'ENTRAÎNER POUR L'ORAL

Des sujets pour **s'entraîner à l'oral, étape par étape**.

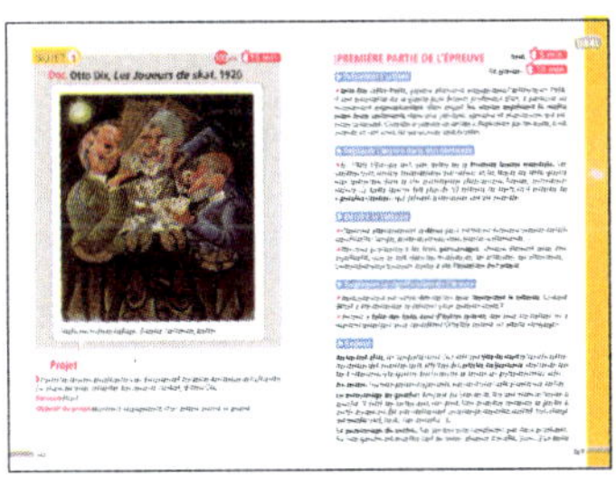

Une explication linéaire **méthodique** et **commentée**.

Nathan live!

COMMENT FAIRE ? C'EST FACILE !

1. **Téléchargez gratuitement l'application Nathan live disponible dans tous les stores (App store, Google Play).**
2. **Dès que vous voyez un picto, scannez la page.**
3. **Découvrez les ressources !**

Crédits photographiques :
13 : DR ; **55** : Nethuz/Adobe Stock Photo ; **93** : Gamma Rapho / Robert Doisneau ; **105** : Collection Chester Dale / National Gallery of Art, Washington ; **117** : The Broad Art Foundation. © Barbara Kruger; **129** : Araku Hito / « L'homme qui marche », Jirô Taniguchi / PAPIER, 1992-2005 avec l'accord de Furari Co., Ltd. / Bureau des Copyrights français, Tokyo ; **140** : © Jean-Pierre Stora ; **157** : Historial de la grande guerre de Péronne ; **170** : Caminito S.A.S Literary Agency © Joaquin S. Lavado (Quino); **177** : © Richard Kalvar / Magnum Photos ; **185** : Gamma Rapho / Robert Doisneau ; **193** : BIS / Archives Larbor ; **206h** : © Université Paul-Valéry Montpellier III – UMR GRED 2019. Tous droits réservés; **206b** : France-Antilles; **211** : Biosphoto/SPL/Andrew Syred ; **212** : Evgenyrychko/Shutterstock ; **213** : SGr/Shutterstock ; **216** : Drazen Zigic/Shutterstock ; **217** : ISM/Sovereign ; **222** : KPixMining/Shutterstock ; **223** : Gabor Tinz/Shutterstock ; **224** : Pack-Shot/Shutterstock ; **231** : Andrei Stepanov/ Shutterstock ; **237g** : Droits réservés; **237d** : Droits réservés; **238** : mpohodzhay/Shutterstock ; **252** : Shutterstock/IB Photography; **271** : Droits réservés; **272** : Droits réservés; **273** : Droits réservés; **290** : Ethan Daniels/Shutterstock ; **292** : Rich Carey/Shutterstock ; **307** : Archives départementales de l'Ain ; **312 bas m** : Janine Niepce / ROGER-VIOLLET ; **312 bas g** : Collection Dupondt/ AKG-Images; **312 ht d** : AKG-Images; **312 ht m** : BRIDGEMAN IMAGES ; **312 ht** : Collection Dupondt / AKG-Images; **312 bas d** : AKG-Images; **321** : FROBERT DAVID; **332** : © France handicap - Yann Beauson; **347** : Mairie de Margencel ; **353** : PETR du Pays du Gévaudan-Lozère/ DR ; **356** : Direction de la communication de la ville de Fontenay-sous-Bois ; **362** : AKG-Images / Erich Lessing, Otto Dix © Adagp, Paris 2023 ; **365** : Photos © Pascal Quehen / Graphic Soul ; **368** : Adobe Stock Photo ; **374** : Adobe Stock Photo ; **375** : iStock.

Direction éditoriale : Raphaëlle Mourey
Coordination éditoriale : Géraldine de Saint Palais
Conception graphique intérieur : Élise Launay
Couverture : Jean-Marc Denglos, Clémentine Largant
Schémas : Coredoc, Pascal Marseaud, Carl Voyer
Compositeur : IGS-CP
Fabrication : Laurence Monaï

ISBN : 978-2-09-502350-8 (code projet : 882596)

SOMMAIRE

Le Brevet en bref 6

Mathématiques

L'épreuve en bref 12
Sujets guidés 13
Sujets complets 63

Français

L'épreuve en bref 90
Sujets guidés 92
Sujets complets 176

Physique-Chimie-SVT-Techno

L'épreuve en bref 202
Sujets guidés 204
Sujets complets 278

Histoire-Géographie-EMC

L'épreuve en bref 304
Sujets guidés 306
Sujets complets 344

Cahier spécial oral

Sujet 1 : Otto Dix, *Les Joueurs de skat* 363
Sujet 2 : Eras, *Rappeur entouré de crâne* 366
Sujet 3 : L'accès à l'eau potable 369
Sujet 4 : Les métiers de l'informatique 375

LE BREVET EN BREF

Comment obtenir le Brevet ?

Le DNB (Diplôme National du Brevet)

• Le Brevet permet d'**évaluer les compétences** acquises par l'élève à l'issue du collège et du **cycle 4**.

• Le DNB s'obtient par les notes :

– du **contrôle continu** qui représente **400 points** :

- l'évaluation des huit composantes du socle commun de compétences, de connaissances et de culture entre désormais dans le calcul des points pour l'obtention du Brevet ;
- la maîtrise de chacune des huit composantes du socle commun est évaluée lors du dernier conseil de classe de 3e.

– de l'**examen final**, qui représente **400 points** :

- 4 épreuves écrites : 300 points.
- 1 épreuve orale : 100 points.

• Pour être déclaré admis au diplôme national du Brevet, il faut cumuler au moins **400 points** sur un total de **800** (soit 10 sur 20).

• Des **mentions sont attribuées** selon le barème suivant :

– mention assez bien pour un total de points au moins égal à 480 sur 800 ;

– mention bien pour un total de points au moins égal à 560 sur 800 ;

– mention très bien pour un total au moins égal à 640 sur 800.

Les 4 épreuves écrites

Mathématiques	Français	Sciences	Histoire-Géo-EMC
100 points	100 points	50 points	50 points
2 heures	3 heures	1 heure	2 heures

L'épreuve orale

• D'une durée de **15 minutes**, l'épreuve orale évalue votre capacité à exposer un projet et est notée sur **100 points**.

• Vous devez présenter un **projet, de votre choix**, que vous avez étudié lors des EPI (Enseignements pratiques interdisciplinaires), d'un parcours éducatif (Avenir, Citoyen, Éducation artistique et culturelle) ou en histoire des arts.

• **L'oral se déroule en deux temps** :

– présentation du projet (5 min) ;

– questions du jury (10 min).

• Vous **pouvez présenter le projet seul ou en groupe** de 2 ou 3.

Le contrôle continu

Évaluation des **huit composantes du socle commun** de connaissances, de compétences et de culture tout au long de l'année scolaire.

→ 400 points

L'épreuve orale

Présentation d'un projet mené en histoire des arts ou dans le cadre d'un EPI ou de l'un des parcours éducatifs (Avenir, Citoyen, Éducation culturelle et artistique). L'exposé est suivi d'un entretien.

→ oral individuel : 100 points (15 min)

ou

→ oral collectif : 100 points (25 min)

dès avril – fin juin

L'épreuve de Français

Travail sur un texte littéraire
Dictée
Rédaction

→ 100 points (3 h)

L'épreuve d'Histoire, Géographie et EMC

Analyse et compréhension de documents.

→ 50 points (2 h)

L'épreuve de Mathématiques

Exercices, dont certains assortis de tableaux ou de schémas, et un exercice d'informatique.

→ 100 points (2 h)

L'épreuve de Sciences

- Physique-Chimie
- SVT
- Technologie

→ 50 points (1 h)

début juillet

Publication des **résultats du Brevet**

Diplôme et mentions

Admission au diplôme national du Brevet :
400 points sur 800 (soit 10 sur 20)

- **Mention assez bien** plus de 480 points
- **Mention bien** plus de 560 points
- **Mention très bien** plus de 640 points

septembre octobre

Cérémonie républicaine de remise des diplômes du Brevet

Mathématiques

Sujets guidés

L'épreuve en bref .... p. 12

1. Calculs numériques, arithmétique

SUJET 1 La piscine cylindrique, Centres étrangers, juin 2019 .... p. 13

SUJET 2 Gaspillage alimentaire, Amérique du Nord, juin 2019 .... p. 15

2. Grandeurs composées

SUJET 3 Vitesse de téléchargement, Amérique du Nord, juin 2018 .... p. 18

SUJET 4 L'affranchissement, Pondichéry, mai 2017 .... p. 19

3. Calculs littéraux

SUJET 5 Une question de périmètre, Centres étrangers, juin 2019 .... p. 22

SUJET 6 Calcul littéral, Pondichéry, mai 2017 .... p. 25

4. Fonctions

SUJET 7 Programme de calcul et fonction, Nouvelle Calédonie décembre 2017 .... p. 27

5. Proportionnalité, pourcentages

SUJET 8 L'agriculture en France, Pondichéry, avril 2016 .... p. 31

SUJET 9 Réussir son concours, Amérique du Nord, 2019 .... p. 33

6. Statistiques

SUJET 10 Finale du 100 mètres, Amérique du Sud, novembre 2018 .... p. 35

SUJET 11 Lanceuse de poids, Asie, juin 2017 .... p. 38

7. Probabilités

SUJET 12 Reconstitution d'un nombre, Amérique du Nord, juin 2018 .... p. 40

SUJET 13 Les deux triangles, Polynésie, juin 2021 .... p. 42

8. Rappels de géométrie, triangles rectangles, trigonométrie

SUJET 14 Hissez la voile !, Nouvelle-Calédonie, mars 2019 .... p. 45

9. Thalès, agrandissement, réduction

SUJET 15 À main levée, Amérique du Nord, juin 2019 .... p. 47

10. Transformations
SUJET 16 Un beau tableau, France métropolitaine, juillet 2019 ..... p. 50
SUJET 17 Une frise, Amérique du Nord, juin 2018 ..... p. 54

11. Géométrie dans l'espace
SUJET 18 Le ballon de basket, Polynésie, septembre 2018 ..... p. 55
SUJET 19 La confiture de fraise, France métropolitaine, juin 2017 ..... p. 57
SUJET 20 Différents points de vue, Asie, juin 2017 ..... p. 59

12. Algorithmique et programmation
SUJET 21 Le labyrinthe, Amérique du Nord, juin 2019 ..... p. 61

Sujets complets

SUJET COMPLET 1 **France métropolitaine, juin 2023** ..... p. 63
SUJET COMPLET 2 **Amérique du Nord, juin 2023** ..... p. 75

L'ÉPREUVE EN BREF

Comment s'organise l'épreuve ?

- **Durée** : 2 heures.
- **Notation** : sur 100 points.
- Un ou plusieurs exercices portent sur une thématique commune (par exemple la sécurité routière).
- Les exercices peuvent prendre différentes formes : exercices à prise d'initiative, questionnaire à choix multiples...
- Ils peuvent s'appuyer sur des situations issues de la vie courante ou d'autres disciplines.

Top chrono !

Pour vous organiser efficacement, prévoyez environ :

- **5 minutes pour lire attentivement le sujet**. Cela vous permet de cibler les exercices avec lesquels vous êtes le plus à l'aise et de commencer par ceux-là ;
- **10 à 30 minutes par exercice, selon sa longueur**. Surveillez attentivement le temps qu'il vous reste. Ne vous éternisez pas sur une question ;
- **5 minutes pour vous relire** en fin d'épreuve : mettez en évidence les résultats, effacez les ratures, vérifiez l'orthographe...

Quel matériel pour cette épreuve ?

- Le kit du bon géomètre : compas, règle, équerre et rapporteur.
- Votre calculatrice (avec les piles chargées) : indispensable et irremplaçable !
- Attention : « L'utilisation des téléphones portables et, plus largement, de tout appareil permettant des échanges ou la consultation d'informations, est interdite » et ce, dans tous les examens. Aussi vous n'avez pas le droit d'utiliser votre téléphone pour effectuer des calculs ou pour consulter l'heure. Vous devrez veiller à le ranger éteint (pas même en veille ou en mode silencieux) dans votre sac, lui-même déposé à l'entrée ou au fond de la salle d'examen.

Sujets guidés

SUJET 1 Centres étrangers, juin 2019 — 14 pts — 20 min

La piscine cylindrique

Une famille désire acheter, pour les enfants, une piscine cylindrique hors sol équipée d'une pompe électrique. Elle compte l'utiliser cet été du mois de juin au mois de septembre inclus. Elle dispose d'un budget de 200 €.

› À l'aide des documents suivants, dire si le budget de cette famille est suffisant pour l'achat de cette piscine et les frais de fonctionnement.

Information 1

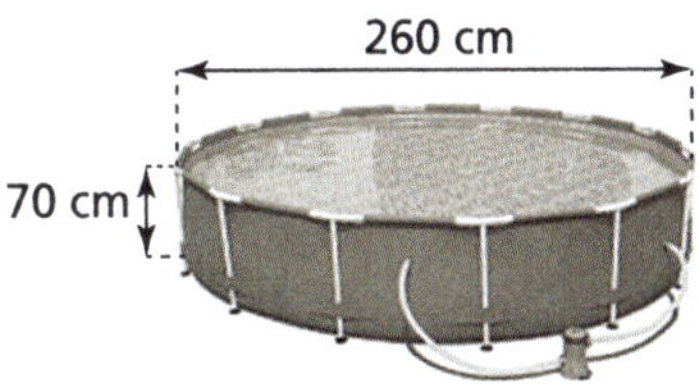

Caractéristiques techniques :
- Hauteur de l'eau : 65 cm.
- Consommation électrique moyenne de la pompe : 3,42 kWh par jour.
- Prix (piscine + pompe) : 80 €.

Information 2

Prix d'un kWh : 0,15 €.

Le kWh (kilowatt-heure) est l'unité de mesure de l'énergie électrique.

Information 3

Prix d'un m^3 d'eau : 2,03 €.

Information 4

Le volume d'un cylindre est donné par la formule suivante :

$$\mathcal{V} = \pi \times r^2 \times h$$

où r est le rayon du cylindre et h sa hauteur.

PAR ÉTAPES

LES CONNAISSANCES À MOBILISER

Les grandeurs composées et les volumes

LES DIFFICULTÉS DU SUJET

La difficulté de cet exercice réside dans le fait d'utiliser convenablement les informations proposées.

Procédez par étapes pour établir le coût total cherché qui se répartit en trois éléments :

– l'achat de la piscine et de la pompe ;

– les dépenses en électricité : après avoir calculé le nombre de jours d'utilisation de la pompe, calculez le nombre de kWh utilisés durant cette période (*information 1*) et enfin le prix correspondant (*information 2*) ;

– les dépenses en eau : calculez le volume d'eau utilisé (*information 1* et formule donnée dans l'*information 4*) et son prix (*information 3*).

CORRIGÉ 1

Comprendre le corrigé

On calcule les différentes dépenses liées à l'achat et au fonctionnement de la piscine.

- **Achat du matériel**

La piscine et la pompe coûtent 80 €.

- **Dépenses d'électricité liées au fonctionnement de la pompe**

– La piscine est utilisée de juin à septembre, soit un total de 30 + 31 + 31 + 30 = 122 jours.

– Chaque jour, la pompe consomme 3,42 kWh (*information 1*).

Sur l'été, seront consommés :
$122 \times 3{,}42 = 417{,}24$ kWh.

– Le prix d'un kWh est de 0,15 € (*information 2*).

Sur l'été, cela correspond à une dépense de : $417{,}24 \times 0{,}15 \simeq 62{,}59$ €.

- **Dépenses liées au remplissage de la piscine**

Le volume $\mathcal{V}$ d'eau mis dans la piscine correspond au volume d'un cylindre :

– de rayon $r = \frac{260}{2}$ cm = 130 cm = 1,3 m ;

– de hauteur h = 65 cm = 0,65 m (*information 2*).

$\mathcal{V} = \pi \times r^2 \times h$ (*information 4*)

$\mathcal{V} = \pi \times 1{,}3^2 \times 0{,}65$

$\mathcal{V} = 1{,}0985\,\pi$ m^3 (volume exact)

$\mathcal{V} \simeq 3{,}45$ m^3 (volume approché)

Un mètre cube d'eau coûte 2,03 € (*information 3*).

Le prix correspondant au volume $\mathcal{V}$ d'eau est : $3{,}45 \times 2{,}03 \simeq 7$ €.

- Les dépenses totales associées à la piscine s'élèvent à :

Achat matériel + Dépenses électricité + Dépenses eau
= 80 + 62,59 + 7 = 149,59 € < 200 €.

En conclusion, le budget de la famille (de 200 €) est suffisant pour l'achat de cette piscine et les frais de fonctionnement.

Pensez-y !
Juin compte 30 jours, juillet et août 31 jours, et septembre 30 jours.

Piège à éviter
- Rayon = Diamètre ÷ 2.
- Attention aux unités à convertir en mètres pour obtenir un volume en mètres cubes.

Remarque
Attention, la hauteur de l'eau est 65 cm.

Gagnez des points !
Comparez les dépenses totales au budget de la famille pour conclure.

SUJET 2 **Amérique du Nord, juin 2019** 12 pts 15 min

Gaspillage alimentaire

Le diagramme ci-dessous représente, pour six pays, la quantité de nourriture gaspillée (en kg) par habitant en 2010.

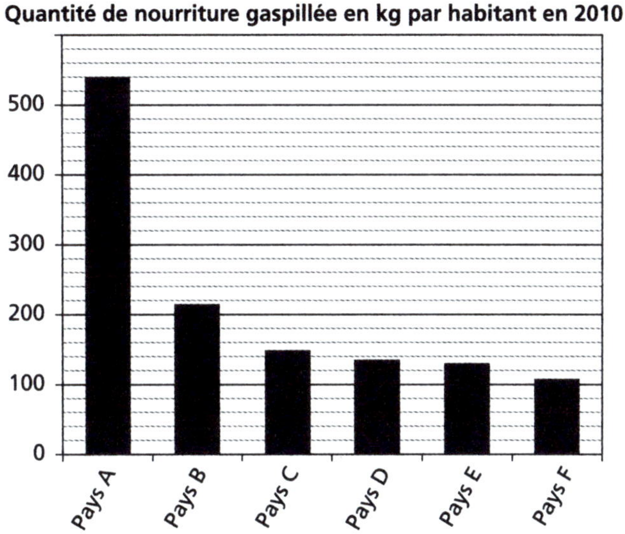

1 Donner approximativement la quantité de nourriture gaspillée par un habitant du pays D en 2010. 2 pts

2 Peut-on affirmer que le gaspillage de nourriture d'un habitant du pays F représente environ un cinquième du gaspillage de nourriture d'un habitant du pays A ? 4 pts

3 On veut rendre compte de la quantité de nourriture gaspillée pour d'autres pays. On réalise alors le tableau ci-dessous à l'aide d'un tableur.
Rappel : 1 tonne = 1 000 kg.

	A	B	C	D
1		Quantité de nourriture gaspillée par habitant en 2010 (en kg)	Nombre d'habitants en 2010 (en millions)	Quantité totale de nourriture gaspillée (en tonnes)
2	Pays X	345	10,9	3 760 500
3	Pays Y	212	9,4	
4	Pays Z	135	46,6	

a. Quelle est la quantité totale de nourriture gaspillée par les habitants du pays X en 2010 ? **2 pts**

b. Voici trois propositions de formule. Recopier celle qu'on a saisie dans la cellule D2 avant de l'étirer jusqu'en D4. **4 pts**

Proposition 1	Proposition 2	Proposition 3
= B2*C2*1 000 000	= B2*C2	= B2*C2*1 000

PAR ÉTAPES

LES CONNAISSANCES À MOBILISER

- Dans un tableur, pour utiliser des formules, il suffit de sélectionner une cellule et d'y entrer le calcul à effectuer pour éventuellement le répéter par recopie (vers la droite, la gauche, le bas ou le haut). La formule doit être précédée du signe « = »
- 1 million = 1 000 000.
- 1 tonne = 1 000 kg.

LES DIFFICULTÉS DU SUJET

2 y représente le cinquième de x si $x \div 5 = y$ ou si $\frac{x}{y} = 5$.

Par exemple, 10 est le cinquième de 50.

3 b. Attention aux unités !

La quantité est donnée en kilogrammes et on la veut en tonnes ; le nombre d'habitants est donné en millions.

CORRIGÉ 2

Comprendre le corrigé

1 Lecture graphique

On lit graphiquement que la quantité de nourriture gaspillée par un habitant du pays D en 2010 est environ **135 kg**.

Remarque

La valeur 130 kg est aussi acceptable.

2 Calcul d'une proportion

La quantité de nourriture gaspillée par un habitant du pays F en 2010 est de 110 kg.

La quantité de nourriture gaspillée par un habitant du pays A en 2010 est de 540 kg.

Le cinquième de la quantité de nourriture gaspillée par un habitant du pays A est donné par :

$\frac{1}{5} \times 540 = 108$

On peut donc affirmer que **la quantité de nourriture gaspillée par un habitant du pays F représente environ un cinquième de la quantité de nourriture gaspillée par un habitant du pays A.**

Pensez-y !
Prendre le cinquième d'une quantité revient à la multiplier par $\frac{1}{5}$, ou plus simplement à la diviser par 5.

3 a. Quantité totale de nourriture gaspillée par les habitants du pays X

On lit cette valeur dans la cellule D2 : **3 760 500 tonnes.**

Remarque
On peut aussi calculer cette valeur :
345 kg = 0,345 t
10,9 millions = 10 900 000
0,345 × 10 900 000 = 3 760 500 t

b. Formule dans le tableau

Pour calculer la quantité totale de nourriture gaspillée en tonnes, il faut multiplier la quantité de nourriture gaspillée par habitant en tonnes par le nombre d'habitants.

- Le nombre d'habitants est donné en millions.

Il faut donc le multiplier par 1 000 000.

- La quantité est donnée en kilogrammes et on la veut en tonnes.

Il faut donc la diviser par 1 000, car 1 t = 1 000 kg.

Par exemple, pour le pays X, on obtient cette quantité par :

$$\underbrace{(345 \div 1\,000)}_{\text{Quantité de nourriture en tonnes}} \times \underbrace{10{,}9 \times 1\,000\,000}_{\text{Nombre d'habitants}} = 3\,760\,500.$$

Dans la cellule D2, on peut donc saisir :

=B2÷1000*C2*1000000

ou plus simplement :

=B2*C2*1000

Pensez-y !
Diviser par 1 000 puis multiplier par 1 000 000 revient à multiplier par 1 000.

C'est donc la proposition 3 qui convient.

SUJET 3 Amérique du Nord, juin 2018

10 pts 6 min

Vitesse de téléchargement

On considère la fenêtre de téléchargement ci-dessous.

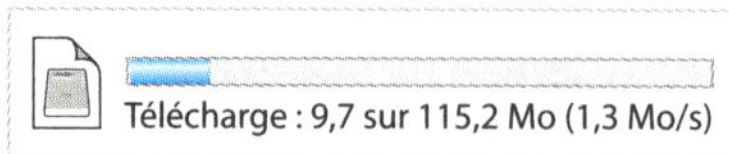

› Si la vitesse de téléchargement reste constante, faudra-t-il plus d'une minute et vingt-cinq secondes pour que le téléchargement se termine ?

PAR ÉTAPES

LES CONNAISSANCES À MOBILISER

$$\text{Vitesse de téléchargement} = \frac{\text{Quantité de données chargées}}{\text{Temps de téléchargement}}$$

LES DIFFICULTÉS DU SUJET

Déterminez la quantité de données qu'il reste à télécharger. Calculez le temps nécessaire à ce téléchargement, et comparez-le à 1 min 25 s.

CORRIGÉ 3

Comprendre le corrigé

- 9,7 Mo sont téléchargés sur un total de 115,2 Mo.

Restent à télécharger : 115,2 – 9,7 = 105,5 Mo.

- La vitesse de téléchargement est de 1,3 Mo/s.

Le temps t de téléchargement de 105,5 Mo est donc :

$$t = \frac{105,5}{1,3}$$

$t \approx 81$ s (temps arrondi à la seconde près)

Gagnez des points !
Attention aux unités !

- 81 s = 60 s + 21 s = 1 min 21 s.

Il faudra donc **moins d'une minute et vingt-cinq secondes** pour que le téléchargement se termine.

Autre méthode

1 min 25 s = (60 + 25) s = 85 s. En 85 s, on peut télécharger 85 × 1,3 = 110,5 Mo.

Il reste 105,5 Mo à télécharger. 105,5 < 110,5 : le temps proposé est donc suffisant pour télécharger le reste des données.

SUJET 4 Pondichéry, mai 2017

10 pts 15 min

L'affranchissement

Alban souhaite proposer sa candidature pour un emploi dans une entreprise. Il doit envoyer dans une seule enveloppe : deux copies de sa lettre de motivation et deux copies de son *Curriculum Vitæ* (CV). Chaque copie est rédigée sur une feuille au format A4.

1 Il souhaite faire partir son courrier en lettre prioritaire. Pour déterminer le prix du timbre, il obtient sur Internet la grille de tarifs d'affranchissement suivante :

Lettre prioritaire	
Masse jusqu'à	**Tarifs nets**
20 g	0,80 €
100 g	1,60 €
250 g	3,20 €
500 g	4,80 €
3 kg	6,40 €

Le tarif d'affranchissement est-il proportionnel à la masse d'une lettre ? 3 pts

2 Afin de choisir le bon tarif d'affranchissement, il réunit les informations suivantes :

– masse de son paquet de 50 enveloppes : 175 g ;

– dimensions d'une feuille A4 : 21 cm de largeur et 29,7 cm de longueur ;

– grammage d'une feuille A4 : 80 g/m^2 (le grammage est la masse par m^2 de feuille) ;

– 1 m^2 = 10^4 cm^2.

Quel tarif d'affranchissement doit-il choisir ? 7 pts

PAR ÉTAPES

LES CONNAISSANCES À MOBILISER

On dit que deux grandeurs sont proportionnelles lorsque les valeurs de l'une sont obtenues en multipliant les valeurs de l'autre par un même nombre non nul, appelé « coefficient de proportionnalité ».

LES DIFFICULTÉS DU SUJET

1 Regardez si pour une masse deux fois plus grande, le prix est deux fois supérieur.

2 Procédez par étape en utilisant toutes les données. Vous devez calculer la masse du courrier qui est constitué de 4 feuilles A4 et d'une enveloppe afin d'en déduire le tarif de l'affranchissement. Votre résultat doit être cohérent. Le courrier n'aura pas une masse de 3 kg !

CORRIGÉ 4

Comprendre le corrigé

1 Proportionnalité éventuelle entre le tarif et la masse

Si le tarif était proportionnel à la masse d'une lettre, alors pour une masse de 500 g, on devrait payer 2 fois plus cher que pour une masse de 250 g.

Ce n'est pas le cas.

En effet, $2 \times 3{,}2 = 6{,}4 \neq 4{,}8$.

> **Remarque**
> Vous pouvez évidemment prendre d'autres exemples, ou même calculer deux produits en croix et vérifier qu'ils ne sont pas égaux.

2 Tarif d'affranchissement

Le courrier d'Alban est composé d'une enveloppe et de 4 feuilles A4.

- **Masse de l'enveloppe**

$$\frac{175}{50} = 3{,}5$$

L'enveloppe a une masse de 3,5 g.

- **Masse des 4 feuilles A4**

$21 \times 29{,}7 = 623{,}7$

L'aire d'une feuille A4 est 623,7 cm^2.

> **Méthode**
> Calculez l'aire d'une feuille A4 en cm^2.

$1\ m^2 = 10^4\ cm^2$

donc $1\ cm^2 = \frac{1}{10^4}\ m^2$

donc $623{,}7\ cm^2 = \frac{623{,}7}{10^4}\ m^2$

soit 0,06237 m^2.

> **Méthode**
> Transformez cette aire en m^2 pour pouvoir calculer sa masse puisque le grammage est donné en g/m^2.

L'aire d'une feuille A4 est 0,06237 m^2.

Le grammage d'une feuille A4 est 80 g/m^2.

1 m^2 de feuilles a une masse de 80 g.

On utilise un tableau de proportionnalité pour trouver la masse de 0,06237 m² de feuille :

Masse (en g)	80	x
Aire (en m²)	1	0,06237

$x \times 1 = 0{,}06237 \times 80 = 4{,}9896$

Une feuille A4 a une masse de 4,9896 g.

Méthode
Recherchez la masse d'une feuille A4 en utilisant la donnée : « Grammage d'une feuille A4 : 80 g/m² » qui signifie que la masse de 1 m² de feuilles A4 est 80 g.

$4 \times 4{,}9896 = 19{,}9584$

Les 4 feuilles A4 ont une masse de 19,9584 g.

$\underbrace{19{,}9584}_{\text{Masse de 4 feuilles A4}} + \underbrace{3{,}5}_{\text{Masse de l'enveloppe}} = 23{,}4584$

Méthode
Calculez la masse totale du courrier qui comprend les 4 feuilles A4 et l'enveloppe.

La masse totale du courrier est d'environ 23,5 g, et 23,5 > 20.

D'après le tableau, l'affranchissement du courrier que doit envoyer Alban est de 1,60 €.

Méthode
Recherchez dans le tableau le tarif, sachant que la masse est supérieure à 20 g et inférieure à 100 g.

SUJET 5 **Centres étrangers, juin 2019** 16 pts 20 min

Une question de périmètre

Partie I

Dans cette partie, toutes les longueurs sont exprimées en centimètres.

On considère les deux figures ci-dessous, un triangle équilatéral et un rectangle, où x représente un nombre positif quelconque.

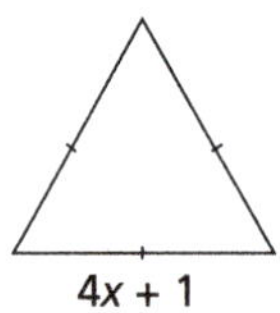

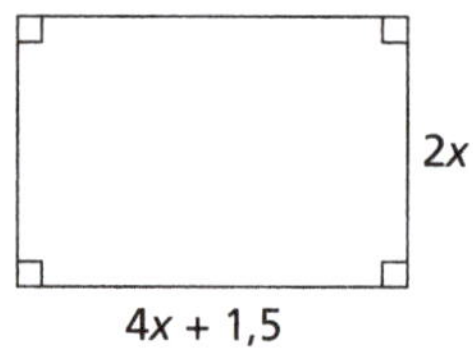

1 Construire le triangle équilatéral pour $x = 2$. 2 pts

2 a. Démontrer que le périmètre du rectangle en fonction de x peut s'écrire $12x + 3$. 3 pts

b. Pour quelle valeur de x le périmètre du rectangle est-il égal à 18 cm ? 3 pts

3 Est-il vrai que les deux figures ont le même périmètre pour toutes les valeurs de x ? Justifier. 4 pts

Partie II

On a créé les scripts ci-dessous sur Scratch qui, après avoir demandé la valeur de x à l'utilisateur, construisent les deux figures de la Partie I.

Dans ces deux scripts, les lettres A, B, C et D remplacent des nombres.

Donner des valeurs à A, B, C et D pour que ces deux scripts permettent de construire les figures de la Partie I et préciser alors la figure associée à chacun des scripts. 4 pts

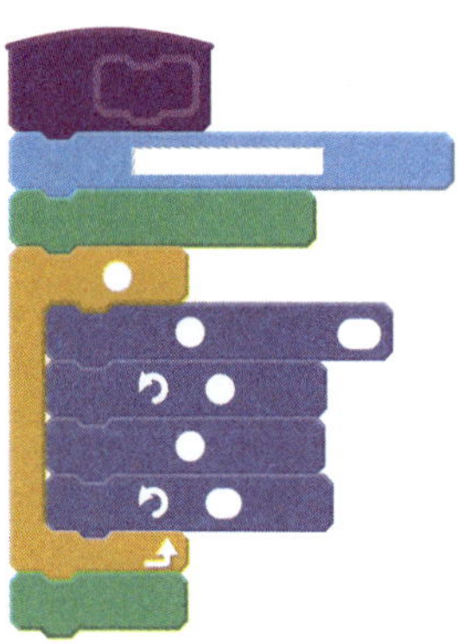

PAR ÉTAPES

LES CONNAISSANCES À MOBILISER

- Périmètre d'un triangle équilatéral = 3 × Longueur d'un côté.
- Périmètre d'un rectangle = 2 × (Longueur + Largeur).

LES DIFFICULTÉS DU SUJET

Partie I

2 b. Il s'agit de résoudre l'équation du premier degré $12x + 3 = 18$.

3 Exprimez en fonction de x le périmètre du triangle équilatéral, puis comparez l'expression obtenue à $12x + 3$.

Partie II

- A représente le nombre de répétitions du tracé « longueur-largeur ».
- B correspond à la mesure de l'angle entre la longueur et la largeur.
- C correspond au nombre de répétitions du tracé « côté ».
- D est la mesure de l'angle en degrés entre « l'horizontale » et un côté du triangle.

CORRIGÉ 5

Comprendre le corrigé

Partie I

1 Construction du triangle équilatéral pour $x = 2$

Pour $x = 2$: $4x + 1 = 4 \times 2 + 1 = 9$.

Le triangle à construire est donc un triangle équilatéral de côté 9 cm.

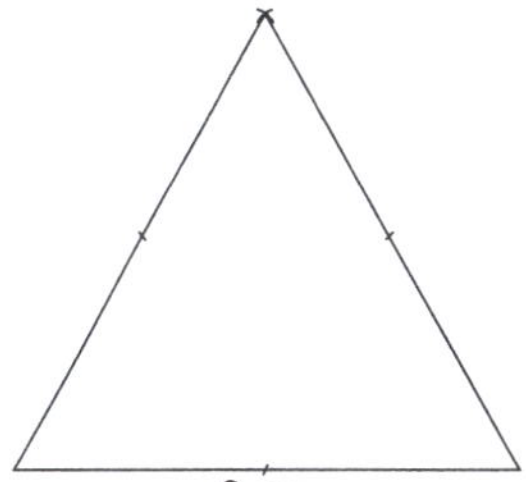

La figure n'est pas à l'échelle.

L'astuce du prof
Utilisez une règle et un compas pour tracer ce triangle.

2 a. Périmètre du rectangle en fonction de x

Le périmètre $\mathcal{P}$ du rectangle est :

$\mathcal{P} = 2 \times (\text{Longueur} + \text{Largeur}) = 2 \times (4x + 1{,}5 + 2x)$

$\mathcal{P} = 2 \times (6x + 1{,}5) = 2 \times 6x + 2 \times 1{,}5 = 12x + 3.$

Le périmètre du rectangle en fonction de x s'écrit $12x + 3$.

b. Valeur de x pour laquelle $\mathcal{P} = 18$ cm

On détermine la valeur de x pour laquelle $\mathcal{P} = 18$:

$12x + 3 = 18$

$12x = 15$

$$x = \frac{15}{12} = \frac{5}{4} = 1{,}25.$$

Le périmètre du rectangle est égal à 18 cm quand x vaut 1,25 cm.

Gagnez des points !

Pour résoudre une équation du premier degré, on isole dans le membre de gauche les x, et dans celui de droite les « non x ». Puis l'équation $ax = b$ a pour solution $x = \frac{b}{a}$.

3 Comparaison des périmètres

- Le périmètre du rectangle est $\mathcal{P} = 12x + 3$.
- Le périmètre $\mathcal{P}'$ du triangle équilatéral est :

$\mathcal{P}' = 3 \times (4x + 1) = 3 \times 4x + 3 \times 1 = 12x + 3.$

- On remarque que $\mathcal{P} = \mathcal{P}'$: **pour toutes les valeurs de x, les deux figures ont le même périmètre.**

Gagnez des points !

Exprimez en fonction de x le périmètre du triangle.

Partie II

Scripts à compléter

- Le script 1 permet de construire le rectangle (on « reconnaît » la longueur $4x + 1{,}5$ et la largeur $2x$ dans les étiquettes  et ). **A = 2 et B = 90.**

- Le script 2 permet de construire le triangle équilatéral (on « reconnaît » la longueur du côté $4x + 1$ dans l'étiquette ). **C = 3 et D = 120.**

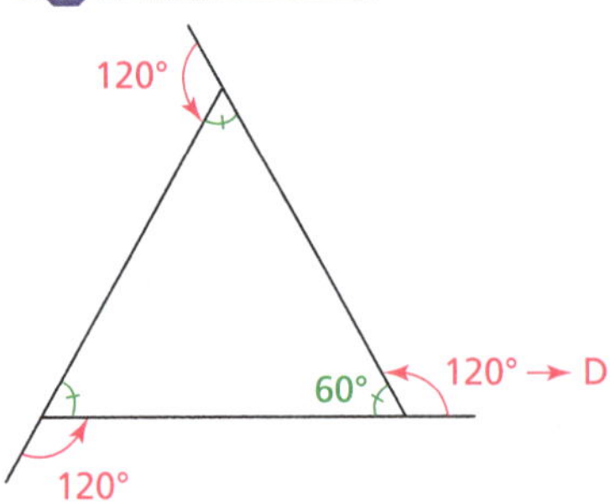

Piège à éviter

D est la mesure de l'angle entre « l'horizontale » et le côté suivant du triangle (attention, ce n'est pas 60°).

SUJET 6 **Pondichéry, mai 2017** 10 pts 15 min

Calcul littéral

On considère l'expression $E = (x - 2)(2x + 3) - 3(x - 2)$.

1 Développer E. 3 pts

2 Factoriser E et vérifier que $E = 2F$, où $F = x(x - 2)$. 3 pts

3 Déterminer tous les nombres x tels que $(x - 2)(2x + 3) - 3(x - 2) = 0$. 4 pts

PAR ÉTAPES

LES CONNAISSANCES À MOBILISER

- $(a + b)(c - d) = a \times c - a \times d + b \times c - b \times d$ (on développe).
- $k(a + b) = k \times a + k \times b$ (on développe).
- $ka + kb = k(a + b)$ (on factorise).
- $A \times B = 0$ si et seulement si $A = 0$ ou $B = 0$.

LES DIFFICULTÉS DU SUJET

1 Attention aux signes quand vous développez les produits !

2 Pour factoriser, vous pouvez utiliser l'expression de départ ou bien celle que vous avez trouvée en développant.

3 Pour résoudre l'équation, utilisez la forme factorisée de E.

CORRIGÉ 6

Comprendre le corrigé

1 Développement de E

$E = (x - 2)(2x + 3) - 3(x - 2)$

Il y a deux produits à développer :

$(x - 2)(2x + 3)$ et $-3(x - 2)$.

On développe $(x - 2)(2x + 3)$ en utilisant la double distributivité et $-3(x - 2)$ en utilisant la simple distributivité.

$E = (x - 2)(2x + 3) - 3(x - 2)$

$E = x \times 2x + x \times 3 - 2 \times 2x - 2 \times 3 - 3 \times x + 3 \times 2$

Méthode

Repérez bien la forme de l'expression à développer avant de commencer.

Méthode

Commencez par écrire le signe du produit, puis effectuez le produit.

Attention au « – par – » qui donne « + ».

$E = 2x^2 + \cancel{3x} - 4x - \cancel{6} - \cancel{3x} + \cancel{6}$

$E = 2x^2 - 4x$.

L'expression développée de E est $2x^2 - 4x$.

2 Factorisation de E

- $E = \boxed{(x-2)(2x+3)} - \boxed{3(x+2)}$

Dans le premier terme encadré, $(x - 2)$ est multiplié par $(2x + 3)$ et dans le deuxième, $(x - 2)$ est multiplié par 3.

$(x - 2)$ est donc un facteur commun.

$E = (x - 2)\,[(2x + 3) - 3]$

$E = (x - 2)\,(2x + 3 - 3)$

$E = (x - 2) \times 2x$

$\boldsymbol{E = 2x\,(x - 2)}$

- On vérifie que **$E = 2F$ avec $F = x(x - 2)$**.

C'est bien le cas car $2 \times x\,(x - 2) = 2x(x - 2)$.

Autre méthode

En prenant la forme développée de E, on peut également la factoriser avec un facteur commun : $2x$.

$E = 2x^2 - 4x = 2x\,(x - 2)$, ce qui amène au même résultat, évidemment !

Méthode

- Repérez bien la forme de l'expression et identifiez un facteur commun.
- On place le facteur commun devant, puis on complète dans les crochets par les expressions qui sont multipliées par $(x - 2)$ en les séparant d'un signe « – ».

3 Résolution de l'équation $(x - 2)(2x + 3) - 3(x - 2) = 0$

En l'état, on ne peut pas résoudre cette équation. Mais, en utilisant la forme factorisée de E, on obtient l'équation $2x\,(x - 2) = 0$, que l'on sait résoudre.

L'équation $\underbrace{2x\,(x-2)}_{\text{produit}} = \underbrace{0}_{\text{nul}}$ est une équation-produit nul.

Un produit de deux facteurs est nul si et seulement si l'un au moins des deux facteurs est nul.

$2x = 0$ ou $x - 2 = 0$

$x = \frac{0}{2}$ ou $x = 2$

$x = 0$ ou $x = 2$

Il y a deux nombres x qui vérifient l'équation $(x - 2)(2x + 3) - 3(x - 2) = 0$: les nombres 0 et 2.

Pensez-y !

L'équation qu'il faut résoudre est en fait l'équation $E = 0$.

On a deux formes de E. À vous de choisir la bonne !

SUJET 7 Nouvelle-Calédonie, décembre 2017 — 14 pts — 20 min

Programme de calcul et fonction

Voici un programme de calcul :

- Choisir un nombre.
- Ajouter 1 à ce nombre.
- Calculer le carré du résultat.
- Soustraire le carré du nombre de départ au résultat précédent.
- Écrire le résultat.

1 On choisit 4 comme nombre de départ. Prouver par le calcul que le résultat obtenu avec le programme est 9. 1 pt

2 On note x le nombre choisi.

a. Exprimer le résultat du programme en fonction de x. 2 pts

b. Prouver que ce résultat est égal à $2x + 1$. 2 pts

3 Soit f la fonction définie par $f(x) = 2x + 1$.

a. Calculer l'image de 0 par f. 1 pt

b. Déterminer par le calcul l'antécédent de 5 par f. 3 pts

c. Tracer la droite représentative de la fonction f dans le repère ci-dessous. 3 pts

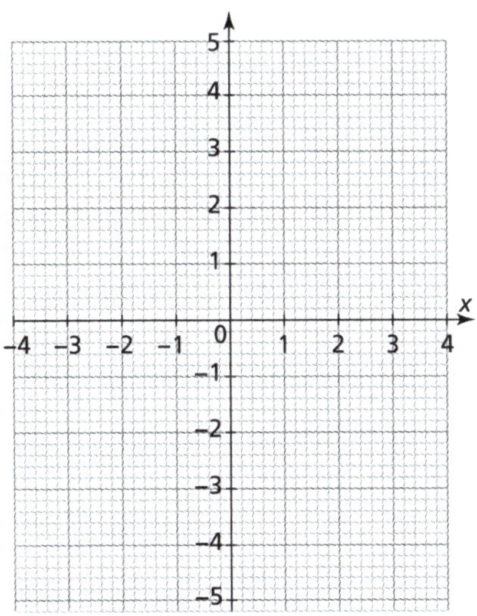

MATHÉMATIQUES FRANÇAIS PHYSIQUE - CHIMIE SVT - TECHNO HISTOIRE - GÉO EMC

d. Par lecture graphique, déterminer le résultat obtenu en choisissant −3 comme nombre de départ dans le programme de calcul. Laisser les traits de construction apparents. **2 pts**

PAR ÉTAPES

LES CONNAISSANCES À MOBILISER

- Un antécédent de *a* par une fonction *f* est un nombre qui a pour image *a* par cette fonction.

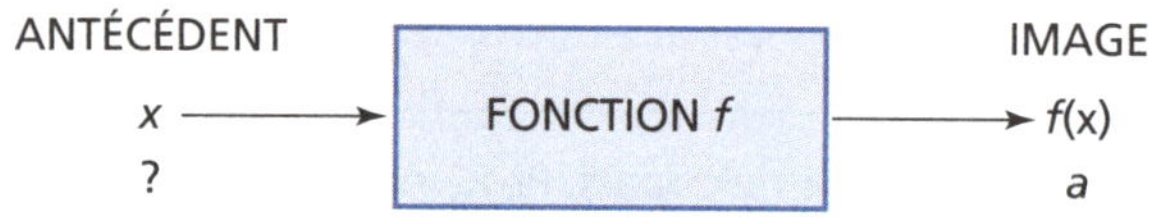

- Un point de coordonnées (x ; $f(x)$) appartient à la courbe représentative de la fonction *f*.

LES DIFFICULTÉS DU SUJET

2 a. N'oubliez pas les parenthèses lorsqu'il faut prendre le carré du résultat.

b. Développez $(a + b)^2$ en l'écrivant $(a + b)(a + b)$.

3 a. Calculer l'image de 0 par *f* revient à calculer $f(0)$.

b. Trouver un antécédent de *a* revient à chercher le nombre qui a pour image *a*. On est donc amené à résoudre une équation.

c. Utilisez deux nombres avec leurs images. Vous avez déjà calculé l'image de 0 dans la question **3 a.**. Dans le repère, en abscisse, on a l'antécédent, et en ordonnée, l'image.

CORRIGÉ 7

Comprendre le corrigé

1 Résultat obtenu avec 4 comme nombre de départ

- Choisir un nombre : 4.
- Ajouter 1 à ce nombre : $4 + 1 = 5$.
- Calculer le carré du résultat : $5^2 = 25$.
- Soustraire le carré du nombre de départ au résultat précédent : $25 - 4^2 = 25 - 16 = 9$.

Le résultat final est bien 9.

> **Gagnez des points !**
> Suivez les étapes une à une et faites les calculs au fur et à mesure.

2 a. Expression du résultat en fonction de *x*

- Choisir un nombre : x.

- Ajouter 1 à ce nombre : $x + 1$.
- Calculer le carré du résultat : $(x + 1)^2$.
- Soustraire le carré du nombre de départ au résultat précédent : $(x + 1)^2 - x^2$.

Le résultat en fonction de x est : $(x + 1)^2 - x^2$.

b. Preuve de l'égalité

Il s'agit de donner l'expression développée de $(x + 1)^2 - x^2$.

$$\begin{aligned}(x+1)^2 - x^2 &= (x+1)(x+1) - x^2\\ &= \cancel{x^2} + x + x + 1 - \cancel{x^2}\\ &= 2x + 1\end{aligned}$$

Ainsi, le résultat est bien $2x + 1$ quand on entre x comme nombre de départ.

Autre méthode

$(x + 1)^2$ peut se développer en utilisant l'égalité remarquable $(a + b)^2 = a^2 + 2ab + b^2$ avec $a = x$ et $b = 1$.

On obtient : $(x+1)^2 - x^2 = \underbrace{x^2}_{a^2} + \underbrace{2x}_{2ab} + \underbrace{1}_{b^2} - x^2 = 2x + 1$.

3 a. Image de 0 par f

$f(0) = 2 \times 0 + 1 = 1$

L'image de 0 par f est 1.

b. Antécédent de 5 par f

$f(x) = 5$

$2x + 1 = 5$ (on retranche 1)

$2x + \cancel{1} - \cancel{1} = 5 - 1$

$2x = 4$ (on divise par 2)

$x = \dfrac{4}{2}$

$x = 2$

L'antécédent de 5 par f est 2.

c. Tracé de la droite qui représente f

- L'égalité $f(0) = 1$ signifie que le point A(0 ; 1) est un point de la droite.
- L'égalité $f(2) = 5$ signifie que le point B(2 ; 5) est un point de la droite.
- La droite (AB) est la représentation graphique de la fonction f.

Pensez-y !
N'oubliez pas les parenthèses autour de $(x + 1)$.

Pensez-y !
Pour développer $(x + 1)^2$, écrivez-le sous la forme $(x + 1)(x + 1)$.

Méthode
Déterminer l'antécédent de 5 par f, c'est trouver le nombre qui a pour image 5 par f, c'est-à-dire le nombre x qui vérifie $f(x) = 5$.

Méthode
Pour tracer une droite, vous avez besoin de deux points.

Autre méthode

La fonction *f* est une fonction affine qui se représente par la droite d'équation $y = ②x + ①$.

① est l'ordonnée à l'origine. Cela signifie que la droite coupe l'axe des ordonnées au point de cordonnées (0 ; 1).

② est le coefficient directeur de la droite. Il mesure l'inclinaison de la droite par rapport à l'axe des abscisses (horizontal).

En partant du point A, en se décalant d'une unité vers la droite et en montant de 2 unités, on obtient un autre point de la droite.

d. Lecture graphique

Le résultat obtenu en choisissant (–3) comme nombre de départ est donné par l'image de (–3) par *f*.

Graphiquement, ce nombre est (–5) (voir les traces graphiques bleues).

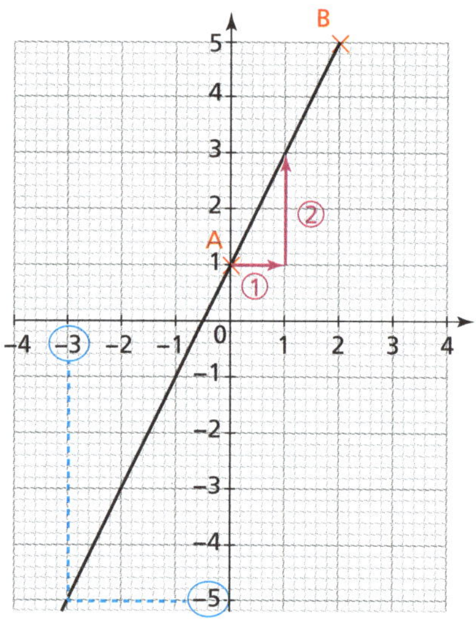

Pensez-y !

N'oubliez pas de laisser les traces graphiques.

Remarque

Placez les points A et B, puis tracez la droite passant par ces deux points.

SUJET 8 Pondichéry, avril 2016

5 pts 10 min

L'agriculture en France

Le tableau ci-après fournit le nombre d'exploitations agricoles en France, en fonction de leur surface pour les années 2000 et 2010.

	A	B	C	D	E	F
1	Surface de l'exploitation	Nombre d'exploitations agricoles (en milliers)				
2		En 2 000	En 2 010			
3	Inférieure à 20 ha	359	235			
4	Comprise entre 20 et 50 ha	138	88			
5	Comprise entre 50 et 100 ha	122	98			
6	Comprise entre 100 et 200 ha	64	73			
7	Supérieure à 200 ha	15	21			
8	Total					
9						

1 Quelles sont les catégories d'exploitations qui ont vu leur nombre augmenter entre 2000 et 2010 ? **1,5 pt**

2 Quelle formule doit-on saisir dans la cellule B8 pour obtenir le nombre total d'exploitations agricoles en 2000 ? **1 pt**

3 Si on étire cette formule, quel résultat s'affiche dans la cellule C8 ? **1 pt**

4 Peut-on dire qu'entre 2000 et 2010, le nombre d'exploitations de plus de 200 ha a augmenté de 40 % ? Justifier. **1,5 pt**

PAR ÉTAPES

LES CONNAISSANCES À MOBILISER

Augmenter une quantité de t % revient à la multiplier par $1 + \frac{t}{100}$.

LES DIFFICULTÉS DU SUJET

4 Vous pouvez utiliser le rappel précédent et calculer le nombre d'exploitations en 2010 s'il y avait eu 40 % d'augmentation.

Ou bien, vous pouvez calculer le pourcentage d'augmentation que représentent les 6 000 exploitations supplémentaires.

CORRIGÉ 8

Comprendre le corrigé

1 Lecture de données

Les exploitations ayant vu leur nombre augmenter entre 2000 et 2010 sont les très grosses exploitations : **celles dont la surface est comprise**

entre 100 et 200 ha (passant de 64 à 73 milliers) et **celles dont la surface dépasse 200 ha** (passant de 15 à 21 milliers).

2 Formule à saisir en B8

La cellule B8 contient le nombre total d'exploitations agricoles en 2000, somme des contenus des cellules B3 à B7.

Ainsi, on peut saisir dans la cellule B8 :
=SOMME(B3:B7) ou =B3+B4+B5+B6+B7.

Pensez-y !
N'oubliez pas le signe « = » devant SOMME.

3 Résultat affiché en C8

L'étirement de la cellule B8 en C8 (vers la droite) permet de calculer la somme des contenus des cellules C3 à C7, c'est-à-dire le nombre total d'exploitations agricoles en 2010.

$235 + 88 + 98 + 73 + 21 = 515$.

Dans la cellule C8 s'affiche le résultat 515.

4 Étude de l'augmentation du nombre d'exploitations de plus de 200 ha

Les exploitations de plus de 200 ha sont passées de 15 milliers à 21 milliers.

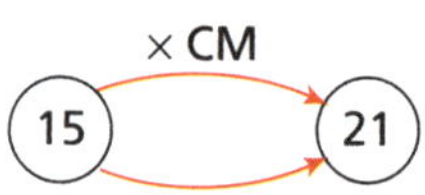

L'astuce du prof
Faites un petit schéma pour visualiser la situation.

$15 \times CM = 21$

$CM = \dfrac{21}{15} = 1{,}4$

Multiplier une quantité par 1,4 correspond à une évolution t telle que :

$t = CM - 1 = 1{,}4 - 1 = 0{,}4 = \dfrac{40}{100} = 40\,\%$.

En conclusion, **on peut effectivement bien dire que le nombre d'exploitations de plus de 200 ha a augmenté de 40 %.**

Remarque
Pour déterminer le taux d'augmentation, calculez le coefficient multiplicateur CM.

Autre méthode

En 2000, on compte 15 milliers d'exploitations de plus de 200 ha.

$40\,\%$ de $15 = \dfrac{40}{100} \times 15 = 0{,}4 \times 15 = 6$

$15 + 6 = 21$

En 2010, il y a 21 milliers d'exploitations de plus de 200 ha, ce qui correspond bien à une augmentation de 40 %.

SUJET 9 Amérique du Nord, juin 2019

15 pts 10 min

Réussir son concours

Dans une classe de Terminale, huit élèves passent un concours d'entrée dans une école d'enseignement supérieur.

Pour être admis, il faut obtenir une note supérieure ou égale à 10.

Une note est attribuée avec une précision d'un demi-point (par exemple : 10; 10,5; 11...).

On dispose des informations suivantes :

Information 1	Information 2	
Notes attribuées aux 8 élèves de la classe qui ont passé le concours : 10; 13; 15; 14,5; 6; 7,5; ◆; ●	La série constituée des huit notes : – a pour étendue 9; – a pour moyenne 11,5; – a pour médiane 12.	75 % des élèves de la classe qui ont passé le concours ont été reçus.

1 Expliquer pourquoi il est impossible que l'une des deux notes désignées par ◆ ou ● soit 16. **3 pts**

2 Est-il possible que les deux notes désignées par ◆ et ● soient 12,5 et 13,5 ? **7 pts**

PAR ÉTAPES

LES CONNAISSANCES À MOBILISER

- L'étendue d'une série statistique est la différence entre la plus grande valeur de la série et la plus petite.
- La moyenne se calcule par le quotient de la somme des valeurs divisé par le nombre de valeurs.
- La médiane est une valeur qui partage la série en deux groupes de même effectif quand les valeurs sont rangées par ordre croissant.

LES DIFFICULTÉS DU SUJET

1 Testez l'étendue.

2 Calculez les différents paramètres statistiques avec les valeurs 12,5 et 13,5 pour ◆ et ●, et vérifiez s'ils conviennent avec les données de l'information 2.

CORRIGÉ 9

Comprendre le corrigé

1 Valeurs impossibles pour ◆ et ●

Si l'une des deux notes est 16, alors l'étendue est :

16	–	6	=	10
↑		↑		
plus grande valeur		plus petite valeur		

Or l'étendue est 9. **Donc cette valeur est impossible.**

2 Valeurs possibles pour ◆ et ●

Si les deux notes désignées par ◆ et ● sont 12,5 et 13,5 alors :

- l'étendue est :

$15 - 6 = 9$

- la moyenne est :

$$\frac{10 + 13 + 15 + 14{,}5 + 6 + 7{,}5 + 12{,}5 + 13{,}5}{8} = 11{,}5$$

- la médiane est :

$$\underbrace{6 \quad 7{,}5 \quad 10 \quad 12{,}5}_{4 \text{ valeurs}} \quad \underset{\text{Médiane}}{\uparrow} \quad \underbrace{13 \quad 13{,}5 \quad 14{,}5 \quad 15}_{4 \text{ valeurs}}$$

On trouve que la médiane est strictement supérieure à 12.

Or la médiane est 12 d'après l'information 2.

En conclusion, les deux notes désignées par ◆ et ● ne peuvent pas être 12,5 et 13,5.

Méthode

On teste les conditions données par l'information 2.

SUJET 10 Amérique du Sud, novembre 2018

17 pts · 20 min

Finale du 100 mètres

Dans tout l'exercice, on étudie les performances réalisées par les athlètes qui ont participé aux finales du 100 m masculin des Jeux Olympiques de 2016 et de 2012.

On donne ci-dessous des informations sur les temps mis par les athlètes pour parcourir 100 m.

Finale du 100 m aux Jeux Olympiques de 2016

Temps réalisés par tous les finalistes :

10,04 s	9,96 s	9,81 s	9,91 s	10,06 s	9,89 s	9,93 s	9,94 s

Finale du 100 m aux Jeux Olympiques de 2012

- Nombre de finalistes 8
- Temps le plus long .... 11,99 s
- Étendue des temps .... 2,36 s
- Moyenne des temps .... 10,01 s
- Médiane des temps .... 9,84 s

1 Quel est le temps du vainqueur de la finale en 2016 ? 1 pt

2 Lors de quelle finale la moyenne des temps pour effectuer 100 m est-elle la plus petite ? 4 pts

3 Lors de quelle finale le meilleur temps a-t-il été réalisé ? 4 pts

4 L'affirmation suivante est-elle vraie ou fausse ? 4 pts

Affirmation : « Seulement trois athlètes ont mis moins de 10 s à parcourir les 100 m de la finale de 2012. »

5 C'est lors de la finale de 2012 qu'il y a eu le plus d'athlètes ayant réussi à parcourir le 100 m en moins de 10 s.
Combien d'athlètes ont réalisé un temps inférieur à 10 s lors de cette finale de 2012 ? 4 pts

PAR ÉTAPES

LES CONNAISSANCES À MOBILISER

- La moyenne d'une série statistique est égale au quotient de la somme de toutes les valeurs de la série par le nombre de valeurs qui composent la série.
- La médiane d'une série statistique est telle qu'il y a autant de valeurs inférieures ou égales à ce nombre que de valeurs supérieures ou égales à ce nombre.

LES DIFFICULTÉS DU SUJET

1 La réponse est dans le tableau !

2 Calculez la moyenne de la série des JO 2016 pour la comparer à celle des JO 2012.

3 Utilisez l'étendue de la série des JO 2012 pour calculer le temps le plus court de la série.

4 Interprétez la médiane de la série des JO 2012.

5 Plus d'athlètes ont réussi à parcourir le 100 m en moins de 10 s en 2012. Combien y en a-t-il eu en 2016 ? Combien peut-il donc y en avoir en 2012 ? À vous de conclure en lisant bien la consigne pour rechercher une information supplémentaire qui permet de répondre à la question.

CORRIGÉ 10

Comprendre le corrigé

1 Temps du vainqueur

Le temps du vainqueur est : 9,81 s.

> **Remarque**
> C'est le temps du Jamaïcain Usain Bolt.

2 Moyenne des temps

Moyenne des temps en 2016 :

$$m = \frac{10{,}04 + 9{,}96 + 9{,}81 + 9{,}91 + 10{,}06 + 9{,}89 + 9{,}93 + 9{,}94}{8}$$

$m \simeq 9{,}94$

La moyenne des temps en 2012 est 10,01 s.

C'est donc en 2016 que la moyenne des temps pour effectuer le 100 mètres est la plus petite.

> **Gagnez des points !**
> Les temps sont donnés avec 2 chiffres derrière la virgule, gardez cette précision pour la moyenne.

3 Meilleur temps

En 2016, le meilleur temps est 9,81 s.

Pour déterminer le meilleur temps en 2012, on utilise le temps le plus long et l'étendue.

Étendue = Temps le plus long – Temps le plus court

Donc :

Temps le plus court = Temps le plus long – Étendue

Temps le plus court = 11,99 – 2,36 = 9,63.

C'est en 2012 que le meilleur temps a été réalisé.

Méthode
Analysez bien les données de l'énoncé et utilisez celles qui vous permettent de déterminer le meilleur temps en 2012.

Remarque
C'est encore Usain Bolt qui a gagné en 2012.

4 Nombre d'athlètes qui ont mis moins de 10 s

La médiane est 9,84 s. Comme le nombre de finalistes est 8, alors 4 coureurs (au moins) ont réalisé un temps inférieur ou égal à 9,84.

On peut donc dire qu'il y a plus de 3 athlètes qui ont réussi à parcourir le 100 m en moins de 10 secondes en 2012.

L'affirmation est fausse.

Pensez-y !
Si la médiane est 9,84 s, alors 50 % des coureurs ont réalisé moins de ce temps (ou ce temps).

5 Nombre d'athlètes en dessous de 10 s en 2012

En 2016, 6 athlètes ont des temps inférieurs à 10 s. Comme il y en a plus en 2012 et qu'il y a 8 finalistes, il ne peut y avoir que 7 ou 8 athlètes qui ont couru le 100 mètres en moins de 10 s.

Or le temps le plus long est 11,99 s (donc supérieur à 10 s), **7 coureurs sont donc passés sous la barre des 10 secondes en 2012**.

Remarque
Il s'agit de bien analyser et interpréter les données dans cette question.

Méthode
Expliquez clairement votre raisonnement.
N'hésitez pas à faire des petits schémas qui permettent de visualiser la situation en 2012 :

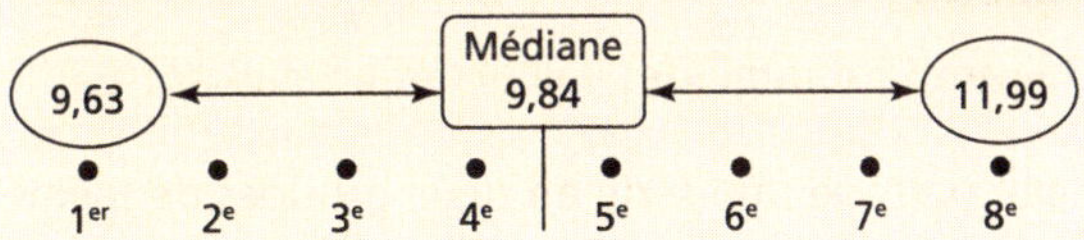

SUJET 11 **Asie, juin 2017** 12 pts 15 min

Lanceuse de poids

L'entraîneur d'un club d'athlétisme a relevé les performances de ses lanceuses de poids sur cinq lancers. Voici une partie des relevés qu'il a effectués (il manque trois performances pour une des lanceuses) :

		Lancers				
		n° 1	**n° 2**	**n° 3**	**n° 4**	**n° 5**
Performances (en mètres)	**Solenne**	17,8	17,9	18	19,9	17,4
	Rachida	17,9	17,6	18,5	18	19
	Sarah	18	?	19,5	?	?

On connaît des caractéristiques de la série d'une des lanceuses :

Caractéristiques des cinq lancers
Étendue : 2,5 m
Moyenne : 18,2 m
Médiane : 18 m

1 Expliquer pourquoi ces caractéristiques ne concernent ni les résultats de Solenne, ni ceux de Rachida. 6 pts

2 Les caractéristiques données sont donc celles de Sarah. Son meilleur lancer est de 19,5 m.
Indiquer quels peuvent être les trois lancers manquants de Sarah. 6 pts

PAR ÉTAPES

LES CONNAISSANCES À MOBILISER

- La moyenne se calcule en faisant la somme des valeurs et en divisant par le nombre de valeurs.
- La médiane est une valeur qui partage une série en deux groupes de même effectif.
- L'étendue est la différence entre la plus grande valeur de la série et la plus petite.

LES DIFFICULTÉS DU SUJET

1 Calculez étendue, moyenne et médiane des séries de Solenne et Rachida. L'une des caractéristiques ne correspond pas aux données.
Attention, pour la médiane, écrivez les valeurs dans l'ordre croissant.

2 On peut facilement calculer la plus petite valeur de la série.

CORRIGÉ 11

Comprendre le corrigé

1 Explications

- **Pour les résultats de Solenne :**

Étendue : 19,9 – 17,4 = 2,5.

Moyenne : $\dfrac{17{,}8 + 17{,}9 + 18 + 19{,}9 + 17{,}4}{5} = 18{,}2$

Médiane : $\underbrace{17{,}4 ; 17{,}8}_{\text{2 valeurs}} ; \underbrace{\boxed{17{,}9}}_{\text{Médiane}} ; \underbrace{18 ; 19{,}9}_{\text{2 valeurs}}$

L'étendue et la moyenne correspondent à celles proposées, mais pas la médiane. **Donc les caractéristiques proposées ne sont pas celles des résultats de Solenne.**

> **Rappel**
> Pour la médiane, on range les valeurs par ordre croissant.

- **Pour les résultats de Rachida :**

Étendue : 19 – 17,6 = 1,4 ≠ 2,5

> **Remarque**
> En remarquant que l'étendue est différente, vous pouvez conclure.

Moyenne : $\dfrac{17{,}9 + 17{,}6 + 18{,}5 + 18 + 19}{5} = 18{,}2$

Médiane : $17{,}6 ; 17{,}9 ; \underbrace{\boxed{18}}_{\text{Médiane}} ; 18{,}5 ; 19$

La moyenne et la médiane correspondent à celles proposées, mais pas l'étendue. **Donc les caractéristiques proposées ne sont pas celles des résultats de Rachida.**

2 Valeurs possibles des trois lancers manquants

- L'étendue est 2,5 et la plus grande valeur est 19,5. On en déduit que la plus petite valeur est donnée par 19,5 – 2,5 = 17.

Une des valeurs manquantes est 17.

- Notons ℓ_1 et ℓ_2 les deux autres valeurs manquantes.

On obtient, grâce au calcul de la moyenne, l'égalité :

$$\frac{18 + 17 + 19{,}5 + \ell_1 + \ell_2}{5} = 18{,}2$$

$$18 + 17 + 19{,}5 + \ell_1 + \ell_2 = 5 \times 18{,}2$$

$$54{,}5 + \ell_1 + \ell_2 = 91$$

$$\ell_1 + \ell_2 = 91 - 54{,}5 = 36{,}5$$

> **Méthode**
> Relisez attentivement l'énoncé et n'hésitez pas à nommer les valeurs cherchées.
> Écrivez alors les conditions réalisées par ces deux valeurs.

Pour avoir une médiane égale à 18, on doit avoir (en rangeant dans l'ordre croissant) : 17 ; ℓ_1 ; 18 ; ℓ_2 ; 19,5.

Les solutions ℓ_1 et ℓ_2 sont telles que $\ell_1 + \ell_2 = 36{,}5$ avec $17 \leq \ell_1 \leq 18$ et $18 \leq \ell_2 \leq 19{,}5$.

> **Remarque**
> Il y a une infinité de valeurs possibles pour ℓ_1 et ℓ_2 : $\ell_1 = 17{,}5$ et $\ell_2 = 19$; $\ell_1 = 17{,}9$ et $\ell_2 = 18{,}6$; $\ell_1 = 18$ et $\ell_2 = 18{,}5$….

SUJET 12 **Amérique du Nord, juin 2018** 15 pts 15 min

Reconstitution d'un nombre

Deux urnes contiennent des boules numérotées indiscernables au toucher. Le schéma ci-contre représente le contenu de chacune des urnes.

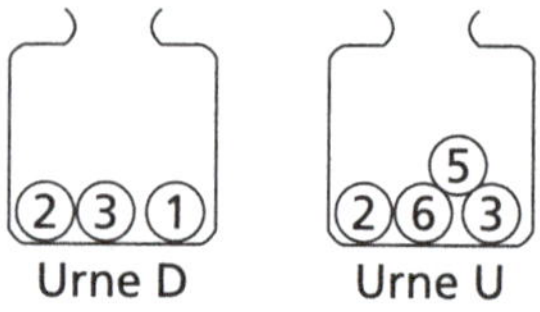

On forme un nombre entier à deux chiffres en tirant au hasard une boule dans chaque urne :

– le chiffre des dizaines est le numéro de la boule issue de l'urne D ;

– le chiffre des unités est le numéro de la boule issue de l'urne U.

Exemple : en tirant la boule ① de l'urne D et ensuite la boule ⑤ de l'urne U, on forme le nombre 15.

1 A-t-on plus de chances de former un nombre pair que de former un nombre impair ? **4 pts**

2 a. Sans justifier, indiquer les nombres premiers qu'on peut former lors de cette expérience. **3 pts**

b. Montrer que la probabilité de former un nombre premier est égale à $\frac{1}{6}$. **3 pts**

3 Définir un événement dont la probabilité de réalisation est égale à $\frac{1}{3}$. **5 pts**

PAR ÉTAPES

LES CONNAISSANCES À MOBILISER

- En situation d'équiprobabilité, une probabilité p se calcule avec la formule :

$$p = \frac{\text{Nombre d'issues favorables}}{\text{Nombre d'issues possibles}}$$

- Un nombre pair est un nombre qui a pour chiffre des unités 0 ; 2 ; 4 ; 6 ; 8.
- Un nombre premier est un nombre admettant exactement deux diviseurs : 1 et lui-même.

LES DIFFICULTÉS DU SUJET

1 C'est la composition de l'urne U qui détermine la parité du nombre formé.

3 On peut former 12 nombres avec les boules proposées. Il s'agit alors de définir un événement composé de 4 issues puisque $\frac{4}{12} = \frac{1}{3}$. Il y a plusieurs réponses possibles.

CORRIGÉ 12

Comprendre le corrigé

1 Comparaison de probabilités

L'urne des unités contient les 4 chiffres {2 ; 3 ; 5 ; 6}.

Un nombre pair a sa terminaison en 2 ou en 6.
La probabilité de former un nombre pair vaut alors : $\frac{2}{4} = \frac{1}{2} = 0{,}5$.

La probabilité de former un nombre impair (se terminant par 3 ou 5) est : $\frac{2}{4} = \frac{1}{2} = 0{,}5$.

Finalement, il y a **autant de chances de former un nombre pair qu'un nombre impair**.

Remarque
« Obtenir un nombre pair » et « obtenir un nombre impair » sont deux évènements contraires, dont la somme des probabilités vaut 1.

Autre méthode
On écrit la liste des 12 issues possibles.
On dénombre 6 issues formant un nombre pair.
La probabilité cherchée est donc $\frac{6}{12} = 0{,}5$.

2 a. Liste des nombres premiers que l'on peut former

Les seuls nombres premiers que l'on peut former avec pour chiffre des dizaines {1 ; 2 ; 3} et pour chiffre des unités {2 ; 3 ; 5 ; 6} sont **13 et 23**.

b. Probabilité de former un nombre premier

- Pour constituer un nombre, on choisit un chiffre des dizaines parmi 3 et un chiffre des unités parmi 4.

Il y a donc $3 \times 4 = 12$ nombres possibles.

- On peut former 2 nombres premiers.

La probabilité p de former un nombre premier est donc : $p = \frac{2}{12} = \frac{\cancel{2} \times 1}{\cancel{2} \times 6} = \frac{1}{6}$.

On trouve bien le résultat annoncé.

Remarque
Un nombre est constitué de chiffres (de 0 à 9), comme un mot est constitué de lettres.

3 Évènement de probabilité $\frac{1}{3}$

- On peut former 12 nombres :

{12 ; 13 ; 15 ; 16 ; 22 ; 23 ; 25 ; 26 ; 32 ; 33 ; 35 ; 36}

- On cherche un évènement de probabilité p' avec :

$p' = \frac{1}{3} = \frac{4}{12}$

$p' = \frac{\text{Nombre de cas favorables}}{\text{Nombre de cas possibles}} = \frac{\text{Nombre de cas favorables}}{12}$

On est donc ramené à chercher un évènement composé de 4 issues.

Il y en a plusieurs, par exemple :
- « obtenir un multiple de 3 » (12 ; 15 ; 33 ; 36) ;
- « obtenir un multiple de 4 » (12 ; 16 ; 32 ; 36) ;
- « obtenir un nombre commençant par un 1 »…

Méthode
Écrivez toutes les issues possibles. Vous pouvez vous aider d'un arbre si besoin.

SUJET 13 Polynésie, juin 2021

21 pts 25 min

Les deux triangles

Sur la figure ci-contre, qui n'est pas en vraie grandeur, le point C est le point d'intersection des droites (BE) et (AD).

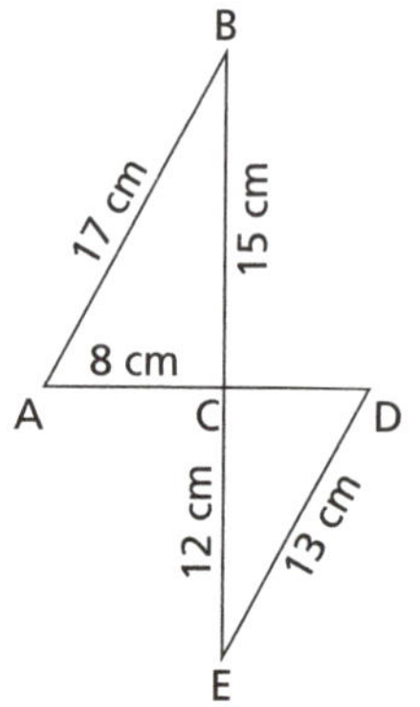

1 Démontrer que le triangle ABC est rectangle en C. 5 pts

2 Calculer l'aire du triangle ABC. 3 pts

3 Calculer une valeur approchée au degré près de l'angle $\widehat{BAC}$. 4 pts

4 Calculer le périmètre du triangle CDE. 4 pts

5 Les droites (AB) et (DE) sont-elles parallèles ? 5 pts

PAR ÉTAPES

LES CONNAISSANCES À MOBILISER

- Dans un triangle, si le carré du plus grand côté est égal à la somme des carrés des deux autres côté, alors le triangle est rectangle.
- L'aire d'un triangle est donnée par la formule $\dfrac{\text{Base} \times \text{Hauteur}}{2}$.
- Dans un triangle rectangle :

$$\sin \hat{a} = \frac{\text{Côté opposé à l'angle } \hat{a}}{\text{Hypoténuse}}$$

$$\cos \hat{a} = \frac{\text{Côté adjacent à l'angle } \hat{a}}{\text{Hypoténuse}}$$

$$\tan \hat{a} = \frac{\text{Côté opposé à l'angle } \hat{a}}{\text{Côté adjacent à l'angle } \hat{a}}$$

- Sur la figure ci-contre, (AB) est une sécante aux droites *d* et *d'*. Si les angles en vert sont égaux, alors les droites *d* et *d'* sont parallèles (dans ce cas, les angles sont appelés angles alternes-internes).

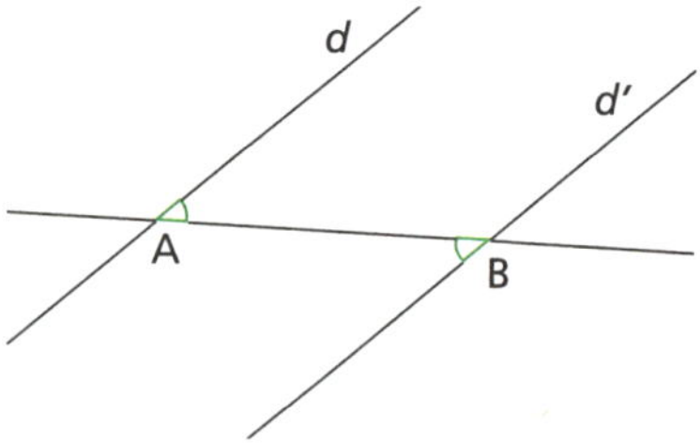

LES DIFFICULTÉS DU SUJET

1 Faites deux calculs séparés.

2 L'aire du triangle est la moitié de celle d'un rectangle.

3 Utilisez la trigonométrie. Toutes les longueurs du triangle sont connues, vous avez le choix.

4 Le calcul du périmètre implique le calcul d'une longueur que l'on ne connaît pas.

5 Comparez deux angles bien choisis pour justifier que les droites ne sont pas parallèles.

CORRIGÉ 13

Comprendre le corrigé

1 Nature du triangle ABC

$AB^2 = 17^2 = 289$

$AC^2 + BC^2 = 8^2 + 15^2 = 289$

On en déduit $AC^2 + BC^2 = AB^2$.

D'après la réciproque du théorème de Pythagore, **le triangle ABC est rectangle en C.**

Gagnez des points !
Faites deux calculs séparés pour en déduire l'égalité.

2 Aire du triangle ABC

L'aire du triangle ABC est donnée par :

$$\frac{BC \times AC}{2} = \frac{8 \times 15}{2} = 60.$$

L'aire du triangle ABC est 60 cm².

3 Calcul d'une valeur approchée de l'angle $\widehat{BAC}$

Dans le triangle BAC rectangle en C :

$$\sin \widehat{BAC} = \frac{\text{Côté opposé à l'angle } \widehat{BAC}}{\text{Hypoténuse}} = \frac{BC}{AB} = \frac{15}{17}$$

On obtient avec la calculatrice : $\widehat{BAC} = \sin^{-1}\left(\frac{15}{17}\right) \approx 62°$.

L'angle $\widehat{BAC}$ est environ égal à 62°.

Remarque
On pouvait aussi utiliser le cosinus ou la tangente car on connaît toutes les longueurs dans le triangle ABC.

4 Calcul du périmètre du triangle CDE

Pour calculer le périmètre du triangle CDE, on calcule la somme CD + DE + EC. Pour cela, on doit calculer la longueur CD qu'on ne connaît pas. Le triangle ABC étant rectangle en C, le triangle CDE l'est également.

Pensez-y !
Comme il n'est pas écrit dans l'énoncé que le triangle CDE est rectangle, il faut le justifier.

Comme les angles $\widehat{ACB}$ et $\widehat{DCE}$ sont opposés par le sommet, ils sont égaux.

MATHÉMATIQUES | FRANÇAIS | PHYSIQUE - CHIMIE SVT - TECHNO | HISTOIRE - GÉO EMC

Dans le triangle CDE rectangle en C, d'après le théorème de Pythagore :

$ED^2 = CD^2 + CE^2$

$13^2 = CD^2 + 12^2$

$169 = CD^2 + 144$

$CD^2 = 169 - 144 = 25$

$CD = \sqrt{25}$ car $CD > 0$

$CD = 5$

La longueur CD est égale à 5 cm. Le périmètre du triangle CDE est alors égal à : 5 + 12 + 13 = **30 cm**.

5 Position relative des droites (AB) et (DE)

D'après la question 3, la mesure de l'angle $\widehat{BAC}$ est environ 62°.

En utilisant le sinus de l'angle $\widehat{CDE}$ dans le triangle rectangle CDE, on obtient :

$$\sin\widehat{CDE} = \frac{\text{Côté opposé à l'angle } \widehat{CDE}}{\text{Hypoténuse}} = \frac{CE}{DE} = \frac{12}{13}$$

On obtient avec la calculatrice : $\widehat{CDE} = \sin^{-1}\left(\frac{12}{13}\right) \approx 67°$.

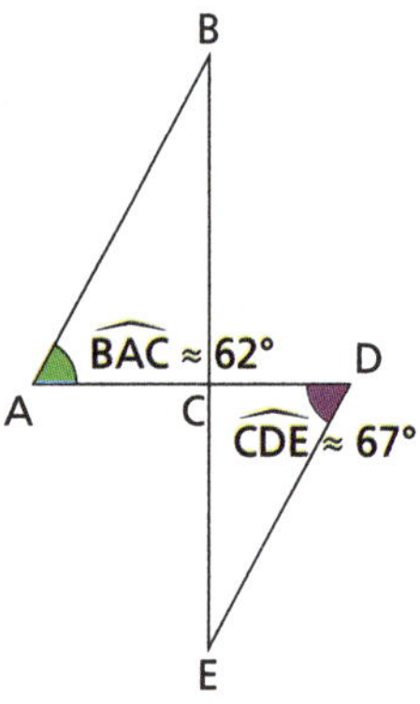

Les angles $\widehat{CDE}$ et $\widehat{BAC}$ ont des positions d'angles alternes-internes et ne sont pas égaux, on en déduit que **les droites (AB) et (DE) ne sont pas parallèles**.

Autre méthode

$\frac{CA}{CD} = \frac{8}{5}$ et $\frac{CB}{CE} = \frac{15}{12} = \frac{5}{4}$. On en déduit : $\frac{CA}{CD} \neq \frac{CB}{CE}$.

L'égalité du théorème de Thalès n'est pas vérifiée, on en déduit que les droites (AB) et (ED) ne sont pas parallèles. Les longueurs du triangle ABC ne sont pas proportionnelles à celles du triangle CDE.

L'astuce du prof

Comme les sinus des angles $\widehat{CDE}$ et $\widehat{BAC}$ ne sont pas égaux, les angles $\widehat{CDE}$ et $\widehat{BAC}$ ne sont pas égaux. Il n'était pas utile de calculer une valeur approchée de l'angle $\widehat{CDE}$ pour conclure.

Remarque

La droite (AD) est une sécante aux droites (AB) et (ED). Par conséquent, les angles $\widehat{CDE}$ et $\widehat{BAC}$ ont des positions d'angles alternes-internes (ils se situent de part et d'autre de la sécante).

SUJET 14 Nouvelle-Calédonie, mars 2019

12 pts · 15 min

Hissez la voile !

Pour son confort, Lisa souhaite installer une voile d'ombrage triangulaire dans son jardin.

L'aire de celle-ci doit être de 8 m^2 au minimum.

› Pour chacun des trois modèles suivants, indiquer s'il convient en justifiant chaque réponse.

Rappel

Aire d'un triangle rectangle : $\mathscr{A} = \dfrac{h \times b}{2}$

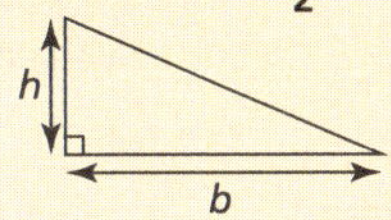

1 2 pts

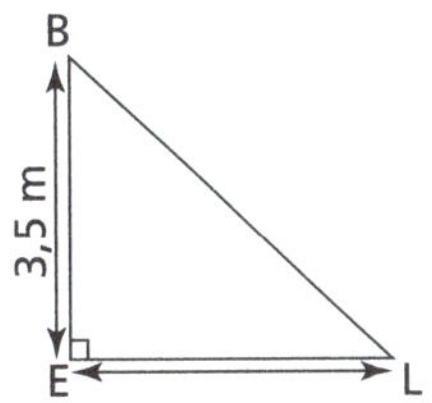

2 4 pts

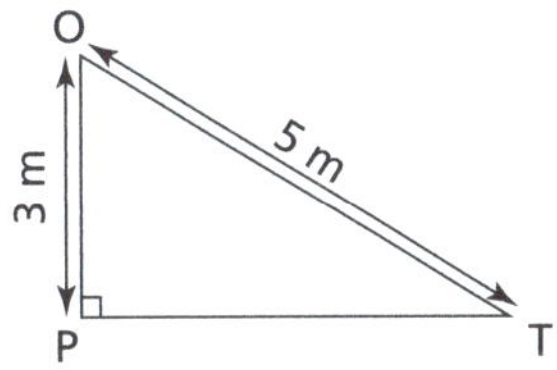

3 6 pts

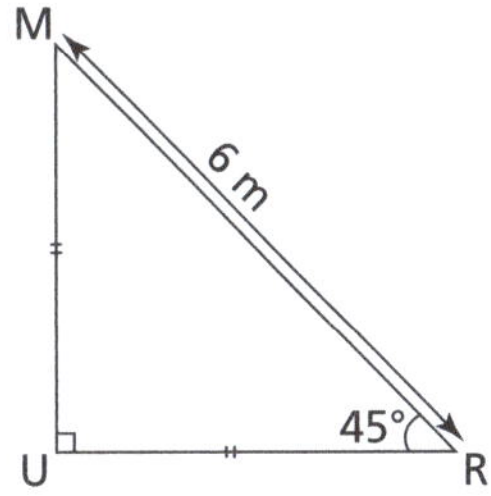

PAR ÉTAPES

LES CONNAISSANCES À MOBILISER

- Dans un triangle ABC rectangle en A : BC^2 = AB^2 + AC^2.
- $\cos \widehat{B} = \dfrac{\text{Côté adjacent à } \widehat{B}}{\text{Hypoténuse}}$
- $\sin \widehat{B} = \dfrac{\text{Côté opposé à } \widehat{B}}{\text{Hypoténuse}}$
- $\tan \widehat{B} = \dfrac{\text{Côté opposé à } \widehat{B}}{\text{Côté adjacent à } \widehat{B}}$

LES DIFFICULTÉS DU SUJET

1 Appliquez la formule donnée.

2 Calculez la longueur PT pour ensuite calculer l'aire du triangle.

3 Il y a deux longueurs égales dans ce triangle rectangle. Calculez d'abord la longueur UR puis l'aire du triangle.

CORRIGÉ 14

Comprendre le corrigé

1 Étude du modèle 1

L'aire $\mathcal{A}_1$ du triangle BLE rectangle en E est :

$$\mathcal{A}_1 = \frac{\text{Base} \times \text{Hauteur}}{2} = \frac{\text{EL} \times \text{BE}}{2} = \frac{4 \times 3{,}5}{2} = 7\ \text{m}^2 < 8\ \text{m}^2.$$

Lisa souhaite une voile de 8 m^2 au minimum, donc **le modèle 1 ne convient pas**.

2 Étude du modèle 2

- L'aire $\mathcal{A}_2$ du triangle POT rectangle en P est : $\mathcal{A}_2 = \dfrac{\text{PT} \times \text{OP}}{2}$.
- Il s'agit ici de déterminer la longueur PT manquante.

Dans le triangle POT rectangle en P, d'après le théorème de Pythagore :

$\text{OT}^2 = \text{OP}^2 + \text{PT}^2$.

$5^2 = 3^2 + \text{PT}^2$

$\text{PT}^2 = 25 - 9 = 16$ d'où $\text{PT} = \sqrt{16}$ (car PT > 0) = 4 m.

Méthode
Connaissant deux longueurs sur trois dans un triangle rectangle, le théorème de Pythagore permet de calculer la longueur manquante.

- $\mathcal{A}_2 = \dfrac{4 \times 3}{2} = 6\ \text{m}^2 < 8\ \text{m}^2$.

Le modèle 2 ne convient pas à Lisa, car l'aire de la voile d'ombrage est inférieure à 8 m^2.

3 Étude du modèle 3

- L'aire $\mathcal{A}_3$ du triangle MUR rectangle en U est : $\mathcal{A}_3 = \dfrac{\text{UR} \times \text{MU}}{2}$.
- Il s'agit de déterminer les longueurs UR et MU.

Dans le triangle MUR rectangle en U :

$$\cos \hat{R} = \frac{\text{Côté adjacent à } \hat{R}}{\text{Hypoténuse}} = \frac{\text{UR}}{\text{MR}}$$

$\cos 45° = \dfrac{\text{UR}}{6}$ d'où $\text{UR} = 6 \times \cos 45°$, soit $\text{UR} \simeq 4{,}24$ m.

Méthode
Dans un triangle rectangle, connaissant un angle aigu et une longueur, la trigonométrie permet de calculer les deux autres longueurs.

Le triangle MUR étant (d'après les codages) isocèle en U, on en déduit MU = UR, soit $\text{MU} \simeq 4{,}24$ m.

Remarque
La calculatrice donne la valeur exacte de MU : $\text{MU} = 3\sqrt{2}$ m.

- On obtient alors :

$\mathcal{A}_3 = \dfrac{4{,}24 \times 4{,}24}{2}$ soit $\mathcal{A}_3 \simeq 9\ \text{m}^2 > 8\ \text{m}^2$.

L'aire de cette voile dépassant 8 m^2, **le modèle 3 convient à Lisa**.

SUJET 15 Amérique du Nord, juin 2019

14 pts 15 min

À main levée

On considère la figure ci-dessous, réalisée à main levée et qui n'est pas à l'échelle.

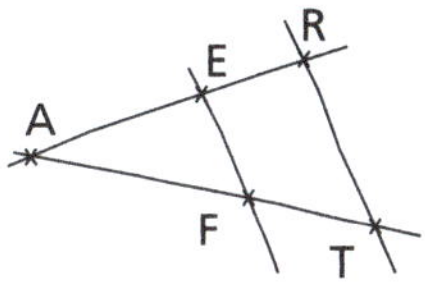

On donne les informations suivantes :

– les droites (ER) et (FT) sont sécantes en A ;

– AE = 8 cm, AF = 10 cm, EF = 6 cm ;

– AR = 12 cm, AT = 14 cm.

1 Démontrer que le triangle AEF est rectangle en E. 5 pts

2 En déduire une mesure de l'angle $\widehat{EAF}$ au degré près. 4 pts

3 Les droites (EF) et (RT) sont-elles parallèles ? 5 pts

PAR ÉTAPES

LES CONNAISSANCES À MOBILISER

- Réciproque du théorème de Pythagore :

Si dans un triangle ABC, $AB^2 + AC^2 = BC^2$, alors ABC est rectangle en A.

- Trigonométrie dans un triangle rectangle :

$$\cos \hat{x} = \frac{\text{Côté adjacent à } \hat{x}}{\text{Hypoténuse}}$$

$$\sin \hat{x} = \frac{\text{Côté opposé à } \hat{x}}{\text{Hypoténuse}}$$

$$\tan \hat{x} = \frac{\text{Côté opposé à } \hat{x}}{\text{Côté adjacent à } \hat{x}}$$

- Réciproque ou contraposée du théorème de Thalès :

Si les points A, M et B d'une part et A, N et C d'autre part sont alignés dans le même ordre et :

– si $\frac{AM}{AB} = \frac{AN}{AC}$, alors les droites (MN) et (BC) sont parallèles (réciproque du théorème de Thalès) ;

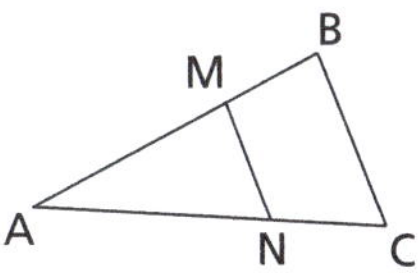

– si $\frac{AM}{AB} \uparrow \frac{AN}{AC}$, alors les droites (MN) et (BC) ne sont pas parallèles (contraposée du théorème de Thalès).

MATHÉMATIQUES
FRANÇAIS
PHYSIQUE - CHIMIE SVT - TECHNO
HISTOIRE - GÉO EMC

LES DIFFICULTÉS DU SUJET

1 On connaît les trois longueurs du triangle AEF et on veut montrer qu'il est rectangle. Identifiez le plus grand côté, puis utilisez la réciproque d'un théorème très connu.

2 Vous avez le choix puisque le triangle est rectangle et que l'on connaît les longueurs de ses trois côtés.

3 Utilisez la réciproque ou la contraposée du théorème de Thalès.

CORRIGÉ 15

Comprendre le corrigé

Avant de commencer la résolution de cet exercice, indiquez les longueurs données par l'énoncé sur le graphique.

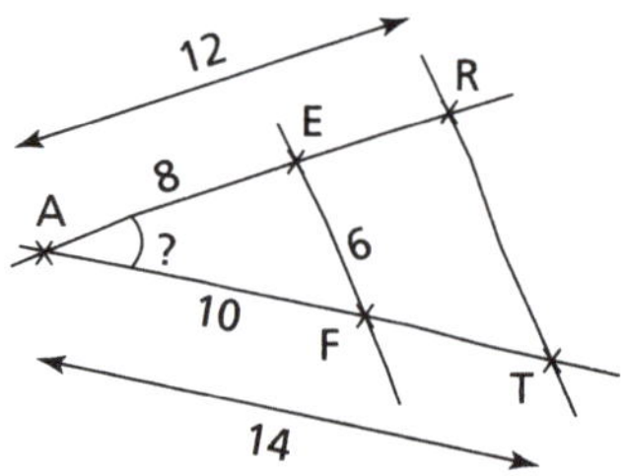

1 Nature du triangle AEF

[AF] est le plus grand côté. Ainsi, le triangle AEF ne peut être rectangle que en E.

- $AF^2 = 10^2 = 100$
- $AE^2 + EF^2 = 8^2 + 6^2 = 100$

Ainsi, $AF^2 = AE^2 + EF^2$.

D'après la réciproque du théorème de Pythagore, **le triangle AEF est rectangle en E.**

Gagnez des points !
Faites deux calculs séparés et précisez le théorème utilisé.

2 Mesure de l'angle $\widehat{EAF}$

Dans le triangle rectangle EAF :

Méthode
Précisez le triangle rectangle utilisé.

$$\cos \widehat{EAF} = \frac{\text{Côté adjacent à } \widehat{EAF}}{\text{Hypoténuse}}$$

$$\cos \widehat{EAF} = \frac{EA}{AF}$$

$$\cos \widehat{EAF} = \frac{8}{10} = 0{,}8$$

$\widehat{EAF} = \cos^{-1}(0{,}8)$

$\widehat{EAF} \simeq 37°$ (valeur arrondie au degré près).

Pensez-y !
On utilise la calculatrice pour trouver l'angle.

Autre méthode

Comme les trois longueurs du triangle EAF sont connues, on pouvait aussi utiliser le sinus ou la tangente :

- $\sin \widehat{EAF} = \dfrac{\text{côté opposé à } \widehat{EAF}}{\text{hypoténuse}} = \dfrac{EF}{AF} = \dfrac{6}{10}$

D'où $\widehat{EAF} = \sin^{-1}\left(\dfrac{6}{10}\right)$, soit $\widehat{EAF} \simeq 37°$.

- $\tan \widehat{EAF} = \dfrac{\text{côté opposé à } \widehat{EAF}}{\text{côté adjacent à } \widehat{EAF}} = \dfrac{EF}{AE} = \dfrac{6}{8}$

D'où $\widehat{EAF} = \tan^{-1}\left(\dfrac{6}{8}\right)$, soit $\widehat{EAF} \simeq 37°$.

3 Position des droites (EF) et (RT)

Les points A, E et R d'une part et A, F et T d'autre part sont alignés dans cet ordre.

$$\left.\begin{array}{l} \dfrac{AE}{AR} = \dfrac{8}{12} = \dfrac{2}{3} \\ \dfrac{AF}{AT} = \dfrac{10}{14} = \dfrac{5}{7} \end{array}\right\} \text{donc } \dfrac{AE}{AR} \neq \dfrac{AF}{AT}$$

Méthode
Comparez les quotients écrits sous forme irréductible.

Ainsi, **les droites (EF) et (RT) ne sont pas parallèles** (d'après la contraposée du théorème de Thalès).

SUJET 16 France métropolitaine, juillet 2019 — 18 pts — 20 min

Un beau tableau

Olivia s'est acheté un tableau pour décorer le mur de son salon.

Ce tableau, représenté ci-contre, est constitué de quatre rectangles identiques nommés ①, ②, ③ et ④, dessinés à l'intérieur d'un grand rectangle ABCD d'aire égale à 1,215 m². Le ratio longueur : largeur est égal à 3:2 pour chacun des cinq rectangles.

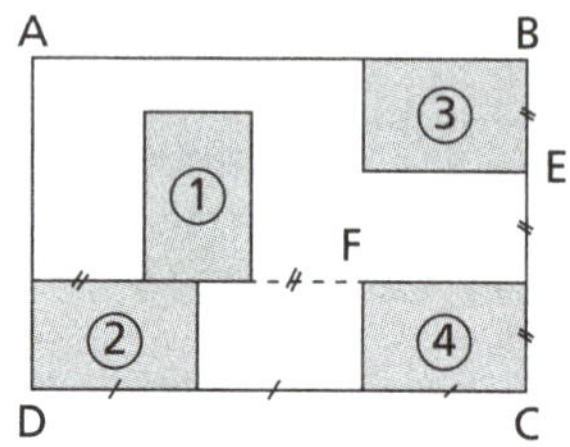

1 Recopier, en les complétant, les phrases suivantes.
Aucune justification n'est demandée.

a. Le rectangle … est l'image du rectangle … par la translation qui transforme C en E. **2 pts**

b. Le rectangle ③ est l'image du rectangle … par la rotation de centre F et d'angle 90° dans le sens des aiguilles d'une montre. **2 pts**

c. Le rectangle ABCD est l'image du rectangle … par l'homothétie de centre … et de rapport 3. **3 pts**
(*Il y a plusieurs réponses possibles, une seule est demandée.*)

2 Quelle est l'aire d'un petit rectangle ? **5 pts**

3 Quelles sont la longueur et la largeur du rectangle ABCD ? **6 pts**

PAR ÉTAPES

LES CONNAISSANCES À MOBILISER

- **La translation**

Le point A′ est l'image du point A par la translation qui transforme B en B′.

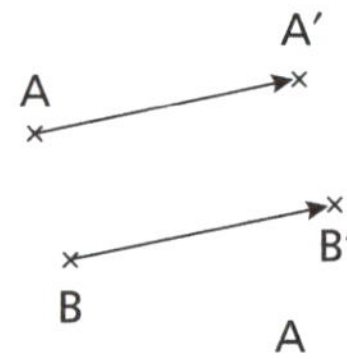

- **La rotation**

Le point A′ est l'image du point A par la rotation de centre O et d'angle α dans le sens des aiguilles d'une montre.

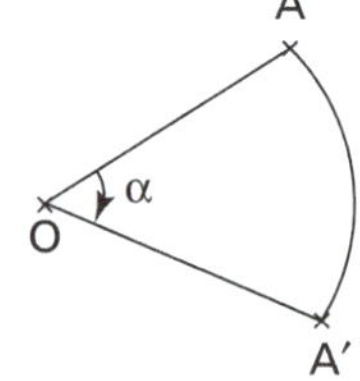

- L'homothétie

Le grand carré est l'image du petit carré par une homothétie de centre O et de rapport $k = 4$.

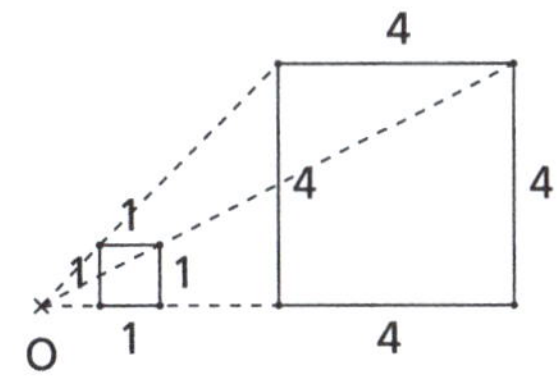

k est le coefficient d'agrandissement de la figure de départ.

- Dans un agrandissement de rapport k, les aires sont multipliées par k^2.
- Deux nombres a et b sont dans le ratio 3:2 si $\frac{a}{3} = \frac{b}{2}$, d'où $\frac{a}{b} = \frac{3}{2}$.

LES DIFFICULTÉS DU SUJET

1 **b.** Tracez le segment [FE]. Le point E est l'image du point G tel que : FE = EG et $\widehat{GFE} = 90°$ (angle droit).

c. Puisque le rapport de l'homothétie est 3, le rectangle cherché a des mesures 3 fois plus petites. Dans une homothétie, le centre est invariant.

2 Utilisez la question précédente.

Si les mesures des petits rectangles sont 3 fois plus petites que les mesures du grand rectangle, alors que peut-on dire des aires ?

3 Utilisez les données : le ratio longueur:largeur est 3:2.

Exprimez ainsi la longueur en fonction de la largeur, puis résolvez une équation dont l'inconnue est la longueur en utilisant l'égalité suivante :

Longueur × Largeur = 0,135.

CORRIGÉ 16

Comprendre le corrigé

1 Phrases complétées

a. Image par une translation

Par la translation qui transforme C en E :
- le point I a pour image le point B ;
- le point H a pour image le point J ;
- le point F a pour image le point K.

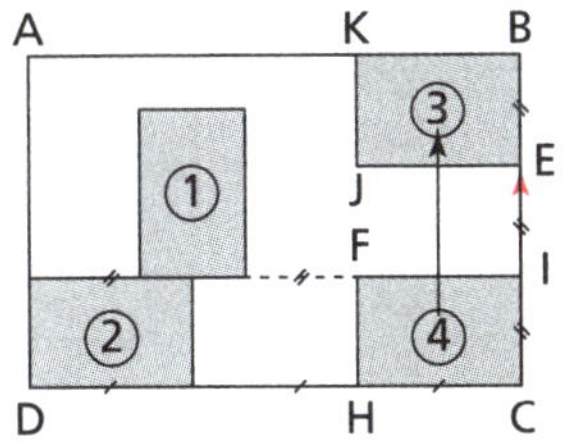

Remarque
Cette translation est matérialisée par la flèche de C vers E.

Le rectangle ③ est l'image du rectangle ④ par la translation qui transforme C en E.

b. Image par une rotation

Par la rotation de centre F et d'angle 90° dans le sens des aiguilles d'une montre :

– le point B est l'image du point N (on a bien FN = FB et $\widehat{NFB} = 90°$) ;

– le point K est l'image du point O (on a bien FO = FK et $\widehat{OFK} = 90°$) ;

– le point E est l'image du point M (on a bien FM = FE et $\widehat{MFE} = 90°$) ;

– le point J est l'image du point L (on a bien FL = FJ et $\widehat{LFJ} = 90°$).

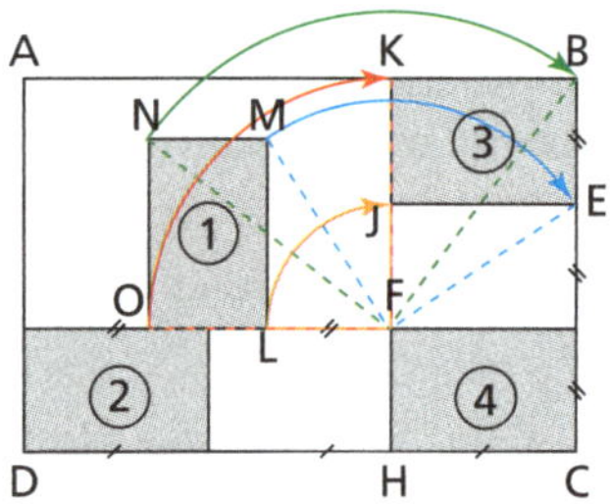

Le rectangle ③ est l'image du rectangle ① par la rotation de centre F et d'angle 90° dans le sens des aiguilles d'une montre.

Méthode
Identifiez les points qui ont pour images les sommets du rectangle ③.

c. Image par une homothétie

Par l'homothétie de centre D et de rapport 3 :

– le point B est l'image du point Q (on a bien DB = 3 × DQ) ;

– le point C est l'image du point P (on a bien DC = 3 × DP) ;

– le point A est l'image du point R (on a bien DA = 3 × DR) ;

– le point D est l'image du point D.

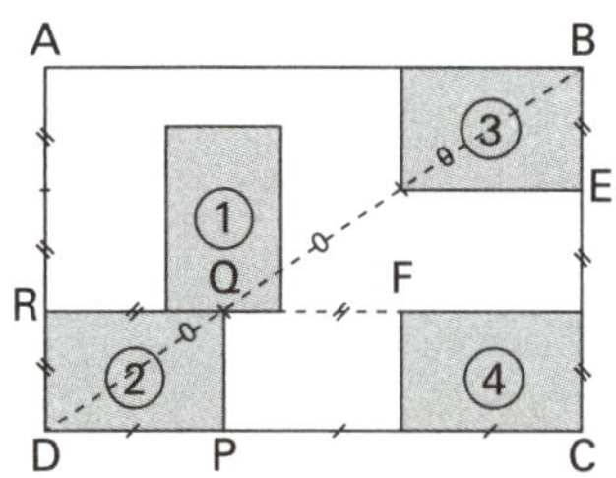

Le rectangle ABCD est l'image du rectangle ② par l'homothétie de centre D et de rapport 3.

Rappel
Le point D est le seul point invariant par cette homothétie.

Autres réponses possibles

- Le rectangle ABCD est l'image du rectangle ③ par l'homothétie de centre B et de rapport 3.
- Le rectangle ABCD est l'image du rectangle ④ par l'homothétie de centre C et de rapport 3.

2 Aire d'un petit rectangle

ABCD est l'image d'un petit rectangle par une homothétie de rapport 3.

ABCD est donc un agrandissement de coefficient 3 d'un petit rectangle.

On peut également dire qu'un petit rectangle est une réduction du rectangle ABCD de coefficient $\frac{1}{3}$.

Remarque
Un coefficient de $\frac{1}{3}$ est un coefficient de réduction, car $0 < \frac{1}{3} < 1$.

Dans un agrandissement ou une réduction, si les longueurs sont multipliées par k, les aires sont multipliées par k^2.
Ainsi, on a :

$$\text{Aire (petit rectangle)} = \left(\frac{1}{3}\right)^2 \times \text{Aire (ABCD)}$$
$$= \frac{1}{9} \times 1{,}215$$
$$= 0{,}135$$

Rappel
Multiplier par $\frac{1}{9}$ revient à diviser par 9.

Remarque
Dans ABCD, il y a 9 petits rectangles.

L'aire d'un petit rectangle est 0,135 m².

3 Dimensions du rectangle ABCD

Le ratio longueur:largeur est égal à 3:2 signifie que $\frac{\text{Longueur}}{3} = \frac{\text{Largeur}}{2}$ et que $\frac{\text{Longueur}}{\text{Largeur}} = \frac{3}{2}$.
Ainsi, Longueur $= \frac{3}{2} \times$ Largeur $= 1{,}5 \times$ Largeur.

En notant L la longueur et ℓ la largeur, on obtient $L = 1{,}5 \times \ell$.
L'aire d'un petit rectangle s'écrit alors :

$$\underbrace{L}_{1{,}5\,\ell} \times \ell = 0{,}135$$
$$1{,}5\,\ell \times \ell = 0{,}135$$
$$1{,}5\,\ell^2 = 0{,}135$$

on divise par 1,5

$$\ell^2 = \frac{0{,}135}{1{,}5}$$
$$\ell^2 = 0{,}09$$
$$\ell = \sqrt{0{,}09} = 0{,}3$$

Méthode
On connaît l'aire du petit rectangle. L'idée est de trouver une équation qui modélise la situation.

Rappel
Deux nombres ont pour carré 0,09 : $-\sqrt{0{,}09}$ et $\sqrt{0{,}09}$. Ici, on sait que ℓ est positif.

Comme $L \times \ell = 0{,}135$, alors $L \times 0{,}3 = 0{,}135$ soit $L = \frac{0{,}135}{0{,}3} = 0{,}45$.

La longueur d'un petit rectangle est 0,45 m et sa largeur 0,3 m.

Vérification
On a bien : $\frac{0{,}45}{3} = \frac{0{,}3}{2}$ et $\frac{0{,}45}{0{,}3} = \frac{3}{2}$.

SUJET 17 Amérique du Nord, juin 2018

6 pts 10 min

Une frise

Gaspard travaille avec un logiciel de géométrie dynamique pour construire une frise. Il a construit un triangle ABC isocèle en C (motif ①), puis il a obtenu le losange ACBD (motif ②). Voici des captures d'écran de son travail.

Motif ①	Motif ②
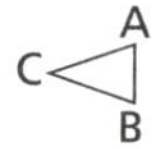	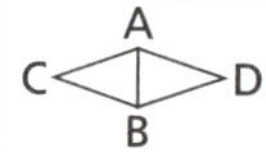

1 Préciser une transformation permettant de compléter le motif ① pour obtenir le motif ②. **3 pts**

2 Une fois le motif ② construit, Gaspard a appliqué à plusieurs reprises une translation. Il obtient ainsi la frise ci-dessous.

Préciser de quelle translation il s'agit. **3 pts**

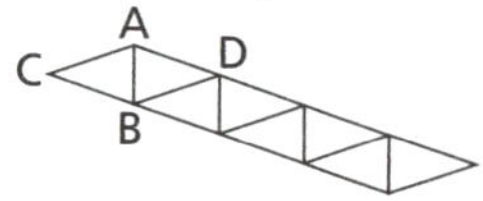

PAR ÉTAPES

LES CONNAISSANCES À MOBILISER

Les transformations sont : la translation, la symétrie centrale, la symétrie orthogonale, la rotation, l'homothétie.

LES DIFFICULTÉS DU SUJET

Deux translations permettent d'obtenir la frise proposée.

CORRIGÉ 17

Comprendre le corrigé

1 Transformation permettant d'obtenir le motif ②

Le motif ABD est le symétrique par rapport à la droite (AB) du motif ABC.

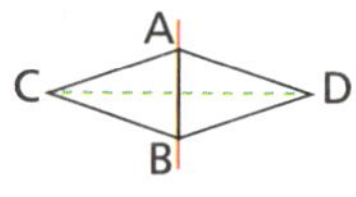

Le motif ② est obtenu à partir du motif ① par la symétrie d'axe (AB).

Remarque

La symétrie d'axe (AB) a le même rôle qu'un miroir.

2 Transformation permettant d'obtenir la frise

On repère sur la frise la répétition du motif ②.

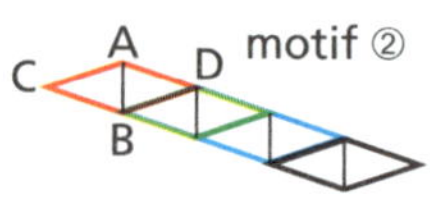

Le motif vert est obtenu par « glissement » du motif ② de A vers D (ou de C vers B) ; de même, on obtient le motif bleu à partir du vert, et le noir à partir du bleu.

La translation permettant d'obtenir la frise est donc la **translation transformant A en D (ou C en B).**

Remarque

La translation qui transforme A en D sera étudiée en seconde et notée « translation de vecteur $\overrightarrow{AD}$ ».

SUJET 18 **Polynésie, septembre 2018** 14 pts 15 min

Le ballon de basket

Un collégien français et son correspondant anglais ont de nombreux centres d'intérêt communs, comme le basket qu'ils pratiquent tous les deux.

Le tableau ci-dessous donne quelques informations sur leurs ballons.

Ballon du collégien français	Ballon du correspondant anglais
$A \approx 1\,950\ \text{cm}^2$	$D \approx 9{,}5$ inch
A désigne l'aire de la surface du ballon et r son rayon. On a $A = 4 \times \pi \times r^2$.	D désigne le diamètre du ballon. L'inch est une unité de longueur anglo-saxonne. On a 1 inch = 2,54 cm.

Pour qu'un ballon soit utilisé dans un match officiel, son diamètre doit être compris entre 23,8 cm et 24,8 cm.

1 Le ballon du collégien français respecte-t-il cette norme ? 8 pts

2 Le ballon du collégien anglais respecte-t-il cette norme ? 6 pts

PAR ÉTAPES

LES CONNAISSANCES À MOBILISER

- L'aire A d'une sphère de rayon r est donnée par : $A = 4 \times \pi \times r^2$.
- Le rayon d'un disque est égal à la moitié du diamètre.

LES DIFFICULTÉS DU SUJET

1 Il s'agit dans un premier temps de déterminer le rayon du ballon.

Pour cela, remplacez A dans l'égalité $A = 4 \times \pi \times r^2$ par la valeur donnée, puis isolez la valeur de r^2 puis celle de r pour en déterminer une valeur approchée.

2 Utilisez la proportionnalité qui existe entre les centimètres et les inches : 1 inch = 2,54 cm, alors 9,5 inch…

MATHÉMATIQUES FRANÇAIS PHYSIQUE - CHIMIE SVT - TECHNO HISTOIRE - GÉO EMC

CORRIGÉ 18

Comprendre le corrigé

1 Étude du ballon du collégien français

- Il s'agit de calculer d'abord le rayon r du ballon.

L'aire A de la surface du ballon est d'environ 1 950 cm^2, soit :

$4\pi r^2 = 1950$

$r^2 = \dfrac{1950}{4\pi}$

$r = \sqrt{\dfrac{1950}{4\pi}}$ (car $r > 0$)

$r \simeq 12{,}46$ cm

- On en déduit le diamètre d_1 du ballon :

$d_1 = 2 \times r$

$d_1 \simeq 2 \times 12{,}46$

$d_1 \simeq 24{,}92$ cm

- $d_1 > 24{,}8$ cm

Le ballon du collégien français ne respecte pas la norme d'un match officiel.

2 Étude du ballon du correspondant anglais

- Le diamètre d_2 du ballon du correspondant anglais est :

$d_2 \simeq 9{,}5$ inch.

Or 1 inch = 2,54 cm, d'où :

$d_2 \simeq 9{,}5 \times 2{,}54$ cm

$d_2 \simeq 24{,}13$ cm

- $23{,}8 \text{ cm} < d_2 < 24{,}8$ cm

Le ballon du correspondant anglais respecte la norme d'un match officiel.

Piège à éviter

Prenez deux décimales pour r afin d'obtenir une valeur de d suffisamment précise.

Remarque

La valeur exacte de d_1 est :

$d_1 = 2r = 2\sqrt{\dfrac{1950}{4\pi}}$

Gagnez des points !

Justifiez votre conclusion soigneusement.

SUJET 19 France métropolitaine, juin 2017

14 pts — 15 min

La confiture de fraise

Léo a ramassé des fraises pour faire de la confiture.

1 Il utilise les proportions de sa grand-mère : 700 g de sucre pour 1 kg de fraises. Il a ramassé 1,8 kg de fraises. De quelle quantité de sucre a-t-il besoin ? 2 pts

2 Après cuisson, Léo a obtenu 2,7 litres de confiture. Il la verse dans des pots cylindriques de 6 cm de diamètre et de 12 cm de haut, qu'il remplit jusqu'à 1 cm du bord supérieur. Combien pourra-t-il remplir de pots ? 6 pts

Rappels : 1 litre = 1 000 cm^3 ; volume d'un cylindre = $\pi \times R^2 \times h$.

3 Il colle ensuite sur ses pots une étiquette rectangulaire de fond blanc qui recouvre toute la surface latérale du pot.

a. Montrer que la longueur de l'étiquette est d'environ 18,8 cm. 3 pts

b. Dessiner l'étiquette à l'échelle 1/3. 3 pts

PAR ÉTAPES

LES CONNAISSANCES À MOBILISER

- Périmètre d'un disque = $2 \times \pi \times$ Rayon
- Dans une réduction de rapport k, les longueurs sont multipliées par k.

LES DIFFICULTÉS DU SUJET

2 Calculez le volume de confiture dans un pot. Après l'avoir converti en cm^3, calculez combien de pots complets peuvent être remplis.

3 a. Cherchez le périmètre du cercle de rayon R associé au cylindre.

b. Il s'agit de construire le rectangle correspondant à l'étiquette dont les dimensions ont été multipliées par $\frac{1}{3}$.

CORRIGÉ 19

Comprendre le corrigé

1 Calcul de la quantité de sucre nécessaire

Pour 1 kg de fraises, il faut 700 g de sucre. En respectant ces proportions, pour 1,8 kg de fraises, il faut donc $1{,}8 \times 700 = 1\,260$ g de sucre. **Léo a besoin de 1 260 g, soit 1,26 kg de sucre.**

2 Calcul du nombre de pots de confiture

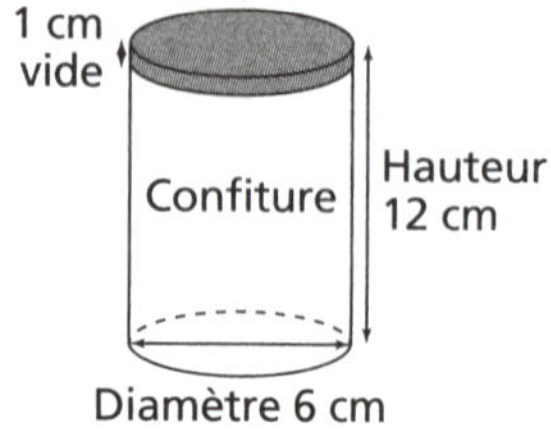

- Le volume ϑ de confiture contenu dans un pot est celui d'un cylindre de rayon $R = \frac{\text{Diamètre}}{2} = \frac{6}{2} = 3$ cm et de hauteur h celle du pot moins un centimètre, soit $h = 12 - 1 = 11$ cm.

$\vartheta = \pi \times 3^2 \times 11 = 99\,\pi$ cm^3 (volume exact)

$\vartheta \approx 311$ cm^3 (volume arrondi au cm^3 près).

> **Gagnez des points !**
> $\vartheta_{\text{cylindre}} = \pi r^2 h$.

- Léo a obtenu 2,7 L de confiture.

2,7 L = 2,7 dm^3 = 2 700 cm^3.

> **Rappel**
> 1 L = 1 dm^3 = 1 000 cm^3.

- On déduit le nombre de pots de confiture à remplir.

$2\,700 \div 311 \approx 8{,}7$.

Léo pourra remplir complètement 8 pots.

> **Pensez-y !**
> Le nombre de pots est un nombre entier. Le neuvième pot ne sera pas complètement rempli.

3 a. Calcul de la longueur de l'étiquette

L'étiquette du pot a la forme d'un rectangle de longueur le périmètre du cercle de base du cylindre.

$L = 2 \times \pi \times \text{Rayon} = 2 \times \pi \times 3$

$L = 6\pi$ (valeur exacte) soit $L \approx 18{,}8$.

La longueur de l'étiquette est bien d'environ 18,8 cm.

> **Rappel**
> Périmètre d'un cercle $= 2 \times \pi \times \text{Rayon}$.

b. Étiquette à l'échelle 1/3

- L'étiquette est un rectangle de longueur $L \approx 18{,}8$ cm et de largeur $\ell = 12$ cm.
- Dans une réduction de rapport $\frac{1}{3}$, les longueurs sont multipliées par $\frac{1}{3}$.

> **Remarque**
> Une échelle de $\frac{1}{3}$ signifie que 1 cm sur le dessin représente 3 cm de longueur réelle.

$L_{\text{réduit}} = L \times \frac{1}{3} = 18{,}8 \times \frac{1}{3}$

soit $L_{\text{réduit}} \approx 6{,}3$ cm.

$\ell_{\text{réduit}} = \ell \times \frac{1}{3} = 12 \times \frac{1}{3} = 4$ cm.

- La réduction à l'échelle $\frac{1}{3}$ de l'étiquette est donnée ci-contre.

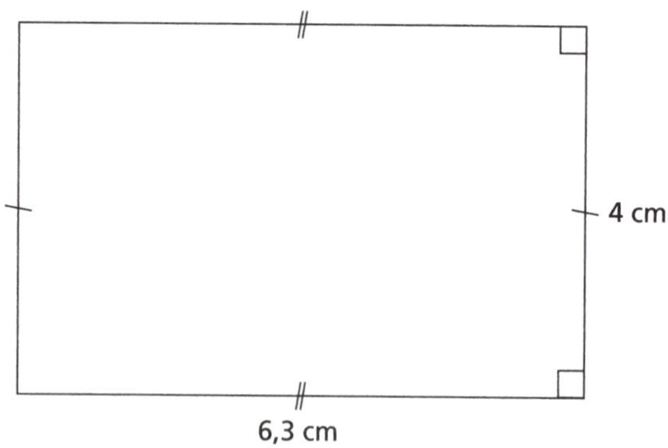

SUJET 20 Asie, juin 2017

10 pts — 10 min

Différents points de vue

La figure ci-dessous représente un solide constitué de l'assemblage de quatre cubes :

– trois cubes d'arête 2 cm ;

– un cube d'arête 4 cm.

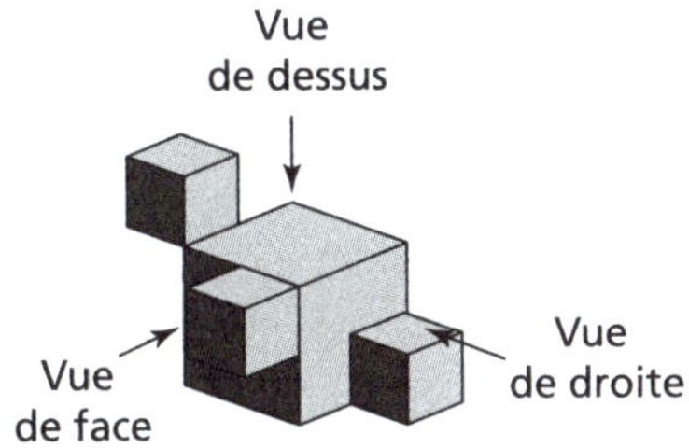

1 Quel est le volume de ce solide ? *4 pts*

2 On a dessiné ci-dessous deux vues de ce solide (elles ne sont pas en vraie grandeur).

Dessiner la **vue de droite** de ce solide **en vraie grandeur**. *6 pts*

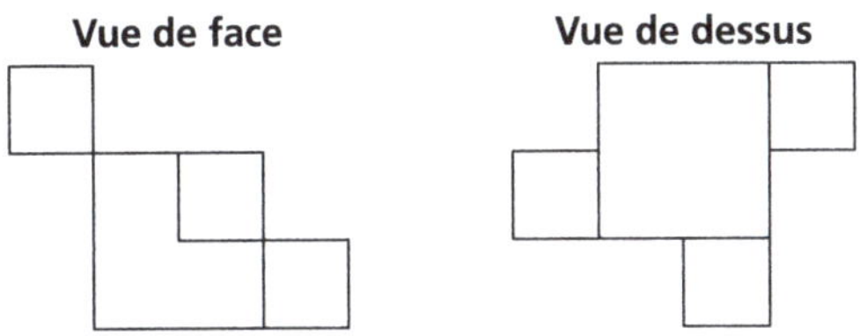

PAR ÉTAPES

LES CONNAISSANCES À MOBILISER

Le volume d'un cube d'arête c est donné par c^3.

LES DIFFICULTÉS DU SUJET

1 Le solide est constitué d'un gros cube et de trois petits cubes. On connaît les longueurs des arêtes, donc on a tout ce qu'il faut.

2 Aidez-vous des vues de face et de dessous pour faire celle de droite.

CORRIGÉ 20

Comprendre le corrigé

1 Volume du solide

Le solide est composé d'un cube d'arête 4 cm et de 3 cubes d'arête 2 cm.

$4^3 = 64$ donc le volume du gros cube est 64 cm^3.

$2^3 = 8$ donc le volume d'un petit cube est 8 cm^3.

$64 + 3 \times 8 = 64 + 24 = 88$.

Le volume du solide est 88 cm^3.

2 Représentation de la vue de droite

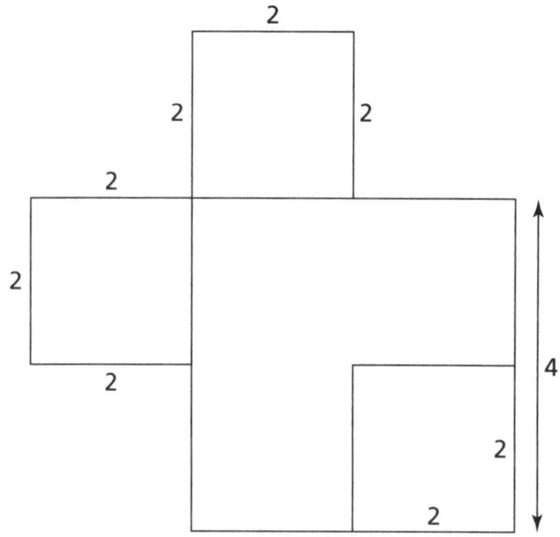

L'astuce du prof

Imaginez que vous êtes placé sur le côté droit du solide et dessinez ce que vous voyez.

SUJET 21 Amérique du Nord, juin 2019 — 10 pts — 10 min

Le labyrinthe

On a programmé un jeu, le but est de sortir du labyrinthe.

Au début du jeu, le lutin se place au point de départ. Lorsque le lutin touche un mur, représenté par un trait noir épais, il revient au point de départ.

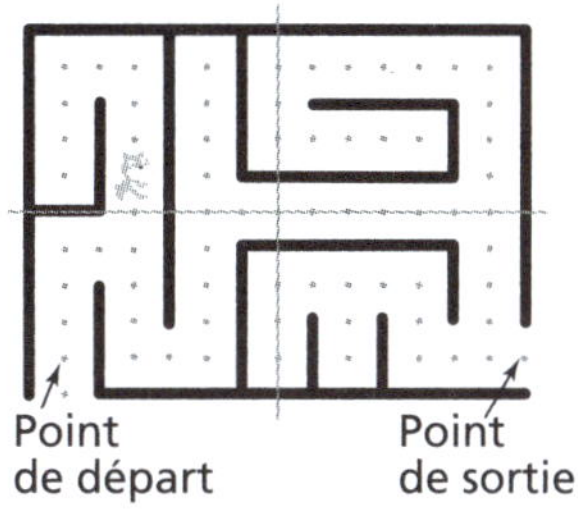

L'arrière-plan est constitué d'un repère d'origine O avec des points espacés de 30 unités verticalement et horizontalement.

Dans cet exercice, on considèrera que seuls les murs du labyrinthe sont noirs.

Voici le programme :

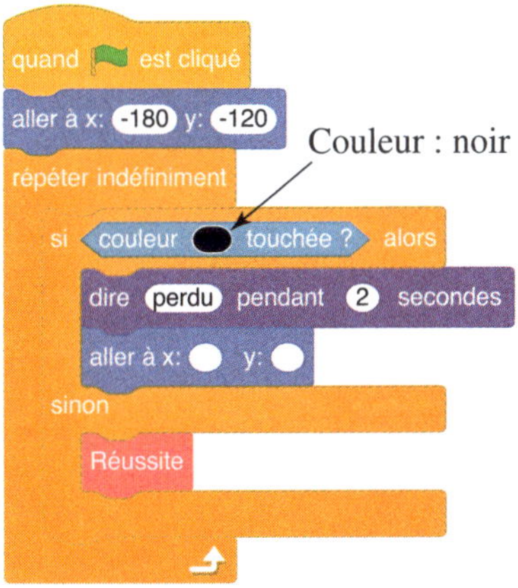

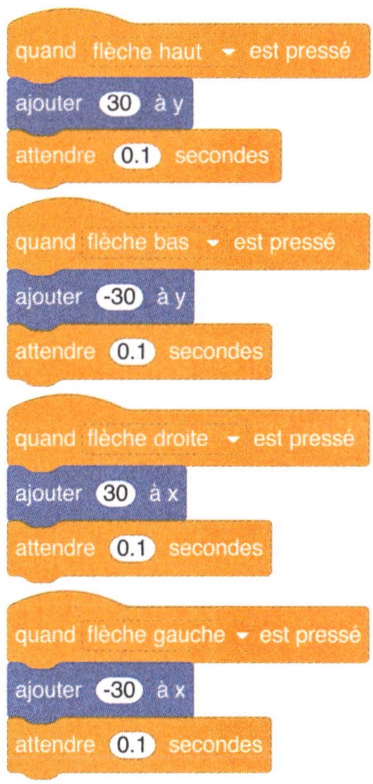

Le bloc Réussite correspond à un sous-programme qui fait dire « Gagné ! » au lutin lorsqu'il est situé au point de sortie ; le jeu s'arrête alors.

1 Recopier et compléter l'instruction « aller à x: ◯ y: ◯ » du programme pour ramener le lutin au point de départ si la couleur noire est touchée. **2 pts**

2 Quelle est la distance minimale parcourue par le lutin entre le point de départ et le point de sortie ? **4 pts**

3 On lance le programme en cliquant sur le drapeau. Le lutin est au point de départ. On appuie brièvement sur la touche ↑ (« flèche haut »), puis sur la touche → (« flèche droite »). Quelles sont toutes les actions effectuées par le lutin ? **4 pts**

PAR ÉTAPES

LES CONNAISSANCES À MOBILISER

L'algorithmique

LES DIFFICULTÉS DU SUJET

1 Il s'agit simplement de ramener le lutin au point de départ. Celui-ci est donné dans le programme.

2 Les points sont espacés de 30 unités aussi bien horizontalement que verticalement.

3 Indiquez pour ces deux instructions ce qui se passe pour le lutin. Vous pouvez indiquer ses positions à l'aide des coordonnées.

CORRIGÉ 21

Comprendre le corrigé

1 Instruction complétée

Au début du programme, on trouve l'instruction `aller à x: -180 y: -120` qui indique la position du lutin au point de départ.

C'est donc cette instruction qu'il faut répéter pour ramener le lutin au point de départ.

2 Distance minimale parcourue par le lutin

Pour arriver au point de sortie, le lutin doit parcourir 27 déplacements, soit $27 \times 30 = 810$ unités de longueur.

Point de départ

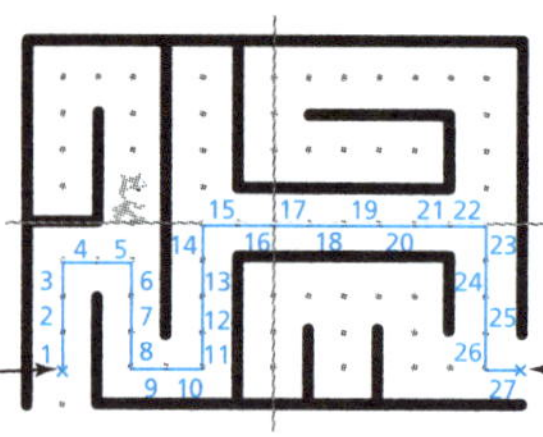

Point de sortie

3 Actions effectuées par le lutin

En appuyant sur la touche ↑ (« flèche haut »), la valeur de y augmente de 30. Le lutin se retrouve donc un point au-dessus du point de départ.

> **Remarque**
> Sa position a alors pour coordonnées (–180 ; –90).
> –90 = –120 + 30

En appuyant sur la touche → (« flèche droite »), la valeur de x augmente de 30. Le lutin se retrouve un point à droite de sa position précédente.

> **Remarque**
> Sa position a alors pour coordonnées (–150 ; –90).
> –150 = –180 + 30

Il heurte alors un mur (trait noir). Le jeu affiche « perdu ». Et le lutin revient au point de départ.

SUJET COMPLET 1 France métropolitaine, juin 2023 100 pts 2 h

Indications portant sur l'ensemble du sujet

Toutes les réponses doivent être justifiées, sauf si une indication contraire est donnée.

Pour chaque question, si le travail n'est pas terminé, laisser tout de même une trace de la recherche ; elle sera prise en compte dans la notation.

Exercice 1 20 pts 25 min

corrigés p. 68

Métier : opticien

Un opticien vend différents modèles de lunettes de soleil.

Il reporte dans le tableur ci-dessous des informations sur cinq modèles vendus pendant l'année 2022.

	A	B	C	D	E	F	G
1	Lunettes de soleil	Modèle 1	Modèle 2	Modèle 3	Modèle 4	Modèle 5	Total
2	Nombre de paires de lunettes vendues	1 200	950	875	250	300	
3	Prix à l'unité en euro	75	100	110	140	160	X

1 Montrer que l'étendue des prix de ces paires de lunettes de soleil est de 85 euros. 3 pts

2 **a.** Quelle formule doit-on saisir dans la cellule G2 pour calculer le nombre total de paires de lunettes de soleil vendues en 2022 ? 4 pts

b. Calculer le nombre total de paires de lunettes de soleil vendues en 2022. 3 pts

3 **a.** Calculer le montant total, en euros, des ventes des paires de lunettes de soleil en 2022. 5 pts

b. Calculer le prix moyen d'une paire de lunettes de soleil vendue en 2022, arrondi au centime près. 5 pts

Exercice 2 20 pts 25 min

corrigés p. 69

Des longueurs et des aires

Sur la figure ci-dessous :

- BCDE est un rectangle, BAE est un triangle rectangle en A ;
- la perpendiculaire à la droite (CD) passant par A coupe cette droite en H ;
- les droites (AE) et (CD) se coupent en F.

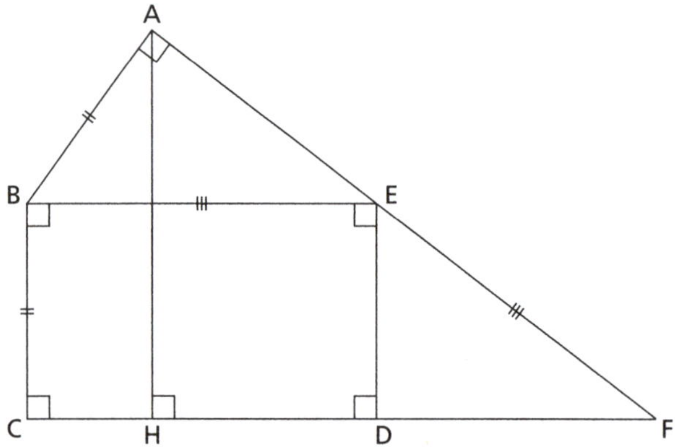

On donne :

- AB = BC = 4,2 cm ;
- EB = EF = 7 cm.

1 Montrer que l'aire du rectangle BCDE est égale à 29,4 cm². 2 pts

2 **a.** Montrer que la longueur AE est égale à 5,6 cm. 5 pts

b. Calculer l'aire du triangle rectangle ABE. 3 pts

3 **a.** Montrer que les droites (ED) et (HA) sont parallèles. 4 pts

b. Calculer la longueur AH. 6 pts

Exercice 3 20 pts 20 min

corrigés p. 70

Choisir sans avoir à se justifier

Cet exercice est un questionnaire à choix multiples (QCM).

Pour chaque question, trois réponses (A, B ou C) sont proposées. **Une seule réponse est exacte.**

Recopier le numéro de la question et la réponse choisie.
Aucune justification n'est demandée.

4 pts par réponse correcte

Question	Réponse A	Réponse B	Réponse C
1 Dans une classe de 25 élèves, 60 % des élèves sont des filles. Combien y a-t-il de filles dans cette classe ?	10	15	20
2 Quelle est la décomposition en produit de facteurs premiers de 126 ?	$2 \times 9 \times 7$	$2^2 \times 5^2 + 2 \times 13$	$2 \times 3^2 \times 7$
3 Dans un sac, il y a 17 jetons rouges, 23 jetons jaunes et 20 jetons bleus, tous indiscernables au toucher. On tire au hasard un jeton du sac. Quelle est la probabilité d'obtenir un jeton rouge ou un jeton jaune ?	$\frac{2}{3}$	0,6	$\frac{17}{23}$
4 Sur l'octogone régulier ci-dessous, quelle est l'image du segment [DC] par la rotation de centre O qui transforme A en D ? 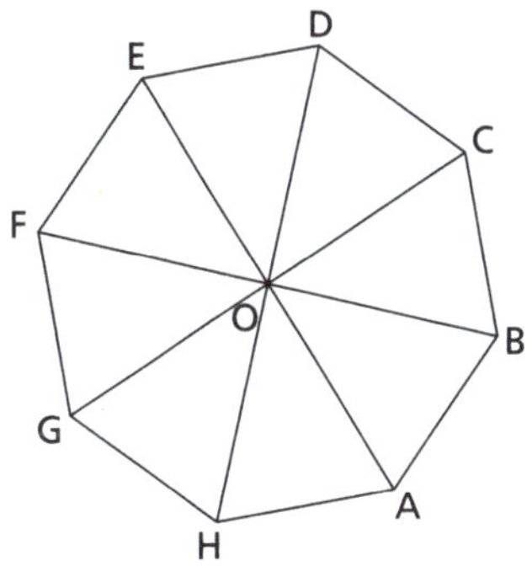	[GE]	[GF]	[AH]
5 Quel est le volume d'un pavé droit de hauteur 1,5 m et de base rectangulaire de 2 m de longueur et 1,3 m de largeur ? ***Rappel*** : $1 \text{ m}^3 = 1\,000$ L.	$2{,}6 \text{ m}^3$	3 900 L	3 000 L

Exercice 4 20 pts 25 min

corrigés p. 71

L'escalier en bois

On veut fabriquer un escalier en bois de hauteur 272 cm.

La figure ci-dessous représente une vue de profil de cet escalier. La hauteur d'une marche est de 17 cm. La profondeur d'une marche pour poser le pied mesure 27 cm.

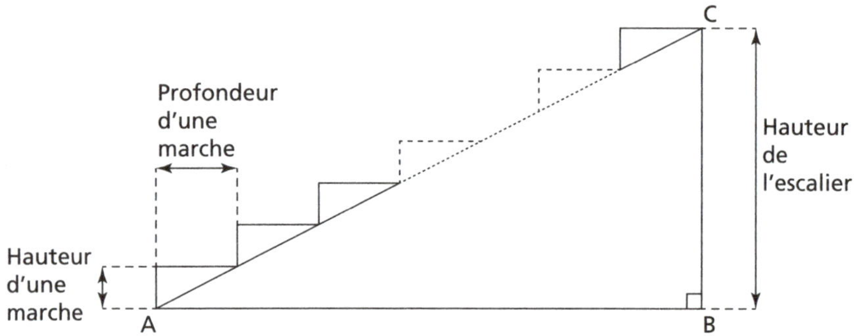

1 **a.** Montrer qu'il faut prévoir 16 marches pour construire cet escalier. *3 pts*

b. Montrer que la longueur AB est égale à 432 cm. *4 pts*

2 Pour permettre une montée agréable, l'angle $\widehat{BAC}$ doit être compris entre 25° et 40°.

a. Calculer la mesure de l'angle $\widehat{BAC}$, arrondie au degré près. *7 pts*

b. L'escalier permet-il une montée agréable ? *2 pts*

3 On rédige le programme ci-contre avec le logiciel Scratch pour dessiner cet escalier (1 cm dans la réalité est représenté par 1 pas dans le programme).

Recopier les lignes 5, 6, 7 et 9 en les complétant. *4 pts*

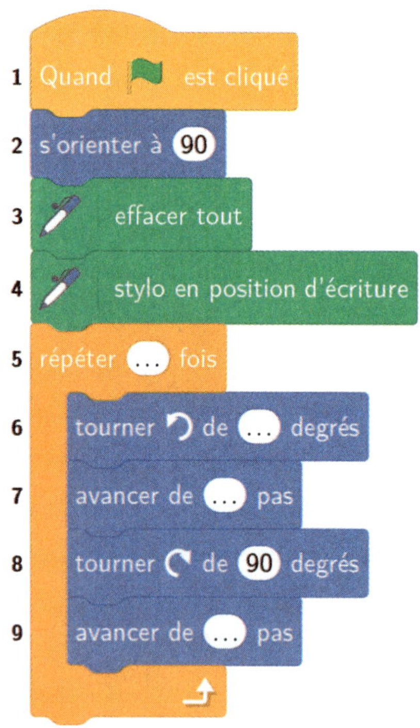

Exercice 5 20 pts 25 min

corrigés p. 73

Des programmes aux fonctions

Voici deux programmes de calcul.

Programme A	Programme B
• Choisir un nombre. • Multiplier ce nombre par – 2. • Ajouter 5 à ce résultat.	• Choisir un nombre. • Soustraire 5 à ce nombre. • Multiplier le résultat par 3. • Ajouter 11 au résultat.

1 **a.** Montrer que, si on choisit –3 comme nombre de départ, le résultat obtenu avec le programme A est 11. 1 pt

b. Quel résultat obtient-on avec le programme B si on choisit 5,5 comme nombre de départ ? 2 pts

2 En désignant par x le nombre de départ, on obtient $-2x + 5$ comme résultat avec le programme A.

Montrer, qu'avec le même nombre de départ, le résultat du programme B est égal à $3x - 4$. 4 pts

3 **a.** On a représenté ci-contre les fonctions f et g définies par :

$$f(x) = -2x + 5$$

et :

$$g(x) = 3x - 4$$

Associer, en justifiant, chaque droite à la fonction qui lui correspond. 4 pts

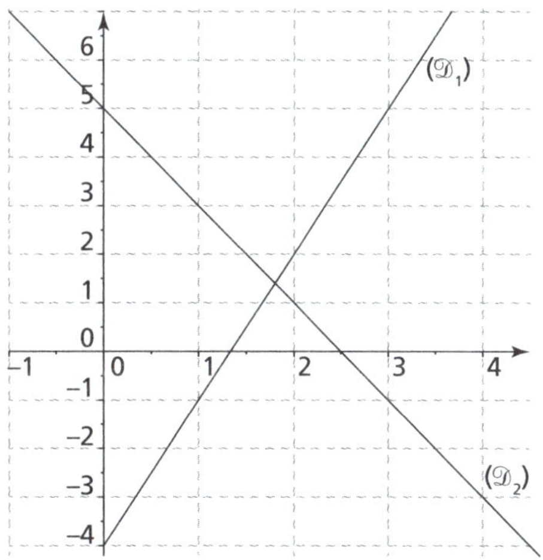

b. Par lecture graphique, donner, le plus précisément possible, le nombre dont l'image est la même par la fonction f et la fonction g. 3 pts

4 Déterminer par le calcul le nombre de départ pour lequel les programmes A et B donnent le même résultat. 6 pts

CORRIGÉ SUJET COMPLET 1

Exercice 1

énoncé p. 63

1 Étendue des prix

Les paires de lunettes sont vendues entre 75 € et 160 €.

160 – 75 = 85.

L'étendue des prix des paires de lunettes est de **85 euros**.

> **Rappel**
> Étendue = Valeur maximale – Valeur minimale.

2 a. Formule à saisir

La cellule G2 contient le nombre total de paires de lunettes vendues, somme des contenus des cellules B2 à F2.

Ainsi, on peut saisir dans la cellule G2 :

=SOMME(B2:F2)

ou :

=B2+C2+D2+E2+F2

> **Pensez-y !**
> Une formule dans une cellule de tableur commence par le signe =.

b. Nombre total de paires de lunettes vendues en 2022

1 200 + 950 + 875 + 250 + 300 = 3 575.

L'opticien a vendu **3 575 paires de lunettes de soleil** en 2022.

3 a. Montant des ventes en 2022

$1\,200 \times 75 + 950 \times 100 + 875 \times 110 + 250 \times 140 + 300 \times 160 = 364\,250$.

L'opticien a vendu pour **364 250 €** de paires de lunettes de soleil en 2022.

b. Prix moyen d'une paire de lunettes de soleil vendue en 2022

D'après la question **2 b.**, l'opticien a vendu 3 575 paires de lunettes de soleil en 2022.

Selon la question **3 a.**, il en a vendu pour un montant total de 364 250 euros.

$$\frac{364\,250}{3\,575} \simeq 101{,}89.$$

Une paire de lunettes de soleil est vendue **101,89 euros en moyenne**.

> **Rappel**
> $\text{Prix moyen} = \dfrac{\text{Montant des ventes}}{\text{Nombre de paires}}$.

> **Gagnez des points !**
> Un arrondi au centime près est un arrondi avec deux chiffres après la virgule.

Exercice 2

énoncé p. 64

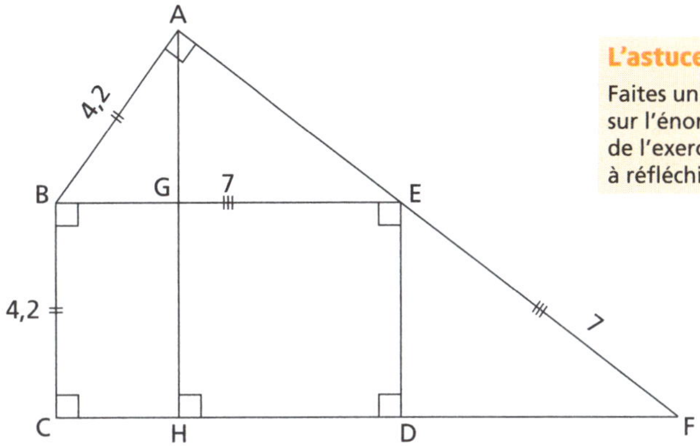

L'astuce du prof

Faites un croquis ou reportez sur l'énoncé les données de l'exercice afin de vous aider à réfléchir.

1 Justification de l'aire du rectangle BCDE

Le rectangle BCDE a pour longueur EB = 7 cm et pour largeur BC = 4,2 cm.

Son aire est : $\mathcal{A}$ = Longueur × Largeur = 7 × 4,2 = 29,4.

L'aire du rectangle BCDE est bien égale à **29,4 cm²**.

2 a. Justification de la longueur AE

Dans le triangle ABE rectangle en A, d'après le théorème de Pythagore :

$AB^2 + AE^2 = BE^2$

$4{,}2^2 + AE^2 = 7^2$

$AE^2 = 7^2 - 4{,}2^2$

$AE^2 = 31{,}36$

$AE = \sqrt{31{,}36}$ (car AE > 0)

$AE = 5{,}6$

La longueur AE est bien égale à **5,6 cm**.

Méthode

Le théorème de Pythagore permet de calculer la longueur manquante dans un triangle rectangle où on connait déjà deux longueurs.

b. Aire du triangle rectangle ABE

$$\mathcal{A}_{ABE} = \frac{\text{Base} \times \text{Hauteur}}{2} = \frac{AB \times AE}{2} = \frac{4{,}2 \times 5{,}6}{2}$$

$\mathcal{A}_{ABE} = 11{,}76$

Le triangle ABE a une aire de **11,76 cm²**.

Rappel

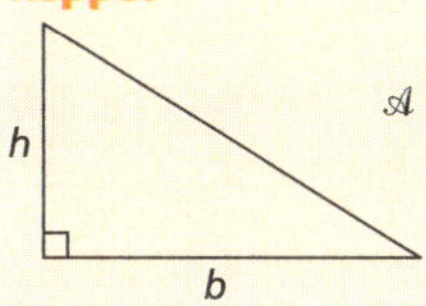

$$\mathcal{A} = \frac{b \times h}{2}$$

3 a. Justification de droites parallèles

Les droites (ED) et (HA) sont toutes deux perpendiculaires à la même droite (HD).

Par conséquent, **les droites (ED) et (HA) sont parallèles**.

Rappel

Si $\left.\begin{array}{l} d_1 \perp d_3 \\ d_2 \perp d_3 \end{array}\right\}$ alors $d_1 \,//\, d_2$.

b. Calcul de la longueur AH

Dans le triangle FAH, le point E est sur le côté [FA] et D sur [FH]. Les droites (ED) et (HA) étant parallèles, on applique le théorème de Thalès :

$$\frac{FD}{FH} = \frac{FE}{FA} = \frac{DE}{HA}$$

> **Gagnez des points !**
> - Aux numérateurs : les côtés du triangle DEF.
> - Aux dénominateurs : les côtés du triangle AFH.

> **Pensez-y !**
> Justifiez la valeur de FA car elle ne figure pas dans l'énoncé.

- Les points A, E, F étant alignés, on a :

FA = FE + EA

D'après la question **2 a.**, on a établi que EA = 5,6 cm.

FA = 7 + 5,6

FA = 12,6 cm

- D'après le codage de la figure (trois angles droits), le quadrilatère DHGE est un rectangle et donc DE = GH et par construction GH = BC = 4,2 cm.

D'où DE = 4,2.

On a donc :

$$\frac{FD}{FH} = \boxed{\frac{7}{12,6} = \frac{4,2}{AH}}$$

Par égalité des produits en croix, on obtient :

$7 \times AH = 12,6 \times 4,2$

$AH = \dfrac{52,92}{7}$

AH = 7,56

La longueur AH est égale à **7,56 cm**.

> **L'astuce du prof**
> $\dfrac{a}{b} \times \dfrac{c}{d}$
> Les produits des diagonales sont égaux : $ad = bc$.

Exercice 3

énoncé p. 64

1 Calcul d'effectif

60 % des 25 élèves de la classe sont des filles.

$\dfrac{60}{100} \times 25 = 15.$

Il y a 15 filles dans cette classe.

C'est la réponse B.

> **L'astuce du prof**
> Prendre 60 % d'un nombre revient à le multiplier par 0,6 : $0,6 \times 25 = 15$.

2 Décomposition en produit de facteurs premiers

126	2
63	3
21	3
7	7
1	

$126 = 2 \times 3 \times 3 \times 7 = 2 \times 3^2 \times 7$

C'est la réponse C.

> **Méthode**
> $126 \div 2 = 63$
> $63 \div 3 = 21$
> $21 \div 3 = 7$
> $7 \div 7 = 1$

Autre méthode

On peut trouver la bonne réponse en procédant par élimination des mauvaises réponses.

- $2 \times 9 \times 7$: 9 n'est pas un nombre premier. Cette réponse ne convient donc pas.
- $2^2 \times 5^2 + 2 \times 13$: cette décomposition n'est pas un produit, mais une somme. Cette réponse ne convient donc pas non plus.
- Par déduction, la bonne réponse est $2 \times 3^2 \times 7$.

3 Calcul de probabilité

Dans le sac, il y a 17 + 23 + 20 = 60 jetons. Il y a 17 jetons rouges et 23 jetons jaunes, soit 17 + 23 = 40 jetons rouges ou jaunes.

La probabilité p d'obtenir un jeton rouge ou un jeton jaune est :

$$p = \frac{40}{60} = \frac{2 \times \cancel{20}}{3 \times \cancel{20}} = \frac{2}{3}.$$

C'est la réponse A.

Remarque

Tirer au hasard un jeton du sac garantit une situation d'équiprobabilité où les probabilités se calculent comme : $\frac{\text{Nombre d'issues favorables}}{\text{Nombre total d'issues}}$.

4 Image d'un segment par une rotation

Par la rotation de centre O qui transforme A en D :
- l'image du point C est le point F ;
- l'image du point D est le point G.

L'image du segment [DC] est donc le segment [GF].

C'est la réponse B.

L'astuce du prof

On obtient l'image du segment [CD] en déterminant l'image du point C, puis l'image du point D.

Remarque

$\widehat{AOB} = 360 \div 8 = 45°$.
La rotation étudiée a pour angle $\widehat{AOD} = 3 \times 45° = 135°$.

5 Volume d'un pavé droit

Le volume $\mathcal{V}$ d'un pavé droit est :

$\mathcal{V}$ = Surface de la base × Hauteur

$\mathcal{V}$ = (Longueur × Largeur) × Hauteur

$\mathcal{V} = 2 \times 1{,}3 \times 1{,}5$

$\mathcal{V} = 3{,}9\ \text{m}^3$

$\mathcal{V} = 3{,}9 \times 1\,000\ \text{L}$ ($1\ \text{m}^3 = 1\,000\ \text{L}$)

$\mathcal{V} = 3\,900\ \text{L}$

C'est la réponse B.

Rappel

Un pavé droit :

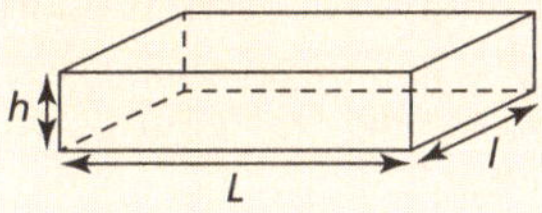

Exercice 4

énoncé p. 66

1 a. Calcul du nombre de marches

La hauteur de l'escalier est 272 cm. La hauteur d'une marche est 17 cm.

Le nombre de marches est donné par le quotient : $\frac{272}{17} = 16$.

Il faut donc prévoir **16 marches** pour construire l'escalier.

b. Vérification de la longueur de l'escalier

La profondeur d'une marche est 27 cm. Comme il y a 16 marches, la longueur de l'escalier est donnée par le produit : $16 \times 27 = 432$.

La longueur AB est bien égale à **432 cm**.

2 a. Calcul de la mesure de l'angle $\widehat{BAC}$

Dans le triangle ABC rectangle en B :

$$\tan(\widehat{BAC}) = \frac{\text{Côté opposé à } \widehat{BAC}}{\text{Côté adjacent à } \widehat{BAC}}$$

$$\tan(\widehat{BAC}) = \frac{BC}{AB}$$

$$\tan(\widehat{BAC}) = \frac{272}{432}$$

$$\widehat{BAC} = \tan^{-1}\left(\frac{272}{432}\right)$$

$\widehat{BAC} \simeq$ **32°**

> **Remarque**
> Par rapport à l'angle $\widehat{BAC}$, on connaît les longueurs des côtés opposé et adjacent. On utilise donc la tangente de l'angle.

> **Pensez-y !**
> La calculatrice doit être en mode degré.

b. Nature de la montée de l'escalier

Comme $25 < 32 < 40$, **la montée de cet escalier est jugée agréable**.

3 Programme complété

Le programme dessine l'escalier.

- Dans une boucle, le programme dessine une marche. Comme il y a 16 marches, la boucle doit se répéter 16 fois.

On écrit donc :

Ligne 5 : Répéter **16** fois

- L'orientation de départ est vers la droite. Il faut donc tourner vers la gauche de 90° pour s'orienter vers le haut.

On écrit donc :

Ligne 6 : Tourner de **90** degrés

- La hauteur de la marche est 17 cm.

On écrit donc (comme 1 cm correspond à un pas) :

Ligne 7 : Avancer de **17** pas

- On tourne de 90° vers la droite, donc l'orientation est vers la droite. La profondeur d'une marche est 27 cm.

On écrit donc :

Ligne 9 : Avancer de **27** pas.

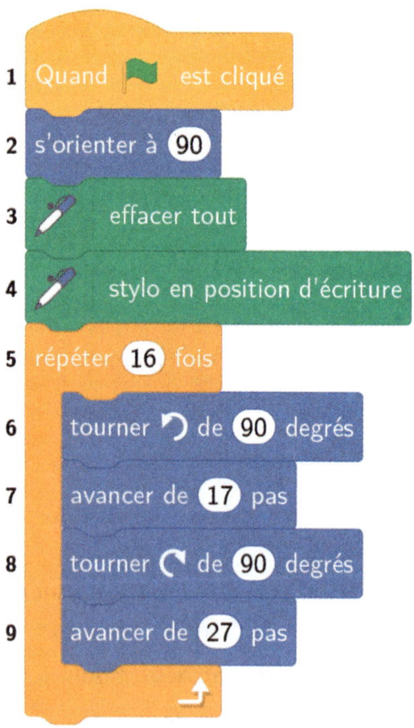

Exercice 5

énoncé p. 67

1 a. Vérification d'un résultat avec le programme A

- On choisit −3 comme nombre de départ.
- On multiplie ce nombre par (−2) :
$-3 \times (-2) = 6$.
- On ajoute 5 à ce résultat : $6 + 5 = 11$.

Remarque
Il s'agit de vérifier si vous avez compris le fonctionnement du programme.

Si on choisit −3 comme nombre de départ, **le résultat obtenu avec le programme A est 11**.

b. Calcul avec le programme B

- On choisit 5,5 comme nombre de départ.
- On soustrait 5 à ce nombre : $5{,}5 - 5 = 0{,}5$.
- On multiplie le résultat par 3 : $0{,}5 \times 3 = 1{,}5$.
- On ajoute 11 au résultat : $1{,}5 + 11 = 12{,}5$.

Si on choisit 5,5 comme nombre de départ, **on obtient 12,5 pour résultat avec le programme B**.

2 Résultat du programme B avec *x*

- On choisit x comme nombre de départ.
- On soustrait 5 à ce nombre : on obtient $x - 5$.
- On multiplie le résultat par 3 : on obtient $3 \times (x - 5)$.
- On ajoute 11 au résultat : on obtient $3 \times (x - 5) + 11$.

L'astuce du prof
Appliquez la même démarche que dans la 1 b. en remplaçant 5,5 par x.

Si on choisit x comme nombre de départ, on obtient pour résultat avec le programme B : $3 \times (x - 5) + 11$.

Transformons cette expression :

$$3 \times (x - 5) + 11 = 3 \times x - 3 \times 5 + 11$$
$$= 3x - 15 + 11$$
$$= 3x - 4$$

Gagnez des points !
Développez par distributivité l'expression obtenue avec le programme B pour arriver au résultat proposé.

En conclusion, avec x pour nombre de départ, **le résultat du programme B est bien $3x - 4$**.

3 a. Association des droites aux fonctions

On a $f(x) = -2x + 5$ et $g(x) = 3x - 4$.

On calcule l'image de 0 (par exemple) par chacune de ces fonctions :

$f(0) = -2 \times 0 + 5 = 0 + 5 = 5$.

$g(0) = 3 \times 0 - 4 = 0 - 4 = -4$.

Méthode
Prenez un nombre « simple » (ici 0). Calculez-en l'image par f puis g. Vous obtiendrez les coordonnées d'un point appartenant à chaque droite.

La **droite représentant *f*** passe par le point A (voir graphique ci-après) de coordonnées (0 ; 5) : c'est **($\mathcal{D}_2$)**.

La **droite représentant *g*** passe par le point B (voir graphique ci-après) de coordonnées (0 ; −4) : c'est **($\mathcal{D}_1$)**.

Autre méthode

$f(x) = -2x + 5$ et $g(x) = 3x - 4$.

- f est une fonction affine (de la forme $f(x) = mx + p$) de coefficient directeur $m = -2$ qui est un nombre négatif. La fonction f est donc représentée par une droite de pente négative, qui « descend ». C'est $(\mathcal{D}_2)$.
- g est une fonction affine de coefficient directeur 3, nombre positif.

La fonction g est donc représentée par une droite de pente positive, qui « monte ». C'est $(\mathcal{D}_1)$.

b. Lecture graphique

Le nombre dont l'image est la même par la fonction f et la fonction g est environ **1,8** (voir graphique ci-dessous).

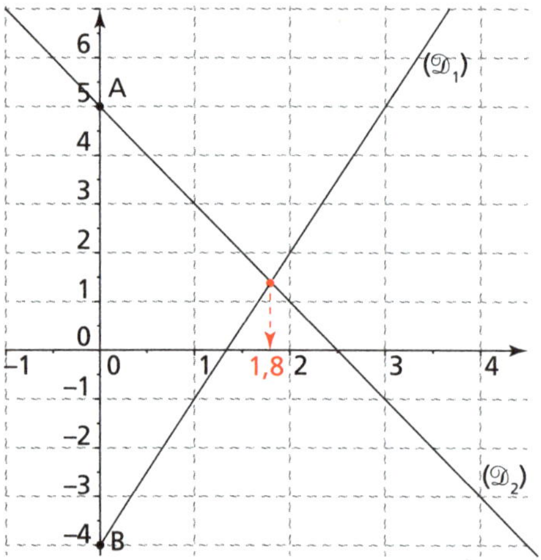

Méthode

Le nombre cherché est l'abscisse du point d'intersection de $\mathcal{D}_1$ et $\mathcal{D}_2$.

Remarque

Une valeur lue graphiquement est une valeur approchée.

4 Résultat identique avec les deux programmes

En désignant par x le nombre de départ, on obtient $-2x + 5$ comme résultat avec le programme A, et $3x - 4$ avec le programme B. On cherche la valeur du nombre de départ pour lequel les programmes A et B donnent le même résultat. Il s'agit ainsi de déterminer x tel que :

$-2x + 5 = 3x - 4$ (équation du 1er degré)

$-2x + 5 - 3x = \cancel{3x} - 4 - \cancel{3x}$

$-5x + 5 = -4$

$-5x + \cancel{5} - \cancel{5} = -4 - 5$

$-5x = -9$

$\dfrac{\cancel{-5}x}{\cancel{-5}} = \dfrac{-9}{-5}$

$x = \dfrac{9}{5} = 1{,}8$

Méthode

Pour résoudre une équation du premier degré, on isole d'un côté les x, et de l'autre côté les « non x ».

Remarque

La valeur obtenue par le calcul est une valeur exacte. Elle doit être très proche du résultat lu sur le graphique (ou égale).

Les programmes A et B donnent le même résultat quand le nombre de départ est 1,8.

SUJET COMPLET 2 Amérique du Nord, juin 2023 100 pts 2h

Exercice 1 20 pts 25 min

corrigés p. 80

Des situations à justifier

Les 5 situations suivantes sont indépendantes.

1 Situation 1 4 pts

Décomposer en produit de facteurs premiers le nombre 780.

Aucune justification n'est attendue.

2 Situation 2 4 pts

On rappelle qu'un jeu de 32 cartes est composé de quatre familles (trèfle, carreau, cœur, pique). Chaque famille est composée de huit cartes : 7, 8, 9, 10, valet, dame, roi et as. L'expérience aléatoire consiste à tirer une carte au hasard dans ce jeu de 32 cartes.

a. Quelle est la probabilité d'obtenir le 8 de pique ? *Aucune justification n'est attendue.*

b. Quelle est la probabilité d'obtenir un roi ou un cœur ? *Aucune justification n'est attendue.*

3 Situation 3 4 pts

Développer et réduire l'expression A.

$A = (2x + 5)(3x - 4)$

4 Situation 4 4 pts

a. Quel est le volume, en cm^3, du prisme droit ci-contre ?

b. Convertir ce résultat en litres.

Rappel :
$1 \text{ L} = 1 \text{ dm}^3$.

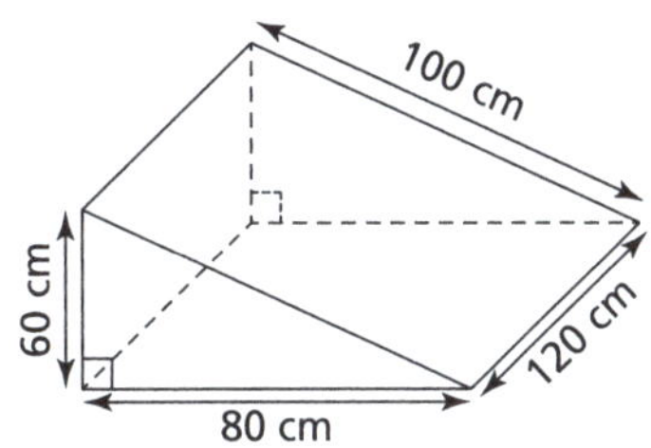

5 Situation 5 4 pts

Le polygone 2 ci-contre est un agrandissement du polygone 1.

Le coefficient de cet agrandissement est 3.

L'aire du polygone 1 est égale à 11 cm^2.

Quelle est l'aire du polygone 2 ?

Représentation de la situation qui n'est pas à l'échelle :

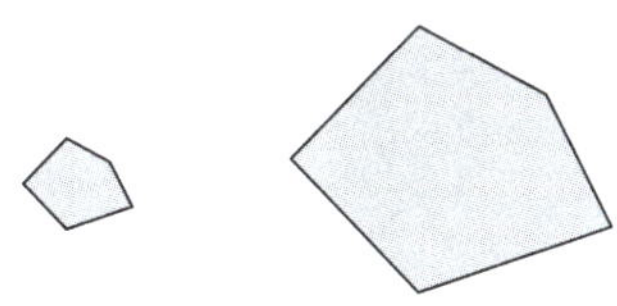

Polygone 1 **Polygone 2**

Exercice 2 22 pts 25 min

corrigés p. 81

Le complet de géométrie

Cette figure n'est pas à l'échelle.

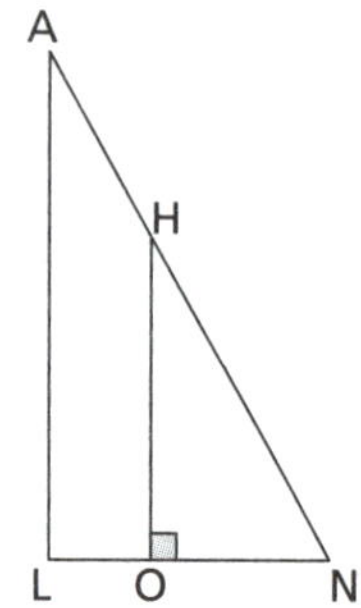

On considère la figure ci-contre. On donne les mesures suivantes :

– AN = 13 cm, LN = 5 cm, AL = 12 cm, ON = 3 cm ;

– O appartient au segment [LN], H appartient au segment [NA].

1 Montrer que le triangle LNA est rectangle en L. 4 pts

2 Montrer que la longueur OH est égale à 7,2 cm. 5 pts

3 Calculer la mesure de l'angle $\widehat{LNA}$. Donner une valeur approchée à l'unité près. 3 pts

4 Pourquoi les triangles LNA et ONH sont-ils semblables ? 4 pts

5 **a.** Quelle est l'aire du quadrilatère LOHA ? 3 pts

b. Quelle proportion de l'aire du triangle LNA représente l'aire du quadrilatère LOHA ? 3 pts

Exercice 3 20 pts 20 min

corrigés p. 83

Analyse touristique

Les deux parties sont indépendantes.

Partie A Évolution du nombre de visiteurs sur un site touristique

1 Le diagramme ci-dessous représente le nombre de visiteurs par an de 2010 à 2021 sur ce site.

Nombre de visiteurs sur le site touristique par année

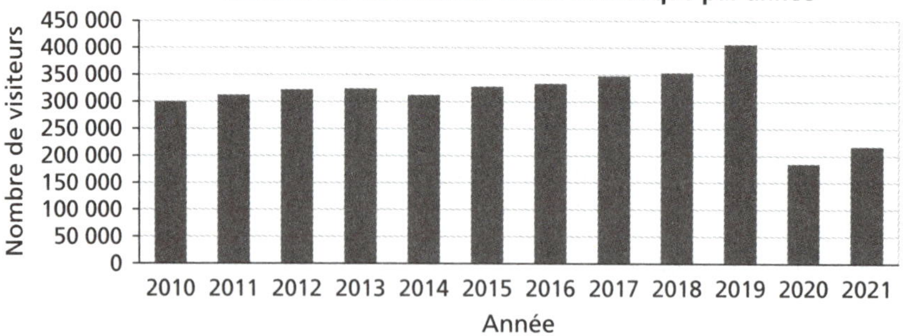

a. Quel a été le nombre de visiteurs en 2010 ?
Aucune justification n'est attendue. 2 pts

b. En quelle année le nombre de visiteurs a-t-il été le plus élevé ?
Aucune justification n'est attendue. 2 pts

2 Le tableau ci-dessous indique le nombre de visiteurs sur le site touristique de cette ville en 2020 et en 2021 :

Année	2020	2021
Nombre de visiteurs	187 216	219 042

Le maire de cette ville avait pour objectif que le nombre de visiteurs progresse d'au moins 15 % entre 2020 et 2021.

L'objectif a-t-il été atteint ? 5 pts

Partie B Étude des prix des hôtels de cette ville

Sur une période donnée, on relève les prix facturés pour une nuit par les hôtels de cette ville.

Prix facturés pour une nuit (en euros)	60	80	85	90	110	120	350	500
Effectif	1 200	1 350	1 000	1 100	1 200	1 300	900	300

1 Déterminer l'étendue des prix facturés. 2 pts

2 Quelle est la moyenne des prix facturés pour une nuit ?
Arrondir à l'euro près. 4 pts

3 L'association des hôteliers de cette ville cherche à attirer des touristes et annonce : « Dans les hôtels de notre ville, au moins la moitié des nuits est facturée à moins de 100 € ». Est-ce vrai ? 5 pts

Exercice 4 20 pts 25 min

corrigés p. 84

Pétales et fleur

Motif « Fleur »

À l'aide d'un logiciel de programmation, on veut réaliser le motif « Fleur » ci-contre.

1 a. Le parallélogramme KLMN ci-dessous représente un des pétales du motif « Fleur ».

Construire ce parallélogramme en prenant 1 cm pour 5 pas. 5 pts

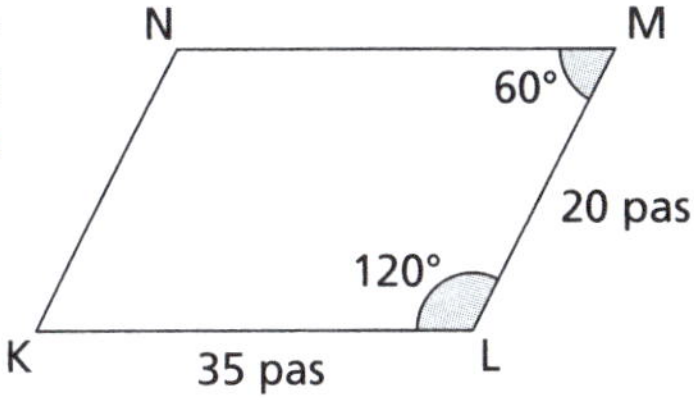

b. On définit le bloc « Pétale » ci-contre afin de dessiner ce parallélogramme.

On commence la construction du parallélogramme au point K en s'orientant vers la droite.

Par quelles valeurs doit-on compléter les lignes 4, 5, 6, et 7 du bloc « Pétale » ci-contre ?

Aucune justification n'est attendue, écrire le numéro de la ligne du bloc « Pétale » et la valeur correspondante. 5 pts

Bloc « Pétale »

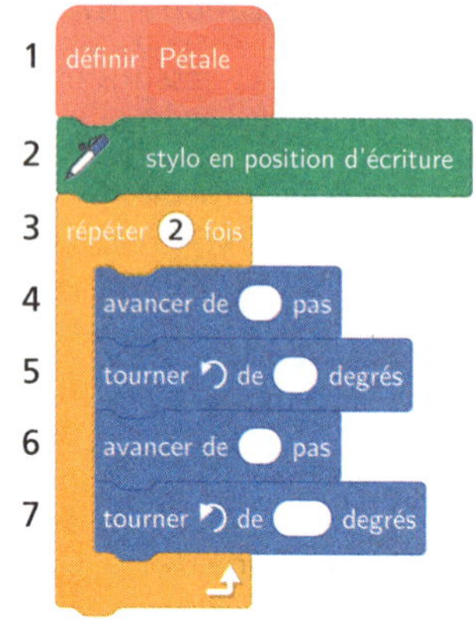

2 Le bloc ci-dessous permet de construire un motif « Fleur » en partant de son centre.

Bloc « Fleur »

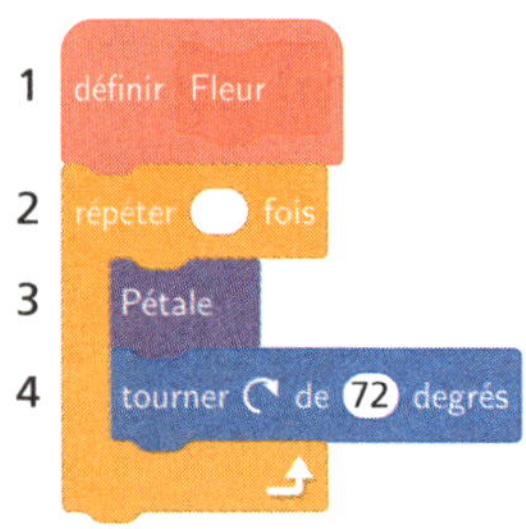

Motif « Fleur »

a. Par quelle valeur doit-on compléter la ligne 2 du bloc « Fleur » ci-dessus ? *Aucune justification n'est attendue.* 3 pts

b. Expliquer le choix de la valeur « 72 » dans la ligne 4. 4 pts

c. On modifie le bloc « Fleur » pour construire le motif suivant :

Quelles sont alors les modifications à apporter aux lignes 2 et 4 du bloc « Fleur » ?
Aucune justification n'est attendue. 3 pts

Exercice 5 18 pts 25 min corrigés p. 85

L'hippodrome

Un hippodrome est un lieu où se déroulent des courses de chevaux.
On s'intéresse à la piste d'un hippodrome. Cette piste est composée de :
– deux lignes droites modélisées par des segments de 850 mètres ;
– deux virages modélisés par deux demi-cercles de rayon 40 mètres.

Schéma de la piste de cet hippodrome

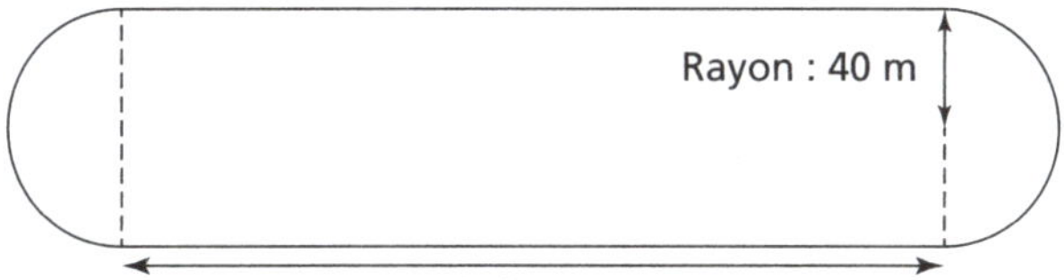

1 Montrer que la longueur d'un tour de piste est d'environ 1 951 m. 5 pts

2 Un cheval parcourt un tour de piste en 2 min 9 s.

a. Calculer la vitesse moyenne de ce cheval sur un tour de piste en mètres par seconde (m/s). Donner une valeur approchée à l'unité près. 4 pts

b. Convertir cette vitesse en kilomètres par heure (km/h). 3 pts

3 On admet que la surface de la piste a une aire d'environ 73 027 m^2.
On souhaite semer du gazon sur la totalité de la surface de la piste.
On doit choisir des sacs de gazon à semer parmi les trois marques ci-dessous :

	Surface couverte par sac	Prix d'un sac
Marque A	500 m^2	141,95 €
Marque B	400 m^2	87,90 €
Marque C	300 m^2	66,50 €

Quelle marque doit-on choisir pour que cela coûte le moins cher possible ? 6 pts

CORRIGÉ SUJET COMPLET 2

Exercice 1

énoncé p. 75

1 Situation 1 : Décomposition en produit de facteurs premiers

780	2
390	2
195	3
65	5
13	13
1	

Méthode

Pour décomposer un entier en produit de facteurs premiers, on essaie de le diviser par les nombres premiers en allant du plus petit au plus grand : 2, 3, 5, 7, 11, etc.

La décomposition en produit de facteurs premiers de 780 est :
$\mathbf{780 = 2^2 \times 3 \times 5 \times 13}$.

2 Situation 2 : Calculs de probabilités

a. Probabilité d'obtenir le 8 de pique

Il n'y a qu'un seul 8 de pique dans le jeu de 32 cartes. La probabilité p_1 de tirer le 8 de pique est donc :

$$p_1 = \frac{1}{32}$$

Rappel

Dans une situation d'équiprobabilité, la probabilité se calcule avec la formule :

$$\frac{\text{Nombre d'issues favorables}}{\text{Nombre total d'issues}}$$

b. Probabilité d'obtenir un roi ou un cœur

Dans un jeu de 32 cartes, il y a 4 rois et 8 cœurs dont le roi de cœur.

Il y a donc 11 issues favorables à l'événement : « obtenir un roi ou un cœur ».

Ainsi, la probabilité p_2 d'obtenir un roi ou un cœur est :

$$p_2 = \frac{11}{32}$$

Piège à éviter

Le roi de cœur ne doit pas être compté deux fois.

3 Situation 3 : Développement

$$\begin{aligned}(2x+5)(3x-4) &= 2x \times 3x - 2x \times 4 + 5 \times 3x - 5 \times 4\\ &= 6x^2 - 8x + 15x - 20\\ &= \mathbf{6x^2 + 7x - 20}\end{aligned}$$

Méthode

Soyez méthodique. Il y a 4 produits à effectuer. Pour chacun d'eux, commencez par écrire le signe (+ ou –) du résultat.

4 Situation 4 : Calcul d'un volume

a. Calcul du volume d'un prisme

Le volume d'un prisme est donné par la formule : Aire de la base × Hauteur.

La base est un triangle rectangle de côtés 60 cm, 80 cm et 100 cm.

Son aire est : $\frac{80 \times 60}{2} = 2400$ cm².

Le volume du prisme est donc : $V = 2\,400 \times 120 = \mathbf{288\,000}$ **cm³**.

Piège à éviter

Il peut y avoir, dans certains énoncés comme celui-ci, des données inutiles. Ici, la longueur 100 cm n'est pas utilisée.

b. Conversion

288 000 cm^3 = 288 dm^3 (car 1 000 cm^3 = 1 dm^3) = 288 L (car 1 dm^3 = 1 L).

Le volume du prisme est : **288 L.**

5 Situation 5 : Aire d'un polygone

Dans cet agrandissement de coefficient 3, les longueurs sont multipliées par 3 et les aires sont multipliées par $3^2 = 9$.

L'aire du polygone 2 est $11 \times 9 =$ **99 cm^2.**

> **Rappel**
> Dans un agrandissement de rapport k, les longueurs sont multipliées par k et les aires par k^2.

Exercice 2

énoncé p. 76

1 Nature du triangle LNA

Dans le triangle LNA où [NA] est le plus grand côté :

$$\left.\begin{array}{l} NA^2 = 13^2 = 169 \\ LN^2 + LA^2 = 5^2 + 12^2 = 169 \end{array}\right\} \text{On en déduit } LN^2 + LA^2 = NA^2.$$

D'après la réciproque du théorème de Pythagore, le **triangle LNA est rectangle en L.**

> **Gagnez des points !**
> Faites deux calculs séparés pour en déduire l'égalité.

2 Calcul de la longueur OH

- Les triangles LNA et OHN sont rectangles respectivement en L et O.

Ainsi :

$$\left.\begin{array}{l} (LA) \perp (LN) \\ (OH) \perp (LN) \end{array}\right\} \text{donc } (OH) // (LA)$$

- Dans le triangle LNA, O est sur le côté [LN] et H est sur le côté [AN]. De plus, (OH) est parallèle à (LA). D'après le théorème de Thalès :

$$\frac{NH}{NA} = \frac{NO}{NL} = \frac{OH}{LA}$$

soit : $$\frac{NH}{13} = \boxed{\frac{3}{5} = \frac{OH}{12}}$$

> **Méthode**
> Il faut justifier que les deux droites sont parallèles pour utiliser le théorème de Thalès, car cela n'est pas précisé dans l'énoncé.

> **Gagnez des points !**
> Aux numérateurs des quotients figurent les longueurs des côtés du triangle OHN et aux dénominateurs celles des côtés de LNA.

En utilisant l'égalité des deux quotients encadrés, on obtient :

$\frac{3}{5} = \frac{OH}{12}$

$5 \times OH = 3 \times 12$ (égalité des produits en croix)

$5\ OH = 36$

$OH = \frac{36}{5}$

$OH = 7{,}2$

La longueur OH est bien égale à 7,2 cm.

3 Calcul de la mesure de l'angle $\widehat{LNA}$

Dans le triangle LNA rectangle en L :

$$\cos(\widehat{LNA}) = \frac{\text{Côté adjacent à } \widehat{LNA}}{\text{Hypoténuse}}$$

$$\cos(\widehat{LNA}) = \frac{LN}{AN}$$

$$\cos(\widehat{LNA}) = \frac{5}{13}$$

$$\widehat{LNA} = \cos^{-1}\left(\frac{5}{13}\right)$$

$$\mathbf{\widehat{LNA} \simeq 67°}$$

> **Remarque**
> On peut utiliser aussi le sinus ou la tangente dans le triangle rectangle LNA ou la tangente dans le triangle rectangle ONH.

4 Justification (triangles semblables)

Les triangles LNA et ONH ont des angles deux à deux de mêmes mesures. En effet, on a :

$\widehat{LNA} = \widehat{ONH}$ (angle commun aux deux triangles)

$\widehat{HON} = \widehat{ALN}$ (angles droits)

Par conséquent, $\widehat{OHN} = \widehat{LAN}$.

> **Remarque**
> Si deux triangles ont deux angles deux à deux égaux, le troisième l'est forcément puisque la somme des angles d'un triangle vaut 180°.

Finalement, les angles des triangles LNA et ONH sont deux à deux de mêmes mesures.

On en déduit que **les triangles LNA et ONH sont semblables**.

5 a. Aire du quadrilatère LOHA

On obtient l'aire du quadrilatère LOHA par différence des aires des triangles LNA et ONH.

$$\text{Aire(LNA)} = \frac{LN \times LA}{2} = \frac{5 \times 12}{2} = 30 \text{ cm}^2$$

$$\text{Aire(ONH)} = \frac{ON \times OH}{2} = \frac{3 \times 7{,}2}{2} = 10{,}8 \text{ cm}^2$$

> **Gagnez des points !**
> L'aire d'un triangle rectangle se calcule comme le produit des longueurs des deux côtés perpendiculaires.

Par conséquent, Aire(LOHA) = Aire(LNA) – Aire(ONH) = 30 – 10,8 = **19,2 cm²**.

> **Autre méthode**
> LOHA est un trapèze rectangle. Son aire peut se calculer par la formule :
> $$\frac{(\text{Petite base} + \text{Grande base}) \times \text{Hauteur}}{2} = \frac{(OH + LA) \times LO}{2} = \frac{(7{,}2 + 12) \times 2}{2} = 19{,}2 \text{ cm}^2.$$

b. Calcul d'une proportion

La proportion de l'aire du triangle LNA par rapport à celle du quadrilatère LOHA est donnée par le quotient :

$$\frac{\text{Aire du triangle LNA}}{\text{Aire du quadrilère LOHA}} = \frac{19{,}2}{30} = 0{,}64 = \mathbf{64\ \%}$$

> **Remarque**
> L'aire du quadrilatère LOHA représente 64 % de l'aire du triangle LNA.

Exercice 3

énoncé p. 76

Partie A

1 a. Nombre de visiteurs en 2010

Il y a eu **300 000 visiteurs** en 2010.

b. Recherche d'une année

C'est en **2019** que le nombre de visiteurs a été le plus élevé.

2 Calcul d'une évolution en pourcentage

On calcule le nombre de visiteurs obtenu avec une augmentation de 15 % :

15 % de 187 216 = 0,15 × 187 216 = 28 082,4

187 216 + 28 082,4 = 215 298,4.

Avec une augmentation de 15 % du nombre de visiteurs en 2020, on obtient 215 298 visiteurs en 2021.

Gagnez des points !

Augmenter une quantité de 15 % revient à la multiplier par 1 + 0,15 = 1,15.
1,15 × 187 216 = 215 298,4.

Or en 2021, il y a eu 219 042 visiteurs. **L'objectif du maire a bien été atteint.**

Autre méthode

- On calcule l'évolution du nombre de visiteurs entre 2020 et 2021 :
219 042 – 187 216 = 31 826.
- On calcule le pourcentage d'évolution que cette augmentation représente :
$\frac{31\,826}{187\,216} \simeq 0{,}17$.
Le nombre de visiteurs a augmenté d'environ 17 % entre 2020 et 2021 (ce qui est supérieur aux 15 % espérés par le maire).

Partie B

1 Calcul de l'étendue des prix

L'étendue *e* est donnée par la différence entre la plus grande et la plus petite valeur de la série.

$e = 500 - 60 = 440$

L'étendue des prix facturés est **440 €**.

2 Calcul de la moyenne des prix facturés

La moyenne *m* est donnée par le quotient de la somme des données de la série par l'effectif total de la série :

$$m = \frac{1200 \times 60 + 1350 \times 80 + 1000 \times 85 + 1100 \times 90 + 1200 \times 110 + 1300 \times 120 + 900 \times 350 + 500 \times 300}{1200 + 1350 + 1000 + 1100 + 1200 + 1300 + 900 + 300} \simeq 134$$

Le prix moyen facturé pour une nuit est d'environ **134 €**.

3 Étude d'une affirmation

Le nombre de prix facturés pour une nuit à moins de 100 € est :
1 200 + 1 350 + 1 000 + 1 100 = 4 650.

Le nombre total de prix facturés pour une nuit est :
1 200 + 1 350 + 1 000 + 1 100 + 1 200 + 1 300 + 900 + 300 = 8 350.

De plus, $\frac{8\,350}{2} = 4\,175$.

Comme 4 650 > 4 175, plus de la moitié des nuits sont facturées à moins de 100 €.

Remarque
Le nombre 8 350 correspond à l'effectif total.

L'association des hôteliers de cette ville a donc raison.

Autre méthode

On calcule la médiane de la série.

Comme il y a 8 350 valeurs, la médiane de la série est entre la 4 175e et la 4 176e valeur.
En calculant les effectifs cumulés, on obtient le tableau :

Prix facturés pour une nuit (en euros)	60	80	85	90	110	120	350	500
Effectif	1 200	1 350	1 000	1 100	1 200	1 300	900	300
Effectif cumulé croissant	1 200	2 550	3 550	4 650	5 850	7 150	8 050	8 350

La 4 175e et la 4 176e valeur valent 90.

Donc au moins la moitié des valeurs de la série sont inférieures ou égales à 90.
L'affirmation de l'association des hôteliers de cette ville est vraie.

Exercice 4

énoncé p. 77

1 a. Construction du parallélogramme KLMN

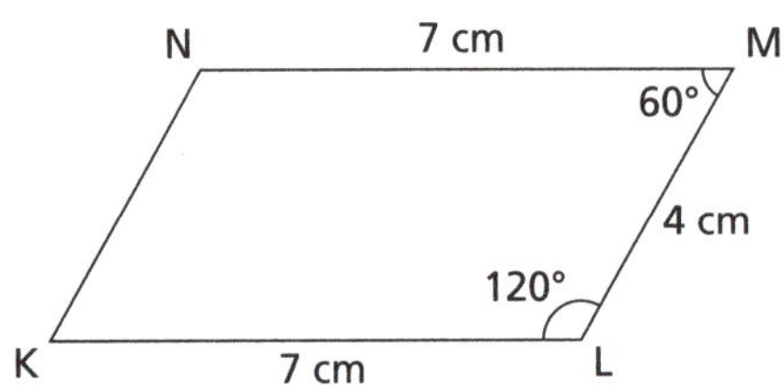

- Avec une règle graduée, tracez le segment [KL] de longueur 7 cm car 35 ÷ 5 = 7.
- Avec un rapporteur, tracez l'angle de sommet L de 120° en traçant la demi-droite [LM].
- Avec une règle graduée, placez le point M à 4 cm du point L car 20 ÷ 5 = 4.
- Tracez la parallèle à (KL) passant par M.
- Avec la règle graduée, placez le point N à 7 cm du point M.
- Tracez [NK].

b. Bloc complété

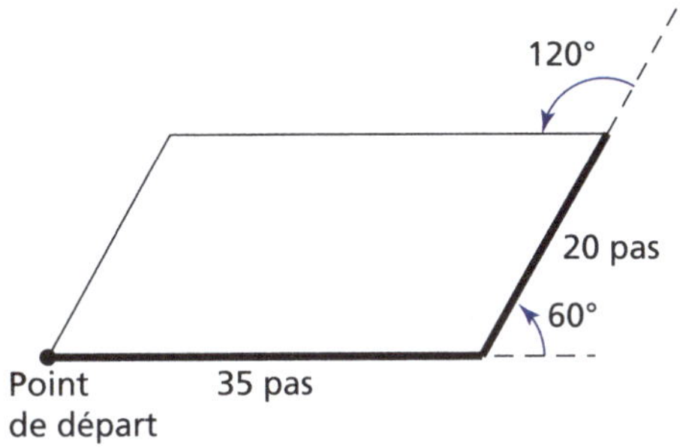

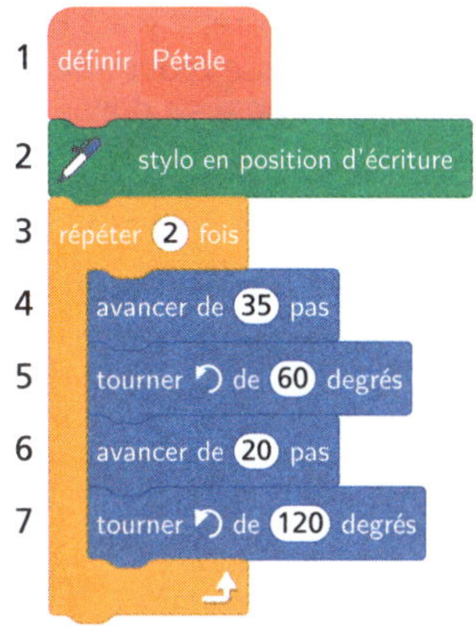

2 a. Bloc complété

La répétition donne le nombre de pétales. Comme la fleur compte 5 pétales, il faut compléter le script par le **nombre 5**.

b. Justification du nombre 72

Le pétale effectue 5 rotations pour revenir au point de départ. Donc il y a 5 angles égaux pour effectuer une rotation de 360°.
Ainsi, chaque angle mesure 360 ÷ 5 = **72°**.

c. Modification du script

Le motif est constitué de 12 pétales.

Or, 360 ÷ 12 = 30. Les modifications à opérer pour obtenir le nouveau motif sont :

– ligne 2 : répéter 12 fois ;

– ligne 4 : tourner de 30 degrés.

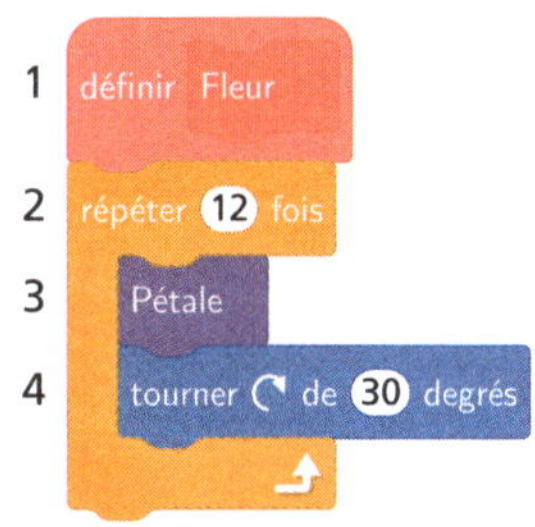

Exercice 5

énoncé p. 79

1 Longueur d'un tour de piste

La piste est constituée de deux lignes droites de 850 m et de deux virages modélisés par deux demi-cercles (soit un cercle complet) de rayon 40 m.

> **Rappel**
> Le périmètre d'un cercle de rayon R est $2 \times \pi \times R$.

Sa longueur totale est donc : $2 \times 850 + 2 \times \pi \times 40 \simeq$ **1 951 m**.

2 a. Calcul d'une vitesse moyenne

2 min 9 s = 2 × 60 s + 9 s = 129 s.

La vitesse v en m/s est donc donnée par le quotient $v = \dfrac{1\,951}{129}$ soit $v \simeq$ **15 m/s**.

b. Conversion

Dans une heure, il y a 3 600 secondes.
Ainsi, la vitesse moyenne en m/h est :
$v = 15 \times 3\,600 = 54\,000$ m/h.

> **Gagnez des points !**
> On peut retenir que pour convertir des m/s en km/h, on multiplie par 3,6.

Dans un kilomètre, il y a 1 000 m.
Ainsi, la vitesse moyenne en m/s est $v = 54\,000 \div 1\,000 =$ **54 km/h.**

3 Comparaison de tarifs

> **Pensez-y !**
> Le nombre de sacs de gazon est un entier. Donc on prend l'entier immédiatement supérieur, afin d'avoir assez de gazon.

- Avec la marque A

$$\frac{73\,027}{500} = 146{,}054$$

Il faut 147 sacs pour couvrir la totalité de la surface.

Le montant dépensé serait de :
$147 \times 141{,}95 = 20\,866{,}65$ €.

- Avec la marque B

$$\frac{73\,027}{400} = 182{,}5675$$

Il faut 183 sacs pour couvrir la totalité de la surface.

Le montant dépensé serait de : $183 \times 87{,}90 = 16\,085{,}70$ €.

- Avec la marque C

$$\frac{73\,027}{300} \approx 243{,}42$$

Il faut 244 sacs pour couvrir la totalité de la surface.

Le montant dépensé serait de : $244 \times 66{,}50 = 16\,226$ €.

Puisque $16\,085{,}70 < 16\,226 < 20\,866{,}65$ on en conclut que **le tarif le moins cher est donc celui de la marque B.**

Français

Sujets guidés

L'épreuve en bref .... p. 90

1. Se chercher, se construire

SUJET 1 Albert Camus, *Le Premier Homme*
Grammaire et compréhension • France métropolitaine, juillet 2019 .... p. 92

SUJET 2 Albert Camus, *Le Premier Homme*
Dictée • France métropolitaine, juillet 2019 .... p. 98

SUJET 3 Albert Camus, *Le Premier Homme*
Rédaction • France métropolitaine, juillet 2019 .... p. 100

SUJET 4 Colette, *Claudine à l'école*
Grammaire et compréhension • D'après Pondichéry, mai 2018 .... p. 104

SUJET 5 Colette, *Claudine à l'école*
Dictée • D'après Pondichéry, mai 2018 .... p. 110

SUJET 6 Colette, *Claudine à l'école*
Rédaction • D'après Pondichéry, mai 2018 .... p. 112

2. Vivre en société, participer à la société

SUJET 7 Alice Ferney, *Cherchez la femme*
Grammaire et compréhension • D'après Amérique du Nord, juin 2017 .... p. 116

SUJET 8 Alice Ferney, *Cherchez la femme*
Dictée • D'après Amérique du Nord, juin 2017 .... p. 121

SUJET 9 Alice Ferney, *Cherchez la femme*
Rédaction • D'après Amérique du Nord, juin 2017 .... p. 123

3. Regarder le monde, inventer des mondes

SUJET 10 Jules Renard, *Histoires naturelles*
Grammaire et compréhension • D'après Asie, juin 2017 .... p. 128

SUJET 11 Marcel Pagnol, *Le Château de ma mère*
Dictée • D'après Asie, juin 2017 .... p. 133

SUJET 12 Jules Renard, *Histoires naturelles*
Rédaction • D'après Asie, juin 2017 .... p. 135

SUJET 13 Jean Giono, *Les Vraies Richesses*
Grammaire et compréhension • France métropolitaine, juin 2017 .... p. 139

SUJET 14 Jean Giono, *Les Vraies Richesses*
Dictée • France métropolitaine, juin 2017 .... p. 144

SUJET 15 Jean Giono, *Les Vraies Richesses*
Rédaction • France métropolitaine, juin 2017 .... p. 146

4. Agir sur le monde

SUJET 16 Louis Aragon, *En étrange pays dans mon pays lui-même*
Grammaire et compréhension • Amérique du Nord, juin 2021 .... p. 150

SUJET 17 Roger Frison-Roche, *Les Montagnards de la nuit*
Dictée • Amérique du Nord, juin 2021 .... p. 156

SUJET 18 Louis Aragon, *En étrange pays dans mon pays lui-même*
Rédaction • Amérique du Nord, juin 2021 .... p. 158

5. Progrès et rêves scientifiques

SUJET 19 Jean-Christophe Rufin, *Globalia*
Grammaire et compréhension • Pondichéry, juin 2019 .... p. 163

SUJET 20 Jean-Christophe Rufin, *Globalia*
Dictée • Pondichéry, juin 2019 .... p. 170

SUJET 21 Jean-Christophe Rufin, *Globalia*
Rédaction • Pondichéry, juin 2019 .... p. 172

Sujets complets

SUJET COMPLET 1 Amérique du Nord, juin 2023 .... p. 176

SUJET COMPLET 2 France métropolitaine, juin 2023 .... p. 184

SUJET COMPLET 3 Centres étrangers, juin 2023 .... p. 192

L'ÉPREUVE EN BREF

L'épreuve de français expliquée

De quoi se compose la nouvelle épreuve de français ?

• L'épreuve de français se compose de deux parties obligatoires :

– **une première partie**, d'une durée d'**1 h 30**, évalue votre capacité à comprendre, analyser et interpréter des documents et des œuvres, qu'ils soient littéraires ou artistiques ainsi que votre maîtrise de la langue (orthographe).

– **une seconde partie**, d'une durée d'**1 h 30**, évalue votre capacité à rédiger un texte long (rédaction).

• Le sujet comporte **un texte** qui peut être accompagné d'un document iconographique (photo, affiche, schéma, œuvre d'art, etc.).

Comment s'organise l'épreuve de français ?

• **Durée :** l'épreuve dure en tout **3 heures**, et se divise en **deux parties** séparées par une pause. Les vingt dernières minutes de la première partie sont consacrées à la dictée.

• **Notation :** la notation globale est sur **100 points**. Dans la première partie, les questions liées au texte littéraire sont notées sur **50 points, la dictée est notée sur 10 points**. La seconde partie est évaluée sur **40 points**.

• **L'épreuve** comporte quatre types de sujets différents expliqués dans le tableau ci-dessous :

Première partie
Durée : 1h30
Grammaire et compréhension : 50 pts
Dictée : 10 pts

Seconde partie
Durée : 1h30
Rédaction : 40 pts

Grammaire et compétences linguistiques	Compréhension et compétences d'interprétation	Dictée	Rédaction
Questions sur des points de langue précis et exercice de réécriture.	Questions sur l'interprétation du texte et de l'image.	Extraite le plus souvent de la même œuvre que celle du texte d'étude ou dont le thème est semblable.	Choix entre **un sujet d'imagination** et **un sujet de réflexion** en lien avec le texte étudié.

Quels sont les critères d'évaluation de ma copie de Brevet ?

- On attend de vous que vous soyez capable de :

– **rédiger entièrement** vos réponses en reprenant des éléments de la question ;
– **faire figurer les citations** du texte entre guillemets ;
– **respecter les consignes** et veiller à ne pas faire de **fautes d'orthographe**.

- **Dans la réécriture**, les fautes de copie et les modifications non demandées sont sanctionnées.

- **Dans la dictée**, on vous retirera :

– **1 point** par faute grammaticale (homophones, accords, conjugaison) ;
– **0,5 point** par faute lexicale ;
– **0,5 point** par erreur de ponctuation, majuscule, trait d'union ou accent (à hauteur de 2 points).

Sujets guidés

SUJET 1 France métropolitaine, juillet 2019

50 pts 1h10

Grammaire et compréhension

EXTRAIT Albert Camus, *Le Premier Homme*

Dans son roman Le Premier Homme, *Albert Camus raconte son enfance en Algérie dans les années 1920. Il s'est représenté dans le personnage de Jacques et évoque ici les jeux qu'il partage avec ses camarades.*

Tous les jours, à la saison, un marchand de frites activait son fourneau. La plupart du temps, le petit groupe n'avait même pas l'argent d'un cornet. Si par hasard l'un d'entre eux avait la pièce nécessaire, il achetait son cornet, avançait gravement vers la plage, suivi du cortège respectueux des camarades et, devant la mer, à l'ombre d'une vieille barque démantibulée, plantant ses pieds dans le sable, il se laissait tomber sur les fesses, portant d'une main son cornet bien vertical et le couvrant de l'autre pour ne perdre aucun des gros flocons croustillants. L'usage était alors qu'il offrît une frite à chacun des camarades, qui savourait religieusement l'unique friandise chaude et parfumée d'huile forte qu'il leur laissait. Puis ils regardaient le favorisé qui, gravement, savourait une à une le restant des frites. Au fond du paquet, restaient toujours des débris de frites. On suppliait le repu[1] de bien vouloir les partager. Et la plupart du temps, sauf s'il s'agissait de Jean, il dépliait le papier gras, étalait les miettes de frites et autorisait chacun à se servir, tour à tour, d'une miette. [...] Le festin terminé, plaisir et frustration aussitôt oubliés, c'était la course vers l'extrémité ouest de la plage, sous le dur soleil, jusqu'à une maçonnerie à demi détruite qui avait dû servir de fondation à un cabanon disparu et derrière laquelle on pouvait se déshabiller. En quelques secondes, ils étaient nus, l'instant d'après dans l'eau, nageant vigoureusement et maladroitement, s'exclamant, bavant et recrachant, se défiant à des plongeons ou à qui resterait le plus longtemps sous l'eau. La mer était douce, tiède, le soleil léger maintenant sur les têtes mouillées, et la gloire de la lumière emplissait ces jeunes corps d'une joie qui les faisait crier sans arrêt. Ils régnaient sur la vie et sur la mer, et ce que le monde peut donner de plus fastueux[2], ils le recevaient et en usaient sans mesure, comme des seigneurs assurés de leurs richesses irremplaçables.

Ils en oubliaient même l'heure, courant de la plage à la mer, séchant sur le sable l'eau salée qui les faisait visqueux, puis lavant dans la mer le sable qui les habillait de gris. Ils couraient, et les martinets[3] avec des cris rapides commençaient de voler plus bas au-dessus des fabriques et de la plage. Le ciel, vidé de la touffeur[4] du jour, devenait plus pur puis verdissait, la lumière se détendait et, de l'autre côté du golfe, la courbe des maisons et de la ville, noyée jusque-là dans une sorte de brume, devenait plus distincte. Il faisait encore jour, mais des lampes s'allumaient déjà en prévision du rapide crépuscule d'Afrique Pierre, généralement, était le premier à donner le signal : « Il est tard », et aussitôt, c'était la débandade, l'adieu rapide. Jacques avec Joseph et Jean couraient vers leurs maisons sans se soucier des autres. Ils galopaient hors de souffle. La mère de Joseph avait la main leste[5]. Quant à la grand-mère de Jacques…

Albert Camus, *Le Premier Homme*, © Éditions Gallimard, 1994.

1. Celui qui n'a plus faim.
2. Très luxueux.
3. Oiseaux au vol rapide, qui ressemblent aux hirondelles.
4. Chaleur étouffante.
5. Donner facilement des gifles, des coups, en guise de réprimande.

DOC. *La Voiture fondue*, 1944

© Atelier Robert Doisneau.

Les réponses aux questions doivent être entièrement rédigées.

Grammaire et compétences linguistiques

1 « L'usage était alors qu'il offrît une frite à chacun des camarades, qui savourait religieusement l'unique friandise chaude et parfumée d'huile forte qu'il leur laissait » (l. 8-10).

a. Quel est le groupe complément d'objet de « savourait » ? 1 pt

b. Pour vérifier la délimitation de ce groupe complément d'objet, réécrivez la phrase en le remplaçant par un pronom. 1 pt

c. Relevez deux expansions du nom « friandise » de nature (ou classe) grammaticale différente. Précisez la nature (ou classe) grammaticale de chacune d'elles. 4 pts

2 « Le festin terminé, plaisir et frustration aussitôt oubliés, c'était la course vers l'extrémité ouest de la plage » (l. 14-16). Remplacez les deux groupes soulignés par deux propositions subordonnées conjonctives compléments circonstanciels de temps. 2 pts

3 Réécrivez le passage ci-dessous en remplaçant « l'un d'entre eux » par « deux d'entre eux ». Faites toutes les modifications nécessaires.

« Si par hasard l'un d'entre eux avait la pièce nécessaire, il achetait son cornet, avançait gravement vers la plage, suivi du cortège respectueux des camarades et, [...] plantant ses pieds dans le sable, il se laissait tomber sur les fesses, portant d'une main son cornet bien vertical et le couvrant de l'autre. » (l. 2-7) 10 pts

Compréhension et compétences d'interprétation

1 Lignes 1 à 14 :

a. La scène évoquée se répète plusieurs fois. Qu'est-ce qui l'indique précisément ? Deux éléments de réponse sont attendus. 2 pts

b. Pourquoi ce moment est-il particulièrement important pour les enfants ? Vous justifierez votre réponse en vous appuyant sur le texte. Deux éléments de réponse sont attendus. 4 pts

2 Lignes 14 à 25 :

a. Comment l'écrivain montre-t-il que les enfants sont heureux au moment de la baignade ? Vous justifierez votre réponse en vous appuyant sur le texte. Deux éléments de réponse sont attendus. 4 pts

b. Pourquoi peut-on dire qu'ils sont transformés par la baignade ? Vous justifierez votre réponse en vous appuyant sur le texte. Deux éléments de réponse sont attendus. 4 pts

3 Lignes 26 à 38 : quels changements apparaissent à la fin du texte ? Développez trois éléments de réponse en vous appuyant sur des passages précis. 6 pts

4 En vous aidant de vos réponses aux questions précédentes, donnez un titre significatif à chacun des trois moments de la journée évoqués dans le texte (l. 1-14, l. 14-25 et l. 26-38). 6 pts

5 Quels liens pouvez-vous établir entre la photographie de Robert Doisneau et le texte d'Albert Camus ? Développez votre réponse en vous appuyant sur des éléments précis. 6 pts

PAR ÉTAPES

GRAMMAIRE

À connaître

1 a. Un « groupe complément d'objet » est un **COD** ou un **COI**. Il répond à la question « Quoi ? » ou « À quoi ? / De quoi ? » posée après le verbe.

c. Les expansions du nom les plus fréquentes sont les **adjectifs qualificatifs**, les **groupes prépositionnels** et les **propositions subordonnées relatives**. On attend ici deux expansions de nature différente.

2 Une proposition subordonnée conjonctive complément circonstanciel de temps doit être introduite par une **conjonction de subordination** (*quand*, *lorsque*, *dès que*, *aussitôt que*...) et contenir un **verbe conjugué**.

COMPRÉHENSION

En bref Albert Camus raconte les jeux de son enfance, des rares moments de dégustation, les joies de la baignade.

À repérer Le contraste entre le bonheur suscité par les jeux et le retour à la réalité de la fin du texte.

Pour bien répondre aux questions

Pour ces questions, soyez très attentif aux **indications de lignes**.

1 a. La répétition peut être indiquée par le **lexique**, mais aussi par la **valeur d'un temps** particulier.

2 a. Vous devez chercher des **procédés d'écriture** particuliers.

3 Cette question nécessite une réponse **développée**. Chaque élément de réponse devra être justifié par une **citation** précise du texte.

5 Soyez attentif aux **points communs** entre le texte et l'image, à la fois dans le **décor**, les **personnages** et leurs **occupations**. Ne faites pas d'erreur sur la date : les deux documents n'évoquent pas la même période.

CORRIGÉ 1

Comprendre le corrigé

Grammaire et compétences linguistiques

1 a. « l'unique friandise chaude et parfumée d'huile forte qu'il leur laissait » est le groupe complément d'objet du verbe « savourait ».

b. « L'usage était alors qu'il offrît une frite à chacun des camarades, qui la savourait religieusement. »

L'astuce du prof
Il faut bien recopier l'intégralité du COD.

Rappel
Un pronom remplace un nom ou un groupe nominal.

MATHÉMATIQUES
FRANÇAIS
PHYSIQUE - CHIMIE
SVT - TECHNO
HISTOIRE - GÉO
EMC

c. Le nom « friandise » est complété par :

– des adjectifs qualificatifs : « unique » et « chaude » ;

– une proposition subordonnée relative : « qu'il leur laissait » ;

– un groupe participe passé employé comme adjectif : « parfumée d'huile forte ».

Attention
« d'huile forte » complète l'adjectif « parfumée », et pas le nom « friandise ».

2 « Quand le festin était terminé, dès que plaisir et frustration étaient oubliés, c'était la course vers l'extrémité ouest de la plage. »

3 « Si par hasard deux d'entre eux <u>avaient</u> la pièce nécessaire, <u>ils</u> <u>achetaient</u> leur cornet, <u>avançaient</u> gravement vers la plage, suivis du cortège respectueux des camarades et, [...] plantant <u>leurs</u> pieds dans le sable, <u>ils</u> se <u>laissaient</u> tomber sur les fesses, portant d'une main <u>leur</u> cornet bien vertical et le couvrant de l'autre. »

Méthode
Le passage du singulier au pluriel implique de modifier les pronoms, les adjectifs et la conjugaison.

Compréhension et compétences d'interprétation

1 a. Les éléments qui indiquent que la scène se répète plusieurs fois sont nombreux :

– les indications temporelles : « Tous les jours » (l. 1), « La plupart du temps » (l. 1 et 12), « toujours » (l. 11) ;

– l'utilisation de l'imparfait d'habitude : « activait » (l. 1), « dépliait » (l. 13)... ;

– l'emploi du mot « usage » (l. 8).

L'astuce du prof
Pensez à utiliser vos connaissances grammaticales pour expliquer le texte.

b. La dégustation d'un cornet de frites est pour les enfants un moment exceptionnel car c'est une gourmandise qui est rare et chère pour eux : « La plupart du temps, le petit groupe n'avait même pas l'argent d'un cornet » (l. 1-2). Ils ne veulent donc pas en perdre la moindre miette : « [il] étalait les miettes de frites » (l. 13-14). C'est aussi un moment de partage et d'amitié : « L'usage était alors qu'il offrît une frite à chacun » (l. 8), « [il] autorisait chacun à se servir » (l. 14).

2 a. Le bonheur des enfants au moment de la baignade est exprimé par :

Rappel
Deux des éléments cités ici sont attendus.

– l'énumération des actions : « nageant [...], s'exclamant, bavant et recrachant, se défiant » (l. 19-20) ;

– le champ lexical du bonheur : « joie », « crier » (l. 22-23) ;

– la comparaison (« comme des seigneurs », l. 25) et la métaphore (« Ils régnaient sur la vie et sur la mer », l. 23) ;

Définition
Métaphore : rapprochement de deux éléments sans mot-outil de comparaison.

– l'expression de l'intensité : « vigoureusement » (l. 19), « le plus » (l. 20), « sans arrêt » (l. 23), « sans mesure » (l. 24), « irremplaçables » (l. 25).

b. Les enfants ne sont plus les mêmes une fois dans l'eau parce qu'ils ne sont plus pauvres. Leur joie efface la pauvreté (« régnaient », l. 23; « fastueux », l. 24; « richesses », l. 25), au point qu'ils deviennent « comme des seigneurs » (l. 25). On a l'impression que les enfants fusionnent avec le monde: « la gloire de la lumière emplissait ces jeunes corps » (l. 22).

3 À la fin du texte, la réalité s'impose aux enfants et met fin à l'état de bonheur dans lequel ils étaient. La ville réapparaît (« la courbe des maisons et de la ville [...] devenait plus distincte », l. 31-32) tandis que la nuit tombe (« des lampes s'allumaient », l. 33). Les enfants se dépêchent alors de rentrer en oubliant le groupe: « c'était la débandade, l'adieu rapide. Jacques avec Joseph et Jean couraient vers leurs maisons sans se soucier des autres » (l. 35-36). Les règles familiales s'imposent à eux: « La mère de Joseph avait la main leste » (l. 37).

4 La journée festive du texte fait apparaître trois moments que l'on pourrait nommer ainsi:

– le rituel du partage du cornet de frites (l. 1-14): « Le Festin »;

– l'instant de joie intense pendant la baignade (l. 14-25): « La Baignade »;

– le retour brutal à la réalité (l. 26-38): « Le Retour ».

5 Le texte d'Albert Camus et la photographie de Robert Doisneau ont de nombreux points communs. Dans le texte, un groupe d'enfants joue sur la plage; sur la photographie, un groupe d'enfants joue dans la carcasse d'une voiture. Dans les deux cas, les enfants semblent heureux: ils sourient sur la photographie et sont transportés par « une joie qui les faisait crier sans arrêt » (l. 22-23) dans le texte. Dans les deux cas, les enfants font abstraction du délabrement du lieu et le transforment par leur présence: la « maçonnerie à demi détruite » (l. 16) devient une cabine de plage dans le texte, de même que la voiture fondue devient un carrosse sur la photographie. Enfin, dans le texte comme sur la photographie, les enfants se tiennent à l'écart de la ville et du monde des adultes, avec des postures de héros: « comme des seigneurs » (l. 25).

L'astuce du prof

Montrez bien qu'il y a une évolution, un contraste entre le début et la fin du texte.

Définition

- Débandade: dispersion rapide et désordonnée.
- Avoir la main leste: ne pas hésiter à frapper.

Attention

Un titre doit être un groupe nominal ou verbal très court.

L'astuce du prof

Votre description de la photographie joue le rôle d'une citation, elle doit être précise et mise en parallèle avec une citation du texte.

SUJET 2 France métropolitaine, juillet 2019

10 pts 20 min

Dictée – Albert Camus, *Le Premier Homme*, 1994

Écoutez la dictée avec l'application Nathan Live.

- On dictera le texte à haute voix à plusieurs reprises.
- On inscrira au tableau de manière lisible par l'ensemble des candidats le titre de l'œuvre, le nom de l'auteur et le mot **glycines**.
- On précisera que les nombres doivent être écrits en lettres.
- On indiquera aux candidats que le « ils » utilisé dans le texte de la dictée désigne Jacques et ses camarades.

PAR ÉTAPES

GRAMMAIRE

Bien conjuguer

- L'**imparfait** de l'indicatif a les mêmes terminaisons pour tous les verbes : *-ais / -ais / -ait / -ions / -iez / -aient*.

Bien accorder

- Le « **ils** » utilisé dans le texte est au **pluriel**.
- Les verbes au **participe présent** sont **invariables**.
- Les **participes passés** employés comme **adjectifs** s'accordent **avec le nom** auquel ils se rapportent.

Ne pas confondre

- « **ras** » / « **raz** » / « **rat** » : « ras » est un adjectif qualificatif employé dans l'expression « à ras bord » ; « raz » est un nom désignant un courant marin ; « rat » est un nom désignant l'animal.

Bien orthographier

- « **champ** » : pas de « s » final.
- « **loin** » : pas de « g » final (ne pas confondre avec « long »).

live!

CORRIGÉ 2

Dès qu'ils étaient au complet, ils partaient, promenant la raquette le long des grilles rouillées des jardins devant les maisons, avec un grand bruit qui réveillait le quartier et faisait bondir les chats endormis sous les glycines poussiéreuses. Ils couraient, traversant la rue, essayant de s'attraper, couverts déjà d'une bonne sueur, mais toujours dans la même direction, vers le champ, non loin de leur école, à quatre ou cinq rues de là. Mais il y avait une station obligatoire, à ce qu'on appelait le jet d'eau, sur une place assez grande, une énorme fontaine ronde à deux étages, où l'eau ne coulait pas, mais dont le bassin, depuis longtemps bouché, était rempli jusqu'à ras bord, de loin en loin, par les énormes pluies du pays.

Albert Camus, *Le Premier Homme*,
© Éditions Gallimard, 1994.

Comprendre le corrigé

Rappel
Un participe présent est invariable.

Accord
Se poser la question « qui est-ce qui est couvert de sueur ? » > « ils » (les enfants).

Attention
Pensez à rechercher le sujet : « qui est-ce qui était rempli ? » > « le bassin ».

SUJET 3 France métropolitaine, juillet 2019

5 pts 30 min

Rédaction

› Vous traiterez au choix l'un des deux sujets suivants :

Les sujets proposés ci-dessous sont en relation avec le texte du sujet 1 p. 98.

SUJET D'IMAGINATION

Devenu adulte, un des enfants de la photographie de Robert Doisneau raconte, comme Albert Camus, les jeux de son enfance. Il évoque la scène représentée sur la photographie. Vous imaginerez son récit en montrant comment le jeu permet aux enfants, dans un moment de joie partagée, de transformer la réalité qui les entoure.

Vous choisirez d'écrire votre récit à la première ou à la troisième personne.

SUJET DE RÉFLEXION

La littérature, le cinéma et les autres arts permettent de découvrir la vie de personnages fictifs ou réels. Que peut vous apporter cette découverte ?

Vous développerez votre point de vue en vous appuyant sur des exemples précis, issus de votre culture personnelle et des œuvres étudiées lors de votre scolarité.

PAR ÉTAPES

SUJET D'IMAGINATION

La situation de communication

- On attend un texte **narratif** à la **première** ou à la **troisième personne**.
- Le récit doit contenir une **description précise** de la scène représentée sur la **photographie**.
- Le narrateur doit exprimer ses **impressions**, ses **sensations**, ses **émotions**.

La transformation de la réalité

- Les **jeux de l'enfance** doivent transformer le décor délabré lié à la guerre. Il est donc important d'associer la photographie à un moment de **joie**.

Le récit d'un souvenir

- Vous devez introduire votre récit par l'évocation des **circonstances** qui ont entraîné le **retour dans le passé**.
- Pensez à montrer que le recul a permis au narrateur d'**analyser son souvenir**.

SUJET DE RÉFLEXION

L'introduction

- **Annoncez le thème** : la littérature et les arts.
- **Présentez le sujet** : recopiez ou reformulez la question posée par le sujet.
- Annoncez votre **plan**.

Le développement

Le sujet vous invite à **présenter votre point de vue** en développant vos idées dans au moins **trois paragraphes** illustrés d'exemples précis et variés. On n'attend pas ici un plan en deux parties (pour/contre).

La conclusion

- Précisez votre avis **en répondant clairement à la question posée** par le sujet.
- Terminez avec une phrase d'**ouverture** pour élargir la question en restant sur le même thème.

CORRIGÉ 3

Comprendre le corrigé

SUJET D'IMAGINATION

« Dis papi, c'est toi sur la photo là ? » Ma petite-fille, plongée dans un vieil album photo, me désignait du doigt une photographie en noir et blanc, jaunie par le temps. Je fixai un instant l'image et tous les souvenirs de cette période commencèrent à resurgir dans ma mémoire comme une vague de nostalgie.

Méthode
Vous devez écrire du point de vue du narrateur adulte.

C'était l'été 1944. Le Débarquement avait déjà eu lieu et notre ville avait été libérée du joug de l'occupant allemand. Nous habitions alors en Normandie et les bombardements avaient été violents : de nombreux bâtiments avaient été soufflés et avaient laissé place à un champ de ruines, un peu à l'écart des habitations épargnées. Nous étions une bande de copains et ce terrain devint vite notre aire de jeux favorite.

L'astuce du prof
Donnez des éléments de contexte et décrivez la photographie.

Sur la photo, nous étions cinq. Nous avions pris d'assaut la carcasse à demi brûlée d'une vieille voiture. Je reconnus sans peine Marcel, qui se penchait par la portière pour guetter d'éventuels poursuivants. Derrière lui se tenaient fièrement ses deux petites sœurs, dont j'ai oublié les prénoms. On les appelait « princesses » ! On avait dû leur dire de s'asseoir là, passagères uniques de notre diligence improvisée. Sur le capot, bravant tous les dangers, Émile trônait, scrutant un horizon que nous n'atteindrions sans doute jamais… C'était le plus grand d'entre nous, le chef de la bande, et personne ne lui disputait ce rôle – son père avait été résistant. Et moi, sept ans à peine, j'étais assis sur le toit de la voiture. Armé d'un fil électrique sûrement trouvé au milieu des décombres, je fouettais les chevaux imaginaires de notre diligence en leur lançant des insultes avec un accent *yankee* que je pensais parfait !

Les semaines précédentes, nous avions croisé quelques soldats américains et accumulé des trésors que nous devions absolument protéger : un paquet de chewing-gums, un « cricket » du Débarquement et sans doute quelques barres de chocolat.

Le champ de ruines était une bénédiction pour nous : à l'abri du regard de nos parents, nous étions libres d'imaginer les plus folles aventures. Des Indiens convoitaient notre trésor, mais notre diligence était si rapide que plus rien ne pouvait nous inquiéter. Comme Émile, nous regardions vers l'avenir avec le sourire.

Ma petite-fille me rappela à la réalité : « C'est tout cassé ! C'était la guerre ? ». « C'était la guerre, oui. » pensai-je. Mais nous voulions tellement l'oublier, et nos jeux d'enfants nous permettaient d'y échapper pendant que les adultes pansaient leurs plaies ou se battaient encore.

Méthode

Montrez que le jeu des enfants transforme la réalité.

Définition

- Diligence : voiture tirée par des chevaux.
- Yankee : américain.

SUJET DE RÉFLEXION

Le rapport de proximité des œuvres d'art avec la vie est permanent, comme l'écrivait la graffeuse Miss. Tic : « L'art et la vie ne font qu'un ». La littérature, le cinéma et les autres arts permettent en effet de découvrir la vie de personnages fictifs ou réels. On peut s'interroger sur ce que nous apportent ces découvertes. Nous présenterons ici quatre réponses à cette question, en nous appuyant sur des exemples précis.

Dans un premier temps, la découverte de la vie de personnes réelles à travers des œuvres littéraires ou cinématographiques est un moyen efficace d'enrichir ses connaissances, d'apprendre et de réfléchir grâce aux expériences vécues et racontées. Ainsi, à la lecture de *Patients*, l'autobiographie du chanteur

Méthode

Structurez votre rédaction à l'aide d'indicateurs logiques.

Grand Corps Malade, on découvre le monde du handicap et du milieu médical à travers le récit poignant de Fabien qui se réveille dans une ambulance, paralysé suite à un plongeon en piscine, et qui va devoir apprendre à devenir « patient » dans tous les sens du terme. Son expérience nous fait découvrir de l'intérieur un univers auquel on a souvent peur de se confronter.

Méthode
Dans chaque paragraphe, présentez un argument suivi d'un exemple.

On peut également lire ou regarder la vie des personnages avec l'intention de mieux connaître les autres. De nombreux films appelés « biopics » racontent ainsi la vie de personnes célèbres. C'est le cas du film *Mandela*, qui retrace la vie de Nelson Mandela, de sa jeunesse à la campagne jusqu'à son accession à la présidence, en passant par son incarcération. Sa vie illustre et incarne les injustices de l'apartheid en Afrique du Sud.

L'astuce du prof
Pensez à varier vos exemples : littérature, cinéma, peinture, musique…

De plus, découvrir la vie de personnages fictifs permet souvent de vivre des aventures par procuration. On sort de la réalité en s'identifiant au héros de la fiction que l'on découvre. Par exemple, les lecteurs de la série littéraire *U4* peuvent évoluer, à l'instar des personnages, dans un monde post-apocalyptique ravagé par un virus qui n'épargne que les adolescents. En tant que lecteur, on a l'impression de ressentir les mêmes émotions, les mêmes peurs que les personnages.

Enfin, l'apport principal de la découverte de la vie de personnages réels ou fictifs concerne certainement la connaissance de soi. En effet, en lisant ce que vivent et ressentent des personnages dont on se sent proche, on apprend à mieux se connaître. Par exemple, les interrogations de Lou dans le roman de Delphine de Vigan *No et moi* sont universelles. L'humanisme dont elle fait preuve face à une jeune fille sans domicile fixe est touchant et nous pousse à nous poser la question de nos propres réactions si l'on se trouvait dans la même situation.

Pour conclure, on comprend bien l'intérêt que l'on porte aux personnages de la littérature et des arts : ils nous offrent des exemples riches d'enseignement et de divertissement, et nous permettent à la fois de mieux comprendre les autres mais aussi de mieux nous comprendre nous-mêmes. En ce sens, il pourrait être intéressant d'élargir cette réflexion aux arts du spectacle vivant.

Méthode
Récapitulez vos arguments en quelques phrases.

SUJET 4 D'après Pondichéry, mai 2018

50 pts 1h10

Grammaire et compréhension

EXTRAIT **Colette, *Claudine à l'école***

Dans ce récit de Colette, rédigé en collaboration avec Willy, le personnage, Claudine, raconte sa jeunesse.

Je m'appelle Claudine, j'habite Montigny; j'y suis née en 1884; probablement je n'y mourrai pas. Mon *Manuel de géographie départementale* s'exprime ainsi: « Montigny-en-Fresnois, jolie petite ville de 1950 habitants, construite en amphithéâtre sur la Thaize; on y admire une tour sarrasine[1] bien conservée... » Moi, ça ne me dit rien du tout, ces descriptions-là!

D'abord, il n'y a pas de Thaize; je sais bien qu'elle est censée traverser des prés au-dessous du passage à niveau; mais en aucune saison vous n'y trouveriez de quoi laver les pattes d'un moineau. Montigny construit « en amphithéâtre »[2]? Non, je ne le vois pas ainsi; à ma manière, c'est des maisons qui dégringolent, depuis le haut de la colline jusqu'en bas de la vallée; ça s'étage en escalier au-dessous d'un gros château, rebâti sous Louis XV et déjà plus délabré que la tour sarrasine, épaisse, basse, toute gainée de lierre[3], qui s'effrite par en haut, un petit peu chaque jour. C'est un village, et pas une ville; les rues, grâce au ciel, ne sont pas pavées; les averses y roulent en petits torrents, secs au bout de deux heures; c'est un village, pas très joli même, et que pourtant j'adore.

Le charme, le délice de ce pays fait de collines et de vallées si étroites que quelques-unes sont des ravins, c'est les bois, les bois profonds et envahisseurs, qui moutonnent et ondulent jusque là-bas, aussi loin qu'on peut voir. Des prés verts les trouent par places, de petites cultures aussi, pas grand-chose, les bois superbes dévorant tout. De sorte que cette belle contrée est affreusement pauvre, avec ses quelques fermes disséminées, si peu nombreuses, juste ce qu'il faut de toits rouges pour faire valoir le vert velouté des bois.

Chers bois! Je les connais tous; je les ai battus si souvent. Il y a les bois-taillis, des arbustes qui vous agrippent méchamment la figure au passage, ceux-là sont pleins de soleil, de fraises, de muguet, et aussi de serpents. J'y ai tressailli de frayeurs suffocantes à voir glisser devant mes pieds ces atroces petits corps lisses et froids; vingt fois je me suis arrêtée, haletante, en trouvant sous ma main, près de la « passe-rose »[4], une couleuvre bien sage, roulée en colimaçon[5] régulièrement, sa tête en dessus, ses petits yeux dorés me regardant; ce n'était pas dangereux, mais quelles terreurs! Tant pis, je finis toujours par y retourner seule ou avec des camarades; plutôt seule, parce que ces petites grandes filles m'agacent, ça a peur de se déchirer aux ronces, ça a peur des petites bêtes, des chenilles veloutées et des araignées des bruyères, si jolies, rondes et roses comme des perles, ça crie, c'est fatigué – insupportables enfin.

Colette, *Claudine à l'école*, 1900.

---

1. Tour construite au Moyen Âge à l'époque des conquêtes arabes.
2. Lieu de spectacle antique en arc de cercle avec des gradins.
3. Entourée du végétal qu'est le lierre.
4. La passe-rose est une variété de fleur.
5. En spirale.

DOC. *Fillette au cerceau*, 1885

Pierre-Auguste Renoir, *Fillette au cerceau*, 1885, huile sur toile
National Gallery of Art, Washington.

Les réponses aux questions doivent être entièrement rédigées.

Grammaire et compétences linguistiques

1 « ces atroces petits corps lisses et froids » (l. 28-29)

a. Que désigne ce groupe nominal ? 1 pt

b. Quelle est la classe grammaticale du mot « atroces » ? Quel nom complète-t-il ? Relevez dans ce groupe nominal les autres mots de la même classe grammaticale. 3 pts

2 a. Réécrivez ce passage en remplaçant « une couleuvre » par « des serpents ». 5 pts

« vingt fois je me suis arrêtée, haletante, en trouvant sous ma main, près de la « passe-rose », une couleuvre bien sage, roulée en colimaçon régulièrement, sa tête en dessus, ses petits yeux dorés me regardant » (l. 29-32).

b. Réécrivez ce passage en mettant les verbes conjugués à l'imparfait de l'indicatif. 5 pts

« C'est un village, et pas une ville ; les rues, grâce au ciel, ne sont pas pavées ; les averses y roulent en petits torrents, secs au bout de deux heures ; c'est un village, pas très joli même, et que pourtant j'adore. » (l. 13-16)

3 « Des prés verts les trouent par places » (l. 20) : donnez la fonction de « les ». Quel groupe nominal remplace-t-il ? 3 pts

4 Justifiez l'orthographe de « battus » (l. 25). 3 pts

Compréhension et compétences d'interprétation

1 **Lignes 17 à 24 :**

a. Quelles sont les caractéristiques attribuées aux bois dans le troisième paragraphe ? 3 pts

b. Quels sont les éléments du paysage qui échappent aux « bois superbes dévorant tout » ? 4 pts

2 « mais quelles terreurs ! Tant pis, je finis toujours par y retourner » (l. 32-33) : Pour quelles raisons Claudine finit-elle toujours par retourner dans les bois ? 6 pts

3 « ça a peur de se déchirer [...] fatigué » (l. 34-37) : Qui le pronom « ça » désigne-t-il ? En quoi ce choix de pronom est-il surprenant ? Pourquoi est-il selon vous employé ? 6 pts

4 D'après vous, Claudine est-elle heureuse de vivre à Montigny, dans ce « pays fait de collines et de vallées » ? Vous justifierez votre réponse en vous appuyant sur des éléments précis de l'ensemble du texte. 7 pts

5 Comparez le texte et l'image : les deux documents offrent-ils la même représentation de l'enfance et de ses jeux ? 6 pts

PAR ÉTAPES

GRAMMAIRE

À connaître

1 et **3** **Distinguer classe grammaticale et fonction** : la **classe grammaticale** (ou nature de mot), c'est la **catégorie** à laquelle il appartient, variable (verbe, nom, adjectif, déterminant, pronom) ou invariable (adverbe, préposition, conjonction, interjection). La **fonction** d'un mot (ou d'un groupe de mots), c'est son **rôle** dans la phrase (sujet, complément d'objet, complément circonstanciel...).

2 a. **Attention**, dans cette réécriture, **on vous demande deux transformations** : passage du singulier au pluriel **et** du féminin au masculin. Vous devez donc **être attentifs aux accords.**

4 Revoyez l'**accord du participe passé** en fonction de son auxiliaire.

COMPRÉHENSION

En bref Colette décrit le village et la campagne de son enfance. Elle en révèle les richesses, qui se cachent sous une apparente banalité.

À repérer La différence entre l'image des jeunes filles à la fin du XIXe siècle et l'attitude de Claudine.

Pour bien répondre aux questions

1 a. Les « caractéristiques » sont tous les **éléments qui décrivent les bois** et permettent au lecteur de **se les représenter.**

2 « pour quelles raisons » : **attention** au pluriel, on vous demande plusieurs justifications.

3 Certains mots ou certaines expressions peuvent avoir une **connotation méliorative** ou au contraire **péjorative**.

4 Cette question porte sur l'ensemble du texte et demande une **réponse développée et illustrée par des citations.**

CORRIGÉ 4

Comprendre le corrigé

Grammaire et compétences linguistiques

1 a. Le groupe nominal « ces atroces petits corps lisses et froids » désigne les « serpents » (l. 28-29).

b. Le mot « atroces » est un adjectif qualificatif, il complète le nom « corps ». Les autres adjectifs de ce groupe sont « petits; lisses; froids ».

Attention
Cherchez bien la réponse dans le même groupe nominal.

2 a. « vingt fois je me suis arrêtée, haletante, en trouvant sous ma main, près de la « passe-rose », des serpents bien sages, roulés en colimaçon régulièrement, leur tête (ou leurs têtes) en dessus, leurs petits yeux dorés me regardant ».

L'astuce du prof
« Leur » doit être accordé avec le nom qu'il accompagne selon la logique : le serpent n'a qu'une tête, mais deux yeux.

b. « C'était un village, et pas une ville; les rues, grâce au ciel, n'étaient pas pavées; les averses y roulaient en petits torrents, secs au bout de deux heures; c'était un village, pas très joli même, et que pourtant j'adorais. »

Méthode
Commencez par souligner tous les verbes, puis faites les transformations.

3 « les » est un complément d'objet direct (COD). Ce pronom remplace le groupe nominal « les bois ».

4 Le participe passé « battus » s'accorde avec le COD « les » placé avant le verbe (qui reprend les « bois »). Il suit la règle de l'accord du participe passé avec l'auxiliaire avoir.

Attention
La question 3 vous aide à répondre à la question 4.

Compréhension et compétences d'interprétation

1 a. Les bois sont présentés de façon d'abord presque inquiétante « bois profonds et envahisseurs » (l. 18-19), puis ils prennent un aspect à la fois fascinant et monstrueux avec la personnification « les bois superbes dévorant tout » (l. 21), enfin leur couleur apaisante est mise en avant « le vert velouté des bois » (l. 23-24).

Rappel
Les « caractéristiques » sont les éléments descriptifs.

b. Les éléments du paysage qui échappent à « l'appétit » des bois sont : « des prés verts » (l. 20), « de petites cultures » (l. 20) et « quelques fermes disséminées » (l. 22).

2 Claudine est attirée par ces bois pour plusieurs raisons : ils lui sont très familiers « je les connais tous; je les ai battus si souvent » (l. 25). Elle sait y déceler des richesses derrière leur aspect hostile « pleins de soleil, de fraises, de muguet » (l. 27) « des araignées des bruyères, si jolies, rondes et roses comme des

Méthode
Pensez aux contrastes de la description.

perles » (l. 35-36). Enfin, elle est attirée aussi par la peur que lui inspirent les bois mais qui lui procure des émotions fortes « vingt fois je me suis arrêtée, haletante » (l. 29).

3 Le pronom « ça » désigne les camarades de la narratrice, les « petites grandes filles » (l. 34). L'usage de ce pronom est surprenant car il désigne habituellement des objets inanimés et non des personnes. Il désigne donc les jeunes filles de manière péjorative et rend compte de l'agacement de la narratrice devant les peurs de ses camarades : « ça a peur de se déchirer aux ronces, ça a peur des petites bêtes » (l. 34-35).

4 La description du deuxième paragraphe pourrait laisser penser que Claudine porte un regard négatif sur son village dans lequel elle ne souhaite d'ailleurs pas faire sa vie « probablement je n'y mourrai pas » (l. 1-2). Elle en fait une description assez négative « des maisons qui dégringolent » (l. 9-10), un « gros château [...] délabré » (l. 11-12)), une tour « qui s'effrite » (l. 12), « c'est un village, pas très joli » (l. 15). Cependant, elle conclut qu'elle l'adore : « que pourtant j'adore » (l. 15-16). Son attachement tient essentiellement à la présence des bois autour de son village : « Le charme, le délice de ce pays [...] c'est les bois » (l. 17-18), et elle apprécie la simplicité de son village qui n'a rien de commun avec les descriptions touristiques que cherche à faire passer son « *Manuel de géographie départementale* ». Elle est donc heureuse d'y vivre.

L'astuce du prof

Appuyez-vous sur vos réponses précédentes, en relevant les éléments positifs et négatifs.

5 Ce tableau impressionniste présente bien une fillette du XIXe siècle en train de jouer au cerceau au milieu d'un jardin comme peuvent le laisser penser les buissons à l'arrière-plan, mais on est loin des jeux qui attirent Claudine qui rêve de se perdre dans les bois : « qui vous agrippent méchamment la figure » (l. 26) avec les « serpents » (l. 27), et les « araignées » (l. 35). La fillette de Renoir est certainement plus proche des camarades de Claudine, « ces petites grandes filles » (l. 34) qui ont « peur de se déchirer aux ronces » (l. 34-35), alors que l'on imagine aisément Claudine très naturelle et bien moins apprêtée dans sa tenue : pas de petite robe claire, ni de jolis souliers vernis comme sur le tableau.

Attention

Souvent, il y a des points communs entre l'image et le texte proposés ; ici, ce sont surtout des différences.

SUJET 5 D'après Pondichéry, mai 2018 — 10 pts — 20 min

Dictée – Colette, *Claudine à l'école*, 1900

Écoutez la dictée avec l'application Nathan Live.

- On dictera le texte à haute voix à plusieurs reprises.
- On inscrira au tableau de manière lisible par l'ensemble des candidats le titre de l'œuvre et le nom de l'auteur.

PAR ÉTAPES

GRAMMAIRE

Bien accorder

- Le « je » est un personnage féminin.
- **Attention** aux sujets éloignés des verbes : « les oiseaux » est le sujet de cinq verbes au présent.

Ne pas confondre

- **« sais » / « c'est »** : « sais » est le verbe **savoir conjugué à la première personne du singulier au présent.** « c'est » est la contraction de « cela est ».
- **« se » / « ce » / « ceux »** : « se » est un **pronom personnel réfléchi,** « ce » est un **démonstratif** (il sert à montrer), « ceux » est un **pronom démonstratif au pluriel.**

Bien orthographier

- **« Ah »** est une **interjection invariable.**
- **« paresse »** ne prend qu'un seul « r ».

CORRIGÉ 5

Comprendre le corrigé

Ah ! les bois, les chers bois de Montigny ! À cette heure-ci, je le sais bien, comme ils bourdonnent ! Les guêpes et les mouches qui pompent dans les fleurs des tilleuls et des sureaux font vibrer toute la forêt comme un orgue ; et les oiseaux ne chantent pas, car à midi ils se tiennent debout sur les branches, cherchent l'ombre, lissent leurs plumes, et regardent le sous-bois avec des yeux mobiles et brillants. Je serais couchée, au bord de la Sapinière d'où l'on voit toute la ville, en bas au-dessous de soi, avec le vent chaud sur ma figure, à moitié morte d'aise et de paresse...

Colette, *Claudine à l'école*, 1900.

Les mots difficiles

sous-bois et au-dessous : ne pas oublier le trait d'union.

Attention

Le pronom « ils » est sujet de 4 verbes.

SUJET 6 D'après Pondichéry, mai 2018

40 pts 1h30

Rédaction

› Vous traiterez au choix l'un des deux sujets suivants :

Les sujets proposés ci-dessous sont en relation avec le texte du sujet 4 p. 110.

SUJET D'IMAGINATION

Évoquez un lieu de votre enfance qui a représenté pour vous un espace de jeux et de découvertes.

Votre texte mêlera description et narration et cherchera à faire partager les sensations et les sentiments que vous avez alors éprouvés.

SUJET DE RÉFLEXION

Vivre à la campagne ou vivre en ville : selon vous, où un enfant trouve-t-il le plus de possibilité de jeux et d'aventures ? Vous répondrez à cette question en vous appuyant sur votre expérience, sur les textes étudiés en classe ainsi que sur votre culture personnelle.

PAR ÉTAPES

SUJET D'IMAGINATION

Le sujet de rédaction vous demande d'évoquer un lieu qui vous tient particulièrement à cœur, vous rédigerez donc un texte de type autobiographique. Pensez à intégrer plusieurs éléments dans votre récit :

▶ La présentation du souvenir

Vous devez indiquer le récit des circonstances qui ont entraîné votre retour dans le passé. Pour cela, n'hésitez pas à faire appel aux **sensations liées à ce souvenir**.

▶ Un récit vivant

- Une **description précise** (ou un portrait) pour que le lecteur puisse imaginer le lieu (ou les personnages) de votre souvenir.
- Des réflexions sur vos **sensations** et vos **sentiments** : pour cela, pensez à utiliser un lexique approprié : *je sentais, j'observais, j'écoutais, j'éprouvais, j'avais l'impression de…*
- Des **passages de dialogue** si le sujet s'y prête, ou seulement quelques paroles rapportées au discours direct pour rendre le texte plus vivant : *Indigné, je m'écriai « Ce n'est pas moi ! »…*

La conclusion

Pour conclure votre récit, il est intéressant de montrer que le **recul** vous a permis d'**analyser votre expérience**: *Aujourd'hui je comprends que..., Je sais maintenant que...*

SUJET DE RÉFLEXION

L'introduction

- **Introduisez le sujet**: vous pouvez présenter le thème à partir d'une citation du texte.
- **Présentez le sujet**: reprenez la question posée par le sujet.
- Annoncez clairement votre **plan**.

Le développement

- La question posée invite **à proposer des attraits de la ville et de la campagne** pour les jeux d'enfants.
- Chaque paragraphe devra comporter un **argument** et un **exemple** précis.
- Un équilibre de deux paragraphe pour la ville et deux paragraphes pour la campagne est le bienvenu.

La conclusion

- Précisez votre avis.
- Terminez avec une phrase d'ouverture pour élargir la question en restant sur le même thème.

CORRIGÉ 6

Comprendre le corrigé

SUJET D'IMAGINATION

C'est fait, mon père a coupé l'arbre... il faisait de l'ombre à son potager ! Cet arbre était pourtant magique pour moi. C'était un vieux pommier, avec des branches anarchiques qui partaient dans tous les sens. Il lui arrivait de donner quelques fruits, mais ce n'était vraiment plus sa vocation. Il était surtout le support de ma cabane. Une cabane perchée, dans laquelle je devenais Tom Sawyer, pirate ou résistant au gré de mon imagination. Avec quelques planches de récupération, j'avais aménagé une plate-forme qui devait s'élever à

Anarchique: en désordre.

Vocation: mission, raison d'être.

quelques 1,20 m. du sol, mais du haut de laquelle je pensais alors dominer le monde qui m'entourait !

Quelquefois, lorsque je voulais surveiller l'arrivée « d'ennemis » potentiels, je me hissais jusqu'à une branche un peu plus haute, et là, à l'abri des feuilles, j'éprouvais une grande sensation de liberté, j'étais intouchable, je prenais des risques et j'accédais à un monde qui n'appartenait qu'à moi, échappant à tous les regards… et même aux appels répétés de ma mère pour venir mettre la table !

La cabane évoluait suivant mes trouvailles : une palette de bois devenait un escalier, un emballage de carton providentiel fournissait un rempart infranchissable, une vieille roue de vélo faisait office de gouvernail et je partais vers des contrées inconnues… Un jour, je me souviens même avoir navigué toute une journée vers « la mer hic », avant que mon grand frère le soir venu ne se moque de moi à la table familiale ! La réalité détruisait mon rêve d'enfant.

Méthode

Pour vous aider, nous vous avons indiqué en couleur les parties de la rédaction qui répondent aux consignes.

Description

Narration

Sensations et sentiments

Et c'est ce qui s'est produit aujourd'hui, la tronçonneuse paternelle a appliqué une sentence irrévocable et mon arbre est tombé. J'ai eu beau protester, les arguments de mon père étaient que je ne jouais plus dans la cabane maintenant que j'étais au collège, et qu'il était temps de mettre un peu d'ordre dans ce qu'il appelait « mon bazar ». Pourtant, ce bazar, même si je ne l'investissais plus aussi souvent, j'étais rassuré de le savoir là, comme un refuge pour mes souvenirs d'enfance, et j'ai discrètement ramassé quelques copeaux de bois que je conserverai encore un peu de temps dans une boîte…

Rappel

Ménagez une conclusion, avec un retour au présent ou une projection sur l'avenir.

SUJET DE RÉFLEXION

« *Chers bois ! Je les connais tous ; je les ai battus si souvent.* », la narratrice de Colette est très attachée à la campagne et aux aventures qu'elle a pu y vivre pendant l'enfance. À notre époque d'urbanisation croissante, on peut se demander si un enfant trouve plus de possibilités de jeux et d'aventures à la campagne ou à la ville. Nous répondrons à cette question en envisageant les attraits de ces deux environnements pour les enfants.

Lorsque l'on songe à l'enfance et aux jeux d'aventures, on imagine en premier lieu de grands espaces naturels dans lesquels on peut donner libre

Méthode

Pour vous aider, nous vous avons indiqué en couleur les parties de la rédaction qui répondent aux consignes.

Indicateurs logiques

Arguments

cours à son imagination; comme si les étendues de campagne ne fixaient pas de frontières aux jeux. C'est le cas de Tom Sawyer, le héros de Mark Twain, qui rejoint son ami Huck pour s'identifier aux héros des romans d'aventures qu'il adore. La cime des arbres semble alors être la seule entrave à la liberté de leurs jeux.

De plus, la campagne possède encore des terrains vierges, des bois, des bords de rivières qui offrent aux enfants des possibilités innombrables de jeux où ils semblent échapper au regard et aux règles des parents. Par exemple, dans le film *La Guerre des boutons* deYves Robert, les deux clans d'enfants envahissent une sablière qui devient le cadre de leurs « batailles », loin du regard des parents.

L'astuce du prof

Variez vos exemples (littérature, expérience personnelle, séries, cinéma...).

Cependant, la ville n'est pas un milieu hostile pour les enfants, elle leur offre une diversité de possibilités de s'amuser notamment grâce aux nombreuses associations qui proposent des activités. L'ennui qui peut souvent gagner les enfants à la campagne est bien moins présent à la ville. Par exemple, les maisons de quartier, rivalisent d'imagination pour offrir des activités originales et de qualité qui savent fédérer les jeunes.

Rappel

Terminez par la partie à laquelle vous croyez le plus : vous serez plus convaincant.

Ainsi, dans *Corniche Kennedy*, Maylis de Kerangal nous montre les jeux et les défis d'un groupe d'adolescents issus de milieux sociaux très différents, qui se réunissent sur la « Plate », un bloc de béton peu attirant d'une ancienne construction surplombant la mer à Marseille. Les jeux communs brisent les barrières sociales fondées sur des a priori, et finalement les font grandir et avancer dans leurs relations entre eux et avec les adultes.

Pour conclure, les possibilités de jeux et d'aventures sont multiples, que l'on vive en ville ou à la campagne, ce qui importe finalement c'est le regard que l'on porte sur le monde qui nous entoure, et un regard d'enfant peut tout aussi bien transformer un terrain vague qu'un champ en terrain de jeux. C'est donc l'imagination qui permet de créer de nouveaux univers, plus que l'environnement dans lequel on vit.

SUJET 7 Amérique du nord, juin 2017 50 pts 1h10

Grammaire et compréhension

EXTRAIT Alice Ferney, *Cherchez la femme*

En 1958, Nina, lycéenne de 16 ans et fille de mineur, et Vladimir, jeune ingénieur des Mines de 26 ans, se sont rencontrés à l'orchestre. Le jeune homme est tombé amoureux de la jeune fille et lui a proposé de l'épouser. Face à cette proposition, Nina confie son impatience à sa grand-mère.

– Pourquoi es-tu si pressée ? demanda Sacha sans cacher son étonnement.

Elle était stupéfaite de l'évidence qui s'était faite chez sa petite-fille et tout de même, si forte lut-elle, l'aveu de Nina lui faisait battre le cœur plus vite.

– Je ne sais pas, dit Nina (elle osait même dire je ne sais pas !). C'est comme ça. Il faut avancer dans la vie, saisir l'occasion qui se présente. Tu ne crois pas ?

– Et le lycée, Douchka[1]. As-tu pensé au lycée ?

Sacha Javorsky quittait le champ du grand amour pour revenir aux choses sérieuses.

– Oui, dit Nina, bien sûr. Je continuerai à aller au lycée comme aujourd'hui.

– Tu ne sais pas qu'un homme dans une maison exige beaucoup de sa femme, dit Sacha Javorsky avec un air d'être sûre de ce qu'elle avançait. Tu n'auras plus le temps d'étudier !

– Vladimir ne m'empêchera pas d'étudier, souffla Nina.

Ce ton amolli et romantique eut le don d'agacer Sacha. Elle n'avait pas élevé sa petit-fille pour en faire une gourde qui s'en laisse conter par le premier garçon venu.

– Ça, ma fille, nous en reparlerons ! dit-elle avec ironie.

Puis elle récita son couplet désenchanté : les hommes, ça met les pieds sous la table et les chemises en boule au linge sale, et ça croit que les lapins naissent découpés, farcis et grillés !

Nina ne disait rien. Qu'y avait-il à répondre ? D'ailleurs sa grand-mère n'attendait pas de réponse. Elle n'avait pas fini de parler.

– Ton Vladimir, poursuivit la grand-mère, il a vingt-six ans et un métier. Des centaines de gens sont sous ses ordres. Ton père y est ! L'ingénieur ! Il va te commander celui-là…

– Il ne me commandera pas, répliqua Nina sur un ton décidé.

– Alors vous vous bagarrerez. Et crois-moi ce sera dur. Une femme ne fait pas le poids.

La vieille dame s'interrompit à dessein, préservant un effet d'annonce. Puis elle acheva :

– Sauf si elle a un métier. Et un salaire ! Travaille Nina. Étudie le plus longtemps possible et gagne ta vie. Ne dépends jamais d'un homme ! Écoute ce que te dit ta grand-mère.

– J'écoute, dit Nina.

Alice Ferney, *Cherchez la femme*, 2013.

1. Petit nom affectueux en russe signifiant « ma douce ».

DOC. Sérigraphie de Barbara Kruger

Commande du ministère de la Culture,
Bicentenaire de la Révolution française, 1989.
Barbara Kruger est une artiste contemporaine qui a été engagée dans la revendication des droits des femmes aux États-Unis.

Les réponses aux questions doivent être entièrement rédigées.

Compréhension et compétences d'interprétation

1 Quelle est la relation qui lie Nina et Sacha ? Quel a été le rôle précis de Sacha dans l'éducation de Nina ? 4 pts

2 **Lignes 1 à 19 :** nommez les deux sentiments successifs éprouvés par la grand-mère. Quelle attitude de Nina provoque chez elle ce changement de sentiment ? Justifiez votre réponse par une expression du texte. 6 pts

3 Quel personnage féminin domine la conversation ? D'après vous, pourquoi se donne-t-elle le droit de parler ainsi ? 6 pts

4 Selon Sacha, que risque-t-il de se passer après le mariage de Nina et Vladimir ? Vous répondrez dans un paragraphe détaillé en vous appuyant sur des citations précises du texte. 8 pts

5 Comment l'image et le texte évoquent-ils, chacun à leur manière, le pouvoir que le savoir procure aux femmes ? 6 pts

Grammaire et compétences linguistiques

1 « désenchanté » (l. 18). Donnez la classe grammaticale de ce mot. Expliquez sa formation puis son sens dans le texte. **6 pts**

2 **Lignes 34 à 36 :** quel est le mode principalement employé dans les propos de la grand-mère ? Justifiez son emploi. **4 pts**

3 Réécrivez ces quatre phrases en remplaçant « Nina » par « les filles » et « grand-mère » par « grands-parents ». Vous ferez toutes les modifications nécessaires.

« Travaille, Nina. Étudie le plus longtemps possible et gagne ta vie. Ne dépends jamais d'un homme ! Écoute ce que te dit ta grand-mère. » **10 pts**

PAR ÉTAPES

COMPRÉHENSION

▶ **En bref** Nina a hâte de se marier. Sacha, soucieux du bien-être de sa petite fille, l'alerte au sujet des inégalités hommes-femmes, notamment au sein du mariage et du foyer. Elle veut lui montrer cette injustice qui place la femme au service de l'homme.

▶ **À repérer** Les phrases exclamatives de la grand-mère qui traduisent son inquiétude.

▶ Pour bien répondre aux questions

1 Cette question demande à être développée : appuyez-vous sur l'ensemble du texte en faisant des **citations précises** (courtes et bien repérées) prises dans les propos de la grand-mère (Sacha).

2 Cette question demande de bien observer dans le texte et dans l'image le rapport des femmes au savoir et au pouvoir. Observez attentivement des détails de l'image et appuyez-vous sur des citations précises du texte pour répondre. Ne négligez pas les informations apportées par le paratexte.

GRAMMAIRE

▶ À connaître

3 Pour expliquer la formation d'un mot, il faut rechercher s'il est composé d'un **préfixe**, d'un **radical** et d'un **suffixe**. Attention les trois éléments ne sont pas toujours présents.

4 Les modes sont les grandes catégories à l'intérieur desquelles on conjugue les verbes. Il existe **sept modes** : indicatif, subjonctif, impératif, conditionnel, infinitif, participe et gérondif. Comme les temps, les modes peuvent avoir une valeur particulière (fait réel, souhait, doute, ordre, défense…).

5 • **On vous demande** de passer du singulier au pluriel. Il ne faut pas oublier le second changement : remplacer « grand-mère » par « grands-parents ».

- **Vous devez modifier :**
– les verbes ;
– deux déterminants possessifs et un pronom personnel.
- **Attention**, il y a un sujet inversé.

CORRIGÉ 7

Comprendre le corrigé

Compréhension et compétences d'interprétation

1 Le mot « désenchanté » est un adjectif (participe passé employé comme adjectif). Il est composé du préfixe privatif « dés- » et du radical « enchanté ». Il signifie « être désabusé, avoir perdu ses illusions ». Le préfixe marque en effet l'opposition à l'aspect « enchanteur » de la relation amoureuse.

2 Le mode verbal principalement utilisé dans ce passage est l'impératif : « Travaille » ; « étudie » ; « gagne » ; « dépends » ; « écoute ». Il permet d'exprimer un ordre ou une défense lorsqu'il est encadré par une négation (« ne dépends jamais »).

L'astuce du prof
N'oubliez pas de citer des verbes à l'impératif.

3 Travaillez les filles. Étudiez le plus longtemps possible et gagnez votre vie. Ne dépendez jamais d'un homme ! Écoutez ce que vous disent vos grands-parents.

Grammaire et compétences linguistiques

1 Nina et Sacha ont une relation familiale : Nina est la petite-fille de Sacha : « chez sa petite fille » (l. 2). Cette relation semble très affective et pleine de complicité puisque Nina se confie à sa grand-mère qui s'adresse à elle en l'appelant « Douchka » (l. 6), un surnom affectueux. Sacha a certainement élevé Nina, comme c'est indiqué l. 14-15 : « Elle n'avait pas élevé sa petite-fille pour en faire une gourde. »

2 Les sentiments successifs éprouvés par la grand-mère sont l'étonnement : « son étonnement » (l. 1), « stupéfaite » (l. 2), puis l'agacement : « agacer Sacha » (l. 14). Ce changement de sentiment est provoqué par le « ton amolli et romantique » (l. 14) de Nina qui, amoureuse, ne semble pas percevoir la réalité décrite par sa grand-mère.

3 Cette conversation est clairement dominée par la grand-mère qui développe un argumentaire maîtrisé face à sa petite-fille : « la vieille dame s'interrompit à dessein, préservant un effet d'annonce » (l. 29). Elle se donne le droit de parler ainsi car non seulement elle a participé à l'éducation de Nina, mais aussi car son expérience lui permet d'avoir conscience des inégalités entre les hommes et les femmes. Elle ne veut pas que sa petite-fille en soit victime.

4 Sacha veut montrer à sa petite-fille l'injustice de la position des femmes après le mariage : elles sont contraintes à rester à la maison pour s'occuper des tâches domestiques : « un homme dans une maison exige beaucoup de sa femme » (l. 10-11). Elle souligne le fait que les hommes s'installent rapidement dans une position où la femme est à leur service : « Les hommes, ça met les pieds sous la table et les chemises en boule au linge sale » (l. 18-19). Enfin, elle lui explique que si elle n'est pas « obéissante » ils vont se disputer : « vous vous bagarrerez » (l. 27) et que le seul moyen pour avoir une légitimité dans la conversation sera pour elle d'être indépendante grâce à « un métier » et « un salaire » (l. 31).

5 La sérigraphie de Barbara Kruger montre un visage de femme stéréotypé, comme on peut en voir sur les affiches de magazines, mais il est divisé en deux pour nous laisser voir une autre « face », une sorte de radiographie qui invite à regarder derrière les apparences. Le slogan qui est posé sur cette image indique que le savoir apporte le pouvoir. D'ailleurs, le mot « savoir » est placé sur la tête de la femme et le mot « pouvoir » vers sa bouche, comme pour indiquer qu'elle va pouvoir s'exprimer grâce à son savoir. Enfin, cette affiche a été commandée pour le bicentenaire de la Révolution française et n'est pas sans évoquer la figure de Marianne, symbole de la République française et de sa devise qui invite à l'égalité, ici celle entre les femmes et les hommes. Dans le texte, dont l'action se déroule en 1958, les femmes n'ont pas encore beaucoup de droits en France, et elles n'ont pas le même accès au savoir et au pouvoir que les hommes. Sacha le souligne très bien dans sa dernière prise de parole « Étudie le plus longtemps possible et gagne ta vie. Ne dépends jamais d'un homme ! » (l. 31-32).

Définition

- Stéréotypé : conforme à une opinion toute faite, sans réflexion.
- Bicentenaire : commémoration d'un événement remontant à deux cents ans.

Pour aller plus loin

En 1944, les femmes obtiennent le droit de vote. En 1946, est inscrite l'égalité hommes-femmes dans le préambule de la constitution. Après 1958, les femmes obtiennent plus de droits : en 1965, elles peuvent désormais ouvrir un compte en banque et travailler sans l'accord de leur mari ; en 1975, la loi Veil est promulguée, autorisant l'interruption volontaire de grossesse (IVG) ; en 1983, la loi Roudy concernant l'égalité professionnelle est adoptée. Enfin, en 2006, une loi pour l'égalité des salaires est promulguée.

SUJET 8 **Amérique du Nord, juin 2017** 10 pts 20 min

Dictée – Alice Ferney, *Cherchez la femme*, 2013

› **Écoutez la dictée avec l'application Nathan Live.**

- On dictera le texte à haute voix à plusieurs reprises.
- On inscrira au tableau de manière lisible par l'ensemble des candidats le titre de l'œuvre et le nom de l'auteur.

PAR ÉTAPES

GRAMMAIRE

Bien conjuguer

- Le **passé simple** : les terminaisons des verbes du premier groupe : *-ai/-as/-a/-âmes/-âtes/-èrent* ou des autres groupes *-s/-s/-t/-âmes/-âtes/-rent*.
- L'**imparfait** a des terminaisons très régulières : *-ais/-ais/-ait/-ions/-iez/-aient*.

Bien accorder

- « **Tout/tous** » : c'est un déterminant, il s'accorde donc avec le mot qui suit (« tout **le** » / « tous **les** »).

Ne pas confondre

- « **on/ont** » : « on » pronom personnel et « ont » 3e personne du pluriel du verbe « avoir » (= « avaient »).

Bien orthographier

- « **elle en avait** » : attention à la liaison, ne pas ajouter de « n' » après.

CORRIGÉ 8

Pas un seul petit mot ! Il ne vint pas lui rendre visite. Il fut absent aux deux répétitions, le mardi d'abord, puis le vendredi, sans s'excuser ni prévenir, ce qui n'était jamais arrivé. Les musiciens de l'orchestre demandaient des nouvelles à Nina. Elle n'en avait pas. Tout le monde vit qu'elle dansait et chantait sans entrain. Ses résultats scolaires chutèrent d'un coup. Le cartable était jeté par terre sans être ouvert. Elle n'avait pas la tête à son travail ! Elle découvrait la place que tient dans la vie un amour, celui qu'on trouve autant que celui qu'on perd ou croit perdre.

Alice Ferney, *Cherchez la femme*, © Actes Sud, 2013.

Comprendre le corrigé

Remarque

- « s'excuser » : ne pas oublier le « c » après le « x ».
- « entrain » : ce nom s'écrit en un seul mot et désigne la bonne humeur, la vivacité pour accomplir une tâche.

SUJET 9 Amérique du Nord, juin 2017 40 pts 1h30

Rédaction

Vous traiterez au choix un des deux sujets de rédaction suivants:

Les sujets proposés ci-dessous sont en relation avec le texte du sujet 7 p. 122.

SUJET D'IMAGINATION

La jeune fille annonce sa décision finale à Vladimir. Elle a pris en compte les remarques de sa grand-mère pour choisir ou non de se marier.

Imaginez le dialogue des deux jeunes gens et les réactions qu'il suscite.

SUJET DE RÉFLEXION

Pensez-vous, comme la grand-mère de Nina, qu'avoir un métier soit synonyme de liberté et de pouvoir ?

PAR ÉTAPES

SUJET D'IMAGINATION

La situation de communication

- Il faut prendre en compte **le texte initial**, c'est-à-dire les remarques de la grand-mère qui vont influencer la décision de Nina.
- Pensez à utiliser le vocabulaire des **sentiments** pour exprimer les réactions des deux interlocuteurs.
- Pour ne pas paraître artificiel un passage narratif précisera **les circonstances** (*Qui ? Où ? Quand ? Pourquoi ?*) qui amènent ce dialogue.
- Le dialogue doit **faire avancer l'action et développer les caractéristiques des interlocuteurs**: la façon de parler, comme les idées échangées permettront au lecteur de mieux les connaître.
- Le dialogue ne doit pas se poursuivre trop longtemps, il faut l'interrompre par **des passages narratifs** pour analyser les réactions des personnages et continuer le récit en laissant la parole au narrateur.

La présentation du dialogue

- Après la dernière phrase du paragraphe il faut: mettre **deux points** (:), **aller à la ligne, ouvrir des guillemets** («) et **mettre un tiret** (–). Ensuite, à chaque fois que quelqu'un intervient dans le dialogue, vous devez aller à la ligne et mettre un tiret. Les guillemets ne seront fermés qu'à la fin du dialogue.

- Les arguments des personnages peuvent se répondre (argument du premier personnage/contre-argument du deuxième…).
- Pensez à **varier les verbes introducteurs**: s'exclamer, demander, répondre, chuchoter, murmurer.

SUJET DE RÉFLEXION

L'introduction

- **Introduisez le sujet**: vous pouvez partir des **définitions usuelles** d'un **métier**, de **la liberté** et du **pouvoir**, les trois mots-clés du sujet.
- **Présentez le sujet**: reprenez la **question** posée par le sujet.
- Annoncez clairement votre **plan**.

Le développement

- La question posée appelle un développement en **deux parties**: l'une où vous partagerez le point de vue de la grand-mère et l'autre où vous présenterez des arguments contraires. Pensez à **terminer** votre devoir **par la partie à laquelle vous croyez le plus**, vous serez plus convaincant(e).
- Dans chaque partie vous présenterez au moins **deux arguments** et **deux exemples**.

La conclusion

- **Résumez en d'autres termes** votre argumentation en précisant votre avis.
- Terminez avec une **phrase d'ouverture**, en évoquant par exemple le nécessaire travail sur l'orientation pour qu'un métier devienne aussi source de plaisir.

CORRIGÉ 9

Comprendre le corrigé

SUJET D'IMAGINATION

Nina avançait d'un pas hésitant dans les allées du jardin public, elle avait beau être sûre des sentiments de Vladimir, les propos de sa grand-mère avaient semé en elle un doute qui la rongeait. Elle tournait les phrases dans sa tête quand elle sentit deux mains se poser sur ses épaules:

«– Tu ne m'échapperas pas! lui chuchota Vladimir dans le creux de l'oreille.

– Je n'en avais pas l'intention! Je suis contente de te retrouver si tôt, je voulais te parler.

Méthode

Faites alterner les moments de narration et de dialogue, pour respecter le style de l'autrice

– Tu as l'air sérieuse… rien de grave au moins ?

– Non… rien, c'est juste que… j'ai beaucoup réfléchi à ta demande…

– Et ?

– Et, évidemment je suis d'accord, je veux t'épouser !

Vladimir la souleva et la fit tourner autour de lui.

– Seulement… j'aimerais finir mes études avant, ajouta-t-elle le souffle un peu coupé quand il l'eut reposée.

– Mais… pourquoi ? Pourquoi attendre et pourquoi te fatiguer à étudier, j'ai une très bonne situation tu sais ! reprit Vladimir, incrédule.

– Oui bien sûr, mais ce n'est pas la question, les études me plaisent et je voudrais vraiment apprendre un métier moi aussi.

L'astuce du prof
Employez du vocabulaire et des expressions appartenant au champ lexical des sentiments.

– Un métier ? Mais tu n'en as pas besoin, ne t'inquiète pas de ce genre de choses, je pourrai très largement subvenir aux besoins de toute la famille ! En douterais-tu ? s'étonna Vladimir, un peu agacé.

– Ce n'est pas le problème, renchérit Nina, qui comprenait de mieux en mieux les paroles de sa grand-mère au fur et à mesure que la conversation avançait. Ce que je veux, moi, c'est étudier, comme toi tu l'as fait, et devenir peut-être à mon tour ingénieure !

L'astuce du prof
Employez des éléments du texte initial pour assurer une continuité de lecture.

Vladimir partit d'un grand éclat de rire :

– Ingénieur ! Tu me fais marcher ! Tu sais bien que ça n'existe pas une femme ingénieure ! Il arrêta de rire, lui passa un bras sur l'épaule, puis reprit d'une voix presque paternelle :

– Tu es jeune, je crois que tu ne comprends pas bien. Si tu le souhaites, bien sûr que tu peux terminer ton lycée, et si c'est ton envie, je pourrais ensuite demander à l'administration de la mine de te conier quelques petits travaux de secrétariat, pour te distraire un peu, mais je peux te l'assurer : tu comprendras vite que ce n'est pas là ta place, et que tu seras bien mieux à t'occuper de ta maison !

Nina se dégagea des bras de Vladimir et répondit avec gravité :

– Tu as raison… ce n'est pas là ma place. »

SUJET DE RÉFLEXION

L'exercice d'un métier est souvent associé aux termes de contraintes et de pénibilité. Cependant, nous nous demanderons si, comme le pense la grand-mère de Nina, un métier peut aussi être synonyme de liberté et de pouvoir. Nous répondrons à cette question en montrant d'abord les aspects négatifs de la pratique d'une profession, avant d'en souligner les avantages.

Avant tout, avoir un métier est dicté par la nécessité de subvenir à ses besoins. Le travail est donc synonyme de contraintes et d'efforts dans un simple but de survie humaine. Ainsi, si l'on observe les mineurs décrits par Émile Zola dans *Germinal*, on ressent bien qu'ils sont esclaves de leur métier et que pour eux la liberté se situerait dans l'absence de travail.

De plus, la pratique d'un métier nous soumet généralement à l'autorité d'un chef, d'un patron qui va exercer son pouvoir sur nous pour que l'on soit efficace et « rentable ». Ce sont les dérives que dénonce par exemple Charlie Chaplin dans son film *Les Temps modernes*, où l'on voit un ouvrier soumis à l'autorité de son patron et même de sa machine. Il perd sa liberté, voire son humanité, en cherchant à suivre les cadences imposées dans son métier.

Cependant, avoir un métier est aussi synonyme de liberté et de pouvoir car cela nous permet d'obtenir une réelle indépendance financière qui est une condition pour participer à la société de façon active. Le travail, comme l'écrivait déjà Voltaire dans *Candide* « éloigne de nous trois grand maux : l'ennui, le vice et le besoin » En effet, grâce à notre profession, nous pouvons non seulement subvenir à nos besoins, mais aussi échanger, avoir une vie sociale, et ne pas être tentés par exemple par la délinquance.

Méthode
Structurez le récit en faisant apparaître des connecteurs logiques, suivis de vos arguments puis de vos exemples.

Enfin, la liberté et le pouvoir qu'apporte un métier sont aussi et surtout liés à la valeur créatrice du travail qui permet un épanouissement personnel par la satisfaction du travail accompli. Les travailleurs, quelles que soient leurs professions, recherchent la récompense de leurs efforts dans le résultat de leur travail : un malade soigné, un meuble bien réalisé, un mur bien monté… C'est ce qu'écrivait Eugène Guillevic dans son poème « Le menuisier » : « Tu chantais, menuisier / En assemblant l'armoire », évoquant le plaisir de l'artisan.

Il apparaît donc que l'exercice d'un métier même s'il est lié au travail et à des contraintes nous permet bien de gagner notre liberté et d'exercer un certain pouvoir. La difficulté majeure reste certainement de choisir un métier qui corresponde à nos aspirations pour que la pénibilité ne l'emporte pas sur le plaisir.

SUJET 10 **Asie, juin 2017** 50 pts 1h10

Grammaire et compréhension

EXTRAIT Jules Renard, *Histoires naturelles*

Le chasseur d'images

Il saute du lit de bon matin, et ne part que si son esprit est net, son cœur pur et son corps léger comme un vêtement d'été. Il n'emporte point de provisions. Il boira l'air frais en route et reniflera les odeurs salubres[1]. Il laisse ses armes à la maison et se contente d'ouvrir les yeux. Les yeux servent de filets où les images s'emprisonnent d'elles-mêmes.

La première qu'il fait captive est celle du chemin qui montre ses os, cailloux polis, et ses ornières[2], veines crevées, entre deux haies riches de prunelles et de mûres.

Il prend ensuite l'image de la rivière. Elle blanchit aux coudes et dort sous la caresse des saules. Elle miroite quand un poisson tourne le ventre, comme si on jetait une pièce d'argent, et, dès que tombe une pluie fine, la rivière a la chair de poule.

Il lève l'image des blés mobiles, des luzernes[3] appétissantes et des prairies ourlées[4] de ruisseaux. Il saisit au passage le vol d'une alouette ou d'un chardonneret. Puis il entre au bois. Il ne se savait pas doué de sens si délicats. Vite imprégné de parfums, il ne perd aucune sourde rumeur, et, pour qu'il communique avec les arbres, ses nerfs se lient aux nervures des feuilles.

Bientôt, vibrant jusqu'au malaise, il perçoit trop, il fermente, il a peur, quitte le bois et suit de loin les paysans mouleurs regagnant le village.

Dehors, il fixe un moment, au point que son œil éclate, le soleil qui se couche et dévêt sur l'horizon ses lumineux habits, ses nuages répandus pêle-mêle.

Enfin, rentré chez lui, la tête pleine, il éteint sa lampe et longuement, avant de s'endormir, il se plaît à compter ses images.

Dociles, elles renaissent au gré du souvenir. Chacune d'elles en éveille une autre, et sans cesse leur troupe phosphorescente s'accroît de nouvelles venues, comme des perdrix poursuivies et divisées tout le jour chantent le soir, à l'abri du danger, et se rappellent aux creux des sillons.

Jules Renard, *Histoires naturelles*, 1896.

---

1. Saines.

2. Traces dans le sol.

3. Plantes à fleurs violettes.

4. Bordées.

DOC. ***L'Homme qui marche*, Jirô Taniguchi, 1992**

Les réponses aux questions doivent être entièrement rédigées.

Grammaire et compétences linguistiques

1 « Il lève l'image des blés <u>mobiles</u>, des luzernes <u>appétissantes</u> […] » (l. 13). Quelle est la classe grammaticale des mots soulignés ? **2 pts**

2 Quel est le temps dominant dans le texte ? Quel effet son emploi produit-il ? **4 pts**

3 Réécrivez ces trois phrases en utilisant l'imparfait et en remplaçant « il » par « nous ». Vous ferez toutes les modifications nécessaires.

« Il n'emporte point de provisions. Il boira l'air frais en route et reniflera les odeurs salubres. Il laisse ses armes à la maison et se contente d'ouvrir les yeux. » **10 pts**

Compréhension et compétences d'interprétation

1 « Il laisse ses armes à la maison et se contente d'ouvrir les yeux » (l. 3-4). Comment cette phrase nous permet-elle de mieux comprendre le titre du texte ? **6 pts**

2 a. Quels sont les différents sens sollicités lors de cette balade ? Citez le texte pour justifier votre réponse. 4 pts

b. Quels sentiments provoquent-ils chez le personnage tout au long du texte ? Relevez des éléments du texte pour justifier votre réponse. 4 pts

3 Comment la nature est-elle rendue vivante ? Citez le texte pour justifier votre réponse. 4 pts

4 Pensez-vous que le chasseur reste maître de ses images ? Vous développerez votre réponse en vous appuyant précisément sur le texte. 8 pts

5 D'après vous, quelle phrase du texte pourrait être le titre de cette planche de bande dessinée ? Justifiez votre choix en confrontant des éléments du texte et de l'image. 8 pts

PAR ÉTAPES

GRAMMAIRE

À connaître

1 Il existe cinq classes grammaticales de mots variables : les verbes, les noms, les adjectifs, les déterminants et les pronoms.

3 • **On vous demande** de mettre les verbes à l'imparfait et de passer du singulier au pluriel en remplaçant « il » par « nous ».

• **Vous devez modifier** :
- les pronoms personnels ;
- la conjugaison des verbes ;
- un déterminant possessif.

COMPRÉHENSION

En bref Le personnage se promène dans la nature en quête d'images à « chasser ».

À repérer Les champs lexicaux utilisés et leur sens dans ce contexte précis.

Pour bien répondre aux questions

2 a. Pour ce type de questions, **listez** les cinq sens, **puis observez** dans le texte lesquels sont présents.

b. Une sensation est le résultat d'une **perception** par l'un des cinq sens, un sentiment est le résultat d'une **émotion**.

3 Cette question vous demande de trouver une **figure de style**. Les plus fréquentes sont la comparaison, la métaphore, la personnification et l'énumération.

5 La bande dessinée utilise un vocabulaire spécifique : **une case ou une vignette** est un **cadre** contenant une image ; **une bande** est une **suite de cases** sur une ligne ; **une planche** est une **page** de bande dessinée.

CORRIGÉ 10

Comprendre le corrigé

Grammaire et compétences linguistiques

1 Les deux mots soulignés sont des adjectifs qualificatifs épithètes.

2 Le temps dominant est le présent de l'indicatif : « il saute » (l. 1), « il lève » (l. 13), « il fixe » (l. 20). On a l'impression de participer à la balade avec le personnage, on découvre les images en même temps que lui, c'est du présent de narration.

3 **Nous n'emportions** point de provisions. **Nous buvions** l'air frais en route et **reniflions** les odeurs salubres. **Nous laissions nos** armes à la maison et **nous contentions** d'ouvrir les yeux.

Compréhension et compétences d'interprétation

1 Le titre associe les thèmes de la chasse et des images, on retrouve ces deux thèmes mêlés dans la phrase : la chasse avec le mot « armes » et les images avec le mot « les yeux ». Il s'agit donc d'une chasse au sens figuré : ce qu'il prendra dans ses « filets » (l. 4) ce seront uniquement des images.

2 **a.** Les cinq sens du personnage vont être sollicités pendant cette balade :

1. le goût : « il boira l'air frais » (l. 3) ;

2. l'odorat : « reniflera les odeurs salubres » (l. 3) et « parfums » (l. 16) ;

3. la vue : « ouvrir les yeux » (l. 4) et le mot « image » répété plusieurs fois dans le texte ;

4. l'ouïe « sourde rumeur » (l. 16) ;

5. le toucher « ses nerfs se lient aux nervures des feuilles » (l. 17).

b. Les sentiments qu'éprouve le personnage évoluent au cours de la balade : il a d'abord un sentiment de légèreté physique et morale : « son cœur pur et son corps léger » (l. 1-2), puis un sentiment de plénitude lorsqu'il a collecté plusieurs images : « imprégné » (l. 16), ensuite il ressent de la peur : « il a peur » (l. 18) comme s'il avait trop de sensations et enfin, au retour, il est satisfait et heureux : « il se plaît » (l. 23).

3 La nature est rendue vivante grâce aux différentes personnifications qui lui attribuent des caractéristiques humaines :

L'astuce du prof
On demande la classe grammaticale, il y a donc une seule réponse attendue.

Rappel
Le présent de l'indicatif a trois valeurs principales.

Méthode
Il faut analyser chaque mot du titre et le mettre en relation avec la phrase proposée.

Définition
Personnification : attribution de caractéristiques humaines à des animaux, concepts ou choses inanimées.

– « chemin qui montre ses os [...] veines crevées » (l. 6-7) ;

– la rivière « blanchit aux coudes et dort [...] a la chair de poule » (l. 9-12) ;

– le soleil « dévêt sur l'horizon ses lumineux habits » (l. 21).

4 Au départ, le chasseur est maître des images, il les prend au piège : « les yeux servent de filets » (l. 4), mais très vite il est submergé par l'abondance d'images et de sensations qu'elles font naître « vibrant jusqu'au malaise, il perçoit trop » (l. 18). À la fin, les images semblent plus calmes « dociles » (l. 24), mais elles restent autonomes pour décider de revenir dans la tête du chasseur : « chacune d'elles en éveille une autre » (l. 24-25).

Méthode

Montrez l'évolution du lien entre le chasseur et les images au fur et à mesure de l'avancée du texte.

5 Une phrase du texte qui pourrait servir de titre à cette planche de bande dessinée est « les yeux servent de filets où les images s'emprisonnent d'elles-mêmes » (l. 4). La bande dessinée fait en effet alterner les cases avec le regard de l'homme et celles avec ce qu'il voit : les vignettes 4 et 5 font ainsi écho à « se contente d'ouvrir les yeux » (l. 4) ou « il fixe un moment, au point que son œil éclate » (l. 20). La communion avec la nature est aussi très présente dès la première case qui pourrait illustrer la phrase du texte : « ses nerfs se lient aux nervures des feuilles » (l. 17).

SUJET 11 **Asie, juin 2017** 10 pts 20 min

Dictée – Marcel Pagnol, *Le Château de ma mère*, 1958

Écoutez la dictée avec l'application Nathan Live.

- On dictera le texte à haute voix à plusieurs reprises.
- On inscrira au tableau de manière lisible par l'ensemble des candidats le titre de l'œuvre, le nom de l'auteur, ainsi que les deux prénoms **Paul** et **Étienne**.

PAR ÉTAPES

GRAMMAIRE

Bien conjuguer

- Le **passé simple** à la première personne du pluriel : *-âmes/-îmes/-ûmes/-înmes*.

Bien accorder

- L'adjectif de couleur « bleu » : ne pas oublier le « e » et/ou le « s » au féminin et au pluriel.
- Les participes passés employés comme adjectifs.

Ne pas confondre

- **« s'en » / « sans »** : « s'en » se rencontre devant un verbe pronominal (« se » + verbe). « Sans » est une préposition qui indique le manque, la privation, elle est le contraire de « avec ».
- **« ou » / « où »** : « ou » est la conjonction de coordination, elle peut être remplacée par « ou bien ». « Où » est un pronom relatif qui indique un lieu.
- **« mur » / « mûr »** : « mur » est un nom masculin qui désigne une construction. « Mûr » est un adjectif qui indique qu'un fruit est arrivé à maturité.

Bien orthographier

- Les chiffres s'écrivent en lettres.
- Attention à bien écrire les sons « euil » et « eil » dans les mots « cueillir » et « vieil ».

CORRIGÉ 11

À deux heures, nous repartîmes en expédition, accompagnés de Paul, spécialiste de l'extraction des escargots cachés dans les trous des vieux murs, ou des souches d'olivier. Nous travaillâmes sans arrêt, pendant trois heures, à entasser des provisions, pour faire face à la ruine prochaine. Nous repartîmes vers six heures, chargés d'amandes, d'escargots, de prunelles des bois, de belles prunes bleues volées chez maître Étienne, et d'une musette d'abricots presque mûrs, cueillis sur un très vieil arbre qui s'obstinait, depuis cinquante ans, à fleurir dans les ruines solitaires d'une ferme abandonnée.

Marcel Pagnol, *Le Château de ma mère*, De Fallois, 1958.

Comprendre le corrigé

Rappel
Après une préposition, le verbe est à l'infinitif.

Accord
Si les personnages sont « chargés », le pluriel est logique dans la suite de la phrase.

Attention
Ce sont les abricots qui sont « mûrs » et « cueillis » et non la musette !

SUJET 12 Asie, juin 2017

40 pts 1h30

Rédaction

Vous traiterez au choix un des deux sujets de rédaction suivants:

Les sujets proposés ci-dessous sont en relation avec le texte du sujet 10 p. 134.

SUJET D'IMAGINATION

Le lendemain, le chasseur d'images se rend en ville et déambule au gré de ses envies. À la manière de Jules Renard, vous raconterez sa balade en insistant sur les sensations et les sentiments de ce personnage.

SUJET DE RÉFLEXION

Pourquoi «chasser» des images? Vous répondrez à cette question en prenant appui sur vos pratiques personnelles et sur votre culture littéraire et artistique.

PAR ÉTAPES

SUJET D'IMAGINATION

La situation de communication

- Il s'agit d'une suite de texte essentiellement **descriptive**: vous devez garder le **même narrateur** et le **même temps verbal**.
- Le lieu est précisé, il ne s'agit plus de la campagne, mais de la **ville**, pensez notamment aux textes étudiés sur ce thème en 4e.

L'organisation de la description

- Vous devez donc écrire «à la manière de» Jules Renard: c'est-à-dire en gardant la même structure de texte que lui: un point de départ, un paragraphe par nouvelle image, un point d'arrivée.
- C'est une description en mouvement: le lecteur découvrira la scène en même temps que l'observateur grâce aux connecteurs spatio-temporels («en haut», «à côté», «devant», «d'abord», «puis», «ensuite»...)
- Insistez sur les sensations et les sentiments éprouvés par le personnage face à chaque image «récoltée».

SUJET DE RÉFLEXION

L'introduction

- **Introduisez le sujet**: vous pouvez faire référence au texte étudié et au sens moderne de l'expression «chasseur d'images».

- **Présentez le sujet** : reprenez la question posée par le sujet.
- Annoncez clairement votre **plan**.

Le développement

- La question posée appelle un développement en plusieurs parties qui énumèrent les raisons qui poussent certaines personnes à « chasser » des images. Les raisons peuvent être :

– le besoin de nourrir son **imaginaire** ;

– la volonté de **garder des souvenirs** ;

– le **plaisir esthétique**.

- **Dans chaque partie**, vous sélectionnerez **un exemple pertinent et précis** en ayant soin de les **varier** comme vous le demande le sujet : « en prenant appui sur vos pratiques personnelles, et sur votre culture littéraire et artistique ».

La conclusion

- Résumez en d'autres termes votre argumentation en précisant votre avis.
- Terminez avec une phrase d'ouverture, en évoquant par exemple les différents moyens de conservation et de diffusion des images aujourd'hui.

CORRIGÉ 12

Comprendre le corrigé

SUJET D'IMAGINATION

C'est une fin d'après-midi orageuse : une chaleur moite a pesé toute la journée et l'averse salvatrice vient de tomber. Le chasseur d'images sait que c'est l'heure parfaite pour déambuler dans la ville. La ville fraîchement arrosée par une pluie d'orage.

Dès les premiers pas sur le bitume chaud et humide, il flaire l'odeur caractéristique de la pluie qui s'évapore du macadam. Il ferme les yeux, les rouvre, et les fumerolles qui remontent de la route s'évanouissent dans son regard. Une première image, familière et rassurante.

Méthode

Votre rédaction doit être centrée sur les sensations physiques du personnage, ainsi que sur les émotions procurées par la balade.

Il descend la rue, croise quelques passants qui se décident à quitter leur maison, hésitants… la pluie a-t-elle vraiment cessé ? Des pleurs lui font lever la tête vers une fenêtre entrouverte, « à l'espagnolette » comme disait sa mère, c'est un bébé. Les pleurs se font plus insistants, puis s'arrêtent brusquement. Une silhouette passe devant la fenêtre, le bébé dans les bras. Il sourit, apaisé lui aussi.

Il tourne à droite, dans une ruelle, la dernière rue pavée de la ville. L'eau s'écoule rapidement entre les vieux pavés. Ce sont des méandres, des lagons, une cascade: un vieux mégot est entraîné comme un radeau de survie sur ce torrent infernal, le chasseur le suit du regard jusqu'à le perdre de vue, il a sombré dans le caniveau.

L'astuce du prof
Décrivez la ville avec précision.

Un long muret court vers la gauche, machinalement il pose sa main dessus et avance. Comme un enfant. Il retrouve cette sensation râpeuse du ciment sous la paume de sa main. Il avance ainsi, guidé par cette rampe de béton. Soudain, il doit s'arrêter, un chat est posé sur le muret. Ils échangent un regard. De chasseur, il se sent devenir chassé. Étrange sentiment. Il change de trottoir.

Et puis, il a faim, d'abord, il ne sait pas pourquoi, mais l'air qui pénètre son nez finit par le renseigner: il est derrière la rue des restaurants. Les fumées des hottes s'échappent et lui apportent des odeurs mêlées de friture et de viandes saisies sur le feu. Il tend l'oreille et croit entendre quelques bruits de vaisselles heurtées, l'agitation de la cuisine avant le service. Il imagine l'assiette, les frites dorées, le magret fumant, la touche rouge du quartier de tomate posé sur la feuille de salade. il salive, il est temps de rentrer.

Gagnez des points !
Ponctuez votre récit de connecteurs spatio-temporels.

Sur le chemin du retour, il décide de s'arrêter au milieu de la grand-place. Il ferme les yeux un instant et se nourrit des images rencontrées. Elles se mêlent aux bruits de la ville et l'enivrent. Il n'a plus faim, il est rassasié d'images et de sensations.

SUJET DE RÉFLEXION

Les « chasseurs d'images », qu'ils soient de simples promeneurs esthètes comme dans le texte ou des photographes - suivant le sens moderne de l'expression -, sont toujours aussi nombreux aujourd'hui. Quelles raisons les poussent ainsi à chasser des images? Nous proposerons trois réponses en évoquant d'abord le besoin de nourrir l'imagination, puis la volonté de garder des souvenirs et enfin le plaisir esthétique de la contemplation des images.

Premièrement, les images sont la racine étymologique et la source de notre imagination. C'est-à-dire de notre capacité à nous fabriquer

L'astuce du prof
Les arguments doivent apparaître clairement en début de paragraphe.

des images mentales et à les faire vivre dans notre esprit. Par exemple, le poète Charles Baudelaire, au XIXe siècle, dans son *Invitation au voyage,* évoque les images qui entraînent son esprit vers la rêverie : « Vois sur ces canaux / Dormir ces vaisseaux ». Les images sont si nettes pour lui, qu'elles peuvent aussi nourrir l'imaginaire du lecteur et deviennent un trait d'union pour une invitation à l'évasion.

La deuxième raison qui peut pousser à « chasser des images » est le besoin de garder des souvenirs, d'aider la mémoire grâce à des supports matériels qui vont fixer des instants de vie à partir desquels renaîtront durablement des souvenirs imagés. Ainsi, les nombreuses photographies de vacances, d'événements mémorables d'une vie, voire même les *selfies* pour immortaliser une visite à la tour Eiffel ou en retenant la tour de Pise sont autant d'aide-mémoire qui non seulement fixent une image, mais aussi aident à en faire revivre d'autres.

Méthode

Pour que la structure de votre argumentation soit claire, employez des indicateurs logiques.

Enfin, les chasseurs d'images sont aussi les nombreux artistes, photographes ou peintres, qui s'attachent à retenir par leur art un instant de beauté, de vie, des sensations fugaces. Citons l'exemple de Paul Gauguin qui sut fixer sur ses toiles les couleurs et l'atmosphère de Tahiti en y associant les personnes qu'il rencontrait, comme dans son tableau *Nave Nave Mahana* (en français : *Jour délicieux)* qui met en scène des jeunes Tahitiennes et un enfant qui s'adonnent à la cueillette de fruits dans un décor paradisiaque.

Méthode

Chaque exemple doit servir à appuyer votre argument.

Pour conclure, il apparaît donc que les chasseurs d'images peuvent avoir différentes motivations qui se rejoignent sur une idée commune : le partage, que ce soit avec un lecteur, un spectateur potentiel ou avec l'entourage proche. Se poserait alors aujourd'hui la question, avec la multiplication des moyens de conservations des images, et notamment le numérique, de savoir lesquels se prêtent le mieux à ce véritable partage.

SUJET 13 France métropolitaine, juin 2017 50 pts 1h10

Grammaire et compréhension

EXTRAIT Jean Giono, *Les Vraies Richesses*

Giono a décidé de vivre à la campagne, au plus près de la nature. Néanmoins, il va parfois à Paris. Il évoque ici son expérience de la ville.

Quand le soir vient, je monte du côté de Belleville[1]. À l'angle de la rue de Belleville et de la rue déserte, blême et tordue, dans laquelle se trouve *La Bellevilloise*[2], je connais un petit restaurant où je prends mon repas du soir. Je vais à pied. Je me sens tout dépaysé par la dureté du trottoir et le balancement des hanches qu'il faut avoir pour éviter ceux qui vous frôlent. Je marche vite et je dépasse les gens qui vont dans ma direction ; mais quand je les ai dépassés, je ne sais plus que faire, ni pourquoi je les ai dépassés, car c'est exactement la même foule, la même gêne, les mêmes gens toujours à dépasser sans jamais trouver devant moi d'espaces libres. Alors, je romps mon pas et je reste nonchalant[3] dans la foule. Mais ce qui vient d'elle à moi n'est pas sympathique. Je suis en présence d'une anonyme création des forces déséquilibrées de l'homme. Cette foule n'est emportée par rien d'unanime. Elle est un conglomérat de mille soucis, de peines, de joies, de fatigues, de désirs extrêmement personnels. Ce n'est pas un corps organisé, c'est un entassement, il ne peut y avoir aucune amitié entre elle, collective, et moi. Il ne peut y avoir d'amitié qu'entre des parties d'elle-même et moi, des morceaux de cette foule, des hommes ou des femmes. Mais alors, j'ai avantage à les rencontrer seuls et cette foule est là seulement pour me gêner. Le premier geste qu'on aurait si on rencontrait un ami serait de le tirer de là jusqu'à la rive, jusqu'à la terrasse du café, l'encoignure de la porte, pour avoir enfin la joie de véritablement le rencontrer.

[…]

De tous ces gens-là qui m'entourent, m'emportent, me heurtent et me poussent, de cette foule parisienne qui coule, me contenant sur les trottoirs devant *La Samaritaine*[4], combien seraient capables de recommencer les gestes essentiels de la vie s'ils se trouvaient demain à l'aube dans un monde nu ?

Qui saurait orienter son foyer en plein air et faire du feu ?

Qui saurait reconnaître et trier parmi les plantes vénéneuses les nourricières comme l'épinard sauvage, la carotte sauvage, le navet des montagnes, le chou des pâturages ?

Qui saurait tisser l'étoffe ?

Qui saurait trouver les sucs pour faire le cuir ?

Qui saurait écorcher un chevreau ?

Qui saurait tanner la peau ?

Qui saurait vivre ?

Ah ! c'est maintenant que le mot désigne enfin la chose ! Je vois ce qu'ils savent faire : ils savent prendre l'autobus et le métro. Ils savent arrêter un taxi, traverser une rue, commander un garçon de café ; ils le font là tout autour de moi avec une aisance qui me déconcerte et m'effraie.

Jean Giono, *Les Vraies Richesses*, Grasset & Fasquelle, 1937.

1. Quartier parisien dans l'Est de la ville.
2. Coopérative ouvrière qui permettait aux ouvriers d'acheter des produits de consommation moins chers. C'est aussi en 1936 un lieu culturel très connu.
3. Lent et indifférent.
4. Grand magasin parisien, fondé en 1870.

DOC. Jean-Pierre Stora, *Allées piétonnières*, 1995

Les réponses aux questions doivent être entièrement rédigées.

Compréhension et compétences d'interprétation

1 En vous appuyant sur le premier paragraphe, expliquez la formule du narrateur : « Je me sens tout dépaysé » (l. 4). **4 pts**

2 Dans le dernier paragraphe, pourquoi le narrateur est-il déconcerté et effrayé (l. 38-41) ? Justifiez votre réponse en vous appuyant sur le texte. **4 pts**

3 Ce texte est extrait d'un livre intitulé *Les Vraies Richesses*. Quelles sont, selon vous, les « vraies richesses » auxquelles pense l'auteur ? Rédigez une réponse construite et argumentée. **8 pts**

4 Que ressentez-vous en regardant l'œuvre de Jean-Pierre Stora ? Expliquez votre réponse. **4 pts**

5 Cette œuvre peut-elle illustrer la manière dont le narrateur perçoit la foule dans le texte de Jean Giono ? Développez votre réponse. **4 pts**

Grammaire et compétences linguistiques

1 a. Quel est ici le sens du mot « entassement » (l. 15) ? Trouvez un synonyme de ce nom dans les lignes qui précèdent.

b. « Elle est […] personnels. » (l. 13-15) : quel est le procédé d'écriture utilisé dans cette phrase ?

c. En vous appuyant sur vos deux réponses précédentes, expliquez comment le narrateur perçoit la foule. **8 pts**

2 **Lignes 33 à 37 :**

a. Quelles remarques pouvez-vous faire sur la disposition et les procédés d'écriture dans ce passage ? Trois remarques au moins sont attendues.

b. Quel est, selon vous, l'effet recherché par le narrateur dans ce passage ? Développez votre réponse. **8 pts**

3 Réécrivez le passage ci-dessous en remplaçant « je » par « nous » et en mettant les verbes conjugués à l'imparfait.

« Je connais un petit restaurant où je prends mon repas du soir. Je vais à pied. Je me sens tout dépaysé par la dureté du trottoir et le balancement des hanches qu'il faut avoir pour éviter ceux qui vous frôlent. » **10 pts**

PAR ÉTAPES

COMPRÉHENSION

▶ **En bref** Jean Giono raconte une expérience de la ville, totalement opposée à la vie à la campagne.

▶ **À repérer** Les sensations et les réflexions du narrateur autour de la vie citadine.

▶ Pour bien répondre aux questions

1 On attend une réponse personnelle et argumentée évoquant clairement **un ressenti, des émotions, des comparaisons, des expériences**.

GRAMMAIRE

▶ À connaître

2 a. Pensez à utiliser le radical du mot pour expliquer son sens. Un synonyme est un mot qui a presque le même sens, mais qui n'appartient pas à la même famille (pas le même radical).

b. Une accumulation ou énumération consiste à énoncer une série plus ou moins longue de termes ou groupes de mots de même catégorie. C'est une figure d'**insistance**.

3 **a.** et **b.** Les procédés d'écriture sont les écarts par rapport à l'usage habituel de la langue. Ici, on est proche d'un *univers poétique*, on peut donc faire des remarques sur : la disposition en vers, les anaphores, la forme des phrases, le mode verbal utilisé.

4 • **On vous demande** de mettre les verbes à l'imparfait et de passer du singulier au pluriel en remplaçant « je » par « nous ».

• Vous devez modifier : les pronoms personnels et réfléchis ; la conjugaison des verbes ; un accord de participe passé ; un déterminant possessif.

CORRIGÉ 13

Comprendre le corrigé

Compréhension et compétences d'interprétation

1 **a.** Le mot « entassement » signifie une accumulation d'éléments, il est formé sur le radical « tas ». Ici, il s'agit d'êtres humains qui forment une foule disparate. Le synonyme est « conglomérat » (l. 13).

b. Le procédé d'écriture est une énumération.

> **Pour aller plus loin**
> L'auteur énumère les éléments qui constituent la foule.

c. Le narrateur perçoit donc la foule comme un assemblage d'éléments disparates sans unité, sans harmonie. Il ressent aussi de l'hostilité et de l'antipathie de la part de cette foule qui empêche toute possibilité de rencontre et d'amitié.

2 **a.** Ce passage s'apparente à un poème par sa mise en page : il y a un retour à la ligne pour chaque phrase comme s'il s'agissait de vers. De plus on remarque une anaphore : « Qui saurait ». Enfin, toutes les phrases sont des questions au conditionnel.

> **Définition**
> Anaphore : répétition d'un mot ou groupe de mots en début de vers ou de phrases.

b. Le narrateur cherche à surprendre et à impliquer son lecteur par les interrogations oratoires. Chacun est ainsi amené à s'interroger sur ses propres pratiques. De plus, l'anaphore suivie d'un verbe d'action à l'infinitif insiste sur ce point : quelle est la nature de nos compétences réelles ?

> **Définition**
> Interrogations oratoires (ou questions rhétoriques) : fausses questions destinées à faire réagir le lecteur.

3 Nous connaissions un petit restaurant où nous prenions notre (ou nos) repas du soir. Nous allions à pied. Nous nous sentions tout dépaysés par la dureté du trottoir et le balancement des hanches qu'il fallait avoir pour éviter ceux qui vous (ou nous) frôlaient.

Grammaire et compétences linguistiques

1 La formule « Je me sens tout dépaysé » montre à quel point le narrateur se sent en marge de ses contemporains. Il est gêné par le nombre : « sans jamais trouver [...] d'espaces libres » (l. 9-10) ; « cette foule est là seulement pour me gêner » (l. 19) ; mais aussi par l'anonymat qui y règne : « anonyme » (l. 12). De plus, il ressent de l'antipathie de la part de la foule : « n'est pas sympathique » (l. 11).

2 Le narrateur prend conscience que les êtres humains se sont très bien adaptés au mode de vie urbain : il est troublé par l'aisance de leurs gestes quotidiens « prendre l'autobus et le métro » (l. 39) par contraste avec les gestes qu'ils ne savent plus faire. Cette aisance l'effraie car elle sous-entend l'incapacité à réaliser les gestes essentiels : « Qui saurait vivre ? » (l. 37).

3 Selon l'auteur, les vraies richesses sont les sentiments qui relient les êtres humains : la sympathie et l'amitié. Ces relations ne peuvent se tisser que dans des relations avec l'autre qui permettent d'avoir « la joie de véritablement le rencontrer » (l. 22). Un retour à la nature est nécessaire pour l'être humain s'il veut profiter de ces vraies richesses, il doit se comporter comme s'il devait vivre à nouveau dans « un monde nu » (l. 28).

Méthode

Pensez à bien développer votre réponse en vous appuyant sur l'ensemble du texte.

4 Cette œuvre de J.-P. Stora fait ressentir un certain malaise : toutes les lignes diagonales créent des points de fuite vers l'extérieur de l'image. Il n'y a pas de début et pas de fin, comme si les personnages étaient en perpétuel mouvement vers... nulle part, et en venant d'on ne sait où.

5 L'œuvre et le texte présentent plusieurs points communs dans la représentation de la foule : ces « allées piétonnières » parallèles et séparées par des murs donnent l'impression que les gens se croisent ou se dépassent sans se voir comme chez Giono : « je marche vite et je dépasse les gens qui vont dans ma direction » (l. 6). De plus, les corps sur l'image ne sont que des ombres, des silhouettes sans visages, « anonymes » comme dans le texte de Giono (l. 12). Enfin, on voit que sur l'image comme dans le texte, il n'y a aucune rencontre entre les personnes.

SUJET 14 France métropolitaine, juin 2017 10 pts 30 min

Dictée – Jean Giono, *Les Vraies Richesses*, 1937

Écoutez la dictée avec l'application Nathan Live.

- On dictera le texte à haute voix à plusieurs reprises.
- On inscrira au tableau de manière lisible par l'ensemble des candidats le titre de l'œuvre et le nom de l'auteur.

PAR ÉTAPES

GRAMMAIRE

Bien conjuguer

- Le **passé simple** à la première personne du pluriel : *-âmes/-îmes/-ûmes/-înmes.*

Bien accorder

- Les **participes passés** employés comme adjectifs.

Ne pas confondre

- **« et » / « est »** : « et » est une conjonction de coordination, on peut la remplacer par « et puis ». « Est » est la troisième personne du singulier du verbe « être », on peut mettre le verbe au passé : « était ».

Bien orthographier

- **« enflammé »** vient du radical « flamme », bien penser aux deux « m ».
- **« en bas »** s'écrit en deux mots.

CORRIGÉ 14

Comprendre le corrigé

De temps en temps, je m'arrête, je tourne la tête et je regarde vers le bas de la rue où Paris s'entasse: des foyers éclatants et des taches de ténèbres piquetées de points d'or. Des flammes blanches ou rouges flambent d'en bas comme d'une vallée nocturne où s'est arrêtée la caravane des nomades. Et le bruit: bruit de fleuve ou de foule. Mais les flammes sont fausses et froides comme celles de l'enfer. En bas, dans un de ces parages sombres est ma rue du Dragon, mon hôtel du Dragon. Quel ordre sournois, le soir déjà lointain de ma première arrivée, m'a fait mystérieusement choisir cette rue, cet hôtel au nom dévorant et enflammé?

Il me serait facile, d'ici, d'imaginer le monstre aux écailles de feu.

Jean Giono, *Les Vraies Richesses*,
Grasset & Fasquelle, 1937.

Remarque

- Sournois: pensez au « s » final (féminin « sournoise »).
- Mystérieusement: pensez au « y » comme dans le radical « mystère ».

SUJET 15 France métropolitaine, juin 2017

40 pts 1h30

Rédaction

Vous traiterez au choix un des deux sujets de rédaction suivants :

Les sujets proposés ci-dessous sont en relation avec le texte du sujet 13 p. 145.

SUJET D'IMAGINATION

Vous vous sentez, vous aussi, « dépaysé(e) » en arrivant dans une ville. Racontez cette expérience. Vous décrivez les lieux que vous découvrez, vous évoquez vos impressions et vos émotions.

Vous ne signerez pas votre texte de votre nom.

SUJET DE REFLEXION

Pensez-vous comme Jean Giono que la ville soit un lieu hostile ?

Vous proposerez une réflexion organisée et argumentée en vous appuyant sur vos lectures et vos connaissances personnelles.

PAR ÉTAPES

SUJET D'IMAGINATION

Le sujet

- On attend un récit, **de type narratif,** qui contienne une **description** des lieux et l'expression des **impressions** *et* des **émotions** du narrateur.
- Il n'est pas obligatoire de raconter une expérience réelle et vécue, vous pouvez évoquer **toute découverte d'un espace urbain quel qu'il soit, réel ou imaginaire**.
- Pensez à vous appuyer sur votre connaissance de **textes liés à la ville** (programme de 4e : « La ville, lieu de tous les possibles »).

Le récit à la première personne

- Le récit devra être rédigé **à la première personne**, comme un texte autobiographique, même si vous n'avez jamais été confronté(e) à l'expérience de la découverte d'une nouvelle ville.
- Pour enrichir le récit de votre expérience, vous veillerez à insérer les éléments suivants :

– des **descriptions précises** ou des **portraits** pour que le lecteur puisse imaginer les objets, lieux, personnages de votre souvenir ;

– des réflexions sur vos **sensations** et vos **sentiments**, pour cela pensez à utiliser un lexique approprié : « je sentais », « j'observais », « j'écoutais », « j'éprouvais »,

« il me semblait que », « j'avais l'impression de »… toutes ces tournures montreront que vous menez une introspection, c'est-à-dire que vous portez un *regard sur vous-même* ;

– une évocation de vos **émotions** et de vos **réflexions**, en insistant sur ce qui les a déclenchées : « J'étais véritablement ému(e) parce que… » ; « C'était la première fois que… » ; « Je ressentais de la colère car… » ; « J'aurais aimé alors. »

SUJET DE RÉFLEXION

L'introduction

- **Introduisez le sujet :** vous pouvez faire référence au texte étudié.
- **Présentez le sujet :** reprenez la question posée par le sujet.
- Annoncez clairement votre **plan**.

Le développement

- Vous pouvez **opter pour une réponse positive** (la ville est un lieu hostile), pour une **réponse négative** (la ville est un lieu d'accueil ouvert) ou pour un **plan contradictoire** (la ville a des aspects positifs et négatifs).
- Dans tous les cas, on attend un devoir construit clairement, avec des paragraphes bien mis en page, une introduction et une conclusion.
- L'apport d'exemples issus de la culture littéraire et artistique est valorisé.

La conclusion

- **Résumez en d'autres termes** votre argumentation en précisant votre avis.
- **Terminez avec une phrase d'ouverture**, pour élargir la question.

CORRIGÉ 15

Comprendre le corrigé

SUJET D'IMAGINATION

Enfin ! J'y suis ! Je sors de la gare Saint Lazare et je foule enfin le macadam parisien si souvent rêvé. L'arrivée en train m'a semblé interminable : j'apercevais çà et là entre deux tours la silhouette fascinante de la tour Eiffel et les eaux de la Seine. Le train ralentissait mais ne s'arrêtait jamais, comme s'il se jouait de mon impatience. J'avais l'impression d'attendre un gâteau derrière la vitrine d'une pâtisserie.

Méthode

La narration doit être à la première personne du singulier.

MATHÉMATIQUES
FRANÇAIS
PHYSIQUE - CHIMIE SVT - TECHNO
HISTOIRE - GÉO EMC

Je fais quelques pas devant la gare, les gens savent où ils vont, ils ont le pas décidé et je cherche à les imiter, mais je dois m'arrêter pour m'orienter. Mon objectif est simple : la tour Eiffel ! Je lève les yeux pour me repérer… de hautes façades barrent mon regard. Les habitations me volent le ciel et m'empêchent de trouver ma direction. Un plan est affiché sur un grand panneau : je suis sauvé ! « Vous êtes ici » : Belle indication ! Un point rouge perdu au milieu d'un entrelac de lignes matérialisant des bus, des routes, des métros… Je suis ici. Un peu désemparé, je m'engage dans une rue que semblent suivre de nombreux piétons : le troupeau doit bien savoir où aller lui ! Sans m'en rendre compte, je descends dans le métro. L'odeur est particulière, des courants d'air semblent guider mes pas. Je suis le mouvement.

Après quelques déambulations hasardeuses, un wagon me happe. Je suis un peu sonné, mais quelques noms rassurants s'affichent bientôt sur les murs des stations de métro : Roosevelt - Iena - Trocadéro… À la faveur d'un mouvement de foule, je quitte la rame. Je parviens à remonter des escaliers et c'est un éblouissement : le soleil m'accueille en m'obligeant à plisser les yeux : j'ai retrouvé le ciel ! La foule est toujours aussi dense, mais semble moins pressée et agitée qu'à la sortie de la gare. Les gens se parlent, se sourient, les terrasses s'animent. Imperceptiblement, le flot humain avance vers une esplanade, il serait malvenu de contrarier le mouvement, et c'est finalement un sentiment agréable de se laisser porter par ses semblables : nous sommes tous comme animés du même désir.

Méthode
Décrivez aux lecteurs la ville que vous découvrez : l'architecture, les paysages…

L'astuce du prof
Quel effet vous fait cette découverte ? Quelles émotions ressentez-vous ?

Je m'arrête un instant pour savourer ce plaisir, cette agitation sans nervosité. Je ferme les yeux, prends une grande inspiration : je respire la ville, je respire Paris. Je rouvre lentement les yeux et elle est là, grande Dame, fidèle au rendez-vous, elle porte son ombre presque jusqu'à moi pour me guider : la tour Eiffel !

SUJET DE RÉFLEXION

Dans son texte extrait de *Les Vraies Richesses*, J. Giono dresse le tableau d'une ville effrayante. On peut se demander si la ville est effectivement un lieu hostile. Nous verrons dans une première partie que les villes présentent bien des aspects inquiétants, puis nous essaierons de montrer qu'elles savent aussi se montrer accueillantes.

En premier lieu, les villes, par leur concentration de population, concentrent aussi les problèmes. Les citadins se plaignent en effet souvent de l'insécurité ou de l'insalubrité qui sont liées à la vie urbaine. Ainsi, Faïza Guène, dans son roman *Du Rêve pour les oufs*, décrit les problèmes des jeunes dans une banlieue parisienne, qui sont confrontés à la drogue, au chômage et à la délinquance.

Par ailleurs, la ville est souvent associée à l'agitation, au bruit ou à la foule anonyme que décrit Giono. L'espace urbain devient donc hostile à cause de la surpopulation qui nuit à la tranquillité. Ce phénomène n'est pas récent puisque Boileau par exemple soulignait déjà cet inconvénient au XVIIe siècle dans sa satire sur « les embarras de Paris ».

Pourtant, malgré ces inconvénients, les villes attirent toujours plus de monde, ce qui s'explique aussi par la proximité et la diversité des offres culturelles ou sportives qu'elles proposent. Ainsi, la ville de Paris permet à ses habitants de pouvoir sortir tous les jours pour visiter des expositions, aller au cinéma, au théâtre, alors que cette offre est bien plus limitée à la campagne.

Enfin, le brassage de population dans les villes est une occasion de s'ouvrir aux autres et d'échanger. Les différences sont bien mieux acceptées. Par exemple dans son roman *La Fée carabine*, Daniel Pennac décrit les échanges chaleureux entre les habitants de tous âges et de toutes origines dans le quartier de Belleville à Paris.

En définitive, le lieu de vie importe sans doute bien moins que l'état d'esprit des habitants : si l'on veut rencontrer les autres, il faut être ouvert et aller vers eux, que ce soit à la ville ou à la campagne.

Méthode

Explicitez les différents mouvements de votre argumentation à l'aide de connecteurs logiques.

L'astuce du prof

Présentez des arguments précis, tout en nuançant votre propos.

Gagnez des points

La mobilisation de références littéraires variées est valorisée.

SUJET 16 Amérique du Nord, juin 2021

50 pts 1h10

Grammaire et compréhension

EXTRAIT Louis Aragon, *En étrange pays dans mon pays lui-même*

En décembre 1940, un homme est mêlé involontairement à une bousculade au cours de laquelle un soldat allemand est frappé. Arrêté, refusant de dénoncer ses camarades, il est le premier fusillé à Paris pendant l'Occupation allemande. Le poète Aragon évoque cet homme, sans savoir de qui il s'agit précisément, et les personnes qui lui ont rendu hommage.

X… Français

Un nom comme le sang banal d'une coupure
Un nom trop simple pour qu'on s'en soit souvenu
Un nom dit sans penser comme un verre d'eau pure
Un nom tout fait qu'on peut donner aux inconnus

Un nom comme le cœur qui bat l'heure qui sonne
La mémoire du temps qu'un ricochet rida
Un nom qui ne ferait se retourner personne
Un nom comme au poignet le portent les soldats

Un nom comme on en lit dans le vent des enseignes
Sur les actes civils la pierre des tombeaux
Un nom qui fait échoppe[1] et dont le prénom saigne
Comme les pieds meurtris d'un enfant en sabots

Car il fut un enfant comme nous tous hier
Celui qui regarda dans l'aube ses bourreaux
Et les femmes aussi ce nom balbutièrent
Sans savoir que ce serait celui d'un héros

Ce nom banal ce nom comme une terre en friche[2]
Est aujourd'hui sacré pour les gens de chez nous
Sur l'asphalte[3] on a mis des fleurs sous les affiches
Et les dames en noir y priaient à genoux

Un beau nom sans couleur comme on en fait en France
Pour traverser la foule et mourir sans ennui

Un nom silencieux comme l'indifférence
Un nom comme les feux d'un village la nuit

Louis Aragon, repris dans *La Diane française*
suivi de *En étrange pays dans mon pays lui-même*

1. Que l'on pourrait trouver sur l'enseigne d'un magasin.
2. Non cultivée.
3. Revêtement d'une route.

DOC. *Le Visage inconnu*, Historial de la Grande Guerre, 2018

Ce visage du soldat inconnu a été élaboré grâce à la superposition de dizaines de milliers de photographies d'hommes et de femmes, originaires de tous les pays ayant participé à la Première Guerre mondiale. Cette image a été réalisée à l'occasion du centenaire de l'armistice de la Grande Guerre.

Les réponses aux questions doivent être entièrement rédigées.

Compréhension et compétences d'interprétation

1 a. Quel procédé structure la première strophe de ce poème ? 1,5 pt

b. Que veut montrer l'auteur par l'utilisation de ce procédé ? 2 pts

2 Le mot « banal » est répété aux vers 1 et 17.

a. Relevez deux éléments qui soulignent la banalité du nom évoqué dans les trois premières strophes. 2 pts

b. Pourquoi Aragon insiste-t-il sur cette banalité ? 2 pts

3 a. Qui est désigné par le pronom « il » au vers 13 ? 2 pts

b. Relevez dans la quatrième strophe les trois groupes de mots qui désignent le personnage évoqué. 1,5 pt

c. Quelles étapes de la vie du personnage sont ainsi retracées ? 3 pts

4 « Ce nom banal [...] est aujourd'hui **sacré** pour les gens de chez nous » (v. 17-18).

Pour quelles raisons l'adjectif **sacré** est-il employé ici ? Vous justifierez votre réponse en vous appuyant sur deux passages précis du texte. 4 pts

5 En vous appuyant sur le titre du poème « X... Français » et l'ensemble de vos réponses, expliquez pour quelles raisons le personnage est qualifié de « héros ».

Organisez votre réponse en deux courts paragraphes qui reprendront chacun des éléments évoqués dans les questions précédentes. 6 pts

6 a. Selon vous, que vise à susciter le flou de l'image ? 3 pts

b. Quels liens pouvez-vous établir entre l'image et le poème ? Développez votre réponse en vous appuyant sur des éléments précis extraits du texte et de l'image. 5 pts

Grammaire et compétences linguistiques

1 « Un **nom** qui fait échoppe et dont le prénom saigne ». (v. 11)

a. Relevez les deux expansions du mot « nom ». 1 pt

b. À quelles classes grammaticales appartiennent ces deux expansions du nom ? 1 pt

2 a. Relevez et identifiez les différents temps de la 5e strophe (v. 17-20). 3 pts

b. Indiquez la valeur du temps du dernier de ces verbes. 1 pt

3 « inconnus » (v. 4)

a. Expliquez la formation de ce mot. 1 pt

b. Quel est le sens de ce mot ? 1 pt

4 Réécrivez cette strophe en remplaçant « il » par « ils » et en mettant le mot « nom » au pluriel. Vous ferez toutes les modifications nécessaires. 10 pts

« Car il fut un enfant comme nous tous hier
Celui qui regarda dans l'aube ses bourreaux
Et les femmes aussi ce **nom** balbutièrent
Sans savoir que ce serait celui d'un héros »

PAR ÉTAPES

COMPRÉHENSION

▶ **En bref** Aragon rend hommage au premier homme qui a été fusillé en 1940, un homme dont il ignore le nom.

▶ **À repérer** La nature des déterminants ainsi que le champ lexical dominant.

▶ Pour bien répondre aux questions

1 **a.** Les **procédés** sont les **figures de style**, c'est-à-dire une façon d'écrire destinée à **attirer l'attention** du lecteur sur un point.

4 Le mot « **sacré** » renvoie au **lexique religieux**.

5 Reprenez bien les **deux termes du titre** pour structurer vos paragraphes.

6 Relevez les **points communs** entre le texte et l'image, pensez à bien lire les informations données sous l'image.

GRAMMAIRE

▶ À connaître

1 **a.** et **b.** Les **expansions du nom** sont des mots ou groupes de mots qui complètent un nom. Elles peuvent appartenir à quatre classes grammaticales : **adjectif, groupe nominal prépositionnel** (préposition + mot ou groupe de mots), **proposition subordonnée relative, groupe nominal apposé**.

2 **b.** Donner la valeur d'un temps, c'est **justifier son emploi dans la phrase**.

3 **a.** Pour expliquer la formation d'un mot, il faut retrouver les différents éléments qui peuvent le composer : **préfixe, radical, suffixe**.

CORRIGÉ 16

Comprendre le corrigé

Compréhension et compétences d'interprétation

1 **a.** La première strophe de ce poème est construite sur une anaphore : le groupe nominal « Un nom » est répété au début de chaque vers.

b. Avec cette anaphore, l'auteur insiste sur le fait que même si l'homme fusillé est anonyme, on doit se souvenir de lui.

2 **a.** De nombreux éléments soulignent la banalité du nom évoqué, d'abord le déterminant indéfini « un » qui le précède à chaque fois, ensuite, le

Définition

Anaphore : répétition d'un même mot en début de vers, de phrase ou de proposition.

MATHÉMATIQUES

FRANÇAIS

PHYSIQUE - CHIMIE
SVT - TECHNO

HISTOIRE - GÉO
EMC

fait qu'il soit « trop simple » (v. 2) pour qu'on le retienne. L'auteur ajoute que ce nom « ne ferait se retourner personne » (v. 7), c'est donc un nom très commun, enfin, il l'associe à des éléments transparents et impossibles à saisir comme l'« eau pure » (v. 3) ou « le vent » (v. 9).

Attention
Choisissez bien deux éléments précis.

b. La banalité de ce nom montre qu'il peut s'agir de n'importe qui, l'injustice nazie s'est abattue sur cet homme ordinaire comme elle pourrait s'abattre sur tout le monde.

3 a. Le pronom « il » désigne l'inconnu qui a été fusillé, celui dont on ignore le « nom ».

b. Les trois groupes de mots qui désignent le personnage sont : « un enfant » (v. 13), « Celui qui regarda dans l'aube ses bourreaux » (v. 14), et « un héros » (v. 16).

c. Toute la vie du personnage est ainsi évoquée : son enfance commune « un enfant comme nous tous » (v. 13), sa mort face à « ses bourreaux » (v. 14), son acte de résistance héroïque lorsqu'il a refusé de dénoncer ses camarades (v. 16). Aragon évoque même sa vie amoureuse « les femmes aussi ce nom balbutièrent » (v. 15).

Méthode
Faites le lien entre les deux questions (a. et b.).

4 L'adjectif « sacré » appartient au lexique religieux : le personnage s'est « sacrifié » pour une cause commune et le peuple français lui voue désormais une sorte de culte en lui faisant des offrandes « on a mis des fleurs » (v. 19) et en lui adressant des prières « les dames en noir y priaient à genoux » (v. 20).

5 La lettre X désigne communément une personne anonyme, un inconnu, reprise par le groupe nominal « Un nom », elle fait référence aux résistants qui agissent de manière invisible et que l'on nommait « l'armée de l'ombre » lors de la Seconde Guerre mondiale. Ces héros agissent de manière invisible sans chercher à en tirer de gloire particulière.

Remarque
Par l'omniprésence des indéfinis pour le décrire, le caractère banal et commun de son enfance, et l'ignorance même de son nom, cet homme incarne un symbole dont la portée est générale. Le poème peut alors être perçu comme un hommage à tous les résistants français tués.

L'adjectif « français » insiste sur le caractère national du héros, il se sacrifie pour un groupe, l'intérêt commun passe avant l'intérêt individuel, c'est l'une des caractéristiques des héros.

6 a. Le flou de l'image dû à la technique de superposition des photographies donne l'impression que le portait sort petit à petit du fond, ses contours se dessinent progressivement sans vraiment désigner une personne particulière mais toutes les personnes victimes de la Première guerre mondiale. La dimension universelle de l'image est ainsi renforcée : c'est à la fois le visage de tout le monde et de personne.

b. Les deux œuvres insistent sur le caractère inconnu de la personne évoquée : le titre de l'image « Le visage inconnu » rappelle à la fois le « X » du titre du poème et la répétition du groupe nominal indéfini « un nom ». La superposition des multiples photos d'anonymes ayant vécu la Première guerre mondiale crée également un visage unique mais « banal » qui peut être celui de tout le monde. Dans les deux œuvres, on a donc une personne singulière qui peut représenter toutes les personnes.

Pour aller plus loin

Louis Aragon, ainsi que sa femme Elsa Triolet, étaient des résistants intellectuels. Il a publié ses poèmes dans la clandestinité et participé, avec Elsa, à la mise en place d'un comité des écrivains en zone sud.

Grammaire et compétences linguistiques

1 a. Les deux expansions du mot « nom » sont « qui fait échoppe » et « dont le prénom saigne ».

b. Ces deux expansions appartiennent à la même classe grammaticale, ce sont des propositions subordonnées relatives.

Rappel

Une proposition subordonnée relative dépend toujours d'une proposition principale, et est introduite par un pronom relatif (qui, que, dont, où).

2 a. La cinquième strophe comporte trois verbes conjugués : « est » (v. 18) au présent, « a mis » (v. 19) au passé composé et « priaient » (v. 20) à l'imparfait.

b. L'imparfait « priaient » évoque une action longue, de durée indéterminée, voire même une habitude qui est en train de s'installer.

Méthode

Relevez bien tous les verbes et indiquez leurs temps.

3 Le mot « inconnu » est formé du préfixe privatif « in- » et du radical « connu ».

b. Cet adjectif signifie « que l'on ne connaît pas ».

4 Car <u>ils furent des enfants</u> comme nous tous hier
<u>Ceux qui regardèrent dans l'aube leurs bourreaux</u>
Et les femmes aussi <u>ces noms</u> balbutièrent
Sans savoir que ce serait <u>ceux de</u> héros

SUJET 17 Amérique du Nord, juin 2021

10 pts 20 min

Dictée – Roger Frison-Roche, *Les Montagnards de la nuit*, 1968

› Écoutez la dictée avec l'application Nathan Live.

- On dictera le texte à haute voix à plusieurs reprises.
- On inscrira au tableau de manière lisible pour l'ensemble des candidats le titre de l'œuvre, ainsi que les noms propres **Laurent** et **Marceau**, le nom commun **hors-la-loi**.
- On précisera que les nombres doivent être écrits en lettres.

PAR ÉTAPES

GRAMMAIRE

Bien conjuguer

- Le temps dominant est l'imparfait de l'indicatif, ses terminaisons sont les mêmes pour tous les verbes: *-ais / -ais / -ait / -ions / -iez / -aient*.

Bien accorder

- « **leur / leurs** »: si « leur » est suivi d'un nom, il s'agit donc d'un **déterminant possessif** qui doit s'accorder avec le nom qu'il accompagne, si « leur » est suivi d'un verbe, c'est un **pronom** et il ne s'écrit jamais au pluriel.

Bien orthographier

- « **en bas** »: c'est une locution adverbiale invariable.
- « **latent** »: adjectif qui signifie « qui reste caché ».
- « **s'il** »: le « i » de « si » s'élide devant « il ».

CORRIGÉ 17

Il fallait maintenant agir. Les maquisards extériorisaient leur joie, couraient en brassant la neige jusqu'aux points de chute. Certains riaient, d'autres pleuraient, mais ils avaient tout oublié, les longues heures d'attente dans le froid, le danger latent pouvant venir d'en bas; ce soir ils se sentaient des hommes libres et leur condition de hors-la-loi leur paraissait magnifique. — Vous rêvez, Laurent, fit Marceau. L'officier restait figé, tout droit dans la neige, et son regard se perdait dans le ciel comme s'il s'attendait à voir revenir l'avion. L'émotion crispait ses traits. — Oui, je rêve. Je rêve au pilote qui rejoint la France libre.

Roger Frison-Roche,
Les Montagnards de la nuit, 1968.

Comprendre le corrigé

Vocabulaire

Maquisards : combattants dans un groupe de résistance.

Accord

Cherchez le sujet en posant la question « qu'est-ce qui leur paraissait magnifique ? »
➜ « leur condition de hors-la-loi ».

SUJET 18 Amérique du Nord, juin 2021 40 pts 1h30

Rédaction

› **Vous traiterez au choix un des deux sujets de rédaction suivants :**

Les sujets proposés ci-dessous sont en relation avec le texte du sujet 16 p. 156.

SUJET D'IMAGINATION

« Sur l'asphalte on a mis des fleurs sous les affiches ».

Parmi ces fleurs, la sœur de l'homme fusillé dépose une lettre d'hommage adressée à son frère.

Rédigez cette lettre, qui contiendra un portrait physique et moral du jeune homme, exprimera les sentiments de sa sœur et insistera sur son héroïsme. Vous signerez la lettre du prénom Gabrielle.

SUJET DE RÉFLEXION

Dans son poème, Aragon évoque la figure d'un héros ordinaire. Selon vous, un comportement héroïque est-il à la portée de tous ?

Vous répondrez à cette question dans un texte organisé, en vous appuyant sur vos connaissances, vos lectures et votre culture personnelle.

PAR ÉTAPES

SUJET D'IMAGINATION

La présentation de la lettre

• Une lettre personnelle, ou comme ici une lettre d'hommage, répond à des **codes bien précis de mise en page**. Veillez à bien indiquer :

– le lieu et la date d'envoi, en haut à droite ;

– une formule d'appel ;

– une formule de clôture ;

– la signature.

• La lettre est **rédigée par Gabrielle,** la sœur du jeune homme, vous parlerez donc à la **première personne du singulier** et vous ferez bien les **accords nécessaires au féminin**.

L'évocation des sentiments

• **Plusieurs sentiments doivent être mobilisés** : la tristesse bien sûr, mais aussi la révolte, la colère, l'injustice, etc.

• Pour exprimer vos sentiments, **utilisez des verbes variés** : *sentir, ressentir, éprouver, avoir l'impression de,* etc.

Le portrait physique et moral

- Au-delà de la description physique du jeune homme, il faudra surtout **insister sur ses qualités morales**, comme l'engagement, le courage, le sens de l'amitié, l'héroïsme, etc.

SUJET DE RÉFLEXION

L'introduction

- **Annoncez le thème :** vous pouvez, par exemple, faire référence au texte étudié ou à l'histoire.
- **Présentez le sujet :** recopiez ou reformulez la question posée par le sujet.
- **Annoncez votre plan.**

Le développement

- Le sujet vous invite à organiser votre devoir **en deux parties** contenant chacune au moins deux paragraphes argumentés (un argument et un exemple précis). Pensez à **utiliser les textes et documents étudiés en classe**, à vous reporter à **l'actualité**, et n'hésitez pas à citer votre **expérience personnelle**.

La conclusion

- **Précisez votre avis** en répondant clairement à la question posée par le sujet.

CORRIGÉ 18

Comprendre le corrigé

SUJET D'IMAGINATION

Paris, le 24 décembre 1940

Petit frère,

Il neige sur Paris ce matin, mais tu n'es plus là pour regarder tomber la neige avec moi en tendant malicieusement ta bouche vers les plus gros flocons. Ton rire me manque déjà comme ton sourire angélique que dissimulait à peine ta barbe naissante. Je me retourne dans notre petit appartement et je crois encore apercevoir ta silhouette élancée dans l'encadrement de la porte. Tu m'as dit en partant entre ces deux soldats aux longues pèlerines noires : « T'en fais pas sœurette, c'est un

Méthode

Il faut respecter les codes de la lettre.

L'astuce du prof

Faites un portrait moral et physique qui permet de rendre compte de la complicité entre les deux personnages.

malentendu, je rentre tout à l'heure. » Rassurant et amusé, comme à ton habitude. Et tu n'es pas rentré. Et tu ne rentreras plus.

C'est injuste et révoltant : tu n'étais qu'innocence, ils voulaient un coupable, tu n'étais qu'amitié, ils te voulaient délateur, tu étais courageux, ils te voulaient lâche. Mais c'est toi qui survis, on les oubliera tes bourreaux, mais on ne t'oubliera pas. Déjà, sous ton portrait fleurissent les hommages, tes amis sont tous là qu'on ne connaissait pas, ils sortent de l'ombre pour engager le combat. Témoins discrets, ils posent une fleur, dessinent un drapeau, esquissent un geste, inscrivent ton nom. C'est comme si la France te découvrait petit frère ; tu n'es pas que mon frère, tu es celui de milliers d'autres français qui murmurent ton nom jusque dans les campagnes.

Méthode
Employez le champ lexical des sentiments.

L'astuce du prof
Pour rendre compte de l'héroïsme du petit frère, rappelez ses engagements et montrez comment il est perçu par les autres.

Demain, ce sera notre premier Noël sans toi, mais tu seras présent dans tous les foyers de France. Ils ont voulu te faire taire mais notre peine gronde et s'amplifie, la vague de tristesse entraîne une vague de révolte qui m'apporte un peu de chaleur. Tu as toujours été mon héros, tu deviens celui de tout un peuple.

Il neige sur Paris ce matin, et je vois l'image de ton sang qui fait comme une fleur, une fleur face aux fusils, c'est ton ultime message, ta dernière plaisanterie. On ne l'oubliera pas, on ne t'oubliera pas.

Gabrielle

SUJET DE RÉFLEXION

Les films comme la littérature mettent souvent en scène des figures de héros exceptionnels, cependant Aragon évoque ici un héros « banal ». On peut en effet se demander si le fait d'avoir un comportement héroïque est à la portée de tout le monde. Nous verrons dans une première partie que l'héroïsme n'appartient qu'à des personnes hors du commun, puis nous envisagerons un héroïsme plus universel, dont chacun et chacune peut s'emparer.

D'abord, la figure du héros traditionnel nous renvoie l'image d'un être exceptionnel, doué de qualités hors du commun. Il faut, pour être un héros, avoir une singularité dès le début de sa vie, au moins une caractéristique extraordinaire qui démarque le héros du reste de l'humanité. C'est le cas des héros de l'antiquité, dont s'inspireront plus tard de nombreux personnages de la littérature comme Harry Potter. Par exemple, Héraclès est un héros dès sa naissance: il a une parenté divine, il est doué d'une force surhumaine qui lui permet de vaincre des serpents monstrueux envoyés dans son berceau dès son plus jeune âge.

Méthode
N'oubliez pas de développer vos exemples.

Par ailleurs, si le héros ne l'est pas dès la naissance, il peut le devenir grâce à une formation particulière souvent alliée à la technologie. Il s'agit alors d'améliorer les caractéristiques physiques ou mentales d'un individu par l'usage des sciences et des techniques pour en faire un héros. C'est ce que l'on appelle le «transhumanisme» ou les «humains augmentés». La science-fiction ou les «comics» offrent de nombreux exemples d'humains augmentés, qui deviennent des héros grâce à l'apport de la science. Ainsi dans son film *Robocop*, Paul Verhoeven, imagine un policier assassiné, ramené à la vie par la technologie. Il devient alors un héros policier, mi-homme, mi-robot, doué de qualités hors du commun qu'il met au service de la population.

Méthode
Introduisez vos différents points de vue à l'aide de connecteurs logiques.

Cependant, comme on peut le voir avec ce dernier exemple, ce qui définit aussi les héros, c'est avant tout l'altruisme, la volonté de faire passer l'intérêt des autres avant le sien. Cette générosité peut s'observer au quotidien, chez des gens tout à fait ordinaires en apparence, mais qui n'en sont pas moins des héros. C'est ce que nous montrent chaque jour des personnes comme les pompiers volontaires ou les personnels soignants, qui n'hésitent pas à aller jusqu'à risquer leur vie pour porter assistance à des personnes en difficulté. Ce sens du sacrifice pour l'intérêt des autres définit un comportement héroïque.

Enfin, ce sont parfois les circonstances, les situations, qui déclenchent un comportement héroïque chez chacun de nous. On ne naît pas héros, mais on le devient, parce que l'on a conscience à un moment donné et dans une situation particulière de faire une chose juste et humaniste. L'exemple des résistants lors de la Seconde guerre mondiale le montre bien. Souvent, comme en témoigne la résistante et ancienne déportée Charlotte Delbo dans son livre *Aucun de nous ne*

L'astuce du prof
Développez les points d'intérêts et définissez les notions importantes dans vos arguments.

reviendra, c'est la situation qui a fait de ces femmes et de ces hommes ordinaires des héros, ils se sont engagés au service d'une cause allant souvent jusqu'au sacrifice de leur propre vie pour défendre notre idéal de liberté.

Pour conclure, au-delà des héros de fiction, que leurs caractéristiques hors du commun mettent en lumière et qui semblent inaccessibles, les comportements héroïques naissent souvent chez des personnes ordinaires sous l'impulsion d'une situation dangereuse qui les pousse à se dépasser pour se mettre au service des autres. Cet altruisme révélé par les circonstances est certainement la forme la plus belle de l'héroïsme qui encourage chacun à donner le meilleur de lui-même pour le bien des autres.

Gagnez des points !

Dans un sujet tel que celui-ci, n'hésitez pas à utiliser des œuvres cinématographiques comme exemples.

SUJET 19 D'après Pondichéry, juin 2019 50 pts 1h10

Grammaire et compréhension

EXTRAIT Jean-Christophe Rufin, *Globalia*

Baïkal et Kate sont sortis clandestinement de « Globalia », le monde dans lequel ils vivent. Ils se retrouvent dans la « non-zone » qu'ils ne connaissent pas.

– Tu ne comprends pas, Kate, je te l'ai souvent répété. Ce sera *partout* la même chose. Partout nous serons en Globalia. Partout, nous retrouverons cette civilisation que je déteste.

– Évidemment, puisqu'il n'y en a qu'une ! Et c'est heureux. Aurais-tu la nostalgie du temps où il y avait des nations différentes qui n'arrêtaient pas de se faire la guerre ?

Baïkal haussa les épaules. Kate poussa son avantage.

– Il n'y a plus de frontières, désormais. Ce n'est tout de même pas plus mal ?

– Bien sûr que non, Kate. Tu me récites la propagande que tu as apprise comme nous tous. Globalia, c'est la liberté ! Globalia, c'est la sécurité ! Globalia, c'est le bonheur !

Kate prit l'air vexé. Le mot de propagande était blessant. Il ne s'agissait ni plus ni moins que de la vérité.

– Tu te crois certainement plus malin que moi, mais tu ne peux tout de même pas nier qu'on peut aller partout. Ouvre ton multifonction[1], sélectionne une agence de voyages et tu pars demain dans n'importe quel endroit du monde…

– Oui, concéda Baïkal, tu peux aller partout. Mais seulement dans les zones sécurisées, c'est-à-dire là où on nous autorise à aller, là où tout est pareil.

– Mais tout Globalia est sécurisé ! L'Europe, l'Amérique, la Chine… Le reste, c'est le vide, ce sont les non-zones.

Baïkal reprit d'un ton passionné et s'écria :

– Moi, je continue à croire qu'existe un ailleurs.

Kate soupira.

– C'est ce que tu m'as expliqué et c'est pour cela que je t'ai suivi. Mais rends-toi à l'évidence. L'ailleurs est dans tes rêves, mon amour. Il n'y a que quelques endroits pourris aux confins du monde, des réserves, des friches.

– Depuis six mois je recoupe les informations, insista Baïkal en secouant la tête - mais on sentait le désespoir éteindre sa voix. Je suis sûr que toutes ces non-zones sont en continuité. On peut sortir d'ici et rejoindre la mer, il doit y avoir des déserts, des villes peut-être. J'ai fait l'impossible pour obtenir des plans. J'ai soudoyé[2] un type dont le grand-père était botaniste[3]. Il avait effectué des missions dans les non-zones. Il m'a vendu ce logiciel cartographique, mais il est sans doute dépassé : on ne reconnaît plus rien. Kate le sentait au bord des larmes. Elle passa sa main dans ses cheveux, lissa ses éternels épis couleur de jais[4] qui se redressaient aussitôt.

– Rentrons maintenant, souffla-t-elle. Nous raconterons que nous nous sommes perdus, que la porte était ouverte, que nous avons voulu être seuls dans la montagne. Cela n'ira pas bien loin. Une amende peut-être.

– Non, dit Baïkal en secouant la tête. Je ne retournerai pas là-bas.

Ce monde est une prison.

Jean-Christophe Rufin, *Globalia*, © Éditions Gallimard, 2004.

---

1. Ordinateur.
2. Payer quelqu'un pour obtenir quelque chose de défendu.
3. Scientifique qui étudie les plantes, les fleurs et les arbres.
4. De couleur noire.

DOC. Dessin de Quino

Quino, scénariste et auteur de bandes dessinées argentin, porte un regard critique sur la société, notamment celle de son pays.

Les réponses aux questions doivent être entièrement rédigées.

Grammaire et compétences linguistiques

1 « Globalia » (l. 2)

a. À partir de quel mot ce terme est-il formé ? 1 pt

b. Expliquez le sens de « Globalia ». 1 pt

2 « là où on nous autorise à aller » (l. 20), « mais on sentait le désespoir éteindre sa voix » (l. 32), « On peut sortir d'ici et rejoindre la mer » (l. 33-34).

a. Quelle est la classe grammaticale du mot « on » ? 1 pt

b. Identifiez ce que désigne chacun des trois mots soulignés. 3 pts

3 « Nous raconterons que nous nous sommes perdus, que la porte était ouverte, que nous avons voulu être seuls dans la montagne » (l. 40-42). Comment les paroles du personnage sont-elles rapportées ? 1 pt

4 « Globalia, c'est la liberté ! Globalia, c'est la sécurité ! Globalia, c'est le bonheur ! » (l. 11-12). Identifiez une figure de style employée dans ce passage. 1 pt

5 « Mais rends-toi à l'évidence » (l. 27-28)

a. Quel mode est employé dans cette phrase ? 1 pt

b. Expliquez l'emploi de ce mode. 1 pt

6 « Je ne retournerai pas là-bas. Ce monde est une prison. » (l. 43-44)

a. Nommez la relation logique qui unit les deux phrases. 1 pt

b. Réécrivez-les en utilisant une conjonction de subordination qui exprime la même relation logique. 1 pt

7 Réécrivez le passage ci-dessous en commençant par « Baïkal explique à Kate qu'elle… ». 10 pts

« Tu ne comprends pas, Kate, je te l'ai souvent répété. Ce sera partout la même chose. Partout nous serons en Globalia. Partout, nous retrouverons cette civilisation que je déteste. » (l. 1-3)

Compréhension et compétences d'interprétation

1 Quel est le sujet central de la conversation entre Kate et Baïkal ? 2 pts

2 a. Que pense Kate de Globalia ? 2 pts

b. Reformulez deux arguments qu'avance Kate pour défendre son opinion. Vous illustrerez votre réponse à l'aide de deux citations. 4 pts

c. **Lignes 3 à 18 :** nommez un procédé qu'elle utilise pour convaincre Baïkal. Justifiez-le à l'aide d'un exemple issu du texte. 2 pts

3 a. Quelle vision Baïkal a-t-il de Globalia ? Relevez deux arguments. 3 pts

b. Quel est son projet ? Justifiez votre réponse. 3 pts

4 Quelle proposition Kate formule-t-elle à la fin de l'extrait ? Pour quelle raison ? 2 pts

5 En vous appuyant sur les réponses précédentes et votre lecture du texte, que pensez-vous de Globalia ? Développez votre réponse de manière argumentée. 4 pts

6 **a.** Quelles sont les caractéristiques de la société représentée par Quino dans cette planche de bande dessinée ? **3 pts**

b. Quels liens établissez-vous avec le texte Globalia ? **3 pts**

PAR ÉTAPES

GRAMMAIRE

À connaître

1 **a.** Étudier la formation d'un mot, c'est rechercher son **radical** et ses **éventuels préfixe** et **suffixe**.

b. Vous pouvez déduire le sens d'un mot à partir de son radical.

3 et **7** Les paroles, dans un récit, peuvent être rapportées au style **direct, indirect** ou **indirect libre**.

4 Les **figures de style** sont des procédés d'écriture utilisés pour créer un effet particulier. Les plus fréquentes sont la **comparaison**, la **métaphore**, la **personnification**, l'**accumulation** et l'**anaphore**.

5 **a.** et **b.** Les **modes** sont les grandes catégories dans lesquelles sont conjugués les verbes. Ils indiquent la **manière dont le verbe présente l'action**. Ils ont donc des valeurs qui leur sont propres.

COMPRÉHENSION

En bref Baïkal essaye de faire comprendre à Kate qu'il y a un ailleurs où Globalia n'a pas le contrôle et où la non-zone prétendument vide ne l'est pas. Celle-ci n'est pas convaincue, elle croit en Globalia.

À repérer Les éléments qui relèvent de l'interdiction, de l'enfermement pour décrire le fonctionnement de Globalia.

Pour bien répondre aux questions

2 **c.** Les procédés littéraires utilisés peuvent être des **figures de style** ou des **écarts** par rapport à l'utilisation habituelle de la langue (inversions, fausses questions, phrases non verbales, répétitions.).

5 On vous demande de rédiger une réponse **argumentée** où vous exposerez votre point de vue en l'illustrant par des **citations** du texte. N'hésitez pas à relire les questions précédentes pour vous aider.

6 **a.** et **b.** Cette question est construite en deux temps : vous devez donner une **description** de la bande dessinée puis faire une **comparaison** entre le texte et l'image. Appuyez-vous sur les détails du dessin pour bien montrer la **critique de la société** qui en ressort.

CORRIGÉ 19

Comprendre le corrigé

Grammaire et compétences linguistiques

1 **a.** Le mot « Globalia » est formé à partir de l'adjectif « global ».

b. « Globalia » est un mot inventé par l'auteur. Il désigne un monde global, une civilisation unique qui ne ferait plus de différences entre les nations : « il n'y en a qu'une » (l. 4).

2 **a.** Le mot « on » est un pronom personnel sujet de troisième personne du singulier qui peut renvoyer à une ou plusieurs personnes.

Attention
Chaque pronom « on » renvoie à des personnes différentes.

b. « là où **on** nous autorise à aller » : « on » désigne les dirigeants de Globalia, ceux qui ont le pouvoir dans ce monde.

« mais **on** sentait le désespoir éteindre sa voix » : « on » désigne Kate et le narrateur.

« **On** peut sortir d'ici et rejoindre la mer » : « On » remplace un « nous » qui renvoie à Baïkal et Kate.

3 Les paroles du personnage sont rapportées au style indirect.

Méthode
Les paroles rapportées au style indirect ne sont pas rapportées directement ni exactement comme elles ont été prononcées. Il faut repérer le verbe introductif, ici « raconterons ». De même, ce verbe est toujours suivi d'une subordonnée introduite par *si, quand, où, comment, que*. Dans le sujet, il y a deux subordonnées introduites par « que ». Le verbe peut également être suivi d'une préposition accompagnée d'un infinitif.

4 La figure de style employée dans ce passage est une anaphore. Les mêmes mots sont répétés au début de chaque phrase : « Globalia, c'est… ».

5 **a.** Le verbe « rends » est employé au mode impératif.

b. Ce mode est utilisé pour donner un ordre ou un conseil.

6 **a.** Les deux phrases sont unies par une relation logique de cause.

b. « Je ne retournerai pas là-bas parce que ce monde est une prison. »

7 « Baïkal explique à Kate qu'elle ne comprend pas, qu'il le lui a souvent répété, que ce sera *partout* la même chose, que partout ils seront en Globalia, que partout ils retrouveront cette civilisation qu'il déteste. »

Compréhension et compétences d'interprétation

1 Le sujet central de la conversation entre Kate et Baïkal est l'existence d'un autre monde que celui dans lequel ils sont contraints de vivre : Globalia.

MATHÉMATIQUES · FRANÇAIS · PHYSIQUE - CHIMIE SVT - TECHNO · HISTOIRE - GÉO EMC

2 **a.** Kate pense que Globalia est un monde idéal et parfait : « Globalia, c'est le bonheur ! » (l. 12).

Selon Kate, Globalia offre un monde de paix où toutes les nations sont unies et vivent en harmonie, contrairement au passé « où il y avait des nations différentes qui n'arrêtaient pas de se faire la guerre » (l. 5-6). C'est un monde ouvert, dans lequel on est libre de voyager : « Il n'y a plus de frontières » (l. 8), « on peut aller partout » (l. 16). Enfin, Globalia offre la sécurité à ses habitants : « tout Globalia est sécurisé » (l. 22).

c. Kate utilise des questions rhétoriques (ou interrogations oratoires), c'est-à-dire des affirmations déguisées en questions qui n'attendent pas de réponse mais suggèrent des évidences : « Aurais-tu la nostalgie du temps où il y avait des nations différentes qui n'arrêtaient pas de se faire la guerre ? » (l. 4-6).

3 **a.** Pour Baïkal, Globalia « est une prison » (l. 44). Il pense qu'il existe des non-zones qui sont interdites mais qui offriraient un monde différent de celui que Globalia leur impose : « tu peux aller partout. Mais seulement dans les zones sécurisées, c'est-à-dire là où on nous autorise à aller, là où tout est pareil » (l. 19-20). Il estime que s'ils se libèrent de la « propagande » (l. 10) de Globalia, ils découvriront ce qui leur est caché : « Moi, je continue à croire qu'existe un ailleurs » (l. 25).

L'astuce du prof

Repérez bien la manière dont s'enchaînent les arguments de Baïkal : il dit qu'ils peuvent « aller partout ». Pourtant, il y a des restrictions « seulement », « là où on nous autorise à aller ». C'est ainsi qu'il montre le contrôle implicite et la propagande à Globalia. Ses habitants pensent être libres d'aller et venir parce que c'est ce qu'on leur fait croire en usant de stratagèmes, tels que les voyages effectués avec le « multifonction » ou des slogans manipulateurs.

b. Le projet de Baïkal est de sortir de Globalia pour découvrir le reste du monde, ce que l'on appelle les « non-zones » (l. 23). Il souhaite partir avec Kate (« On peut sortir d'ici et rejoindre la mer », l. 34) et refuse catégoriquement de rester dans Globalia (« Je ne retournerai pas là-bas », l. 43).

4 Kate propose de rentrer dans Globalia alors qu'ils sont sortis clandestinement car elle a peur de ce monde extérieur et hostile : « Il n'y a que quelques endroits pourris aux confins du monde, des réserves, des friches » (l. 28-30). Elle redoute aussi les conséquences de leur sortie s'ils sont repris : « Nous raconterons que nous nous sommes perdus, que la porte était ouverte » (l. 40-41).

Vocabulaire

Confins : frontière, limite d'un territoire.

5 Globalia semble être un monde idyllique en apparence, comme le suggère son slogan : « Globalia, c'est la liberté ! Globalia, c'est la sécurité ! Globalia, c'est le

Vocabulaire

Idyllique : idéal, parfait.

bonheur ! » (l. 12). Mais c'est en réalité un monde totalitaire qui repose sur la « propagande » (l. 10) et sur l'interdiction de dépasser ses frontières pour explorer « l'ailleurs », les « non-zones » présentées comme des friches hostiles. Les différences sont interdites dans Globalia (« Ce sera *partout* la même chose », l. 1-2) et la liberté est réduite à l'intérieur de ses portes, ce qui en fait un univers carcéral, une sorte de prison dorée : « Ce monde est une prison » (l. 44).

Vocabulaire

Friche : terre (ou lieu) laissée à l'abandon.

6 a. Dans cette planche de bande dessinée, Quino présente une société où tout semble « carré ». Cette forme revient en effet dans toutes les conversations : entre les hommes d'affaires, dans les journaux, dans la bouche des policiers, à la radio, sur les panneaux publicitaires, entre les amies…

b. On retrouve ici l'idée d'une société avec une pensée unique imposée à tous. Le monde « carré » de la bande dessinée trouve son équivalent dans la description de Globalia faite par Baïkal : « Ce sera *partout* la même chose. Partout nous serons en Globalia. Partout, nous retrouverons cette civilisation » (l. 1-3). Seul un personnage semble penser différemment : l'homme au costume noir présent dans toutes les cases observe sans rien dire la société dans laquelle il vit, puis rentre chez lui après avoir acheté illégalement un compas et se met à dessiner des formes rondes. Cet homme est comparable à Baïkal, qui transgresse les règles imposées par Globalia (« J'ai soudoyé un type », l. 35) afin de découvrir « un ailleurs » (l. 25).

Pour aller plus loin

Dans les œuvres de science-fiction et les romans d'anticipation, on retrouve souvent des mondes en apparence parfaits, mais qui sont en réalité des sociétés hyper contrôlées ou placées sous un régime politique totalitaire. Bien souvent, cela permet de critiquer ou de faire réfléchir sur nos sociétés actuelles. On les appelle généralement des dystopies ou contre-utopies.

SUJET 20 Pondichéry, juin 2019

10 pts — 20 min

Dictée – Jean-Christophe Rufin, *Globalia*, 2004

Écoutez la dictée avec l'application Nathan Live.

- On dictera le texte à haute voix à plusieurs reprises.
- On inscrira au tableau de manière lisible par l'ensemble des candidats le titre de l'œuvre et le nom de l'auteur, les noms propres **Baïkal**, **Kate**, et les mots **glauque, biais**.

PAR ÉTAPES

GRAMMAIRE

Bien conjuguer

- Le **passé simple** de l'indicatif a deux types de terminaisons : l'un pour les verbes en *-er (-ai / -as / -a / -âmes / -âtes / -èrent)*, l'autre pour tous les autres verbes *(i/u/in + -s / -s / -t / -âmes / -âtes / -rent)*.
- L'**imparfait** de l'indicatif a des terminaisons semblables pour les trois groupes : *-ais / -ais / -ait / -ions / -iez / -aient*.

Ne pas confondre

- **« près » / « prêt »** : « près » est un adverbe de lieu qui peut être remplacé par son contraire « loin » ; « prêt » est un adjectif qualificatif qui peut être mis au féminin (« prête »).

Bien accorder

- Cette dictée contient plusieurs **participes passés** employés comme **adjectifs**, un participe passé employé avec l'**auxiliaire « être »**, et un autre employé avec l'**auxiliaire « avoir »**.

Bien orthographier

- **« glauque »** : verdâtre.

CORRIGÉ 20

Tout à coup, emportés par leur élan, ils butèrent contre la vitre qui courait à mi-pente. Elle rendit un son vibrant quand ils la heurtèrent. Ils étaient tombés accroupis, emmêlés. Baïkal se redressa, couvert d'aiguilles sèches. Il aida Kate à se relever. Elle n'osait pas toucher la vitre. C'était la première fois qu'elle approchait des limites. Le mur lisse et brillant était transparent de près mais prenait un ton vert glauque à mesure qu'il s'éloignait et qu'on le voyait de biais. [...] La pente qu'ils avaient dégringolée était si raide qu'il semblait impossible de la remonter.

Jean-Christophe Rufin, *Globalia*,
© Éditions Gallimard, 2004.

Comprendre le corrigé

Remarque

Comme le participe passé « emportés » est placé avant le pronom avec lequel il s'accorde, vous pourriez oublier de faire l'accord. Il faut donc être vigilants chaque fois qu'un participe passé semble isolé.

SUJET 21 Pondichéry, juin 2019

40 pts 1h30

Rédaction

› **Vous traiterez au choix un des deux sujets de rédaction suivants :**

Les sujets proposés ci-dessous sont en relation avec le texte du sujet 19 p. 169.

SUJET D'IMAGINATION

Kate rentre seule à Globalia. Imaginez une situation qui lui ouvre les yeux, l'amenant à considérer Globalia comme une prison et à partager le point de vue de Baïkal sur ce monde.

Vous respecterez les caractéristiques de la narration et du cadre spatio-temporel du texte. Vous intégrerez dans votre récit les pensées et les sentiments de Kate.

SUJET DE RÉFLEXION

Comment l'expression artistique (la littérature, la peinture, le cinéma, la musique…) permet-elle de dénoncer le totalitarisme ?

Vous répondrez à cette question en vous appuyant sur vos lectures et sur vos connaissances personnelles et culturelles.

PAR ÉTAPES

SUJET D'IMAGINATION

Écrire une **suite de texte** implique de tenir compte des caractéristiques principales du texte de départ.

Les éléments du texte initial

- Le **genre** du texte : **roman d'anticipation**.
- Le **lieu** où se déroule l'action : **Globalia**.
- Les **caractéristiques des personnages** (âge, caractère, façon de parler…) : vous devez reprendre les personnages et les **faire évoluer** sans perdre de vue leurs préoccupations, leurs envies principales.
- Pensez à exprimer les **pensées** de Kate et ses **sentiments**.

La narration

- Le **statut du narrateur** : votre texte sera rédigé à la troisième personne.
- Les **temps verbaux** : imparfait et passé simple pour la narration, présent pour les dialogues éventuels.
- Le **registre de langue** : privilégiez un registre courant, comme dans le texte initial.

SUJET DE RÉFLEXION

L'introduction

- **Annoncez le thème** : l'art.
- **Présentez le sujet** : recopiez ou reformulez la question posée par le sujet.
- Annoncez votre **plan**.

Le développement

- Le sujet vous invite à développer **plusieurs paragraphes** pour exprimer votre point de vue sur la force de l'expression artistique. Chaque paragraphe devra contenir un argument et un exemple précis.
- Pensez à convoquer les textes et documents étudiés en classe, notamment dans le chapitre « Dénoncer les travers de la société ».

La conclusion

- Formulez une **synthèse** qui réponde clairement à la question posée par le sujet.
- Terminez avec une phrase d'**ouverture** pour élargir la question en restant sur le même thème.

CORRIGÉ 21

SUJET D'IMAGINATION

« Non, dit Baïkal en secouant la tête. Je ne retournerai pas là-bas. Ce monde est une prison.

– Arrête, tu t'entêtes et tu inventes des histoires ! Il faut toujours que tu exagères tout ! Moi je rentre, rejoins-moi quand tu seras calmé ! »

Kate repartit alors en direction de la porte. Le soleil se couchait. Elle n'aurait aucun mal à rentrer discrètement, pensait-elle en marchant d'un pas décidé. Elle était cependant déçue de ne pas avoir réussi à convaincre Baïkal. Ça lui passerait et il rentrerait d'ici quelques heures, mais elle n'aimait pas ces disputes qui lui laissaient comme une amertume au fond du cœur. Perdue dans ses pensées, elle reconnut presque avec surprise les reflets glauques du mur de verre qu'ils avaient franchi quelques heures plus tôt. La porte n'était pas loin, encore quelques pas et elle y serait.

Comprendre le corrigé

Méthode

Pour respecter les caractéristiques de la narration et du cadre spatio-temporel, pensez bien à faire allusion à des éléments du texte initial.

Soudain, alors qu'elle atteignait la paroi vitrée, elle perçut un bourdonnement au-dessus de sa tête et des lumières venant du ciel l'éblouirent. Elle se figea, paralysée par la peur et la surprise. Une voix métallique lui cria avec autorité : « Vous vous trouvez dans une zone non autorisée. Ne bougez plus. Levez les yeux vers le drone afin que l'on puisse scanner votre rétine. Une patrouille va venir vous chercher pour vous placer en quarantaine. » Kate plongea sa tête dans ses mains pour se protéger. Elle se recroquevilla sur elle-même, incapable de faire le moindre mouvement. Baïkal avait donc raison, ils étaient surveillés et leur liberté n'était qu'une illusion, pensa-t-elle.

L'astuce du prof

Afin de rendre votre texte cohérent, faites apparaître un élément déclencheur, qui entraînera la prise de conscience.

La voix robotique reprit : « Deuxième sommation avant immobilisation électrique. Levez les yeux pour le scanner rétinien. Vous n'êtes pas autorisée à pénétrer en non-zone. » Kate était tétanisée. Elle avait entendu parler de ces rumeurs sur une police secrète qui surveillait les citoyens. Contrairement à Baïkal, elle ne les avait jamais prises au sérieux. Mais voilà qu'elle se retrouvait menacée par un drone ! La lumière de l'appareil devint plus forte, le bourdonnement s'ampliia. Kate attendait l'impact de l'éclair immobilisant…

Elle entendit un grand bruit métallique, puis plus rien ! La lumière avait disparu. Kate n'osait plus bouger. « Ce doit être l'effet de l'éclair immobilisant », se dit-elle. Mais une voix familière lui parvint alors : « Tu vas rester là ? Je te préviens, je ne vais pas passer la nuit à chasser des drones ! » ironisa Baïkal. Elle n'en revenait pas. Il l'avait suivie et venait de la sauver ! Elle courut vers lui, saisit sa main et lui lança sans hésitation : « Partons, emmène-moi vers ton ailleurs ! ».

Remarque

Les pensées et sentiments du personnage rendent la situation plus réaliste aux yeux d'un lecteur.

SUJET DE RÉFLEXION

L'engagement consiste à prendre position par son action ou ses œuvres sur des problèmes politiques ou sociaux de son temps. Les artistes, qu'ils soient écrivains, peintres, cinéastes ou musiciens, n'hésitent pas à s'engager pour défendre des causes qu'ils estiment justes. Nous étudierons à travers des exemples précis comment l'expression artistique peut permettre de dénoncer le totalitarisme.

Dans un premier temps, les œuvres artistiques font intervenir l'expérience, la sensibilité et

Méthode

Présentez clairement vos arguments.

les émotions des auteurs. Là où les documents historiques nous permettent d'avoir une analyse claire et objective des événements, les œuvres d'art apportent une autre compréhension, une lecture subjective qui est de l'ordre du ressenti. Par exemple, la bande dessinée *Maus* d'Art Spiegelman raconte la vie de Vladek, rescapé du camp d'Auschwitz, en créant un univers où les personnages sont représentés sous la forme de chats et de souris, ce qui permet de prendre une certaine distance pour mieux révéler la réalité du système concentrationnaire du régime totalitaire nazi.

Dans un second temps, les œuvres artistiques peuvent également critiquer et dénoncer le totalitarisme en maniant les procédés de l'humour. Que ce soient les écrivains ou les dessinateurs, de nombreux artistes font la critique de certains régimes en s'en moquant pour provoquer et faire réfléchir. C'est le cas du dessinateur iranien Kianoush, réfugié en France, qui publie régulièrement des caricatures comme celle intitulée *Iranian free elections* où il dénonce le système politique iranien. Il met en scène un électeur caricaturé en pigeon qui glisse un bulletin de vote dans une urne en observant les affiches de campagne des candidats, qui ne lui proposent que des formes de cages différentes.

Enfin, l'utilisation de la fiction permet d'instruire les lecteurs ou les spectateurs en dénonçant les travers des sociétés totalitaires. Les comportements décrits dans des univers comparables au nôtre permettent à chacun d'être touché et de se sentir concerné. Ainsi, dans son roman de science-fiction *Fahrenheit 451*, Ray Bradbury décrit une société totalitaire où les livres sont interdits et doivent être brûlés. Les échos avec les incendies de livres par les nazis ou avec les « grandes purges » de Staline au cours desquelles de nombreux écrivains furent exécutés sont évidents.

Pour conclure, on peut noter que les œuvres d'art permettent, par leur portée universelle, de dénoncer les abus et les injustices des systèmes totalitaires et que leurs messages dépassent les époques et les frontières. Il pourrait être intéressant de se questionner aussi sur la nécessité pour une œuvre d'art d'être engagée.

Pour aller plus loin

Certains connecteurs logiques demandent une structure particulière : « dans un premier temps » doit être complété par « dans un deuxième/second temps », tout comme « premièrement » induit « deuxièmement » lorsque vous développez un autre argument.

L'astuce du prof

Pour vos exemples, vous pouvez citer des œuvres que vous avez lues en classe et qui relèvent du même genre littéraire. Ici, *Farenheit 451* est lui aussi un roman d'anticipation dystopique.

SUJET COMPLET 1 Amérique du Nord, juin 2023

100 pts 3h

Grammaire et compréhension

50 pts 1h10

corrigés p. 179

EXTRAIT Michel Pastoureau, *Les couleurs de nos souvenirs*

Michel Pastoureau est un historien de l'art, spécialiste des couleurs.

Je ne me souviens pas d'avoir porté de veste avant l'âge de 13 ans. Cette liberté prit fin au printemps 1960, lorsque je fus invité avec mes parents au mariage de l'ancienne préparatrice en pharmacie de ma mère, une jeune femme qui s'était beaucoup occupée de moi quand j'étais enfant et qui m'avait fait profiter d'un regard sur le monde et la société différent de celui de ma famille. Il fut décidé que pour l'occasion on m'achèterait un pantalon gris et un blazer[1] bleu marine. Je portais déjà des pantalons longs mais pas de veste ni de blazer. L'achat se fit dans un magasin de vêtements pour hommes, le plus grand de la ville de banlieue sud où nous habitions alors. J'entends encore la voix obséquieuse[2] du vendeur soulignant ironiquement : « ce jeune homme est cambré ». Il voulait dire par là que j'avais de grosses fesses pour mon âge. Le choix du pantalon se fit néanmoins sans problème.

Il n'en alla pas de même du blazer, et j'en fus responsable. J'aurais préféré un blazer croisé, auquel je trouvais un petit air « amiral », voire « aviateur », mais l'odieux vendeur convainquit ma mère que j'étais trop grassouillet pour un tel vêtement. Ce serait donc un blazer droit, ce qui me déplaisait. Non pas tant à cause de la forme qu'en raison de la couleur. J'avais en effet observé que dans ce magasin, pourtant bien fourni, les blazers droits pour adolescents étaient d'un bleu marine moins marine que les blazers croisés. À peine, certes, mais j'avais déjà le sens des couleurs et de leurs nuances et je sentais confusément qu'un bleu marine qui n'était pas très foncé n'était pas un vrai bleu marine. Plusieurs de mes camarades, appartenant à des familles plus bourgeoises que la mienne, portaient déjà des blazers, et je savais que le bleu était différent de celui qui m'était proposé : plus sombre, plus dense, moins violacé ; pour tout dire, moins « vulgaire ».

Les adolescents ont sur la vulgarité des idées qui leur sont propres. Ils seraient souvent bien en peine de les expliquer ou de les faire partager à des adultes, mais le vulgaire – leur vulgaire – a pour eux quelque chose d'absolument rédhibitoire[3]. C'était le cas de ce « presque bleu marine », à mes yeux importable, hideux et probablement grossissant ! Essayage, refus, discussion, comparaison, réessayage, intervention d'un autre vendeur, puis du chef du rayon, personnage considérable qui à ma grande surprise soutint mon point de vue. Mais rien n'y fit : je n'obtins pas gain de cause. Un saut dans la rue, à la lumière du jour, convainquit ma mère que ce blazer droit était d'un bleu très acceptable, parfaitement classique, et que mes caprices chromatiques[4] – qui n'étaient pas les premiers – n'avaient pas de raison d'être. Le vendeur ricanait. Le chef de rayon un peu moins, car les blazers croisés étaient vendus plus cher que les droits. Je dus donc revêtir ce maudit vêtement le jour du mariage et j'en ressentis une honte comme j'en ai rarement éprouvé. Aucun de mes camarades n'était présent, peu de gens me connaissaient, et personne évidemment ne s'aperçut que ce bleu marine ne l'était pas tout à fait. Mais moi je le sentais, je le savais, et cet infime écart de nuance me bouleversait : j'imaginais tous les regards portés sur ce blazer odieux et méprisable.

Michel Pastoureau, *Les couleurs de nos souvenirs*, © éditions du Seuil, 2010.

1. Il s'agit d'une veste de costume boutonnée que l'on portait pour être élégant.
2. Hypocrite.
3. Inacceptable.
4. En lien avec la couleur.

DOC. Richard Kalvar, *Essayage*, 1975

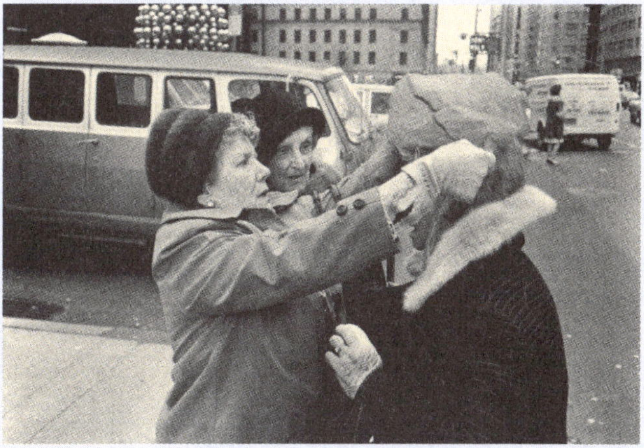

Photographie (épreuve gélatino-argentique), 7,9 cm × 11,5 cm,
Musée George Pompidou

Les réponses aux questions doivent être entièrement rédigées.

Compréhension et compétences d'interprétation

1 Lignes 1 à 12 :

a. Où et quand se situe ce souvenir ? 2 pts

b. Qui est le personnage principal ? Qui est le narrateur ? Selon vous, à quel genre littéraire appartient ce texte ? 3 pts

2 Qu'est-ce qui montre dans le texte que l'achat du blazer est un événement important dans la vie du personnage ? Vous relèverez deux éléments de réponse différents. 3 pts

3 Que pensez-vous de l'attitude du vendeur ? Vous justifierez votre réponse en vous appuyant sur le texte. 3 pts

4 Ligne 37 : pourquoi le personnage du jeune homme ressent-il de la « honte » ? Vous expliquerez votre point de vue en vous appuyant sur le texte. 3 pts

5 Lignes 29 à 31 :

« Essayage, refus, discussion, comparaison, réessayage, intervention d'un autre vendeur, puis du chef du rayon, personnage considérable qui à ma grande surprise soutint mon point de vue. ». Qu'est-ce qui vous paraît comique dans ce passage ? 3 pts

6 Pourquoi ce souvenir est-il important pour le narrateur ? Vous expliquerez de manière développée votre point de vue. 3 pts

7 Comment jugez-vous l'attitude du jeune personnage ? La comprenez-vous ? 4 pts

8 Quels liens pouvez-vous établir entre le texte et la photographie ? Votre réponse devra être développée et s'appuyer sur une description de l'image. 6 pts

Grammaire et compétences linguistiques

1 « J'entends encore la voix obséquieuse du vendeur [...] » (ligne 9)

« Les adolescents ont sur la vulgarité des idées qui leur sont propres » (ligne 25)

a. Quel est le temps et le mode des verbes soulignés ? 1 pt

b. Justifiez l'emploi de ce temps dans chacune de ces phrases. 2 pts

2 Ligne 28 : « importable »

a. Expliquez la formation de ce mot. 1,5 pt

b. Donnez la nature de ce mot. 0,5 pts

c. À partir du verbe « imaginer », proposez un mot construit sur le même modèle qu'« importable ». 1 pt

3 Ligne 15 : « L'odieux vendeur convainquit ma mère. »

a. Quelle est la fonction du groupe de mots souligné ? 1 pt

b. Quelle manipulation au sein de la phrase vous permet de justifier votre réponse ? 1 pt

4 Lignes 41 à 42 : « ... cet infime écart de nuance me bouleversait : j'imaginais tous les regards portés sur ce blazer odieux et méprisable. »

a. Quel lien logique établissez-vous entre les deux propositions séparées par les deux points ? 1 pt

b. Réécrivez ce passage en remplaçant les deux points par une conjonction de coordination. 1 pt

5 Réécrivez ce passage en remplaçant « les adolescents » par « un adolescent » et « des idées » par « un avis ». Vous ferez toutes les modifications nécessaires. 10 pts

« Les adolescents ont sur la vulgarité des idées qui leur sont propres. Ils seraient souvent bien en peine de les expliquer ou de les faire partager à des adultes, mais le vulgaire – leur vulgaire – a pour eux quelque chose d'absolument rédhibitoire. »

Dictée 10 pts 20 min

corrigés p. 181

Elsa Triolet, *Roses à crédits*

> **Écoutez la dictée avec l'application Nathan Live.**

- On dictera le texte à haute voix à plusieurs reprises.
- On inscrira au tableau de manière lisible par l'ensemble des candidats le nom de l'auteur, le titre du roman ainsi que les noms propres **Cécile, Martine, Mme Donzert**.

Rédaction 40 pts 1h30

corrigés p. 182

> Vous traiterez au choix l'un des deux sujets suivants.

SUJET D'IMAGINATION

Comme le narrateur, vous avez pu vous sentir incompris dans l'expression de vos goûts. Racontez cet événement en précisant les circonstances et en insistant sur les sentiments que vous avez éprouvés et les réflexions que ce moment a déclenchées.

SUJET DE RÉFLEXION

Aimez-vous lire ou voir des œuvres dont des adolescents sont les personnages principaux ?

Pourquoi ? Vous répondrez à cette question dans un développement organisé, en vous appuyant sur des exemples précis dans les œuvres littéraires et artistiques que vous connaissez.

CORRIGÉ SUJET COMPLET 1

Compréhension et grammaire

énoncé p. 176

Compréhension et compétences d'interprétation

1 a. Ce souvenir se situe dans une « ville de banlieue sud » (l. 9) où habitait le narrateur « au printemps 1960 » (l. 2).

b. Le personnage principal est un garçon de 13 ans (« l'âge de 13 ans – ce jeune homme ») Il est aussi le narrateur du texte comme le montre l'emploi du pronom « je ». Ce texte appartient donc au genre autobiographique

> **À savoir**
> Genre autobiographique :
> auteur = narrateur = personnage principal

2 Plusieurs éléments de ce début de texte montrent que l'achat du blazer est un événement important pour l'adolescent. D'abord l'expression « pour l'occasion » (l. 6) qui souligne le caractère exceptionnel de l'achat, ensuite le choix du magasin « le plus grand de la ville » (l. 8-9) qui renforce cette importance, et enfin l'impression que cet achat représente une sorte de rite de passage vers l'âge adulte « un magasin de vêtements pour hommes » (l. 8).

3 L'attitude du vendeur est moqueuse et méprisante vis-à-vis de l'adolescent comme le montrent l'expression « voix obséquieuse » (l.10) l'adverbe « ironiquement » (l. 10), le verbe « ricanait » (l. 35) ou encore le jugement sur le physique « l'odieux vendeur convainquit ma mère que j'étais trop grassouillet » (l. 15).

4 Le jeune homme ressent de la honte car il a l'impression que tout le monde le regarde et le juge « j'imaginais tous les regards portés sur ce blazer odieux et méprisable » (l. 41-42). Il se sent en décalage avec les autres invités à cause de son blazer qu'il juge lui-même « importable, hideux et probablement grossissant » (l. 28-29).

5 Cette énumération est comique car elle permet de souligner le décalage entre l'objet de l'événement : un simple essayage de veste et l'impression que tout le monde se met en marche pour l'accompagner : « un personnage considérable » vient même participer au débat.

6 Ce souvenir est important pour le narrateur non seulement car c'est un récit de première expérience : l'achat de sa première veste, mais surtout car c'est un souvenir lié à la naissance de sa vocation professionnelle. Michel Pastoureau est spécialiste des couleurs et il analyse dans ce souvenir le premier lien qu'il établit entre les couleurs et les classes sociales « des familles plus bourgeoises que la mienne, portaient déjà des blazers, et je savais que le bleu était différent de celui qui m'était proposé » (l. 22-24), il prend conscience qu'il avait « déjà le sens des couleurs » (l. 20).

7 L'attitude de l'adolescent est présentée de façon démesurée et ridicule. Le narrateur devenu adulte porte un regard amusé sur l'enfant qu'il était, les termes sont excessifs « maudit vêtement – une honte comme j'en ai rarement éprouvé – me bouleversait » alors qu'il reconnaît volontiers que « personne évidemment ne s'aperçut que ce bleu marine ne l'était pas tout à fait » (l. 40). C'est un décalage habituel des récits autobiographiques, la distance permet de prendre du recul sur la perception des souvenirs.

8 Cette photographie en noir et blanc de Richard Kalvar, intitulée *Essayage* date de 1975, elle montre au premier plan trois femmes dans une rue citadine. L'une d'entre elles met une sorte de chapeau sur la tête d'une deuxième sous le regard de la troisième. On peut voir plusieurs liens avec le texte, d'abord dans le titre « *Essayage* » qui rappelle les nombreux essais de vestes, mais aussi le fait que cette scène de rue soit offerte aux regards du public, comme dans le texte lorsque le jeune homme fait « un saut dans la rue » (l. 32) pour voir la couleur de la veste à la lueur du jour. Enfin, les deux scènes sont teintées de ridicule : on sent notamment dans le regard de la troisième femme, qu'un avis très sérieux va être donné sur le couvre-chef.

Grammaire et compétences linguistiques

1 a. Les trois verbes soulignés sont au présent de l'indicatif.

b. « j'entends » est un présent d'énonciation, il correspond au moment de l'écriture ; « ont » et « sont » ont ici une valeur de vérité générale.

2 a. Le mot « importable » est formé du préfixe privatif « *im-* », du radical « -port- » et du suffixe de possibilité « -able ».

b. Ce mot est un adjectif.

c. Le mot « inimaginable » est construit de la même façon.

3 a. « ma mère » a pour fonction complément d'objet direct (COD) du verbe « convainquit ».

b. Plusieurs manipulations peuvent justifier la réponse : la pronominalisation « L'odieux vendeur **la** convainquit. », l'encadrement par « c'est… que » : « **C'est** ma mère **que** l'odieux vendeur convainquit » et le fait que l'on ne puisse pas le déplacer en début de phrase.

Méthode

Pour la question a., au singulier, on attend un seul temps et un seul mode pour tous les verbes. La question b. sous-entend qu'il y aura deux emplois différents.

Gagnez des points

Le mot « imaginer » commence par *im-* mais il s'agit ici de son radical (« image »), et non d'un préfixe privatif qu'il faut bien penser à ajouter dans votre réponse.

4 a. On peut établir un lien logique de cause entre les deux propositions.

b. « cet infime écart de nuance me bouleversait **car** j'imaginais tous les regards portés sur ce blazer odieux et méprisable »

5 Un adolescent a sur la vulgarité un avis qui lui est propre. Il serait souvent bien en peine de l'expliquer ou de le faire partager à des adultes, mais le vulgaire – son vulgaire – a pour lui quelque chose d'absolument rédhibitoire.

Dictée

énoncé p. 179

Cécile avait raison lorsqu'elle disait à Mme Donzert qu'il fallait laisser Martine tranquille, qu'elle savait ce qu'elle voulait. C'était vrai, il y avait chez Martine une détermination presque sinistre, tant on la sentait irrévocable. En toute chose. Si après de longues réflexions qui l'empêchaient de dormir, elle se décidait pour un tailleur classique bleu marine, des escarpins de la même couleur et un chapeau blanc, il les lui fallait exactement tels qu'elle les avait imaginés, le tailleur et les escarpins et le chapeau… Un bleu marine franc, ne tirant pas sur le gris et le violet.

Elsa Triolet, *Roses à crédit*, © Gallimard, 1959.

Vocabulaire

- tant : attention aux homophones, écoutez bien la liaison.
- tels : c'est un adjectif, pensez à l'accorder avec les noms qui précèdent.
- fallait : repérez bien le sujet impersonnel « il ».
- imaginés : attention à l'accord du participe passé avec l'auxiliaire *avoir*.

Rédaction

énoncé p. 179

SUJET D'IMAGINATION

C'est lors d'une cousinade chez mes grands-parents que je décidai d'explorer le grenier et ses trésors. Je tombai alors sur la malle aux déguisements qui avait agrémenté toutes nos aventures imaginaires de l'enfance. En l'ouvrant, il s'échappa une odeur de poussière et de linge renfermé, et c'est là que sont apparues… mes baskets à paillettes !

> **Méthode**
> Il s'agit d'un récit de souvenir d'enfance, pensez à indiquer les circonstances du retour dans le passé.

Je me souviens précisément des circonstances de leur achat : à l'âge de 11 ans, je vivais pour ainsi dire dehors, à courir les bois et détestais perdre du temps dans les magasins, mais j'avais usé toutes mes paires de chaussures, et vint le moment où mes parents décidèrent qu'il était temps de m'en procurer de nouvelles. À contre cœur, j'acceptais « d'aller en ville », espérant que la corvée ne dure pas trop longtemps.

J'entrais dans le magasin de chaussures presque comme on entre au bagne. Triste et résignée, sans envie. C'est à ce moment qu'elle est apparue, face à moi, la paire de mes rêves : des baskets à paillettes argentées ! Moi qui prenais toujours un temps fou à me décider, il m'avait fallu à peine un coup d'œil pour repérer ce petit bijou qui, j'en étais sûre, allait faire sensation ! Je courus instinctivement vers les baskets pour m'assurer que personne ne s'en empare avant moi. Je les enfilai, elles m'adoptèrent !

> **L'astuce du prof**
> Insistez sur vos sentiments et vos réflexions.

Ce n'est que lorsque je vis le regard rieur de mes parents, qui bientôt se transforma en un fou rire incontrôlé que je commençai à interroger mon choix… Ma mère, un sourire jusqu'aux oreilles, commença ironiquement : « Tu as prévu d'aller en soirée disco ? » avant que mon père poursuive des larmes de rire aux yeux : « L'originalité c'est bien mais là… on se croirait dans un conte de fées ! ».

Mais ne comprenaient-ils donc rien ? Voulaient-ils que je sois comme tout le monde, un petit clone avec des baskets blanches et salissantes ? J'étais désemparée face à ce conformisme de mes parents. Leur regard désapprobateur et moqueur sur mes chaussures m'avait fait passer d'un état d'euphorie à un état d'inquiétude. Étais-je donc condamnée à ne porter que ce qui plaisait à tous, ce qui rentrait dans le cadre, ce qui était « à la mode » ? Pour une fois que je trouvais une paire qui sortait du lot, une paire unique à mes yeux… mais le regard de mes parents sur ces chaussures avait transformé le mien. J'allais me résigner à choisir des baskets blanches, classiques et sans âme quand une vendeuse souriante et pétillante intervint : « Vous aussi, vous êtes tombés sous le charme ? Profitez-en c'est la dernière paire en promo ! ». C'est cet argument plus que mon goût assuré qui convainquit mes parents, et je repartis donc chaussée des fameuses baskets qui, hélas, suscitèrent encore bien des moqueries dans la cour du collège !

Quelques semaines après, je capitulai en décidant de cultiver plus discrètement mon originalité. Les baskets rejoignirent alors le fond de la malle de dégui-

> **Méthode**
> Pour conclure, le retour au présent permet de montrer que vous avez analysé votre expérience.

sement sous prétexte que mon pied avait un peu grandi, et pourtant… elles me vont toujours !

SUJET DE RÉFLEXION

La présence d'adolescents dans la littérature ou dans les œuvres artistiques permet aux jeunes de se sentir représentés et d'exister autrement que par leur simple empreinte dans le monde réel. Afin de développer cette idée, nous montrerons d'abord que l'identification avec le héros adolescent permet au lecteur de mieux se comprendre lui-même l'aidant ainsi à saisir le monde qui l'entoure avant de voir que cette rencontre avec les personnages rend possible le rêve d'un monde imaginaire.

> **Méthode**
> Pensez à construire votre devoir à l'aide de connecteurs logiques pour enchaîner vos arguments et vos exemples.

Premièrement, en tant qu'adolescent, on apprécie de retrouver dans les œuvres qu'on lit des personnages principaux qui nous ressemblent car l'identification est facilitée par la proximité entre le personnage et le lecteur. En effet, lorsqu'on lit une œuvre dont le personnage principal est un adolescent, il est plus simple de se retrouver à travers les émotions qu'il décrit ou les relations qu'il entretient avec ses pairs. Par exemple, dans la bande dessinée *Les cahiers d'Esther* de Riad Sattouf, les réflexions et les observations de l'héroïne nous permettent de mieux comprendre la façon dont se jouent les relations familiales ou amicales.

En outre, la proximité avec le personnage principal permet au lecteur de s'instruire et de mieux comprendre les enjeux du monde dans lequel il évolue. Les sentiments, les réactions du personnage nous sont familiers car nous pouvons nous mettre à sa place. Ainsi, dans *Globalia* de Jean-Christophe Rufin, on partage le sentiment de révolte des deux adolescents du roman face à la dictature qu'ils subissent. Leurs réflexions sur cette société futuriste nous permettent de mieux comprendre les mécanismes des régimes totalitaires de l'histoire ou de l'actualité.

Enfin, l'identification permise entre personnage et lecteur facilite l'adhésion à la fiction comme en témoignent les livres ou les films d'*Harry Potter* écrits par la romancière J.K Rowling. Les trois adolescents nous entraînent avec eux dans cet univers de sorcellerie magique et rendent possible le rêve de devenir nous-même des sorciers ou des sorcières hors du commun.

Lire ou voir des œuvres, dont les adolescents sont les personnages principaux est donc plaisant pour le lecteur adolescent qui peut s'y identifier, que l'œuvre soit fictive, réaliste ou autobiographique. Il peut ainsi non seulement mieux se comprendre et appréhender le monde qui l'entoure mais aussi adhérer à un univers fictif différent du sien.

SUJET COMPLET 2 France métropolitaine, juin 2023 100 pts 3h

Grammaire et compréhension 50 pts 1h10

corrigés p. 187

EXTRAIT George Sand, *Histoire de ma vie*

Dans son autobiographie, Aurore Dupin (qui écrit sous le nom de George Sand) raconte son enfance. Elle est élevée par sa mère et grandit entourée d'Hippolyte, son demi-frère, et d'Ursule, la fille d'une servante.

Nous avions trouvé un jeu qui passionnait nos imaginations. Il s'agissait de passer la rivière. La rivière était dessinée sur le carreau[1] avec de la craie et faisait mille détours dans cette grande chambre. En de certains endroits elle était fort profonde, il fallait trouver l'endroit guéable[2] et ne pas se tromper. Hippolyte s'était déjà noyé plusieurs fois, nous l'aidions à se retirer des grands trous où il tombait toujours, car il faisait le rôle du maladroit ou de l'homme ivre, et il nageait à sec sur le carreau en se débattant et en se lamentant. Pour les enfants ces jeux-là sont tout un drame, toute une fiction scénique, parfois tout un roman, tout un poème, tout un voyage, qu'ils miment et rêvent durant des heures entières, et dont l'illusion les gagne et les saisit véritablement. Pour mon compte, il ne me fallait pas cinq minutes pour m'y plonger de si bonne foi, que je perdais la notion de la réalité, et je croyais voir les arbres, les eaux, les rochers, une vaste campagne, et le ciel tantôt clair, tantôt chargé de nuages qui allaient crever et augmenter le danger de passer la rivière. Dans quel vaste espace les enfants croient agir, quand ils vont ainsi de la table au lit et de la cheminée à la porte !

Nous arrivâmes, Ursule et moi, au bord de notre rivière, dans un endroit où l'herbe était fine et le sable doux. Elle le tâta d'abord, et puis elle m'appela en me disant : « Vous pouvez vous y risquer, vous n'en aurez guère plus haut que les genoux. » Les enfants s'appellent vous dans ces sortes de mimodrames[3]. Ils ne croiraient pas jouer une scène s'ils se tutoyaient comme à l'ordinaire. Ils représentent toujours certains personnages qui expriment des caractères, et ils suivent très bien la première donnée. Ils ont même des dialogues très vrais et que des acteurs de profession seraient bien embarrassés d'improviser sur la scène avec tant d'à-propos et de fécondité[4].

Sur l'invitation d'Ursule, je lui observai que[5], puisque l'eau était basse, nous pouvions bien passer sans nous mouiller ; il ne s'agissait que de relever un peu nos jupes et d'ôter nos chaussures. « Mais, dit-elle, si nous rencontrons des écrevisses, elles nous mangeront les pieds. — C'est égal, lui dis-je ; il ne faut pas mouiller nos souliers, nous devons les ménager[6], car nous avons encore bien du chemin à faire. »

À peine fus-je déchaussée, que le froid du carreau me fit l'effet de l'eau véritable, et nous voilà, Ursule et moi, pataugeant dans le ruisseau. Pour ajouter à l'illusion générale, Hippolyte imagina de prendre le pot à l'eau et de le verser par terre, imitant ainsi un torrent et une cascade. Cela nous sembla délirant d'invention. Nos rires et nos cris attirèrent enfin l'attention de ma mère. Elle nous regarda, et nous vit tous les trois, pieds et jambes nus, barbotant dans un cloaque[7], car le carreau avait déteint, et notre fleuve était fort peu limpide. Alors elle se fâcha tout de bon, surtout contre moi, qui étais déjà enrhumée; elle me prit par le bras, m'appliqua une correction manuelle assez accentuée, et, m'ayant rechaussée elle-même, en me grondant beaucoup, elle chassa Hippolyte dans sa chambre, et nous mit en pénitence[8], Ursule et moi, chacune dans un coin. Tel fut le dénouement imprévu et dramatique de notre représentation, et la toile tomba sur des larmes et des cris véritables.

George Sand [pseudonyme d'Aurore Dupin],
Histoire de ma vie, 2e partie, chapitre 15, 1855.

---

1. Sur le carrelage.
2. Que l'on peut traverser sans perdre pied.
3. Pièce de théâtre sans paroles.
4. Inventivité ; créativité.
5. Je lui fis remarquer que.
6. Nous devons en prendre soin.
7. Un égout.
8. Elle nous punit.

DOC. Robert Doisneau, *La ronde des pompons,* 1955

Compréhension et compétences d'interprétation

1 À la ligne 1, qui désigne le pronom « nous » ? **2 pts**

2 Où se passe la scène ? Comment expliquez-vous la présence d'une rivière dans ce lieu ? Justifiez votre réponse en citant le texte. **5 pts**

3 « l'illusion les gagne et les saisit véritablement. » (ligne 11)

Cherchez dans le texte trois éléments qui montrent que l'illusion « gagne » et « saisit véritablement » les enfants. **6 pts**

4 **a.** À quoi le jeu des enfants est-il comparé tout au long du texte ? Pour justifier votre réponse, relevez au moins quatre mots d'un champ lexical qui le prouve. **3 pts**

b. Identifiez au moins trois moments dans le récit, qui montrent que cette comparaison organise le jeu des enfants. **3 pts**

5 Quelles réflexions sur l'enfance le récit de cet épisode inspire-t-il à la narratrice ? Deux éléments sont attendus. Vous justifierez votre réponse en citant des passages précis du texte. **5 pts**

6 Pourquoi cette photographie pourrait-elle illustrer le texte ? Vous développerez votre réponse en vous appuyant sur deux arguments. Chaque argument doit être justifié par une citation du texte. **8 pts**

Compétences linguistiques et grammaticales

7 « <u>En de certains endroits,</u> elle était <u>fort profonde.</u> » (l. 3-4)

a. Quelle est la fonction grammaticale de chaque groupe de mots souligné ? **1 pt**

b. Justifiez votre analyse du premier groupe souligné en précisant les manipulations que vous avez utilisées pour identifier sa fonction grammaticale. **2 pts**

8 « Si nous rencontrons des écrevisses, elles nous mangeront les pieds. » (l. 30-31)

a. Recopiez cette phrase en mettant la proposition subordonnée entre crochets et en entourant le mot subordonnant. **1 pt**

b. Précisez la fonction grammaticale de cette proposition subordonnée. **1 pt**

9 « Tel fut le <u>dénouement</u> imprévu et dramatique de notre représentation ». (l. 45-46)

a. Observez le mot souligné : identifiez et nommez les trois éléments qui le composent. **1,5 pt**

b. Expliquez le sens de ce mot en vous appuyant sur la signification des éléments qui le composent et en vous aidant du texte. **1,5 pt**

10 Réécrivez le passage suivant en remplaçant « Hippolyte » par « ils ». *Le groupe nominal « le rôle du maladroit ou de l'homme ivre » ne doit pas être modifié.*

« Hippolyte s'était déjà noyé plusieurs fois, nous l'aidions à se retirer des grands trous où il tombait toujours, car il faisait le rôle du maladroit ou de l'homme ivre, et il nageait à sec sur le carreau en se débattant et en se lamentant. » (l. 5 à 8) **10 pts**

Dictée 10 pts 20 min corrigés p. 189

D'après George Sand, *Histoire de ma vie*

Écoutez la dictée avec l'application Nathan Live.

- On dictera le texte à haute voix à plusieurs reprises.
- On inscrira au tableau de manière lisible par l'ensemble des candidats le nom de l'auteur et le titre du roman.

Rédaction 40 pts 1h30 corrigés p. 189

Vous traiterez au choix l'un des deux sujets suivants.

SUJET D'IMAGINATION

Il vous est arrivé d'être pris dans un jeu qui vous a entraîné progressivement dans une aventure imaginaire intense. Vous raconterez cet épisode à la première personne. Vous pourrez enrichir votre récit par des descriptions, l'expression des sentiments et des sensations.

SUJET DE RÉFLEXION

Pourquoi parle-t-on de soi et raconte-t-on sa vie dans des œuvres autobiographiques ? Vous répondrez à cette question dans un développement argumenté. Pour illustrer vos arguments, vous vous appuierez sur des exemples précis tirés d'œuvres littéraires et artistiques.

CORRIGÉ SUJET COMPLET 2

Compréhension et grammaire

énoncé p. 184

Compréhension et compétences d'interprétation

1 Le pronom « nous » désigne les trois enfants qui jouent : la narratrice (Aurore), Ursule et Hippolyte.

2 La scène se passe à l'intérieur d'une maison, dans une « grande chambre » (l. 3). La rivière est imaginaire, créée par le jeu des enfants qui en parlent comme d'une rivière réelle « en de certains endroits elle était fort profonde » (l. 3-4), mais en réalité, cette rivière est tracée à la craie par les enfants : « La rivière était dessinée sur le carreau avec de la craie. » (l. 2-3)

3 Les trois éléments qui montrent que l'illusion gagne vraiment les enfants sont d'abord qu'ils voient véritablement la rivière et le monde créé « je croyais voir les arbres, les eaux, les rochers » (l. 13-14). De plus, leur imagination leur permet d'éprouver de véritables sensations, comme s'ils

> **À savoir**
> Lorsque vous citez un champ lexical, on attend au moins quatre mots ou expressions reliés au même thème.

touchaient vraiment la rivière : « l'herbe était fine et le sable doux. Elle le tâta d'abord. » (l. 19). Enfin, les enfants ressentent des émotions et des sentiments liés à l'excitation de l'aventure comme la joie « nos rires et nos cris » (l. 38), ou la peur : « si nous rencontrons des écrevisses, elles nous mangeront les pieds » (l. 31).

4 **a.** Le jeu des enfants est comparé à une pièce de théâtre, comme on le voit avec le champ lexical du théâtre présent dans l'ensemble du texte : « jeu – rôle – drame – fiction scénique – miment – illusion – mimodrames – jouer une scène – représentent – personnages – dialogues – acteurs – improviser une scène – dénouement – représentation »

b. La progression du texte et le jeu des enfants suivent effectivement le déroulement d'une pièce de théâtre. Les enfants commencent par créer un décor : « la rivière était dessinée sur le carreau » (l. 2), puis ils se répartissent les rôles : « il faisait le rôle du maladroit » (l. 6), il y a des péripéties pour traverser la rivière : « il fallait trouver l'endroit guéable » (l. 4), un « dénouement imprévu » (l. 45) avec l'arrivée de la mère qui entraîne la fin du spectacle « la toile tomba » (l. 46).

5 Pour la narratrice, les enfants ont une capacité d'imagination qui a le pouvoir de leur faire vivre véritablement les aventures en s'évadant de la réalité et en élargissant les espaces dans lesquels ils sont habituellement enfermés : « Dans quel vaste espace les enfants croient agir » (l. 15). Ils surpassent même les acteurs professionnels parce qu'ils ne font pas semblant mais vivent vraiment leur jeu : « Ils ont même des dialogues très vrais et que des acteurs de profession seraient bien embarrassés d'improviser sur la scène avec tant d'à-propos » (l. 25-27). Enfin, la narratrice oppose le monde des enfants, où l'imagination domine, à celui des adultes qui brisent l'illusion : le personnage de la mère transforme la belle rivière des enfants en un « cloaque » (l. 40) et restreint leur liberté à un « coin » (l. 45).

6 Cette photographie de Robert Doisneau, intitulée *La ronde des pompons* et datant de 1955 représente un groupe d'enfants qui jouent ensemble. Ils s'amusent et semblent heureux comme Ursule, Hippolyte et la narratrice dans le texte : « Nous avions trouvé un jeu qui passionnait nos imaginations. » (l. 1). Le traçage à la craie de flots imaginaires et d'un bateau sur le bitume évoque aussi le dessin de la rivière sur le carrelage : « La rivière était dessinée sur le carreau avec de la craie » (l. 2-3). Dans le texte comme sur la photographie, le dessin permet aux enfants de basculer dans le voyage et l'aventure : « Pour les enfants, ces jeux-là sont [...] tout un voyage. » (l. 8-10). Enfin, le costume des enfants de la photographie les installe dans leur rôle de marins, cela rappelle la manière dont les jeunes filles du texte de Sand se déchaussent et relèvent leurs jupes pour jouer leur rôle : « relever un peu nos jupes et ôter nos chaussures » (l. 30).

Grammaire et compétences linguistiques

7 **a.** « En de certains endroits » est un complément circonstanciel de lieu. « fort profonde » est un attribut du sujet.

b. Le groupe « En de certains endroits » est un complément circonstanciel, on peut donc le déplacer (*Elle était fort profonde en de certains endroits*), ou le supprimer (*Elle était fort profonde*).

L'astuce du prof

Les manipulations grammaticales pour trouver un complément circonstanciel sont le déplacement et la suppression.

8 **a.** [Si nous rencontrons des écrevisses], elles nous mangeront les pieds.

b. La proposition subordonnée est un complément circonstanciel de condition.

9 **a.** Le mot « dénouement » est formé du préfixe privatif « dé- », du radical « noue » et du suffixe « -ment ».

b. Le mot dénouement signifie au sens propre le fait de défaire un nœud, ici il s'agit du nœud de l'intrigue, comme dans une pièce de théâtre. Il est donc synonyme de « fin ».

10 Ils s'étaient déjà noyés plusieurs fois, nous les aidions à se retirer des grands trous où ils tombaient toujours, car ils faisaient le rôle du maladroit ou de l'homme ivre, et ils nageaient à sec sur le carreau en se débattant et en se lamentant.

Dictée

énoncé p. 187

Je me souviens d'un jour d'automne où, le dîner étant servi, la nuit s'était faite dans la chambre. Ma cousine et moi nous poursuivions l'une l'autre à travers les arbres, c'est-à-dire sous les plis du rideau. L'appartement avait disparu à nos yeux et nous étions véritablement dans un sombre paysage à l'entrée de la nuit. On nous appelait pour dîner et nous n'entendions rien. Ma mère vint me prendre dans ses bras pour me porter à table et je me rappellerai toujours mon étonnement en voyant les objets réels qui m'environnaient. Je sortais d'une hallucination complète et il me coûtait d'en sortir si brusquement.

D'après George Sand, *Histoire de ma vie,* 1855.

Remarque

- c'est-à-dire : ne pas oublier les traits d'union.
- rappellerai : le verbe est au futur, comme le suggère l'adverbe qui suit : « toujours ».
- hallucination : illusion

Rédaction

énoncé p. 187

SUJET D'IMAGINATION

C'était dans la cour de l'école, la récréation venait de commencer, notre jeu aussi. Il y avait deux équipes : celle des « bandits », vêtus de chasubles rouges, et celle des pirates, vêtus de chasubles vertes. Je portais une chasuble verte. Les

Méthode

Veillez à enrichir votre récit imaginaire par des descriptions, et l'expression des sentiments et des sensations.

pirates étaient en quête d'un trésor et les bandits devaient les empêcher de le trouver.

Très rapidement, nous embarquons à bord du navire dessiné à la craie – dérobée discrètement sur le bureau du maître – sur le bitume de la cour de récréation quand soudain les bandits arrivent. Personnellement, je n'ai pas peur car je brandis mon sabre, en réalité une vulgaire branche arrachée à un tilleul de la cour, et je me bats aux côtés de mes camarades pour vaincre les bandits. Le combat dure des heures mais nous ne lâchons rien. La victoire est proche, nous le sentons. Et déjà nous voyons les bandits rebrousser chemin sous nos huées. Je suis fier de mon équipage !

Épuisé par le combat je m'allonge sur le pont du bateau pour me reposer mais je remarque que les bandits ont laissé tomber un papier dans leur fuite précipitée : quelque chose d'intéressant, d'important et de précieux pour nous les pirates… La carte d'une île avec l'emplacement exact du trésor qui s'y trouve !

Fasciné par ma découverte, je la partage avec les autres membres de mon équipage et nous décidons sur le champ de partir à la recherche du trésor. Armés de rames de tilleul, nous naviguons des heures durant, faisant fi des dangers, des tempêtes et des monstres. Nous débarquons enfin, et marchons de longues minutes dans le sable et nous devinons que chaque pas nous rapproche un peu plus du trésor. L'excitation grandit, nous sommes tout près du but, plus qu'un dernier virage et nous arriverons à l'emplacement du trésor.

« Que faites-vous là ? » la voix tonitruante de notre professeur nous arrête net. Je balbutie, embarrassé :

« – Nous… nous… cherchons le trésor…

Le maître me dévisage d'un air sévère :

– Le trésor ? Dans la réserve des goûters ? »

C'est seulement à ce moment que le sable sous mes pieds redevient bitume, que mon sabre me tombe des mains et rejoint le sol comme la petite baguette de tilleul qu'il n'a jamais cessé d'être… je me retourne et m'aperçois que mon équipage a disparu ! Le maître m'arrache des mains la carte au trésor, en vérité une simple antisèche sur les COD ! Il me dévisage avec suspicion, et le pirate redevient élève… attendant la sanction du capitaine !

J'en suis quitte pour une réprimande et un travail supplémentaire sur les fonctions grammaticales.

Le bruit familier de la cloche de l'école, annonce la fin de la journée, je jette un regard en arrière vers mes camarades qui ont déjà quitté le navire, et je laisse mes aventures derrière moi dans le sable chaud de la cour de récréation.

SUJET DE RÉFLEXION

La construction de soi est un cheminement qui nous mène au-delà de nous-mêmes à la rencontre des autres et de l'inconnu et en nous-mêmes à la recherche de qui l'on est. On peut s'interroger sur les motivations qui poussent les auteurs à raconter leur vie dans des

Gagnez des points !
Mobilisez vos connaissances issues de votre cours « Se chercher, se construire ».

œuvres autobiographiques. Nous présenterons trois des principaux enjeux de l'écriture autobiographique.

Dans un premier temps, parler de soi est un moyen de donner de la cohérence à sa vie en l'écrivant et en lui donnant la forme d'un récit. Dans *L'Arabe du futur* par exemple, Riad Sattouf retrace son parcours depuis son enfance et son adolescence en Lybie, en Bretagne et en Syrie, jusqu'à l'âge adulte et le début de sa notoriété. Il évoque notamment sa première rencontre avec le dessin et la naissance de sa vocation artistique.

Méthode

Chaque argument doit être illustré par un exemple.

Dans un second temps, raconter sa vie est aussi un moyen pour les auteurs de se connaître et de comprendre le monde qui les entoure en se mettant à distance par le biais de l'écriture. Ainsi, lorsque Romain Gary raconte sa vie dans *La Promesse de l'Aube*, il analyse ses rapports avec sa mère et apporte aussi un témoignage historique sur la place d'un français d'origine étrangère dans l'armée française durant la seconde guerre mondiale.

Enfin, les œuvres autobiographiques sont une manière de tisser des liens avec un lecteur qui partage une expérience commune avec l'auteur. Les thèmes abordés : adolescence, relations familiales et amicales... relèvent de l'universel. C'est ce dont témoignent les œuvres d'Annie Ernaux. Par exemple dans *Les Années*, elle évoque des évènements qui font écho dans la mémoire personnelle des lecteurs. De la même façon, la chanteuse Hoshi, dans son titre *Mauvais rêve*, évoque le harcèlement et l'homophobie qu'elle a subis et met en lumière des sujets qui touchent de nombreuses personnes.

Pour conclure, raconter sa vie dans une œuvre autobiographique est un moyen de lutter contre l'oubli en fixant par écrit ses souvenirs, cela permet aussi de se mieux se connaître et d'appréhender le monde en donnant du sens a posteriori aux évènements. Enfin, écrire sur soi est aussi écrire sur et pour les autres car le lecteur et l'auteur vivent dans le même monde et partagent à ce titre des expériences communes.

SUJET COMPLET 3 Centres étrangers, juin 2023

100 pts 3h

Grammaire et compréhension

50 pts 1h10

corrigés p. 195

EXTRAIT Philippe Jaccottet, *Et Néanmoins*

Travaillant au jardin, je vois soudain, à deux pas, un rouge-gorge ; on dirait qu'il veut vous parler, au moins vous tenir compagnie : minuscule piéton, victime toute désignée des chats. Comment montrer la couleur de sa gorge ? Couleur moins proche du rose, ou du pourpre, ou du rouge sang, que du rouge brique ; si ce mot n'évoquait une idée de mur, de pierre même, un bruit de pierre cassante, qu'il faut oublier au profit de ce qu'il évoquerait aussi de feu apprivoisé, de reflet de feu ; couleur que l'on dirait comme amicale, sans plus rien de ce que le rouge peut avoir de brûlant, de cruel, de guerrier ou de triomphant. L'oiseau porte dans son plumage, qui est couleur de la terre sur laquelle il aime tant à marcher, cette sorte de foulard couleur de feu apprivoisé, couleur de ciel au couchant. Ce n'est presque rien, comme cet oiseau n'est presque rien, et cet instant, et ces tâches, et ces paroles. À peine une braise qui sautillerait, ou un petit porte-drapeau, messager sans vrai message : l'étrangeté insondable des couleurs. Cela ne pèserait presque rien, même dans une main d'enfant.

Cependant vous parvient aux oreilles, par intermittence, le bruit discret, comme prudent, des dernières feuilles du figuier ; celui plus ample mais plus lointain, des hauts platanes[1] d'un parc ; c'est la rumeur du vent invisible, le bruit de l'invisible. À l'abri duquel le rouge-gorge et moi vaquons à nos besognes[2]. Lui, le porte-lanterne, l'imprudent, si[3] rôde un chat.

Philippe Jaccottet, *Et Néanmoins*, 2001.

---

1. Grands arbres.

2. Nous nous occupons de notre travail.

3. Lorsque.

DOC. Claude Monet, *Dame en blanc au jardin*, 1867

Huile sur toile, 82 × 101 cm, Musée de l'Ermitage

Compréhension et compétences d'interprétation

1 Qui parle dans ce texte ? Quel est le thème du poème ? 1 pt

2 Que fait le poète ? Identifiez ses trois actions successives dans cette scène. 3 pts

3 Dans tout le poème :

a. Relevez six mots ou groupes de mots du champ lexical des couleurs. 3 pts

b. Quelle couleur se distingue ? Pourquoi ? 2 pts

4 « minuscule piéton » (ligne 2), « une braise qui sautillerait » (lignes 12 à 13), « messager sans vrai message » (ligne 13). Pour chacune de ces trois reprises nominales, expliquez la caractéristique de l'oiseau mise en avant par le poète. 3 pts

5 « couleur que l'on dirait comme amicale, sans plus rien de ce que le rouge peut avoir de brûlant, de cruel, de guerrier ou de triomphant. » (lignes 7 à 9).

a. Identifiez la figure de style soulignée. 1 pt

b. Quelle est dans cette figure la connotation de la couleur rouge ? 2 pts

c. Est-ce cette connotation que le poète associe à l'oiseau dans tout le poème ? Justifiez votre réponse en prenant appui sur un élément précis du texte. 2 pts

6 Dans une réponse développée et organisée, vous expliquerez quels sont les trois sentiments que le poète éprouve dans cette scène. Vous prendrez notamment appui sur les figures de style, le champ lexical des sensations et le rythme des phrases pour justifier chaque sentiment. 6 pts

7 En quoi ce tableau illustre-t-il le poème de Jaccottet ? Vous développerez votre réponse en vous appuyant sur des éléments d'analyse précis de l'image. 6 pts

Compétences linguistiques et grammaticales

1 « l'étrangeté insondable des couleurs » (ligne 14).

De quels éléments le mot « insondable » est-il composé ? 1,5 pt

a. Définissez le sens de ce mot. 1 pt

b. Donnez la nature grammaticale de chaque expansion du nom « étrangeté ». 2 pts

2 « Travaillant au jardin, je vois soudain, à deux pas, un rouge-gorge » (ligne 1).

a. Donnez la fonction de l'élément souligné. 1 pt

b. Expliquez deux manipulations que vous avez effectuées pour justifier votre réponse. 2 pts

3 « L'oiseau porte dans son plumage, qui est couleur de la terre sur laquelle il aime tant à marcher, cette sorte de couleur de feu apprivoisé, couleur de ciel au couchant. » (lignes 9 à 11)

a. Recopiez toute la proposition principale. 1 pt

b. Relevez chacune des deux propositions subordonnées. 1 pt

c. Donnez la nature des subordonnées. 1 pt

4 a. Relevez dans tout le poème trois verbes conjugués au conditionnel présent. 1,5 pt

b. Quelle est la valeur de cette forme verbale ? 1 pt

5 Réécrivez le passage ci-après en mettant au pluriel « vent », « bruit » et « rouge-gorge ». Vous ferez toutes les modifications nécessaires.

« c'est la rumeur du vent invisible, le bruit de l'invisible. À l'abri duquel le rouge-gorge et moi vaquons à nos besognes. Lui, le porte-lanterne, l'imprudent, si rôde un chat. » (lignes 18 à 20). 8 pts

Dictée 10 pts 20 min

corrigés p. 197

D'après Vinciane Despret, *Habiter en oiseau*

› Écoutez la dictée avec l'application Nathan Live.

- On dictera le texte à haute voix à plusieurs reprises.
- On inscrira au tableau de manière lisible par l'ensemble des candidats le nom de l'auteur, le titre du roman ainsi que **tue-tête**.

Rédaction 40 pts 1h30 corrigés p. 197

› Vous traiterez au choix l'un des deux sujets suivants.

SUJET D'IMAGINATION

À votre tour, imaginez comme le poète un moment qui « n'est presque rien » (ligne 12). Vous raconterez cette rencontre inattendue, cet instant émouvant en insistant sur les éléments descriptifs, ainsi que sur les sensations et sentiments du narrateur dans cette scène.

SUJET DE RÉFLEXION

Les œuvres artistiques vous touchent-elles plus lorsqu'elles défendent une cause ou lorsqu'elles mettent en lumière un « presque rien » (ligne 12) ? Vous développerez votre point de vue en prenant appui sur des exemples précis, issus de votre culture personnelle et des œuvres étudiées lors de votre scolarité.

CORRIGÉ SUJET COMPLET 5

Compréhension et grammaire

énoncé p. 192

Compréhension et compétences d'interprétation

1 Dans ce texte, c'est le poète lui-même qui parle à la première personne du singulier avec le pronom « je ». Le thème du poème est l'observation d'un rouge-gorge.

2 Au début du texte, le poète travaille dans son jardin « travaillant au jardin » (l. 1), puis il observe et décrit longuement un rouge-gorge « je vois soudain, à deux pas, un rouge-gorge » (l. 1), enfin il se concentre sur les différents sons du jardin « le bruit de l'invisible » (l. 19).

3 **a.** Les termes et expressions appartenant au champ lexical des couleurs sont : « rose – pourpre – rouge sang – rouge brique – couleur de la terre – couleur de feu – couleur de ciel couchant ».

b. La couleur qui se distingue est le « rouge brique » qui est la couleur la plus proche de celle de la gorge de l'oiseau.

4 « minuscule piéton » insiste sur la fragilité de l'oiseau et de ses très fines pattes. « une braise qui sautillerait » souligne à la fois la couleur rouge et la démarche du rouge-gorge. « messager sans vrai message » évoque le chant et la couleur de l'oiseau, incompréhensibles pour les humains.

5 **a.** La figure de style est une énumération.

b. La couleur qui se distingue est le « rouge brique » qui est la couleur la plus proche de celle de la gorge de l'oiseau.

> **À savoir**
> La connotation d'un mot désigne son sens lié au contexte, la dénotation est le sens propre du mot.

c. Cette connotation guerrière n'est pas associée au rouge-gorge dans l'ensemble du poème, au contraire, il associe l'oiseau à la fragilité et à l'amitié « couleur que l'on dirait comme amicale » (l. 7) et le feu évoqué est un « feu apprivoisé » (l. 7).

6 Le poète éprouve d'abord un sentiment protecteur face à la fragilité du rouge-gorge comme on le voit avec le lexique « minuscule » (l. 2), « victime » (l. 3), « petit » (l. 13), « presque rien » (l. 12). Puis il se sent esthète et admiratif face à la couleur de la gorge de l'oiseau qu'il décrit dans des comparaisons « couleur que l'on dirait comme amicale » (l. 7) et des métaphores « couleur de ciel au couchant » (l. 11). Enfin, dans le dernier paragraphe, le poète s'identifie au rouge-gorge : comme lui il est « à l'abri » du « bruit de l'invisible », observateur fragile et discret de la nature, tentant de se fondre dedans.

7 Ce tableau impressionniste de Claude Monet, peint en 1867, représente à gauche, une femme vêtue de blanc portant une ombrelle blanche. Elle est seule, de dos face à un jardin très fleuri avec au centre un parterre de fleurs rouges sous un rosier blanc. Comme dans le poème, le personnage est isolé dans un jardin et absorbé par sa contemplation. La position de la femme, de dos et dans un angle du tableau souligne l'importance de la nature : le personnage n'est qu'un humble observateur, comme invité dans ce décor naturel où la beauté des éléments l'emporte sur la présence discrète de l'humain.

Grammaire et compétences linguistiques

> **À savoir**
> • Les trois expansions du nom les plus fréquentes sont : l'adjectif, le groupe prépositionnel et la proposition subordonnée relative.
> • Les manipulations grammaticales pour repérer un COD sont la pronominalisation, l'encadrement par « <u>c'est</u>… <u>que</u> » et l'impossibilité de la déplacer.

8 **a.** Le mot « insondable » est composé du préfixe privatif « *in-* », du radical « *sond-* » et du suffixe de possibilité « *-able* ».

b. Ce mot désigne quelque chose « que l'on ne peut pas sonder », c'est-à-dire qu'il est impossible d'expliquer.

c. Le nom étrangeté est complété par l'adjectif « insondable » et par le groupe prépositionnel « des couleurs ».

9 **a.** L'élément souligné est un complément d'objet direct (COD).

b. On peut le repérer grâce à deux manipulations : la pronominalisation (« je <u>le</u> vois ») ou l'encadrement par « c'est… que » (« <u>c'est</u> un rouge-gorge <u>que</u> je vois »).

10 **a.** La proposition principale est : « L'oiseau porte dans son plumage cette sorte de couleur de feu apprivoisé, couleur de ciel couchant. »

b. Les deux propositions subordonnées sont : « qui est couleur de la terre » et « sur laquelle il aime tant à marcher ».

c. Ce sont deux propositions subordonnées relatives.

11 **a.** Les verbes conjugués au conditionnel présent sont : « dirait » (l. 1), « évoquerait » (l. 6), « sautillerait » (l. 13), « pèserait » (l. 14).

b. Le conditionnel présent a une valeur d'hypothèse, il exprime des faits irréels ou soumis à une condition.

Rédaction 40 pts 1h30 corrigés p. 197

› Vous traiterez au choix l'un des deux sujets suivants.

SUJET D'IMAGINATION

À votre tour, imaginez comme le poète un moment qui « n'est presque rien » (ligne 12). Vous raconterez cette rencontre inattendue, cet instant émouvant en insistant sur les éléments descriptifs, ainsi que sur les sensations et sentiments du narrateur dans cette scène.

SUJET DE RÉFLEXION

Les œuvres artistiques vous touchent-elles plus lorsqu'elles défendent une cause ou lorsqu'elles mettent en lumière un « presque rien » (ligne 12) ? Vous développerez votre point de vue en prenant appui sur des exemples précis, issus de votre culture personnelle et des œuvres étudiées lors de votre scolarité.

CORRIGÉ SUJET COMPLET 5

Compréhension et grammaire

énoncé p. 192

Compréhension et compétences d'interprétation

1 Dans ce texte, c'est le poète lui-même qui parle à la première personne du singulier avec le pronom « je ». Le thème du poème est l'observation d'un rouge-gorge.

2 Au début du texte, le poète travaille dans son jardin « travaillant au jardin » (l. 1), puis il observe et décrit longuement un rouge-gorge « je vois soudain, à deux pas, un rouge-gorge » (l. 1), enfin il se concentre sur les différents sons du jardin « le bruit de l'invisible » (l. 19).

3 **a.** Les termes et expressions appartenant au champ lexical des couleurs sont : « rose – pourpre – rouge sang – rouge brique – couleur de la terre – couleur de feu – couleur de ciel couchant ».

b. La couleur qui se distingue est le « rouge brique » qui est la couleur la plus proche de celle de la gorge de l'oiseau.

4 « minuscule piéton » insiste sur la fragilité de l'oiseau et de ses très fines pattes. « une braise qui sautillerait » souligne à la fois la couleur rouge et la démarche du rouge-gorge. « messager sans vrai message » évoque le chant et la couleur de l'oiseau, incompréhensibles pour les humains.

5 **a.** La figure de style est une énumération.

b. La couleur qui se distingue est le « rouge brique » qui est la couleur la plus proche de celle de la gorge de l'oiseau.

c. Cette connotation guerrière n'est pas associée au rouge-gorge dans l'ensemble du poème, au contraire, il associe l'oiseau à la fragilité et à l'amitié « couleur que l'on dirait comme amicale » (l. 7) et le feu évoqué est un « feu apprivoisé » (l. 7).

À savoir

La connotation d'un mot désigne son sens lié au contexte, la dénotation est le sens propre du mot.

6 Le poète éprouve d'abord un sentiment protecteur face à la fragilité du rouge-gorge comme on le voit avec le lexique « minuscule » (l. 2), « victime » (l. 3), « petit » (l. 13), « presque rien » (l. 12). Puis il se sent esthète et admiratif face à la couleur de la gorge de l'oiseau qu'il décrit dans des comparaisons « couleur que l'on dirait comme amicale » (l. 7) et des métaphores « couleur de ciel au couchant » (l. 11). Enfin, dans le dernier paragraphe, le poète s'identifie au rouge-gorge : comme lui il est « à l'abri » du « bruit de l'invisible », observateur fragile et discret de la nature, tentant de se fondre dedans.

7 Ce tableau impressionniste de Claude Monet, peint en 1867, représente à gauche, une femme vêtue de blanc portant une ombrelle blanche. Elle est seule, de dos face à un jardin très fleuri avec au centre un parterre de fleurs rouges sous un rosier blanc. Comme dans le poème, le personnage est isolé dans un jardin et absorbé par sa contemplation. La position de la femme, de dos et dans un angle du tableau souligne l'importance de la nature : le personnage n'est qu'un humble observateur, comme invité dans ce décor naturel où la beauté des éléments l'emporte sur la présence discrète de l'humain.

Grammaire et compétences linguistiques

8 **a.** Le mot « insondable » est composé du préfixe privatif « *in-* », du radical « *sond-* » et du suffixe de possibilité « *-able* ».

b. Ce mot désigne quelque chose « que l'on ne peut pas sonder », c'est-à-dire qu'il est impossible d'expliquer.

c. Le nom étrangeté est complété par l'adjectif « insondable » et par le groupe prépositionnel « des couleurs ».

9 **a.** L'élément souligné est un complément d'objet direct (COD).

b. On peut le repérer grâce à deux manipulations : la pronominalisation (« je <u>le</u> vois ») ou l'encadrement par « c'est… que » (« <u>c'est</u> un rouge-gorge <u>que</u> je vois »).

À savoir

- Les trois expansions du nom les plus fréquentes sont : l'adjectif, le groupe prépositionnel et la proposition subordonnée relative.
- Les manipulations grammaticales pour repérer un COD sont la pronominalisation, l'encadrement par « <u>c'est</u>… <u>que</u> » et l'impossibilité de la déplacer.

10 **a.** La proposition principale est : « L'oiseau porte dans son plumage cette sorte de couleur de feu apprivoisé, couleur de ciel couchant. »

b. Les deux propositions subordonnées sont : « qui est couleur de la terre » et « sur laquelle il aime tant à marcher ».

c. Ce sont deux propositions subordonnées relatives.

11 **a.** Les verbes conjugués au conditionnel présent sont : « dirait » (l. 1), « évoquerait » (l. 6), « sautillerait » (l. 13), « pèserait » (l. 14).

b. Le conditionnel présent a une valeur d'hypothèse, il exprime des faits irréels ou soumis à une condition.

12 « c'est la rumeur des vents invisibles, des bruits de l'invisible. À l'abri desquels les rouges-gorges et moi vaquons à nos besognes. Eux, les porte-lanternes, les imprudents, si rôde un chat. »

Dictée

énoncé p. 194

Le merle avait commencé à chanter. Quelque chose lui importait et plus rien d'autre, à ce moment-là, n'existait que le devoir impérieux de donner à entendre. Saluait-il la fin de l'hiver ?

Chantait-il sa joie d'exister, de se sentir revivre ? Adressait-il une louange au cosmos ? Les scientifiques ne pourraient sans doute pas l'énoncer de cette manière. Mais ils pourraient affirmer que toutes les forces cosmiques d'un printemps naissant ont offert au merle les premières conditions de sa métamorphose. Car il s'agit bien d'une métamorphose. Ce merle chante maintenant à tue-tête, juché au plus haut et au plus visible qu'il ait pu trouver.

D'après Vinciane Despret, *Habiter en oiseau*, © Actes Sud, 2019.

Vocabulaire

- impérieux : auquel on ne peut résister.
- louange : discours qui fait l'éloge de quelqu'un ou de quelque chose.
- métamorphose : transformation

Rédaction

énoncé p. 195

SUJET D'IMAGINATION

Assis dans mon train, voilà que je quitte l'atmosphère guillerette de la maisonnée pour repartir travailler à la capitale. Et tandis que, mélancolique, je m'apprête à mettre mon casque sur mes oreilles pour laisser mon esprit s'évader au son de la musique, je saisis le regard lumineux d'un bébé qui me fixe depuis son berceau. Ma tête semble l'amuser, il sourit.

Dans mes oreilles, la mélodie de Sofiane Pamart m'a déjà transporté loin. Les rayons du soleil filtrés par la vitre poussiéreuse du train se posent sur ma peau. Et face à moi, ce bébé, avec ses grands yeux noirs, gazouille en souriant. J'aimerais savoir à quoi il pense, ce petit être empaqueté dans son landau. J'aimerais comprendre ce qu'il voit, si c'est moi qu'il fixe, avec mon visage plus enfantin que ceux des autres personnes qui occupent le wagon. Encouragé par le soleil qui, comme à son habitude, me rend tout joyeux, je décide de saisir un des sourires de l'enfant et de le lui rendre. Son sourire redouble de vigueur. C'était bien moi que cette petite bouille dorée regardait. Je me mets à grimacer, ce qui, visiblement, amuse le vieux monsieur à l'air bourru à côté de moi. Le bébé, lui, éclate de rire, d'un rire qui fait se lever et sourire toutes les têtes fatiguées du wagon. J'ai l'air un peu bête à grimacer tout seul mais, encouragé par la douceur du moment enclos dans une bulle de soleil, je recommence et il rit de plus belle. Le temps semble suspendu. Tout le monde a cessé son activité. Les adultes stressés ont levé la tête

Méthode

Insistez sur les éléments descriptifs, les sentiments et les sensations.

MATHÉMATIQUES

FRANÇAIS

PHYSIQUE – CHIMIE
SVT – TECHNO

HISTOIRE – GÉO
EMC

de leur téléphone, les étudiants ont arrêté de réviser et les personnes âgées ont relevé la tête de leur livre pour suivre le film qui se déroule devant eux.

Alors qu'il est au centre de toutes les attentions, le bébé lâche mon regard pour retrouver celui plus familier de son papa. Son rire s'arrête, les inconnus du train reprennent leurs activités et je reviens à la réalité. Dans ce wagon ensoleillé de printemps, c'est ce petit bout d'être humain qui a réuni tous les inconnus indifférents les uns aux autres l'espace d'un instant.

SUJET DE RÉFLEXION

Méthode

Pensez à construire votre devoir à l'aide de connecteurs logiques pour enchaîner vos arguments et vos exemples.

Si l'art est un outil indispensable pour défendre une cause qu'il rend sensible, il semble néanmoins que les œuvres artistiques touchent davantage lorsqu'elles subliment un « presque rien » du quotidien. Afin de développer cette idée, nous montrerons d'abord que lorsqu'une œuvre artistique défend une cause, elle s'appuie souvent sur un « presque rien ». Dans un second temps, nous verrons que la mise en lumière de choses simples et banales nous parle parce qu'elles revêtent un caractère universel. Dans une dernière partie, nous verrons que les œuvres d'art touchent plus lorsqu'elles mettent en avant des petits riens de l'existence car elles offrent un nouveau regard sur le monde.

Premièrement, si les œuvres d'art permettent de porter les causes qu'elles soutiennent, c'est souvent parce qu'elles s'appuient sur des « presque rien » qui résonnent en chacun de nous. Par exemple dans la peinture de Norman Rockwell, *The Problem We All Live With*, la représentation de Ruby Bridges, obligée d'être escortée pour aller à l'école dénonce le racisme en montrant au spectateur une scène quotidienne – le fait d'aller à l'école – devenue révoltante car transformée par la violence de la ségrégation.

Ensuite, une œuvre d'art cherche à mettre en avant une sensibilité propre à un artiste, mais qui nous touche par son universalité. L'œuvre d'art peut donner du sens à la banalité du quotidien et permettre de chercher en soi des sensations similaires à celles qu'évoque l'artiste. Ainsi, dans le célèbre passage de la madeleine dans *Du côté de chez Swan*, lorsque Marcel Proust évoque les sensations suscitées par le simple fait de manger une madeleine trempée dans du thé, le lecteur est touché par la description poétique d'une sensation qu'il a probablement déjà ressentie lui aussi.

Enfin, l'œuvre d'art permet surtout d'aborder le monde de manière plus poétique. En s'attardant sur une charogne dans le poème du même nom issu du recueil *Les Fleurs du Mal*, Charles Baudelaire transfigure la laideur du cadavre d'une bête en décomposition en transformant l'objet de telle sorte qu'il soit le support d'une déclaration d'amour. L'œuvre d'art offre alors une nouvelle vision de la réalité.

Pour conclure, les œuvres d'arts sont essentielles pour défendre des causes mais c'est lorsqu'elles mettent en avant un « presque rien » qu'elles parviennent à toucher. Elles offrent ainsi une vision singulière et poétique du monde qui nous touche davantage et nous invite à nous remettre en question.

Physique-Chimie
SVT
Technologie

Sujets guidés

L'épreuve en bref ... p. 202

SVT

1. La Terre, la biodiversité, l'environnement et l'action humaine

SUJET 1 Préparer une population au risque de tsunami
Amérique du Nord, juin 2022 ... p. 204

SUJET 2 Des bactéries au service des plantes
France métropolitaine, juillet 2019 ... p. 210

2. L'organisation, l'évolution du monde vivant et la reproduction

SUJET 3 La procréation médicalement assistée
Amérique du Nord, juin 2021 ... p. 216

3. La protection de l'organisme, le système nerveux et l'appareil digestif

SUJET 4 Tiques et maladie de Lyme
Polynésie, septembre 2019 ... p. 222

SUJET 5 Le sport : dopage et EPO
Polynésie, septembre 2017 ... p. 227

PHYSIQUE-CHIMIE

1. La constitution de la matière et les transformations chimiques

SUJET 6 Analyse de l'atmosphère terrestre
France métropolitaine, juillet 2019 ... p. 231

2. Le mouvement, l'énergie, la constitution de la matière et les transformations chimiques

SUJET 7 Triathlon
Centres étrangers, juin 2021 ... p. 237

SUJET 8 Saut en parachute
Amérique du Nord, juin 2019 ... p. 243

3. L'énergie, les signaux, l'électricité et les transformations chimiques

SUJET 9 Optimisation de la consommation énergétique
France métropolitaine, septembre 2021 ... p. 247

SUJET 10 Aménagement d'un fourgon
Centres étrangers, septembre 2020 ... p. 252

TECHNOLOGIE

1. Le design, la structure, le fonctionnement, la modélisation, l'impact, l'innovation et l'évolution d'un objet

SUJET 11 Aide au stationnement
Centres étrangers, juin 2021 .... p. 257

SUJET 12 Système d'arrosage automatique par goutte à goutte
Nouvelle-Calédonie, décembre 2019 .... p. 264

2. L'informatique, la structure et le fonctionnement d'un objet

SUJET 13 Système de ventilation autonome pour une véranda
Polynésie, septembre 2021 .... p. 271

Sujets complets

SUJET COMPLET 1
SVT - PHYSIQUE-CHIMIE France métropolitaine, juillet 2023 .... p. 278

SUJET COMPLET 2
SVT - TECHNO France métropolitaine, juin 2022 .... p. 289

L'ÉPREUVE EN BREF

Comment s'organise l'épreuve ?

- **Durée :** 1 heure.
- **Structure :** l'épreuve porte sur les programmes de Physique-Chimie, SVT et Technologie.
- **Notation :** sur 50 points.

Ces points sont répartis de la façon suivante :

– 45 points pour les exercices de Physique-Chimie, SVT et Technologie ;

– 5 points réservés à la présentation de la copie et à l'utilisation de la langue française (précision et richesse du vocabulaire, correction de la syntaxe).

- La commission nationale d'élaboration des sujets détermine, à chaque session, les **deux disciplines sur les trois** (Physique-Chimie, SVT, Technologie) qui sont évaluées (sur **25 points** chacune) pour cette épreuve.

Il y a donc **3 combinaisons possibles** : Physique-Chimie et SVT, Physique-Chimie et Technologie, ou Technologie et SVT.

- **L'épreuve porte sur une thématique commune.**
- Les énoncés sont volontairement concis, afin qu'une éventuelle difficulté en lecture ne constitue pas un obstacle supplémentaire. Les exercices sont identifiés pour chaque discipline.
- Les questions peuvent demander **une réponse rédigée ou prendre la forme de questionnaires à choix multiples** (dans le cas d'un QCM, chaque question est posée avec au moins une réponse juste).
- Quelle que soit la forme proposée, l'évaluation peut porter sur les **connaissances** et/ou sur leur utilisation, ainsi que sur la mise en œuvre d'un **raisonnement**.

Quels sont les critères d'évaluation de ma copie de Brevet ?

- On attend de vous que vous soyez capable :

– de maîtriser les attendus de fin de cycle prévus dans les programmes ;

– de pratiquer différents langages (textuel, symbolique, schématique, graphique) pour observer, raisonner, argumenter et communiquer ;

– d'exploiter des données chiffrées et/ou expérimentales ;

– d'analyser et de comprendre des informations en utilisant les raisonnements, les méthodes et les modèles propres aux disciplines concernées ;

– d'appliquer les principes élémentaires de l'algorithmique et du codage pour résoudre un problème simple.

Comment aborder les différents exercices ?

- **Sur votre brouillon,** lorsque des documents sont proposés :
  – **repérez les informations qui sont en rapport avec la consigne ;**
  – **mettez en relation** les différents documents lorsque cela est possible ;
  – **reliez les informations** du (ou des) document(s) **avec vos connaissances.**
- **Sur votre copie :**
  – **Si la question nécessite uniquement l'utilisation de documents,** présentez d'abord les informations précises qui vous serviront d'arguments et terminez par votre interprétation.
  – **Si la question exige une mise en relation des documents avec des connaissances,** utilisez d'abord les documents en les décrivant précisément, puis interprétez-les à l'aide de vos connaissances.
  – **Si la question est une restitution de connaissances ou nécessite un raisonnement sans s'appuyer sur des documents,** soyez le plus clair et le plus précis possible.
- **Rédigez chaque partie de l'épreuve** sur une **copie distincte par discipline,** car des enseignants de deux matières différentes corrigent cette épreuve.
- **Indiquez le titre de la partie traitée et précisez bien le numéro de la question** (surtout si vous n'avez pas répondu aux questions dans l'ordre) afin d'éviter les erreurs.

Sujets guidés

SUJET 1 Amérique du Nord, juin 2022 25 pts 30 min

Préparer une population au risque de tsunami

CARIBE WAVE est l'exercice annuel sur les tsunamis de la Commission océanographique rattachée à l'Organisation des Nations unies.

Le but de cet exercice est de faire progresser les efforts de préparation aux tsunamis dans les Caraïbes, et notamment dans les Petites Antilles (Guadeloupe, Martinique, etc.).

DOC. 1 Aléa sismique en Martinique entre 1996 et 2011 (séismes de magnitude supérieure à 3)

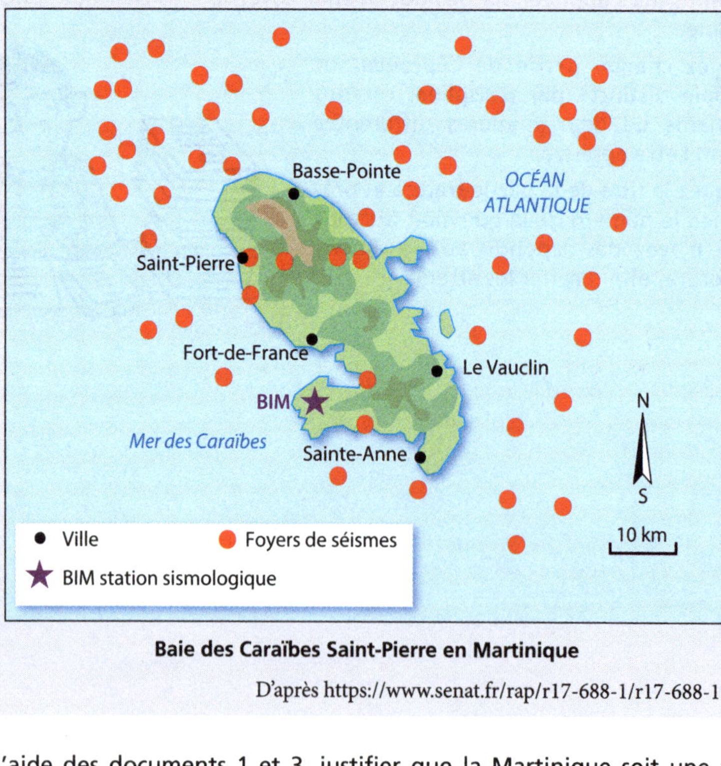

Baie des Caraïbes Saint-Pierre en Martinique

D'après https://www.senat.fr/rap/r17-688-1/r17-688-13.html

1 À l'aide des documents 1 et 3, justifier que la Martinique soit une zone à risque concernant les tsunamis.

2 À l'aide du document 1 et des données chiffrées du document 2, comparer l'exposition des côtes caraïbe et atlantique de la Martinique aux tsunamis, puis proposer, à l'aide du document 3, une explication à la différence observée.

DOC. 2 Carte d'exposition du littoral de la Martinique aux tsunamis

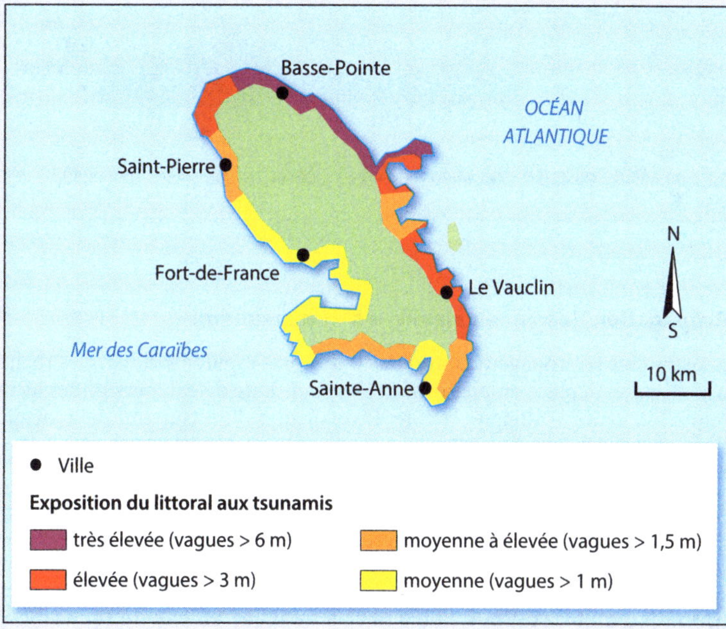

D'après http://www.martinique.developpement-durable.gouv.fr/exercice-tsunami-caribe-wave-21-a1572html

DOC. 3 Origine d'un tsunami

Un tsunami se crée lorsqu'une grande masse d'eau est déplacée, suite à un séisme, un glissement de terrain ou une éruption volcanique, par soulèvement ou affaissement du fond océanique. La surface de l'eau commence alors à osciller et les vagues se propagent dans toutes les directions. Plus le volume d'eau déplacé est grand, plus la distance parcourue par le tsunami sera longue, plus les dégâts risquent d'être importants.

D'après https://www.gouvernement.fr/risques/tsunami

DOC. 4 Sismogramme enregistré à la station BIM

Un séisme a eu lieu à environ 255 km au nord de la Martinique, le 10 septembre 2021 à 0 h 43 min et 17 s (00:43:17) GMT (heure de Greenwich), et a été enregistré par la station sismologique BIM située en Martinique (voir localisation sur le document 1).

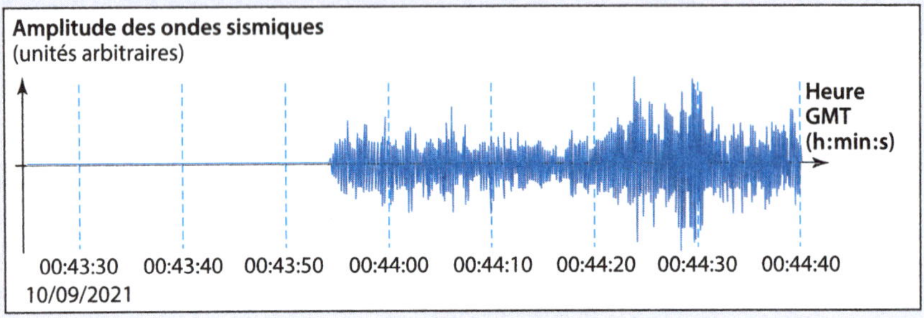

DOC. 5 Propagation des ondes sismiques et du tsunami

Les ondes sismiques se propagent au moins 40 fois plus rapidement dans les roches qu'un tsunami ne se déplace en pleine mer. On peut donc détecter ces ondes avant qu'un éventuel tsunami n'atteigne la côte. L'apparition d'un tsunami peut ensuite être vérifiée par des bouées en pleine mer mesurant la hauteur des vagues.

D'après https://theconversation.com/alertes-aux-seismes-et-tsunamis-comment-gagner-de-precieuses-secondes

DOC. 6 Un enjeu en Martinique : être prêt à évacuer en cas de tsunami

Lors de l'exercice de 2019, 220 enfants d'une école ont été évacués et ont trouvé refuge à une centaine de mètres de l'école sur une hauteur.

https://www.martinique.franceantilles.fr

3 À l'aide des documents 4 et 5, pour chaque question, cocher la bonne réponse.

a. Il n'y a aucune onde enregistrée sur la première partie de l'enregistrement car :

- ☐ les ondes sismiques ne sont pas encore arrivées à la station BIM.
- ☐ le séisme n'a pas encore eu lieu.
- ☐ la station BIM est trop proche du séisme.

b. Les premières ondes sont arrivées à la station BIM à environ :

- ☐ 0 h 43 min 17 s.
- ☐ 0 h 43 min 54 s.
- ☐ 0 h 44 min 25 s.
- ☐ 0 h 44 min 40 s.

c. Les premières ondes ont mis environ 37 secondes pour parvenir à la station BIM. Si ce séisme avait produit un tsunami, la vague, pour parvenir sur les côtes de la Martinique, aurait mis environ :

- ☐ 37 secondes.
- ☐ 10 minutes.
- ☐ 25 minutes.
- ☐ 40 minutes.

4 a. Définir le risque géologique à l'aide de ses connaissances.

b. À partir des documents 4, 5 et 6, comment peut-on prévoir l'arrivée d'un tsunami et préparer les populations à réagir pour se protéger ?

PAR ÉTAPES

À CONNAÎTRE

- Un séisme est une **libération brutale d'énergie** provoquée par la rupture de roches dans la profondeur de la lithosphère.
- La libération d'énergie sismique entraîne des **vibrations des roches voisines** qui se propagent sous forme d'onde dans toutes les directions de l'espace.
- Les **ondes sismiques** se déplacent dans les roches à des vitesses de plusieurs kilomètres par seconde.
- Quand un séisme a lieu **sous un continent**, la propagation des ondes sismiques dans les roches de la lithosphère cause des **tremblements de terre**.
- Quand un séisme a lieu **sous un océan**, il peut engendrer une vague géante qui se propage dans toutes les directions et qu'on appelle **tsunami** (mot japonais composé de *tsu*, port et *nami*, vague).

ANALYSER L'ÉNONCÉ ET LES DOCUMENTS

- Parcourez rapidement tous les documents du sujet en reliant les termes utilisés aux notions du programme (exemple : séisme, aléa, ondes sismiques) afin de les remobiliser.
- Lisez attentivement les titres des cartes pour identifier clairement leur but (documents 1 et 2).
- Repérez bien les légendes des symboles utilisés dans les cartes (documents 1 et 2).
- Identifiez le lien entre un séisme et un tsunami car ce ne sont pas des synonymes (document 3).
- Repérez le délai entre l'heure précise du séisme et l'enregistrement à la station BIM (document 4).
- Établissez un lien entre les pictogrammes et les phrases (document 6).

BIEN COMPRENDRE LES QUESTIONS

Question 1

Commencez par vous rappeler ce qu'est une zone à risque géologique et notez la définition d'un tsunami, puis juxtaposez en pensée les cartes des documents 1 et 2.

Question 2

Repérez les zones les plus exposées aux tsunamis sur le document 2 et repérez comment sont répartis les foyers des séismes sur le document 1.

Question 3

Ne cochez qu'une seule réponse et réalisez un calcul pour la question **3** **c.** en utilisant l'information du document 5.

Question 4b

Utilisez les informations précises du sismogramme et l'information sur la vitesse d'un tsunami pour expliquer de quelle manière on peut prévoir un séisme, puis identifiez les actions préventives pour préparer une population à se protéger d'un tsunami.

CORRIGÉ 1

Comprendre le corrigé

Méthode

Pensez à associer des éléments d'observation (la présence des foyers de séismes), des connaissances (la cause d'un tsunami) et une conclusion.

1 **On remarque** que de nombreux foyers de séismes ont été enregistrés entre 1996 et 2011 tout autour de la Martinique à quelques dizaines de kilomètres des côtes. **Or, on sait** qu'un tsunami peut être causé par un séisme qui soulève ou abaisse le fond océanique. De plus, on note la présence de villes qui sont près de la côte, comme Fort-de-France. **Donc**, la Martinique est considérée comme une zone à risque concernant les tsunamis, avec une exposition à des vagues supérieures à 6 m à certains endroits.

2 On constate dans le document 2 que la côte atlantique est beaucoup plus exposée à des vagues importantes que la côte caraïbe : **vagues de plus de 3 m voire de plus de 6 m côté atlantique** contre moin de 3 m côté caraïbe. Or, on observe dans le document 1 que les **foyers** de séismes sont **beaucoup plus nombreux dans le fond océanique atlantique** que dans le fond océanique caraïbe. Ainsi, l'exposition du littoral est plus forte sur la côte atlantique que sur la côte caraïbe.

L'astuce du prof
Utilisez des données chiffrées tirées du document 2 pour appuyer votre argumentation.

3 **a.** Il n'y a aucune onde enregistrée sur la première partie de l'enregistrement car **les ondes sismiques ne sont pas encore arrivées à la station BIM.**

b. Les premières ondes sont arrivées à la station BIM à environ **0 h 43 min 54 s**.

c. Les premières ondes ont mis environ 37 secondes pour parvenir à la station BIM. Si ce séisme avait produit un tsunami, la vague aurait mis environ **25 minutes** pour parvenir sur les côtes de la Martinique.

Méthode
La vague d'un tsunami se déplace 40 fois moins vite que les ondes sismiques. Donc, si les ondes ont mis 37 secondes pour atteindre la station, la vague mettra $40 \times 37 = 1\,480$ secondes, soit plus de 24 minutes et 40 secondes pour l'atteindre à son tour.

4 **a.** Le **risque géologique** est défini par la **probabilité** qu'un séisme (ou un autre évènement géologique) ait lieu dans une zone habitée, provoquant ainsi des **dégâts** humains et matériels.

b. On peut **prévoir** l'arrivée d'un tsunami car on enregistre les ondes du séisme à l'aide d'un sismomètre bien avant que la vague n'atteigne la côte (document 4). En effet, un tsunami se déplace **40 fois moins vite** que les ondes du séisme qui l'ont provoqué. On dispose ainsi de **plusieurs minutes** pour protéger les populations qui auront déjà été préparées à réagir en cas d'alerte.

On peut préparer de trois manières les populations à réagir :

– **sensibiliser** à l'écoute des signes de tsunamis et au signal d'alerte ;

– **apprendre les comportements** à adopter en cas d'alerte (exemple : se réfugier à plus de 10 mètres d'altitude) ;

– **s'entraîner** au cours d'exercices d'évacuation dès l'école primaire.

Gagnez des points !
Ne recopiez pas toutes les informations du document 6. Regroupez les activités de préparation de la population dans les catégories classiques de prévention des risques (informer, alerter, adopter des comportements adaptés).

SUJET 2 France métropolitaine, juillet 2019 25 pts 30 min

Des bactéries au service des plantes

L'eau et les sels minéraux comme l'azote, le phosphore et le potassium sont indispensables pour satisfaire les besoins nutritifs des végétaux.

Dans ce sujet, on s'intéresse au lieu de prélèvement de l'eau et des sels minéraux au niveau d'un végétal.

DOC. 1 Organisation générale d'un végétal avec ses principaux organes

La feuille capte un maximum de lumière et prélève du dioxyde de carbone, ce qui permet de fabriquer de la matière organique (sucres) grâce à la photosynthèse.

La tige porte les feuilles. Elle est également le lieu de transport de la sève brute et de la sève élaborée.

La racine permet d'ancrer le végétal dans le sol, de prélever l'eau et les sels minéraux (azote, potassium…) et de stoker des réserves.

D'après les sites snv.jussieu.fr et svt.ac-dijon.fr/schéma

1 Recopier le schéma ci-dessous et relier chaque substance minérale à l'organe qui la prélève en utilisant le document 1.

Substances minérales	Organes du végétal
L'eau •	• La feuille
Le dioxyde de carbone •	• La tige
L'azote •	• La racine

On s'intéresse à l'absorption racinaire par la plantule.

2 À partir des documents 2a et 2b, choisir parmi les trois propositions suivantes l'hypothèse testée dans l'expérience précédente.

Hypothèse 1 : la zone subéreuse absorbe l'eau et les sels minéraux.

Hypothèse 2 : la zone de croissance absorbe l'eau et les sels minéraux.

Hypothèse 3 : la zone pilifère absorbe l'eau et les sels minéraux.

DOC. 2 Expériences permettant de déterminer le lieu d'absorption de l'eau et des sels minéraux

a. Observation d'une plantule à la loupe binoculaire

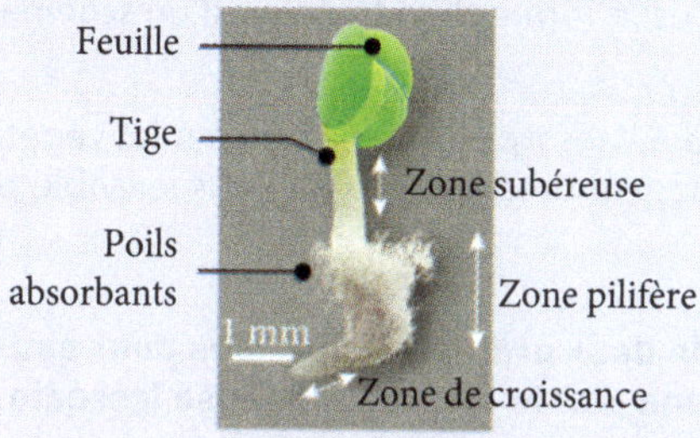

La racine est constituée de trois zones distinctes.

Pour déterminer quelle(s) zone(s) de la racine absorbe(nt) l'eau et les sels minéraux, les différentes parties de la racine sont placées dans l'eau minéralisée ou dans l'huile selon l'hypothèse testée (voir le tableau ci-dessous).

b. Expérience permettant de rechercher la (les) zone(s) d'absorption racinaire

Précisions :

→ L'huile et l'eau ne se mélangent pas, il n'y a pas d'échanges entre ces deux fluides.

→ L'huile est moins dense que l'eau ; ainsi, elle se trouve au-dessus de l'eau dans le récipient.

→ L'huile ne peut pas être absorbée par la plante et n'est pas toxique.

→ L'huile ne contient ni eau ni sels minéraux.

Conditions expérimentales et résultats :

	Tube 1	Tube 2	Tube 3
Début de l'expérience	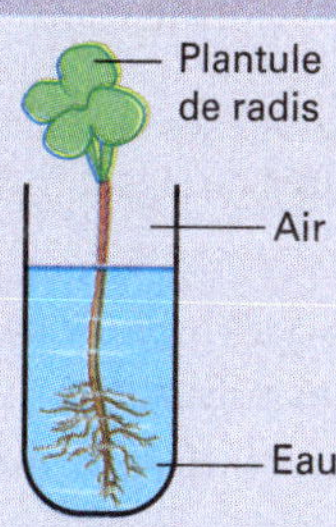	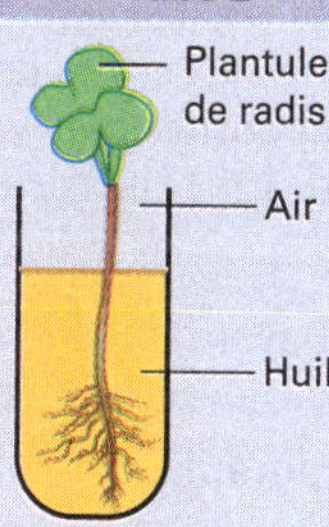	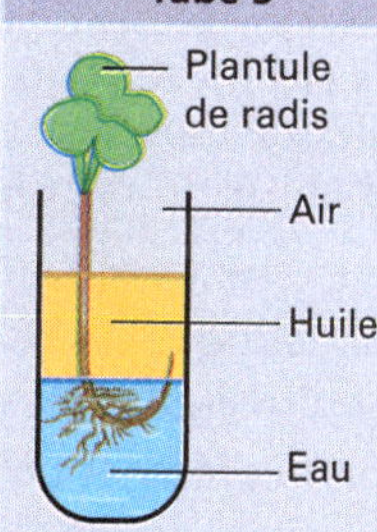
Fin de l'expérience	Le végétal vit et se développe.	Le végétal meurt au bout de quelques jours.	Le végétal vit et se développe.

3 À partir des documents 2a et 2b, décrire une expérience constituée de plusieurs tubes qui permet de tester l'hypothèse suivante :

« La zone de croissance est aussi une zone d'absorption d'eau et de sels minéraux. »

Vous pouvez répondre sous la forme d'un texte ou d'un schéma.

On s'intéresse maintenant à l'absorption de l'azote par les végétaux et à l'amélioration de la production des cultures. L'azote est indispensable pour la croissance des végétaux.

DOC. 3 Présentation de deux pratiques agricoles pour satisfaire les besoins d'une plante non légumineuse (céréale comme le blé) en azote

- **Pratique agricole n° 1 : ajout d'engrais chimique azoté**

De l'engrais chimique azoté peut être apporté chaque année dans les cultures de céréales. Quand l'apport est trop important, le surplus, qui n'est pas absorbé par le végétal, se retrouve dans les cours d'eau, ce qui peut perturber les écosystèmes et engendrer des pollutions.

Culture du blé

- **Pratique agricole n° 2 : utilisation des bactéries *Rhizobium***

Une alternative à l'ajout d'engrais consiste à cultiver des légumineuses l'année qui précède la culture de céréales. En effet, la racine de légumineuses (pois chiche, luzerne, etc.) possède des structures sphériques, appelées nodosités, qui renferment des bactéries du genre *Rhizobium*.

Ces bactéries, présentes naturellement dans le sol, sont capables de capter l'azote atmosphérique présent dans les poches d'air du sol et de le transformer en azote utilisable par les végétaux. Après la récolte des légumineuses, il reste dans le sol des feuilles, des racines et des nodosités riches en azote. Les céréales nouvellement cultivées utilisent l'azote issu de ces restes de cultures de légumineuses.

4 À partir des documents 3 (ci-avant) et 4 (ci-après), comparer les deux pratiques agricoles utilisées pour améliorer la production des cultures.

Pour répondre, rédiger un paragraphe. Des valeurs chiffrées sont attendues.

DOC. 4 Cultures de pois chiche (légumineuse) dans trois conditions culturales différentes

La matière sèche produite par la plante permet d'évaluer la production de pois chiche.

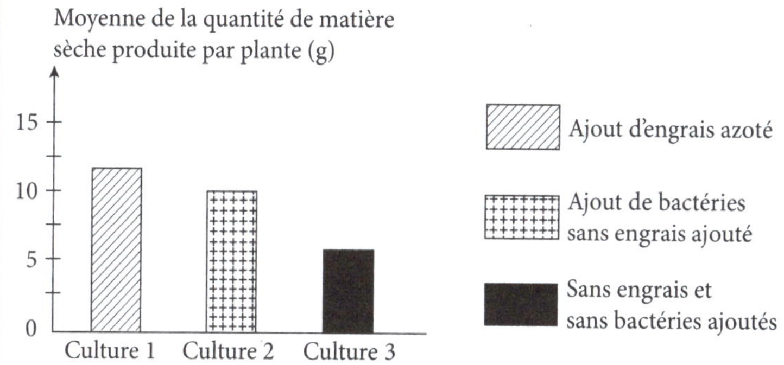

Graphique montrant la quantité de matière sèche produite par le pois chiche dans trois conditions de cultures différentes

Culture des pois chiches

PAR ÉTAPES

À CONNAÎTRE

- Les végétaux chlorophylliens se **nourrissent de matières minérales** : eau, dioxyde de carbone et sels minéraux présents dans l'eau.
- Les **feuilles** sont les organes responsables de l'**absorption du dioxyde de carbone** de l'atmosphère. Les **racines** sont responsables de l'**absorption de l'eau et des sels minéraux** qu'elle contient.
- En **agriculture**, les Hommes apportent des **engrais** aux végétaux cultivés : ce sont des sels minéraux, essentiellement sources d'**azote** (N), de **phosphore** (P) et de **potassium** (K).

ANALYSER L'ÉNONCÉ ET LES DOCUMENTS

- Lisez attentivement les informations du document 1, car il récapitule les connaissances que vous devez maîtriser à propos du sujet.
- Repérez la différence entre les zones de croissance et subéreuse et la zone pilifère de la jeune racine (document 2a).
- Identifiez précisément les zones de la racine immergées dans l'eau ou dans l'huile dans les expériences (document 2b).
- Comparez la manière dont l'azote est apporté aux végétaux dans les deux pratiques agricoles (document 3).
- Relevez les valeurs de matières sèches du graphique, car elles indiquent comment les végétaux ont grandi (document 4).

BIEN COMPRENDRE LES QUESTIONS

Question 1

Soulignez le verbe « prélever » dans le document 1 pour bien repérer ce que chaque organe absorbe comme matière minérale.

Question 2

Utilisez les résultats des expériences pour rejeter les hypothèses l'une après l'autre et conservez celle qui « résiste ».

Question 3

Proposez une expérience dans laquelle seule la zone de croissance trempe dans l'eau.

Question 4

Repérez le rôle des bactéries *Rhizobium* dans l'apport d'azote et leur effet sur la croissance du pois chiche.

CORRIGÉ 2

Comprendre le corrigé

1

Substances minérales	**Organes du végétal**
L'eau •	• La feuille
Le dioxyde de carbone •	• La tige
L'azote •	• La racine

L'astuce du prof
Un organe peut prélever plusieurs substances minérales en même temps.

2 On retient l'**hypothèse 3** : la **zone pilifère** absorbe l'eau et les sels minéraux.

Vocabulaire
Pilifère signifie « qui porte des poils », en l'occurrence des poils absorbants.

3 Deux formes de réponse sont possibles :

– par un schéma légendé (voir ci-dessous) ;

– par un texte : on place une plantule de radis dans un tube contenant de l'eau surmontée par une couche d'huile. On **immerge** la plantule de manière à ce que la **zone de croissance** soit **dans l'eau** et que les **zones subéreuse et pilifère** soient **dans l'huile**.

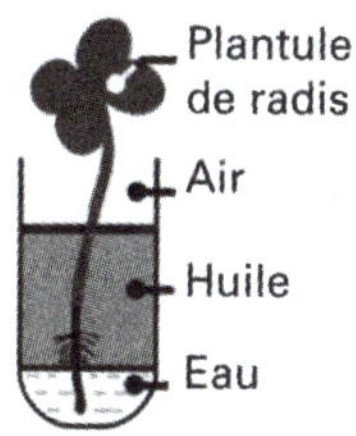

Gagnez des points !
Quelle que soit la forme de la réponse, précisez bien où se situe chaque partie de la racine.

4 On constate que la production de matière sèche par le pois chiche est meilleure avec ajout d'**engrais (12 g par plante)** qu'avec ajout de **bactéries (10 g par plante)**. Dans ces deux cas, la production de matière est bien meilleure que celle obtenue **sans engrais, ni bactéries** (environ **5 g par plante**).

Cependant, on sait que le **surplus d'engrais azoté** n'est pas absorbé par les plantes et **se retrouve dans les cours d'eau** qui deviennent **pollués.** Dans le cas de l'utilisation des bactéries, l'**azote** de l'air est **fixé dans le sol** et il est utilisé totalement par les plantes ; il ne se retrouve pas dans les cours d'eau.

Par conséquent, l'utilisation des bactéries est **écologiquement** plus **responsable** que l'utilisation des engrais, même si la production de matière végétale est un peu plus faible.

L'astuce du prof
Comparez deux pratiques agricoles en examinant les bénéfices pour la production des cultures, mais aussi pour l'environnement.

SUJET 3 Amérique du Nord, juin 2021

25 pts 30 min

La procréation médicalement assistée

Madame X ne prend plus de moyen de contraception depuis deux ans, mais ne parvient pas à avoir d'enfant. Elle et son conjoint décident de consulter une équipe médicale spécialisée.

Les examens montrent que le conjoint de Madame X ne présente pas d'anomalie de fertilité.

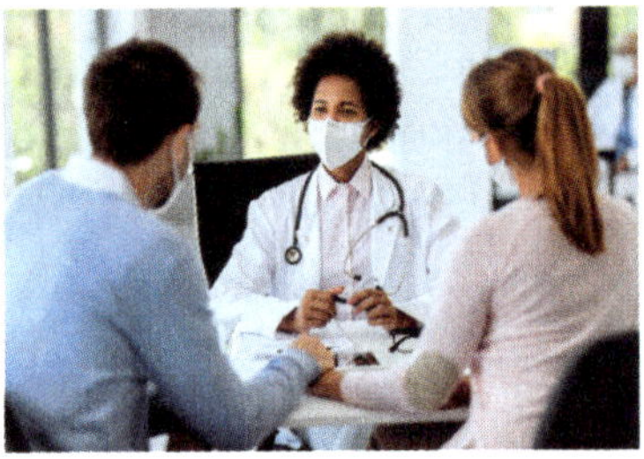

DOC. 1 Le taux de fertilité féminin selon les tranches d'âge

La fertilité désigne la capacité pour un individu à se reproduire et obtenir une descendance viable. On parle d'infertilité en cas de difficulté à avoir un enfant. Ce serait peut-être le cas de Madame X qui a 42 ans.

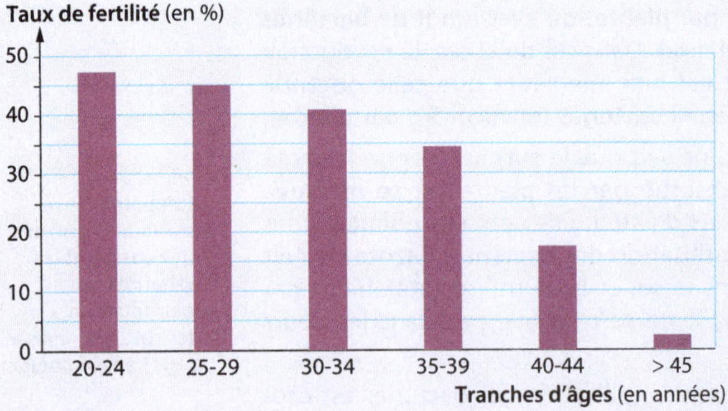

D'après New England Journal of Medecine, 2004.

1 En utilisant des données chiffrées significatives (document 1), décrire l'évolution du taux de fertilité féminin en fonction de l'âge et déterminer le taux de fertilité de Madame X.

2 À l'aide du document 2 ci-après et de vos connaissances, expliquer l'origine de l'infertilité de Madame X.

DOC. 2 Examen radiographique de l'appareil reproducteur féminin

L'hystérographie est un examen qui permet de visualiser l'utérus et les trompes de Fallope grâce à un produit injecté dans l'utérus *via* une sonde. Le produit va se diffuser à partir de l'utérus jusqu'aux ovaires, en passant par les trompes.

Lorsque les trompes sont « bouchées », le produit utilisé lors de l'examen n'arrive pas jusqu'aux ovaires. Dans ce cas, les trompes et les ovaires ne sont pas visibles sur l'hystérographie.

Les images ci-dessous sont les hystérographies d'une femme fertile (à gauche) et de la patiente, madame X (à droite).

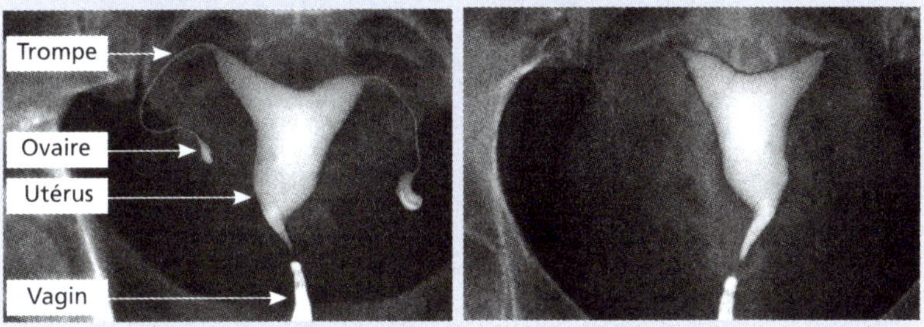

DOC. 3 Définition : qu'est-ce que la PMA ?

La procréation médicalement assistée (PMA) consiste à manipuler un ovule et/ou un spermatozoïde pour favoriser l'obtention d'une grossesse. Elle permet de résoudre certaines difficultés à concevoir, sans nécessairement traiter la cause de l'infertilité.

L'une des techniques de PMA est l'insémination artificielle (schéma ci-contre) qui consiste à introduire artificiellement le sperme du conjoint ou d'un donneur au niveau du col de l'utérus ou dans la cavité utérine de la femme pour aboutir à la fécondation d'un ovule.

Une autre technique de PMA est la fécondation *in vitro* (FIV, schéma ci-après) qui consiste à recueillir ovules et spermatozoïdes, à procéder à une fécondation artificielle pour ensuite introduire le(s) embryon(s) obtenu(s) dans l'utérus de la femme.

Insémination artificielle

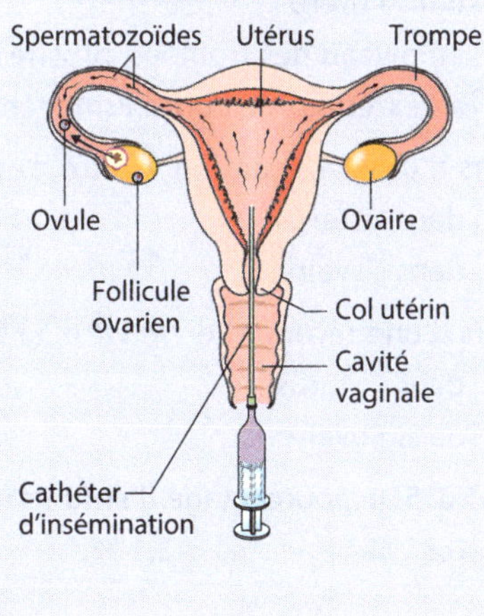

MATHÉMATIQUES
FRANÇAIS
SVT
HISTOIRE – GÉO EMC

En 2015 en France, 3,1 % des enfants sont nés grâce à une PMA, soit une naissance sur 32 environ. La recherche vise à améliorer les techniques utilisées, de manière à augmenter les chances de succès de grossesse.

Fécondation *in vitro* (FIV)

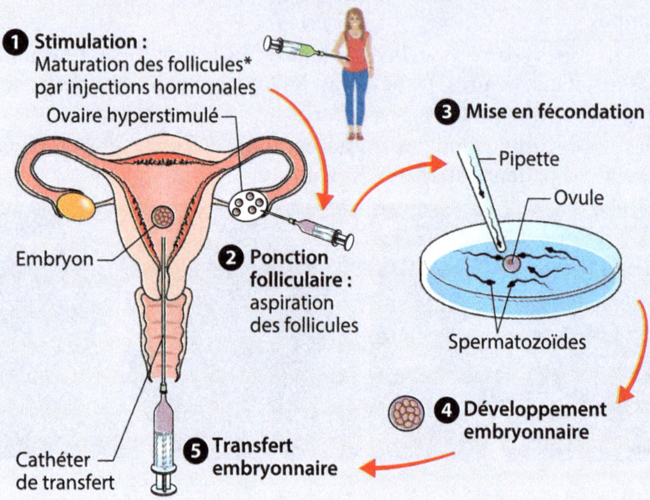

3 D'après le document 3, indiquer la bonne réponse pour chaque proposition.

a. Lors d'une insémination artificielle, la fécondation, c'est-à-dire la rencontre entre le spermatozoïde et l'ovule a lieu :

- ☐ dans l'utérus.
- ☐ au niveau des trompes, proche de l'ovaire.
- ☐ à l'extérieur de l'organisme féminin.

b. Lors d'une fécondation *in vitro*, l'embryon obtenu est ensuite placé :

- ☐ dans l'utérus.
- ☐ dans les trompes.
- ☐ dans l'ovaire.

c. Lors d'une fécondation *in vitro*, la fécondation a lieu :

- ☐ dans l'utérus.
- ☐ à l'extérieur de l'organisme féminin.
- ☐ dans l'ovaire.

d. En 2015, le pourcentage d'enfants nés en France grâce à la PMA est de :

☐ 0,31 %. ☐ 3,1 %. ☐ 31 %.

4 À l'aide des documents, proposer, parmi les deux techniques de PMA, celle qui permettrait à Madame X d'avoir un enfant. Justifier le raisonnement.

PAR ÉTAPES

À CONNAÎTRE

- La **procréation** débute par la **fécondation**, c'est-à-dire la **fusion d'un spermatozoïde et d'un ovule**.
- **Les spermatozoïdes migrent** du vagin jusqu'à la partie supérieure d'une des trompes utérines, appelées trompes de Fallope.
- La **fécondation** a lieu dans la partie supérieure d'une des **trompes de Fallope**.
- **L'embryon** issu des divisons cellulaires de la **cellule-œuf** migre de la trompe de Fallope jusqu'à son lieu d'implantation, l'**utérus**.
- Les **ovaires** contiennent des follicules ovariens, structures contenant les **ovules**.
- À chaque **cycle sexuel**, la maturation d'un follicule aboutit à l'**ovulation**, c'est-à-dire l'expulsion de l'ovule dans une des trompes de Fallope.

ANALYSER L'ÉNONCÉ ET LES DOCUMENTS

- Lisez l'introduction du sujet qui permet de repérer la partie du programme concernée. Il s'agit ici de la procréation et plus exactement de l'assistance médicale à la procréation.
- Repérez les définitions des termes fertilité et infertilité. Le terme stérilité n'est pas utilisé car il correspond à l'impossibilité d'avoir un enfant. Le taux de fertilité désigne la probabilité de grossesse lorsque les rapports sexuels ont lieu pendant la période favorable du cycle sexuel chez la femme (document 1).
- Représentez-vous mentalement le trajet du produit injecté dans l'utérus pour vous rappeler l'anatomie de l'appareil génital chez la femme (document 2).
- Lisez attentivement le texte et les légendes des schémas et soulignez (ou surlignez) avec la même couleur les éléments du texte correspondant à des légendes des schémas. Le but est de bien différencier les deux techniques présentées : lieu de la fécondation et nature de ce qui est introduit dans l'utérus avec le cathéter (document 3).

BIEN COMPRENDRE LES QUESTIONS

Question 1

Commencez par décrire la tendance générale de l'évolution du taux de fertilité, puis citez des valeurs précises extraites du graphique pour montrer cette tendance. Enfin, relevez la valeur du taux de fertilité de Madame X dont l'âge est situé entre 40 et 44 ans (utilisez une règle).

Question 2

Comparez les voies génitales visibles sur les deux hystérographies et légendez les voies génitales visibles sur celle de Madame X. Ensuite, cherchez des indices dans le texte pour interpréter les différences entre l'hystérographie d'une femme fertile et celle de Madame X pour expliquer son infertilité.

Question 3

Pour chaque proposition, examinez attentivement les éléments du texte ou des schémas du document 3 car ils contiennent la réponse correcte.

Question 4

Rappelez la cause de l'infertilité de Madame X et choisissez la technique qui permet de contourner cette cause. Justifiez votre choix en montrant que la technique d'assistance médicale à la procréation proposée permettra à Madame X d'avoir un enfant malgré la cause anatomique de son infertilité.

CORRIGÉ 3

Comprendre le corrigé

1 Le taux de fertilité féminin diminue en fonction de l'âge, en passant de presque 50 % pour une femme de 20-24 ans à moins de 5 % pour une femme de plus de 45 ans. Ainsi, plus une femme est âgée, moins elle est fertile. Madame X, qui a 42 ans, a un **taux de fertilité voisin de 17,5 %**.

Méthode
Les valeurs significatives extraites du graphique sont les valeurs extrêmes et illustrent la tendance.

2 L'hystérographie d'une femme fertile révèle la continuité des voies génitales (vagin, utérus et trompes de Fallope) jusqu'aux ovaires. Sur l'hystérographie de Madame X, les ovaires et les trompes ne sont pas visibles. On peut donc supposer que **les trompes sont bouchées**. Or, on sait que les spermatozoïdes doivent franchir l'utérus et atteindre la partie supérieure des trompes pour qu'une fécondation ait lieu. De même, après la fécondation et quelques divisions cellulaires, l'embryon migre depuis les trompes jusqu'à l'utérus. Ainsi, les trompes bouchées empêchent ces deux déplacements (spermatozoïdes puis embryon) et expliquent l'infertilité de Madame X.

L'astuce du prof
Ce n'est parce qu'on ne voit pas les trompes qu'elles sont absentes. Cela indique seulement que le produit opaque aux rayons X n'a pas pu aller plus loin.

3 **a.** Lors d'une insémination artificielle, la fécondation, c'est-à-dire la rencontre entre le spermatozoïde et l'ovule a lieu **au niveau des trompes, près de l'ovaire**.

Méthode
L'énoncé demande parfois de cocher des cases : dans ce cas, ne cochez qu'une seule réponse nettement et sans rature.

b. Lors d'une fécondation *in vitro*, l'embryon obtenu est ensuite **placé dans l'utérus**.

c. Lors d'une fécondation *in vitro*, la fécondation a lieu **à l'extérieur de l'organisme féminin**.

d. En 2015, le pourcentage d'enfants nés en France grâce à la PMA est de **3,1 %.**

4 La technique **d'insémination artificielle** consiste à déposer des spermatozoïdes directement dans la cavité utérine, mais comme les trompes de Madame X sont bouchées, les spermatozoïdes ne pourront pas atteindre l'ovule ; donc **cette technique n'est pas appropriée pour ce cas**.

En revanche, dans la technique de **fécondation *in vitro***, la fécondation est réalisée à l'extérieur du corps de la femme et elle est suivie d'un transfert de l'embryon dans l'utérus maternel. Dans ce cas, **la technique est parfaitement indiquée**, car les trompes ne sont pas nécessaires pour obtenir un nouvel individu.

L'astuce du prof

Le nom complet de la FIV est **FIVETE** : fécondation *in vitro* et transfert d'embryon. C'est-à-dire que la fécondation et le début du développement embryonnaire ont lieu en dehors du corps de la femme.

SUJET 4 Polynésie, septembre 2019 — 25 pts — 30 min

Tiques et maladie de Lyme

La maladie de Lyme ou borréliose est une maladie infectieuse émergente d'origine bactérienne transmise à l'espèce humaine par les tiques. On constate dans les dernières décennies une forte augmentation du nombre de cas.

DOC. 1 Habitat et cycle de vie des tiques

Les tiques vivent habituellement dans les zones boisées et les prairies du Canada, des États-Unis, de l'Europe et de l'Asie. Les tiques infectées par la bactérie *Borrelia burgdorferi* transmettent la maladie de Lyme par un contact sanguin.

La vie d'une tique se compose de trois stades de développement après l'éclosion : larve, nymphe et adulte. À chaque stade, la tique prend un unique repas sanguin, sur un animal différent à chaque fois. Chaque stade est séparé par une métamorphose.

DOC. 2 Le cycle de vie d'une tique

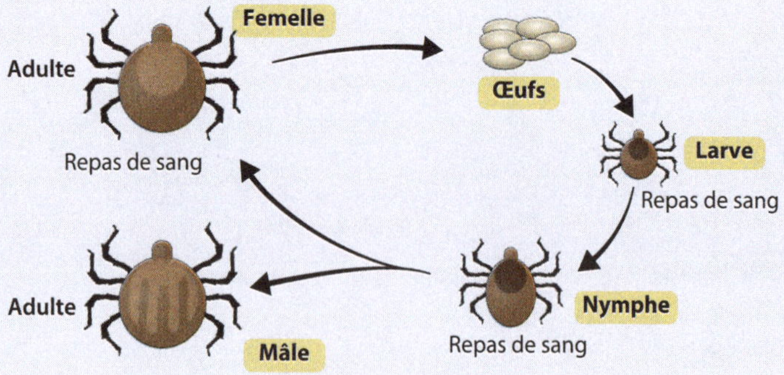

1 À l'aide des documents 1 et 2, indiquer à quel(s) moment(s) du cycle de vie de la tique la maladie peut être transmise. Justifier la réponse.

DOC. 3 Classification en groupes emboîtés à partir des caractères partagés

Yeux, bouche : **animaux**

- Squelette interne : **vertébrés**
  - Quatre membres locomoteurs : **tétrapodes**
    - Plumes : **oiseaux**
    - Poils : **mammifères**
- Squelette externe et pattes articulées : **arthropodes**
  - Trois paires de pattes : **hexapodes**
  - Quatre paires de pattes : **arachnides**
    - **TIQUE**

2 À partir du document 3, citer les caractères qui permettent de classer la tique chez les arachnides.

DOC. 4 Résultat d'une étude sur l'émergence de la maladie de Lyme en Amérique

Une étude parue en 2014 estime que le changement climatique serait en partie à l'origine de l'émergence de la maladie bactérienne de Lyme (ou borréliose), issue des tiques, dans le nord-est de l'Amérique du Nord et y favoriserait fortement sa propagation à l'avenir.

L'élévation de la température a augmenté le taux de reproduction des tiques qui transmettent la maladie de Lyme de 2 à 5 fois au Canada et de 1,5 à 2 fois aux États-Unis.

D'après https://reseauactionclimat.org/

3 D'après le document 4, donner la (ou les) explication(s) possible(s) à l'augmentation du nombre de cas de maladie de Lyme.

DOC. 5 Évolution de la surface forestière en France métropolitaine depuis 1830

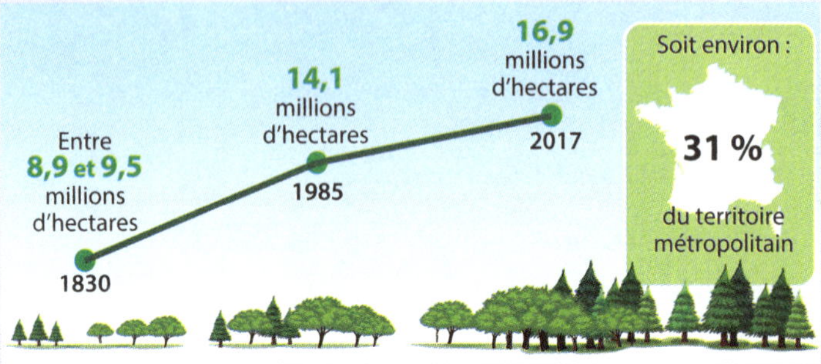

D'après http://education.ign.fr/

4 À partir des documents 1 et 5, proposer une autre explication à l'augmentation du nombre de cas de maladie de Lyme.

PAR ÉTAPES

À CONNAÎTRE

- Certaines espèces de bactéries sont **pathogènes**, c'est-à-dire que leur développement dans notre organisme provoque des maladies.
- Certaines bactéries pathogènes sont transportées par des **vecteurs**, qui sont souvent des arthropodes (moustiques, mouches, tiques…).
- Les **arthropodes** constituent le groupe d'animaux avec le plus grand nombre d'espèces, mais qui partagent tous un caractère commun : la possession d'un squelette externe et de pattes articulées.
- Chaque espèce d'être vivant occupe un **habitat** particulier dans lequel elle trouve ses ressources alimentaires, où elle se reproduit…
- **Différents facteurs favorisent le développement** des populations d'une espèce : l'extension de l'habitat, l'abondance de nourriture…

ANALYSER L'ÉNONCÉ ET LES DOCUMENTS

- Lisez l'ensemble des documents et des questions et soulignez ou surlignez les mots importants et les verbes des consignes.
- Recopiez les éléments du texte sur le schéma afin de le compléter (documents 1 et 2).
- Rappelez-vous que dans une classification emboîtée, un animal possède tous les caractères des boîtes auxquelles il appartient, de la plus grosse boîte à la plus petite (document 3).
- Décrivez l'évolution de la surface forestière de 1830 à 2017 en citant des valeurs (document 5).

BIEN COMPRENDRE LES QUESTIONS

Question 1 et 2

- Justifiez votre réponse en exploitant la manière de se nourrir de la tique, et en éliminant les stades de développement de la tique incapables de transmettre la bactérie responsable de la maladie de Lyme.
- Justifiez le fait que la tique est un animal arthropode arachnide.

Question 3

Repérez dans le texte une (ou plusieurs) cause(s) qui pourrai(en)t expliquer une meilleure reproduction des tiques.

Question 4

Extrayez au moins une information de chaque document et mettez ces informations en relation pour construire une explication à l'augmentation du nombre de cas de maladie de Lyme.

CORRIGÉ 4

Comprendre le corrigé

1 Le cycle de vie de la tique comporte plusieurs étapes successives : œuf, larve, nymphe et adulte. Excepté pour les œufs, la tique prend un repas de sang à chacun de ses stades de développement. De plus, une tique prend chaque repas sur un animal différent. Or, la maladie de Lyme est causée par une bactérie qui se transmet par le sang. Par conséquent, une tique peut transmettre la maladie **lorsqu'elle est au stade de nymphe ou d'adulte, si elle a été infectée**.

La larve ne peut pas transmettre la maladie car elle fait un unique repas de sang et se transforme ensuite en nymphe.

L'astuce du prof
Représentez-vous mentalement les étapes de la vie d'une tique porteuse de la bactérie qui passe d'animal en animal.

2 Les tiques possèdent **une bouche** et **des yeux**, **un squelette externe** et **quatre paires de pattes** articulées.

Remarque
Rédigez une phrase réponse pour éviter d'écrire une simple liste de caractères.

3 Le nombre de cas de maladie de Lyme a augmenté ces dernières décennies. Or, on a constaté que l'élévation de la température a provoqué une augmentation du taux de reproduction des tiques (entre 1,5 et 5 fois). On peut donc supposer que le **réchauffement climatique** est responsable de l'augmentation des cas de maladie de Lyme.

Gagnez des points !
Une proposition d'explication doit s'appuyer sur des faits, si possible quantifiés.

4 Le document 1 nous renseigne sur l'habitat des tiques. En effet, les tiques vivent habituellement dans les zones boisées et les prairies, que ce soit au Canada, aux États-Unis, en Asie ou en Europe. Or, le *document 5* montre que, depuis 1830, la surface occupée par les forêts n'a pas cessé de croître en France métropolitaine. En effet, cette surface est passée de 8,9 à 16,9 millions d'hectares en 2017, ce qui représente plus de 30 % du territoire. Ainsi, l'augmentation de la surface forestière favorise l'augmentation des populations de tiques. Or, les tiques peuvent être porteuses de la bactérie responsable de la maladie de Lyme. Par conséquent, on peut aussi expliquer l'augmentation du nombre de cas de maladie de Lyme par l'**extension de la surface des forêts**, habitat naturel des tiques.

L'astuce du prof
Citez des informations précises des documents en rapport avec la question posée en les mettant en évidence. Par exemple, en les surlignant.

SUJET 5 **Polynésie, septembre 2017** 25 pts 30 min

Le sport : dopage et EPO

DOC. 1 Définition de l'EPO

L'EPO est une substance chimique produite naturellement par les reins. Libérée dans le sang, elle stimule les cellules de la moelle rouge des os pour produire des globules rouges. Les globules rouges sont responsables du transport du dioxygène dans le sang. Le dioxygène est nécessaire à la production d'énergie, en particulier au niveau des muscles. L'EPO est une substance utilisée en médecine, et est aussi utilisée de façon illégale afin d'augmenter les performances musculaires des sportifs.

1 Justifier que l'EPO est une hormone.

On rappelle qu'une hormone est une substance chimique produite par un organe et libérée dans le sang pour agir sur des cellules cibles.

DOC. 2 Définition de l'hématocrite

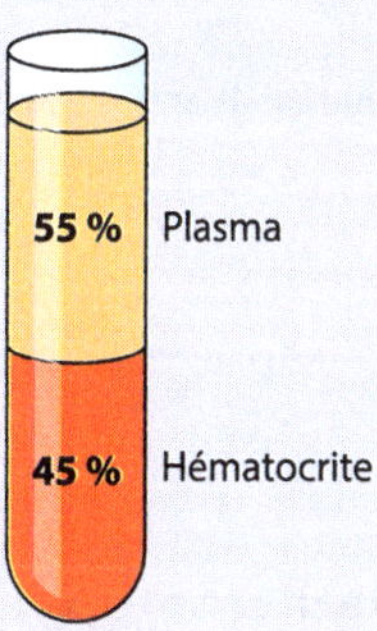

L'hématocrite est le pourcentage (%*) du volume occupé par les globules rouges dans le sang.

Afin de mesurer l'hématocrite, le sang est laissé à reposer dans un tube. Les globules rouges descendent alors naturellement dans le fond du tube comme le montre le document ci-contre.

Chez un individu sain, l'hématocrite garde une valeur stable située aux alentours de 45 % en moyenne.

*Parfois exprimé en mg/100 mL.

D'après le site wikipedia.com

2 À l'aide du document 3, déterminer pour chaque sportif entre quelles valeurs (minimale et maximale) varie l'hématocrite de la première à la cinquième année de mesures.

3 À partir de **l'ensemble des documents**, déterminer si l'un ou les deux sportifs sont dopés à l'EPO **en rédigeant un texte argumenté**.

DOC. 3 Évolution sur 5 années de l'hématocrite de deux sportifs suivant le même stage d'entraînement

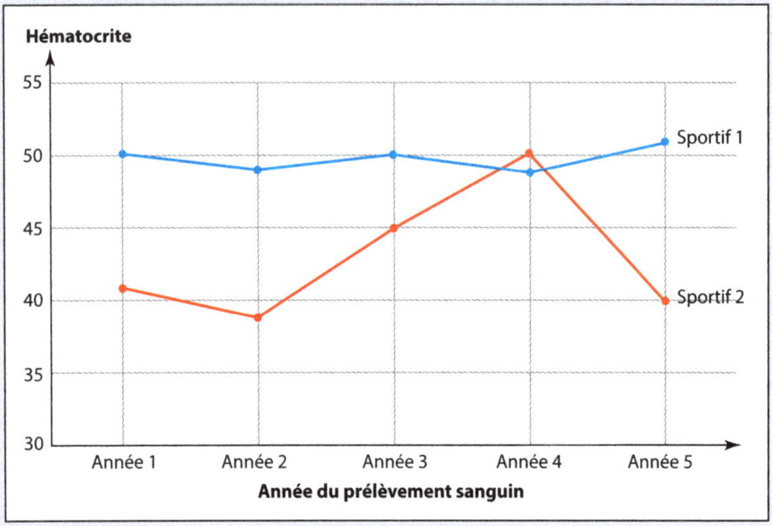

L'hématocrite est exprimé en pourcentage.

D'après l'Agence mondiale anti-dopage

PAR ÉTAPES

À CONNAÎTRE

- L'**organisme** humain est constitué d'organes qui coopèrent entre eux. Les **organes** sont eux-mêmes constitués de **cellules** spécialisées dans une fonction précise (par exemple, des cellules capables de se contracter constituent un organe : le muscle).
- Toutes les cellules utilisent du **dioxygène** et des **nutriments** pour produire leur énergie et leur matière.
- Les nutriments et le dioxygène sont **transportés dans le sang** qui irrigue tous les organes.
- Les **globules rouges** du sang sont responsables du transport du dioxygène.

ANALYSER L'ÉNONCÉ ET LES DOCUMENTS

- Traduisez rapidement le texte du document 1 en schéma afin de comprendre les relations entre les informations qu'il contient.

- À côté du schéma réalisé précédemment, observez le document 2, puis recopiez la définition de l'hématocrite et sa valeur normale chez un individu sain.
- Sur le document 3, repérez les valeurs d'hématocrite des deux sportifs.

BIEN COMPRENDRE LES QUESTIONS

Question 1

- Repérez, dans le texte du document 1, les éléments qui précisent :

– l'organe qui produit l'EPO ;

– le lieu de libération de l'EPO ;

– les cellules cibles de l'EPO.

- Éventuellement, citez des extraits du texte en les écrivant entre guillemets.

Question 2

Tracez des traits parallèles à l'axe des abscisses pour déterminer le plus précisément possible les valeurs minimale et maximale d'hématocrite de chaque sportif.

Question 3

Utilisez la définition de l'hématocrite pour un individu sain afin de déterminer s'il est normal pour chaque sportif.

CORRIGÉ 5

Comprendre le corrigé

1 L'EPO est « **produite naturellement** par les reins ». Or, les reins sont des **organes** du corps humain. Le document 1 indique aussi que l'EPO est « **libérée dans le sang** ». Enfin, on apprend qu'elle « stimule les cellules de la moelle osseuse ». Donc, ces cellules sont les **cellules cibles de l'EPO**. Par conséquent, l'EPO est une **hormone**, c'est-à-dire une substance chimique naturelle produite par un organe, libérée dans le sang et qui agit sur des cellules cibles.

Gagnez des points !
Dans un sujet, les informations indiquées en *italique* ou en **gras** sont souvent capitales.

2 **Chez le sportif 1**, l'hématocrite varie **entre 49 et 51 %** entre la première année et la cinquième année de mesures.

Chez le sportif 2, l'hématocrite varie **entre 39 et 50 %** entre la première année et la cinquième année de mesures.

Méthode
Citez les valeurs les plus précises possible.

3 L'hématocrite est le pourcentage du volume occupé par les globules rouges dans le sang.

Chez un individu sain (non dopé), cette valeur est **stable** et se situe **autour de 45 %** (document 1).

Or, l'utilisation d'EPO augmente les performances musculaires des sportifs, car l'EPO stimule la production de globules rouges par la moelle osseuse. Cela provoque donc une augmentation de l'hématocrite (document 2).

Chez le sportif 1, la valeur de l'hématocrite est supérieure à celle d'un individu sain, **mais elle est stable** sur les cinq années de mesures. Donc, on peut penser que ce sportif ne se dope pas à l'EPO (documents 3 et 4) même si son taux d'hématocrite est un peu supérieur à la moyenne.

En revanche, **chez le sportif 2**, on relève **une forte augmentation de l'hématocrite** entre l'année 2 et l'année 4 (+ 25 %), puis un retour à la normale lors de la cinquième année de mesures. On peut donc penser que ce sportif s'est dopé à l'EPO (documents 3 et 4).

Remarque : d'après les informations des documents 1 et 2, il est possible de considérer que le sportif 1 s'est dopé parce que son taux d'hématocrite est supérieur à la valeur moyenne. Ce n'est toutefois pas le cas en réalité, car le taux d'hématocrite normal chez un homme adulte se situe entre 40 et 51 %, mais cette information n'est pas donnée dans l'énoncé du sujet.

À retenir

Chez un individu sain, de nombreux paramètres sanguins sont stables tout au long de la vie : température, quantités de sucre, de minéraux et de globules rouges.

Info santé

Avec des injections répétées d'EPO, le sang très riche en globules rouges devient visqueux, et des vaisseaux sanguins risquent de se boucher, ce qui peut provoquer des accidents cardiaques ou cérébraux.

SUJET 6 France métropolitaine, juillet 2019 25 pts 30 min

Analyse de l'atmosphère terrestre

Des cylindres de glace, de formule chimique H_2O, appelés « carottes », sont prélevés dans les régions polaires et dans les glaciers des montagnes ; ils contiennent des renseignements précieux pour l'étude du climat.

L'élément oxygène se trouve notamment sous la forme de trois atomes stables nommés oxygène 16, oxygène 17 et oxygène 18. À partir de la proportion d'oxygène 18 par rapport à l'oxygène 16 dans la glace, les chercheurs déterminent la température de l'atmosphère au moment de la formation de la glace.

DOC. 1 Un modèle de l'atome d'oxygène

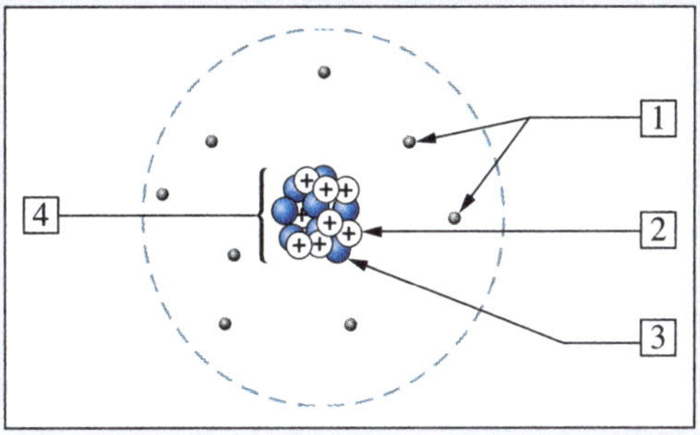

DOC. 2 Fiches d'identité des atomes d'oxygène stables

Oxygène 16	Oxygène 17
Symbole : $^{16}_{8}O$	Symbole : $^{17}_{8}O$
Numéro atomique : 8	Numéro atomique : 8
Nombre d'électrons : 8	Nombre d'électrons : 8
Nombre de nucléons : 16	Nombre de nucléons : 17
Masse de l'atome : $2{,}67 \times 10^{-26}$ kg	Masse de l'atome : $2{,}84 \times 10^{-26}$ kg
Abondance : 99,76 %	Abondance : 0,04 %

Oxygène 18

Symbole : $^{18}_{8}O$

Numéro atomique : 8

Nombre d'électrons : 8

Nombre de nucléons : 18

Masse de l'atome :

$3{,}01 \times 10^{-26}$ kg

Abondance : 0,20 %

1 a. Légender le document 1 en affectant à chaque numéro un nom parmi les propositions suivantes : noyau, électrons, proton, neutron.

b. Quel est le nombre de protons présents dans chacun des trois atomes d'oxygène ? Justifier les réponses par une phrase.

2 L'analyse des bulles d'air piégées dans la glace permet de déterminer la quantité de dioxyde de carbone CO_2 contenu dans l'atmosphère du passé.

DOC. 3 Évolution du pourcentage en volume de CO_2 dans l'air au cours des années

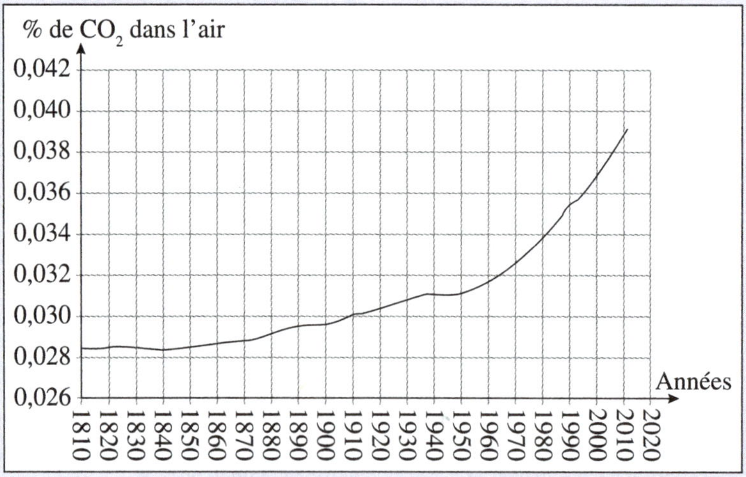

Données : https://www.eea.europa.eu/data-and-maps/figures/atmospheric-concentration-of-co2-ppm-1

a. En utilisant le graphique du document 3, indiquer le pourcentage en volume de dioxyde de carbone présent dans l'air en 1910.

b. En quelle année ce pourcentage a-t-il atteint 0,037 % ?

c. Comparer, en citant des données du graphe, l'évolution du pourcentage de CO_2 en volume dans l'air, entre 1810 et 1950, puis entre 1950 et 2010.

d. Quelle valeur pourrait atteindre ce pourcentage en 2020 ? Décrire et critiquer la méthode utilisée.

3 Le projet Ice Memory est un programme scientifique dont l'objectif est de constituer la première archive glaciaire du monde. Des carottes provenant des glaciers les plus en danger seront conservées à – 54 °C dans une cave creusée sous la neige de l'Antarctique.

DOC. 4

Lieu de prélèvement de carottes glaciaires	Intensité de pesanteur g du lieu
Glacier du Mont Illimani (Bolivie). Altitude 6 300 m	g = 9,76 N/kg
Glacier du Col du Dôme (France). Altitude 4 236 m	g = 9,79 N/kg
Base de Vostok (Antarctique). Altitude 3 800 m	g = 9,82 N/kg

a. À la base de Vostok qui se situe en Antarctique, on extrait une carotte de glace de 3 mètres de long, le poids du cylindre de glace est P = 236 N.

Schématiser le cylindre de glace en position verticale et représenter le poids de la glace par un segment fléché en prenant pour échelle 1 cm pour 100 N.

b. Utiliser les données du document 4 et de la question **3 a.** pour calculer la masse du cylindre de glace de Vostok en kilogrammes. Expliquer la démarche suivie et écrire la relation utilisée.

PAR ÉTAPES

À CONNAÎTRE

- Un **atome** est constitué d'**électrons**, chargés négativement, et d'un noyau. Ce noyau comporte des **neutrons** et des **protons**, chargés positivement.
- Le **numéro atomique** d'un atome correspond au **nombre de protons** présents dans le noyau de cet atome.
- Sur un graphique, une relation de **proportionnalité** entre les valeurs de l'axe des abscisses et de l'axe des ordonnées peut être représentée par une droite passant par l'origine.
- En première approximation, le **poids** d'un objet correspond à la force à distance exercée par la Terre sur cet objet.
- La valeur du poids P d'un objet de masse m est égale à : $\boldsymbol{P = m \times g}$, avec g l'intensité de pesanteur du lieu où se trouve l'objet.

ANALYSER L'ÉNONCÉ ET LES DOCUMENTS

- Certaines informations, comme les différentes formes stables de l'atome d'oxygène, sont données dans l'énoncé, mais elles ne sont pas utiles à la résolution de l'exercice.
- Le document 1 représente un modèle de l'atome d'oxygène.
- Le document 2 permet de retrouver le nombre d'entités contenues dans les atomes stables d'oxygène.
- Dans le document 3, lisez bien les valeurs données sur les axes des abscisses et des ordonnées, car elles ne commencent pas à zéro.
- Le document 4 permet de connaître les valeurs de l'intensité de pesanteur d'un lieu, car l'intensité de pesanteur dépend de l'altitude du lieu.

BIEN COMPRENDRE LES QUESTIONS

Question 1

Faites le lien entre vos connaissances et les documents 1 et 2 pour répondre aux premières questions.

Question 2

Rappelez-vous que la formule du dioxyde de carbone est CO_2 pour bien comprendre le document 3, qui est essentiel à la résolution de ces questions.

Question 3

Gardez du temps pour répondre à ces questions, car la réalisation d'un calcul est demandée.

CORRIGÉ 6

Comprendre le corrigé

1 a. Le modèle de l'atome d'oxygène représenté dans le document 1 doit être légendé de la manière suivante.

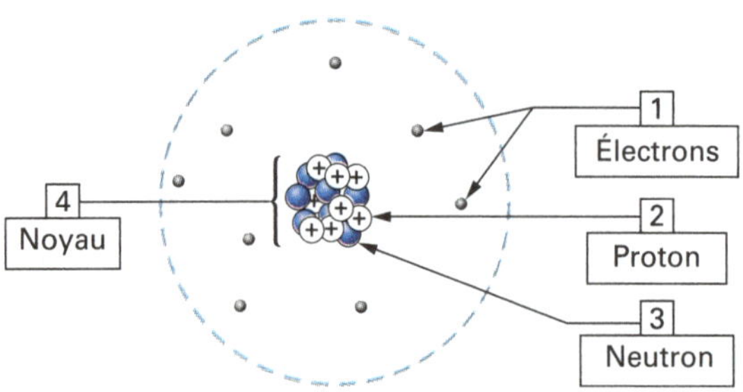

Ne pas confondre

Un proton a une charge électrique positive, tandis qu'un neutron est neutre.

b. Le numéro atomique d'un atome correspond au nombre de protons présents dans le noyau de cet atome.

D'après le document 2, l'oxygène 16, l'oxygène 17 et l'oxygène 18 contiennent donc chacun **8 protons dans leur noyau**.

Gagnez des points !
N'oubliez pas de justifier votre réponse, car c'est demandé dans l'énoncé.

2 a. D'après le document 3, le pourcentage en volume de dioxyde de carbone présent dans l'air en 1910 est égal à **0,030 %.**

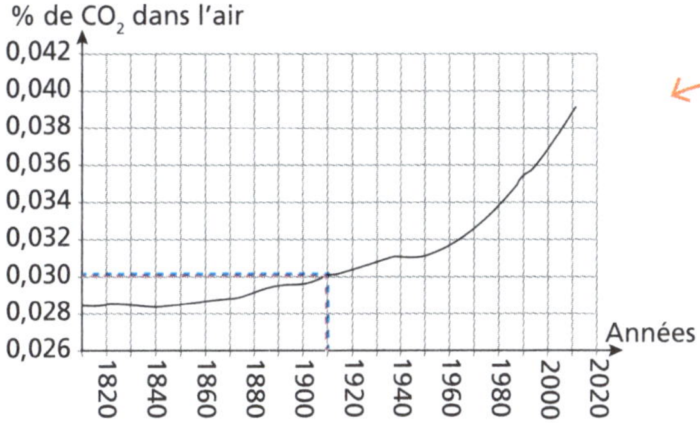

L'astuce du prof
Utilisez une règle, et éventuellement une équerre, pour réaliser les traits de construction sur le graphique vous permettant de trouver la bonne réponse.

b. D'après le document 3, le pourcentage en volume de dioxyde de carbone présent dans l'air a atteint 0,037 % en **2000**.

c. D'après le document 3, le pourcentage en volume de dioxyde de carbone présent dans l'air est égal :

– en 1810 à **0,0285 % ;**

– en 1950 à **0,031 % ;**

– en 2010 à **0,039 %.**

Le pourcentage en volume de dioxyde de carbone présent dans l'air a augmenté de :

0,031 – 0,0285 = **0,003 % en 140 ans entre 1810 et 1950**

et il a augmenté de :

0,039 – 0,031 = **0,008 % en 60 ans entre 1950 et 2010.**

Méthode
Réalisez des soustractions pour comparer les augmentations entre 1810 et 1950, et entre 1950 et 2010.

Ainsi, le pourcentage en volume de dioxyde de carbone présent dans l'air a **augmenté beaucoup plus rapidement entre 1950 et 2010 qu'entre 1810 et 1950**.

d. Si on prolonge le graphe sur le document 3, le pourcentage en volume de dioxyde de carbone pourrait atteindre **0,041 %** en 2020 (voir page suivante).

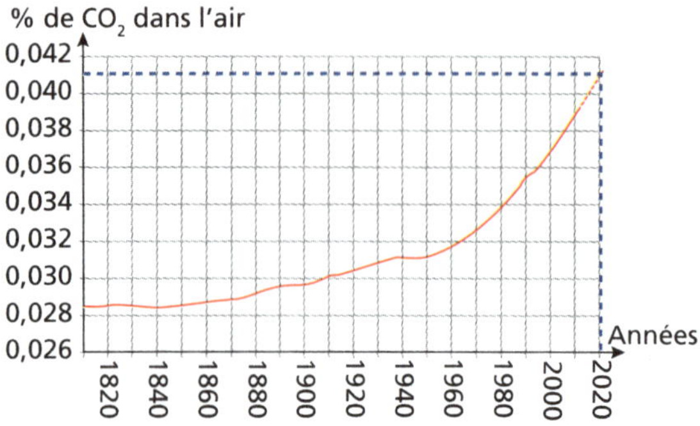

Cette méthode de prévision est **critiquable**, car prolonger la courbe par une droite sur le graphe sous-entend une **relation de proportionnalité** entre le pourcentage en volume de dioxyde de carbone et le temps. Or, l'observation du graphique du document 3 ne permet pas du tout de prévoir une telle proportionnalité.

Gagnez des points !
Reproduisez le graphe rapidement sur votre feuille pour mieux expliquer votre méthode.

3 **a.** Un cylindre de glace en position verticale est représenté ci-après par un rectangle, et le poids de la glace est représenté par un segment fléché de 2,36 cm, en prenant pour échelle 1 cm pour 100 N.

L'astuce du prof
Vérifiez que le segment fléché est orienté vers le bas.

b. La valeur du poids P d'un cylindre de glace de masse m est égale à : $P = m \times g$, avec g l'intensité de pesanteur du lieu où se trouve l'objet.

La masse m du cylindre de glace de Vostok est donc égale à :

$$\boldsymbol{m = \frac{P}{g}}$$

$$m = \frac{236}{9{,}82} = \mathbf{24{,}0\ kg}.$$

L'astuce du prof
Le résultat du calcul de la masse est donné directement dans la bonne unité, en kilogrammes.

SUJET 7 Centres étrangers, juin 2021

25 pts — 30 min

Triathlon

Le triathlon est une discipline sportive réunissant trois épreuves : la natation, le cyclisme et la course à pied.

1 Épreuve de natation

Les concurrents démarrent le triathlon par une épreuve de natation.

DOC. 1 Chronophotographie d'une partie du déplacement d'une nageuse

Une chronophotographie est une succession de clichés pris à intervalles de temps égaux.

a. Décrire la trajectoire de la nageuse.

b. Décrire l'évolution de la vitesse de la nageuse au cours du temps. Justifier la réponse.

c. Qualifier le mouvement de la nageuse en choisissant deux termes parmi les suivants : *rectiligne / circulaire / ralenti / uniforme / accéléré*.

2 Épreuve de cyclisme

À la sortie de l'eau, les concurrents récupèrent leur vélo.

a. Une athlète souhaite utiliser le vélo le plus léger possible parmi deux modèles à sa disposition.

DOC. 2 Modèles de vélo

Modèle	 Vélo 1	 Vélo 2
Matériau utilisé pour le cadre	Fibre de carbone	Aluminium

Les dimensions des deux modèles sont strictement identiques. Les volumes des tubes constituant les cadres sont les mêmes. Seuls les matériaux utilisés pour les cadres diffèrent.

Préciser le modèle choisi par l'athlète. Justifier.

Données :

– Masse volumique de la fibre de carbone : $1{,}8 \times 10^3$ kg/m^3.

– Masse volumique de l'aluminium : $2{,}7 \times 10^6$ g/m^3.

b. La pression des pneus est une donnée importante pour augmenter les performances. Le graphe ci-dessous donne la pression des pneus recommandée en fonction du poids du cycliste.

DOC. 3 Pression des pneus selon le poids du cycliste

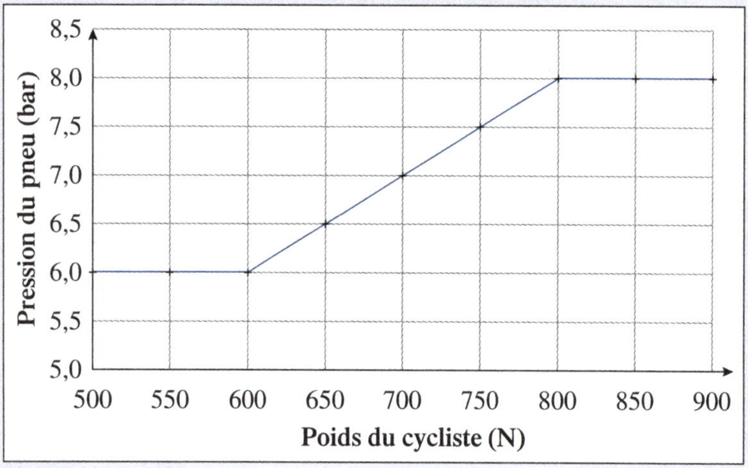

Déterminer la valeur de la pression à appliquer aux pneus du vélo d'une cycliste dont la masse est de 65 kg. *Toute démarche proposée sera prise en compte*.

Donnée : pour l'intensité de la pesanteur sur Terre, on prendra $g_T = 10$ N/kg.

3 Épreuve de course à pied

Les concurrents terminent le triathlon par une épreuve de course à pied.

Sur le parcours, des verres de boisson énergisante à base de glucose sont proposés aux points de ravitaillement.

a. Une molécule de glucose a pour formule chimique $C_6H_{12}O_6$.

Préciser le nombre et le nom de chacun des atomes composant une molécule de glucose.

DOC. 4 Extrait de la classification périodique des éléments

H 1 hydrogène								He 2 hélium
Li 3 lithium	Be 4 béryllium		B 5 bore	C 6 carbone	N 7 azote	O 8 oxygène	F 9 fluor	Ne 10 néon
Na 11 sodium	Mg 12 magnésium		Al 13 aluminium	Si 14 silicium	P 15 phosphore	S 16 soufre	Cl 17 chlore	Ar 18 argon

b. Au niveau des muscles a lieu une transformation chimique modélisée par la réaction entre le glucose et le dioxygène. Cette transformation s'accompagne d'un dégagement d'énergie.

L'équation de réaction est :

$$C_6H_{12}O_6 + 6\ O_2 \longrightarrow 6\ CO_2 + 6\ H_2O$$

Justifier qu'il s'agit bien d'une transformation chimique.

c. L'énergie chimique est convertie en énergie cinétique et en énergie thermique.

Recopier et compléter le diagramme énergétique d'un muscle, représenté ci-contre.

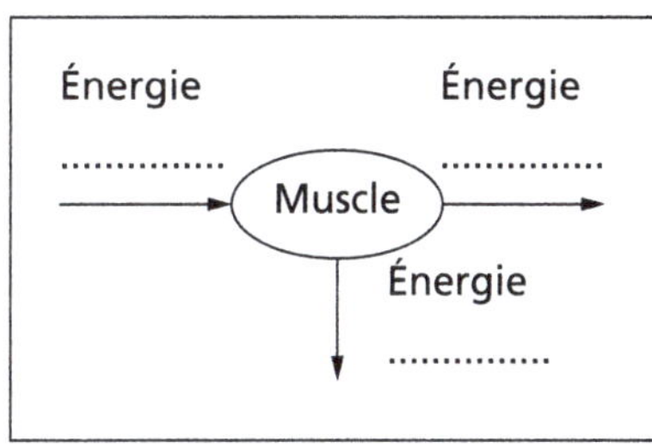

d. Pour couvrir ses besoins énergétiques, l'athlète consomme une boisson énergétique.

Durant une heure de course à pied, la dépense énergétique moyenne de l'athlète est d'environ 30 kJ par kg de masse corporelle.

Une athlète de 65 kg court pendant 30 min.

Déterminer le nombre de verres de boisson énergisante nécessaires pour couvrir la dépense énergétique sachant qu'un verre de boisson énergisante apporte une énergie d'environ 335 kJ à l'athlète.

Détailler le raisonnement. *Toute démarche proposée sera prise en compte.*

PAR ÉTAPES

À CONNAÎTRE

- La trajectoire d'un point est la **figure géométrique** que décrit le point au cours du temps.
- La valeur v de la vitesse d'un point est égale à $\boldsymbol{v = \frac{d}{t}}$ avec d la distance parcourue par le point pendant une durée t.
- La masse volumique ρ d'un objet de masse m et de volume V est égale à $\rho = \frac{\boldsymbol{m}}{\boldsymbol{V}}$.
- Le poids P d'un objet de masse m est égal à $\boldsymbol{P = m \times g}$, avec g l'intensité de la pesanteur.
- La **formule chimique** d'une molécule permet de connaître **le nombre et le nom des atomes** qui composent cette molécule.
- Lors d'une **transformation chimique**, il y a une **recombinaison des atomes**, ce qui n'est pas le cas lors d'une transformation physique.

ANALYSER L'ÉNONCÉ ET LES DOCUMENTS

- Le document 1 est une chronophotographie, c'est-à-dire qu'il représente la même nageuse à différents instants.
- Dans le document 3, ne confondez pas poids et masse.
- Les énoncés des questions **2 b.** et **3 d.** indiquent que toute démarche proposée sera prise en compte. Écrivez donc ce à quoi vous avez pensé, même si vous ne trouvez pas la réponse finale.

BIEN COMPRENDRE LES QUESTIONS

Question 1

Étudiez la chronophotographie présentée dans le document 1 pour décrire l'évolution de la vitesse de la nageuse au cours du temps.

Question 2

Ne vous trompez pas dans les unités des différentes grandeurs utilisées dans ces questions.

Question 3

Donnez un nombre entier de verres (sans chiffres après la virgule) lors de la résolution de la question **3 d.**

CORRIGÉ 7

1 **a.** La trajectoire de la nageuse est une **droite**.

b. Une chronophotographie est une succession de clichés pris à intervalles de temps t égaux.

Comme la distance d entre deux positions de la nageuse augmente au cours du temps, la valeur $v = \frac{d}{t}$ de sa vitesse **augmente au cours du temps**.

c. D'après les questions précédentes, le mouvement de la nageuse est **rectiligne accéléré**.

2 **a.** Comme la masse volumique ρ d'un matériau de masse m et de volume V est égale à $\rho = \frac{m}{V}$, la masse m du matériau est égale à $\boldsymbol{m = \rho \times V}$.

Étant donné que les volumes V des tubes constituant les cadres des deux vélos sont identiques, la masse m d'un cadre de vélo est d'autant plus petite que la masse volumique ρ du matériau qui le constitue est petite.

Or, la masse volumique de la fibre de carbone ($1{,}8 \times 10^3$ kg/m^3) est plus petite que la masse volumique de l'aluminium ($2{,}7 \times 10^6$ g/m^3).

Ainsi, le modèle de vélo choisi par l'athlète, c'est-à-dire le modèle le plus léger, est **le vélo 1 avec un cadre en fibre de carbone**.

b. Sur Terre, le poids P d'une cycliste de masse m = 65 kg est égal à : $\boldsymbol{P = m \times g_T}$.

$P = 65 \times 10 =$ **650 N**

Ainsi, d'après le graphe ci-dessous présentant la pression des pneus recommandée en fonction du poids du cycliste, **la pression à appliquer aux pneus du vélo de la cycliste vaut 6,5 bar**.

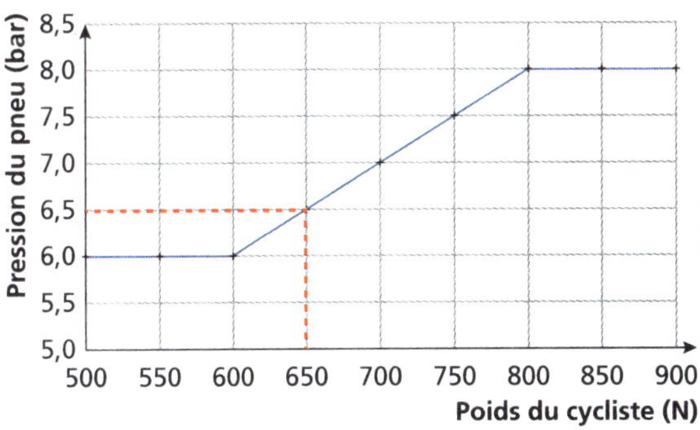

Comprendre le corrigé

Piège à éviter
Ne confondez pas trajectoire et caractéristique du mouvement : la trajectoire de la nageuse est une droite, et son mouvement est rectiligne.

Rappel
Si la valeur de la vitesse de la nageuse était constante, son mouvement serait uniforme.

Conversion d'unités
$1{,}8 \times 10^3$ kg/m^3
$= 1{,}8 \times 10^6$ g/m^3

Remarque
Le kilogramme (kg) est une unité de la masse, le newton (N) est une unité du poids, tandis que le bar (bar) est une unité de la pression.

3 **a.** Une molécule de glucose a pour formule chimique $C_6H_{12}O_6$.

Ainsi, une molécule de glucose est composée de **6 atomes de carbone C, 12 atomes d'hydrogène H et 6 atomes d'oxygène O.**

b. La transformation modélisée par la réaction entre le glucose et le dioxygène a pour équation :

$$C_6H_{12}O_6 + 6\ O_2 \longrightarrow 6\ CO_2 + 6\ H_2O$$

Lors de cette transformation, il y a **recombinaison des atomes de carbone C, d'hydrogène H et d'oxygène O**. Cette transformation est donc une **transformation chimique**.

c. Dans un muscle, l'énergie chimique est convertie en énergie cinétique et en énergie thermique.

Le diagramme énergétique d'un muscle peut donc être représenté de la manière suivante :

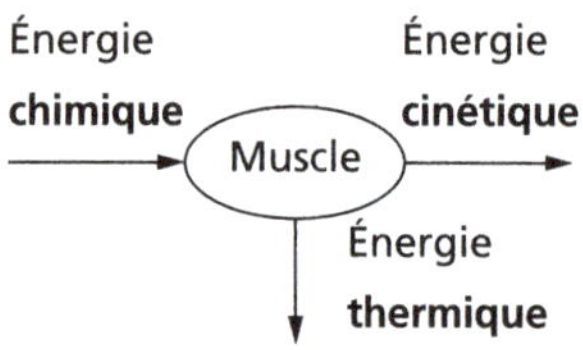

d. La dépense énergétique moyenne de l'athlète est égale à E_k = 30 kJ par kg de masse corporelle et par heure de course à pied.

Comme l'athlète de masse m = 65 kg court pendant une durée t = 30 min = 0,5 h, sa dépense énergétique E est égale à : $E = E_k \times m \times t$.

Sachant qu'un verre de boisson énergisante apporte une énergie E_b = 335 kJ à l'athlète, **le nombre *N* de verres de boisson énergisante** nécessaires pour couvrir sa dépense énergétique durant sa course vaut :

$$N = \frac{E}{E_b} = \frac{E_k \times m \times t}{E_b}$$

$$N = \frac{30 \times 65 \times 0,5}{335}$$

***N* = 3 verres**

L'astuce du prof

Si vous ne vous souvenez plus que C correspond au carbone, H à l'hydrogène et O à l'oxygène, lisez le document 4 présentant un extrait de la classification périodique pour retrouver ces informations.

Gagnez des points !

Dans un diagramme énergétique, les convertisseurs sont notés dans des ovales, et les formes d'énergie à convertir ou converties sont indiquées au-dessus des flèches.

L'astuce du prof

Pour résoudre cette tâche complexe, il est aussi possible de réaliser des calculs intermédiaires :

$E = E_k \times m \times t$

$E = 30 \times 65 \times 0,5 = 975$ kJ

$N = \frac{E}{E_b} = \frac{975}{335} = 3$

SUJET 8 Amérique du Nord, juin 2019

25 pts — 30 min

Saut en parachute

Un parachutiste saute habituellement depuis un avion en plein vol à une altitude d'environ 3 à 4 km. Pour battre un record de vitesse, l'Autrichien Felix Baumgartner a réalisé en 2012 un saut hors du commun depuis un ballon-sonde à 39 km d'altitude.

Schématisation de deux sauts en parachute

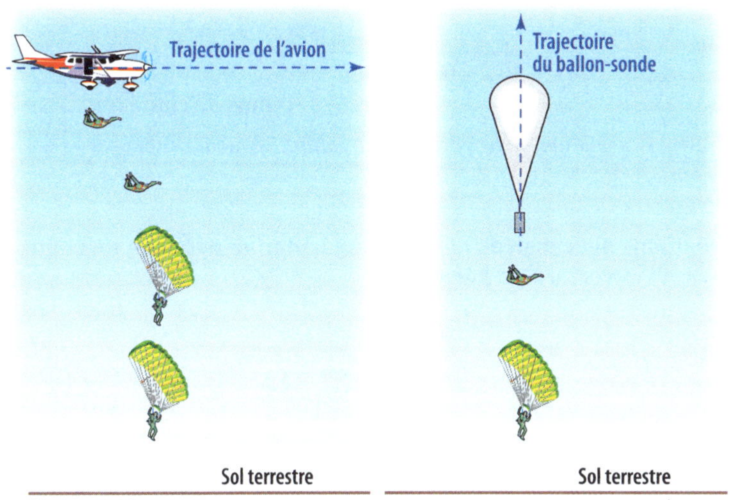

Saut depuis un avion — **Saut de F. Baumgartner**

1 Parmi les propositions suivantes, indiquer, en justifiant la réponse à partir du document 1 de la page suivante, celle qui satisfait aux caractéristiques du saut de F. Baumgartner.

Le mouvement est :

- **proposition a :** accéléré puis ralenti ;
- **proposition b :** accéléré puis uniforme ;
- **proposition c :** uniforme puis accéléré.

2 Montrer sans calcul que l'analyse du document 2 de la page suivante permet de retrouver la réponse précédente.

3 Le parachutiste est soumis à deux actions mécaniques : l'action de la Terre modélisée par le poids (appelée force de pesanteur) et les frottements de l'air. Indiquer, pour chacune de ces actions, s'il s'agit d'une action de contact ou d'une action à distance.

DOC. 1 Évolution de la vitesse de F. Baumgartner par rapport au sol terrestre en fonction du temps, avant l'ouverture du parachute

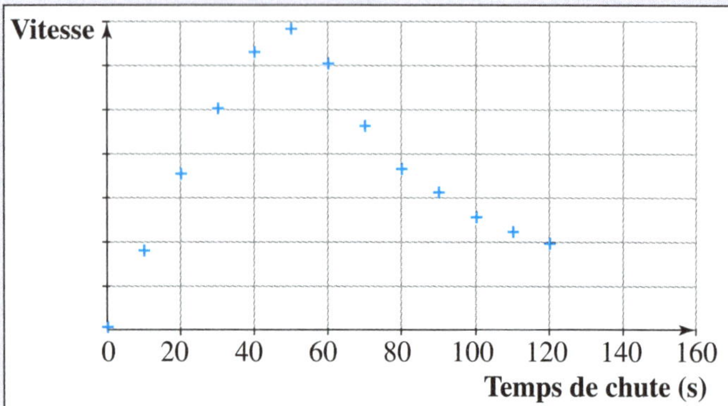

Les valeurs de la vitesse sont volontairement absentes.

DOC. 2 Positions successives de F. Baumgartner au début de sa chute, avant l'ouverture du parachute

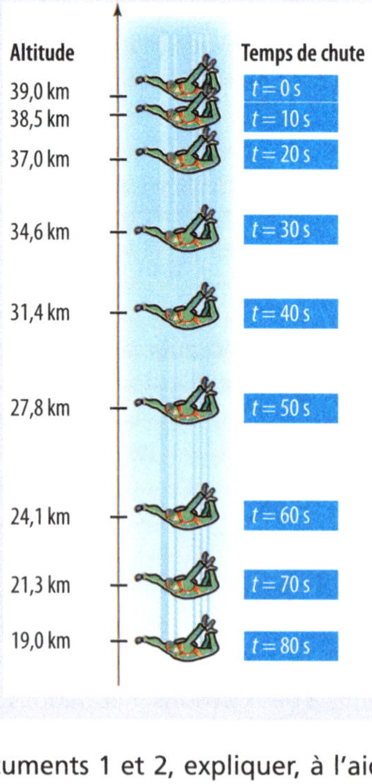

4 En exploitant les documents 1 et 2, expliquer, à l'aide de calculs, si la vitesse maximale atteinte par F. Baumgartner est proche de 250 m/s, 370 m/s ou 470 m/s.

PAR ÉTAPES

À CONNAÎTRE

- L'action de la Terre sur un objet ou sur un être humain est une **action à distance**.
- Un objet ou un être humain a un mouvement **accéléré** si la valeur de sa **vitesse augmente** au cours du temps.
- Un objet ou un être humain a un mouvement **uniforme** si la valeur de sa **vitesse** est **constante** au cours du temps.
- Un objet ou un être humain a un mouvement **ralenti** si la valeur de sa vitesse **diminue** au cours du temps.
- La valeur v de la vitesse d'un objet ou d'un être humain est égale à $v = \frac{d}{t}$, avec d la distance parcourue par l'objet ou l'être humain pendant une durée t.

ANALYSER L'ÉNONCÉ ET LES DOCUMENTS

- Les valeurs de la vitesse dans le document 1 étant volontairement absentes, l'intérêt de ce document est d'étudier les variations de la valeur de la vitesse du parachutiste au cours de sa chute.
- Toutes les valeurs d'altitude du document 2 ne sont pas utiles. Seules celles permettant de calculer la valeur maximale de la vitesse du parachutiste doivent être relevées. Analysez également l'évolution de la distance entre deux positions du parachutiste pendant sa chute.

BIEN COMPRENDRE LES QUESTIONS

Question 1

Reprenez les définitions des termes « accéléré », « uniforme » et « ralenti » pour justifier la réponse.

Question 2

Comparez les distances parcourues par le parachutiste pendant une même durée pour faire le lien avec le document 1.

Question 3

Cette question demande une réponse très courte.

Question 4

Calculez la distance maximale parcourue par le parachutiste pendant 10 s pour répondre à la question posée.

CORRIGÉ 8

Comprendre le corrigé

1 **Proposition a.** Le mouvement de F. Baumgartner est **accéléré, puis ralenti**. En effet, d'après le document 1, la valeur de la **vitesse** de F. Baumgartner **augmente, puis diminue** au cours de sa chute.

2 D'après le document 2, entre 0 s et 60 s, **la distance parcourue par F. Baumgartner pendant 10 s augmente**. Puis, entre 60 s et 80 s, **la distance parcourue par F. Baumgartner pendant 10 s diminue**.

Ainsi, comme la valeur v de la vitesse est égale à :

$$v = \frac{d}{t}$$

avec d la distance parcourue pendant une durée t, **l'analyse du document 2 permet de retrouver la réponse précédente** : la valeur de la vitesse de F. Baumgartner augmente, puis diminue au cours de sa chute.

L'astuce du prof

Pour être plus précis, vous pouvez donner les distances exactes parcourues par F. Baumgartner pendant 10 s, mais vous perdrez du temps sans obtenir de points supplémentaires.

3 L'action de la Terre sur le parachutiste F. Baumgartner, modélisée par le **poids du parachutiste** (aussi appelée force de pesanteur), est une **action à distance**.
Les **frottements** de l'air exercés sur le parachutiste sont une **action de contact**.

Gagnez des points !

Ne justifiez pas votre réponse, ce n'est pas demandé.

4 D'après le document 1, la valeur maximale de la vitesse de F. Baumgartner est atteinte après 50 s de chute, ce qui est cohérent avec le document 2 dans lequel on voit que **la distance maximale parcourue par le parachutiste pendant une même durée est comprise entre 50 s et 60 s.**

Comme la valeur v de la vitesse est égale à $v = \frac{d}{t}$, avec d la distance parcourue pendant une durée t, la valeur maximale de la vitesse atteinte par F. Baumgartner est égale à :

$$v = \frac{27{,}8 - 24{,}1}{10} = \frac{3{,}7}{10} = 0{,}37 \text{ km/s} = \mathbf{370 \text{ m/s}}.$$

L'astuce du prof

Pensez à convertir le résultat en m/s.

SUJET 9 France métropolitaine, septembre 2021 25 pts 30 min

Optimisation de la consommation énergétique

Dans le cadre d'un développement durable, la France veut optimiser sa consommation énergétique globale pour lutter contre le réchauffement climatique. Ainsi dans le domaine de l'habitat, une nouvelle règlementation thermique, la RT 2020, vise à construire des logements bien isolés et économes en énergie en associant des matériaux efficaces, de nouvelles technologies de génération d'énergie électrique (panneaux photovoltaïques par exemple) et une meilleure gestion de la consommation énergétique grâce à la domotique.

1 On s'intéresse aux panneaux photovoltaïques de la toiture d'une habitation. Sans recopier le diagramme de conversion d'énergie ci-dessous, associer chacun des trois numéros à une forme d'énergie choisie parmi les suivantes : *énergie électrique, énergie lumineuse, énergie cinétique, énergie chimique, énergie thermique*.

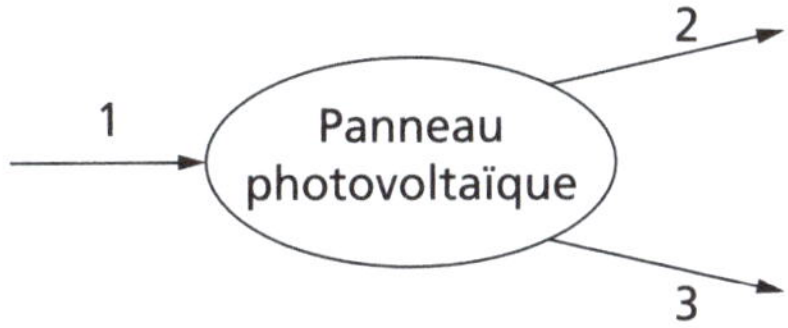

2 Afin qu'un bâtiment réponde à la règlementation RT 2020, sa consommation énergétique est réduite en choisissant des matériaux qui ont :

– un bon pouvoir isolant. Plus un matériau est isolant, plus sa conductivité thermique est faible ;

– un impact environnemental satisfaisant comme les matériaux biosourcés. Un matériau biosourcé est un matériau d'origine animale ou végétale.

DOC. 1 Matériaux de construction isolants

Matériau de construction	Laine de verre	Paille	Ouate de cellulose
Conductivité thermique (unité SI)	0,035	0,045	0,042
Biosourcé	Non	Oui	Oui

D'après https://conseils-thermiques.org

a. En s'aidant du tableau du document 1, classer les trois matériaux indiqués du moins isolant au plus isolant. Justifier la réponse.

b. Parmi les trois matériaux indiqués, choisir celui qui permet de répondre au mieux à la RT 2020. Fournir deux arguments justificatifs.

3 L'installation d'un isolant lors de la construction d'un bâtiment est soumise à des normes très strictes pour faire face aux risques d'incendie.

DOC. 2 La cellulose

L'isolant ouate de cellulose est un dérivé de la cellulose. La cellulose est formée de chaînes de glucose liées entre elles pour former une fibre. On donne, ci-contre, un modèle d'une molécule de glucose de formule brute $C_6H_{12}O_6$. L'équation de la réaction modélisant la combustion du glucose s'écrit :

$$C_6H_{12}O_6 + 6\,O_2 \longrightarrow 6\,CO_2 + 6\,H_2O$$

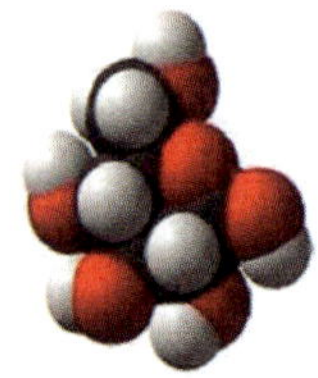

a. En s'aidant des informations ci-dessus, donner le nom et le nombre des atomes présents dans une molécule de glucose.

b. Donner le nom et la formule chimique des deux produits formés lors de la combustion du glucose.

4 Un constructeur propose à des acheteurs une maison d'une surface de 100 m^2. Elle bénéficie d'une bonne isolation en ouate de cellulose. La puissance totale perdue vers l'extérieur est compensée par la puissance du chauffage électrique de la maison. Pour une température moyenne intérieure de 19 °C, on relève une puissance moyenne perdue de 0,85 kW. Le constructeur indique que cette maison est de classe A.

DOC. 3 Classement de la consommation énergétique des bâtiments en kWh par an et par m^2

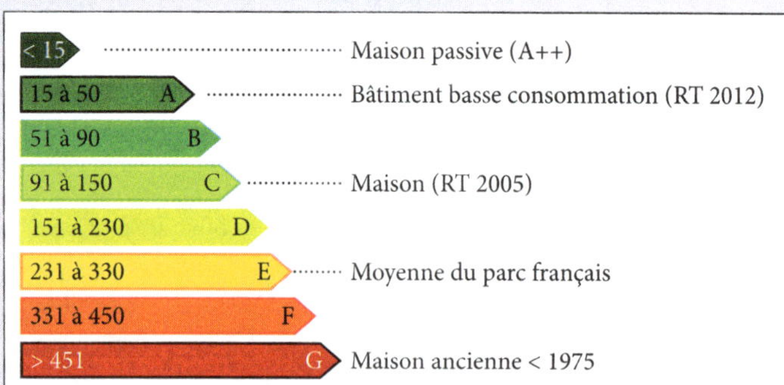

Ce classement est présenté avec une lettre qui va de A (bâtiment économe en énergie) à G (bâtiment gourmand en énergie).

D'après encyclopédie acqualys

a. Montrer que, pour cette maison, l'énergie électrique consommée par an est égale à environ 2 500 kWh. Préciser la relation utilisée.

Donnée : pour une année, on compte 120 jours de 24 h de chauffage.

b. À l'aide du classement de la consommation énergétique des bâtiments en kWh par an et par mètre carré (document 3) et d'un calcul, indiquer si l'affirmation du constructeur à propos du classement énergétique de la maison est exacte.

PAR ÉTAPES

À CONNAÎTRE

- Chaque **conversion d'énergie** s'accompagne d'un **dégagement d'énergie thermique**.
- La **formule brute** d'une molécule permet de connaître **le nombre et le nom des atomes** qui composent cette molécule.
- Dans l'**équation d'une réaction chimique**, les **réactifs** sont notés à gauche de la flèche et les **produits** à droite.
- L'énergie électrique E consommée est égale à $\boldsymbol{E = P \times t}$ avec P la puissance électrique consommée et t la durée de la consommation.

ANALYSER L'ÉNONCÉ ET LES DOCUMENTS

- Dans le document 1, « unité SI » signifie « unité du système international ».
- Les chiffres indiqués dans le document 3 ont pour unité : kWh par an et par m^2.
- L'énoncé de la question **4 a.** indique que toute démarche, même partielle, sera prise en compte. Écrivez donc ce à quoi vous avez pensé même si vous ne trouvez pas la réponse finale.

BIEN COMPRENDRE LES QUESTIONS

Question 1

Ne confondez pas conversion et transfert d'énergie.

Question 2

Lisez bien l'énoncé pour être capable de répondre aux questions posées.

Question 3

Basez-vous sur la formule brute du glucose et sur l'équation de la réaction modélisant la combustion du glucose pour répondre aux questions posées.

Question 4

Distinguez bien la puissance, en watts (W) ou en kilowatts (kW), et l'énergie, en joules (J) ou en kilowattheures (kWh).

CORRIGÉ 9

Comprendre le corrigé

1 Le diagramme de conversion énergétique d'un panneau photovoltaïque peut être représenté de la manière suivante.

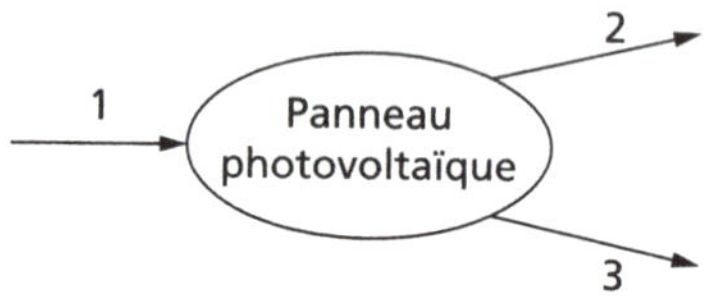

1 : énergie lumineuse ; 2 : énergie électrique ; 3 : énergie thermique

Gagnez des points !
Dans un diagramme de conversion énergétique, les convertisseurs sont notés dans des ovales, et les formes d'énergie à convertir ou converties sont indiquées au-dessus des flèches.

2 a. D'après le document 1, le classement des trois matériaux, **du moins isolant au plus isolant**, est :

1. paille
(conductivité thermique de 0,045 unité SI) ;

2. ouate de cellulose
(conductivité thermique de 0,042 unité SI) ;

3. laine de verre
(conductivité thermique de 0,035 unité SI).

Remarque
L'énoncé indique que plus un matériau est isolant, plus sa conductivité thermique est faible.

b. D'après l'énoncé, le matériau permettant de répondre au mieux à la RT 2020 est le matériau le plus isolant et ayant un impact environnemental satisfaisant, comme les matériaux biosourcés.

Or, d'après le document 1, **la laine de verre** est le matériau le plus isolant, mais il **n'est pas biosourcé**, au contraire de **la ouate de cellulose**, le **deuxième matériau le plus isolant**.

Pour aller plus loin
La laine de verre n'est pas un matériau biosourcé, car elle n'est pas d'origine animale ou végétale.

Ainsi, même si ce n'est pas le matériau le plus isolant, **la ouate de cellulose** est le matériau qui permet de **répondre au mieux à la RT 2020**.

3 a. D'après le document 2, une molécule de glucose a pour formule chimique $C_6H_{12}O_6$.

Vocabulaire
Les expressions « formule brute » et « formule chimique » sont synonymes.

Ainsi, une molécule de glucose est composée de **6 atomes de carbone C, 12 atomes d'hydrogène H et 6 atomes d'oxygène O**.

b. L'équation de la réaction modélisant la combustion du glucose s'écrit :

$$C_6H_{12}O_6 + 6\ O_2 \longrightarrow 6\ CO_2 + 6\ H_2O$$

Les deux produits formés lors de la combustion du glucose sont donc le **dioxyde de carbone** de formule chimique $\mathbf{CO_2}$ et l'**eau** de formule chimique $\mathbf{H_2O}$.

4 a. Dans une maison de 100 m^2, on relève une puissance moyenne perdue de 0,85 kW pour chauffer l'air intérieur à 19 °C. Sachant que cette puissance perdue est compensée par le chauffage électrique de la maison, la puissance électrique P consommée par le chauffage électrique est égale à : $P = 0{,}85$ kW.

Or, l'énergie électrique E consommée par an par le chauffage électrique de la maison est égale à : $\boldsymbol{E = P \times t}$ avec t la durée de cette consommation.

Comme on considère qu'il y a 120 jours de 24 heures de chauffage par an, la durée t est égale à : $t = 120 \times 24 = 2\,880$ heures.

Si l'on considère que l'énergie électrique consommée dans la maison est environ égale à l'énergie électrique consommée par son chauffage électrique, l'énergie électrique E consommée par an est donc égale à :

$E = P \times t$

$E = 0{,}85 \times 2\,880 \approx$ **2 500 kWh**.

Unités

Pour obtenir une valeur d'énergie en kilowattheures (kWh), multipliez une puissance en kilowatts (kW) par une durée en heures (h).

b. L'énergie électrique E consommée par an dans la maison de 100 m^2 est égale à environ 2 500 kWh.

La consommation énergétique de ce bâtiment est donc égale à :

$\frac{2\,500}{100} =$ **25 kWh par an et par m^2**.

Gagnez des points !

La consommation énergétique d'une maison de classe A est comprise entre 15 et 50 kWh par an et par m^2 (document 2).

D'après le document 3, cette consommation énergétique correspond bien à celle d'une maison de classe A : **l'affirmation du constructeur est donc exacte**.

SUJET 10 **Centres étrangers, septembre 2020** 25 pts 30 min

Aménagement d'un fourgon

Pour voyager, de plus en plus de personnes aménagent un fourgon. Les installations électriques sont des étapes importantes de l'aménagement.

1 Lampes LED

Un fourgon aménagé doit être équipé d'une installation lumineuse.

a. Recopier la phrase suivante en choisissant à chaque fois la bonne proposition :

« Dans un circuit électrique, la lampe LED se comporte comme un *récepteur/générateur*. Alimentée en énergie *thermique/électrique*, elle émet de l'énergie *lumineuse/électrique* ».

b. Préciser, en justifiant la réponse, si la lampe LED réalise un transfert ou une conversion d'énergie.

2 L'installation électrique

Pour réaliser l'installation électrique, on utilise des câbles constitués de brins en cuivre recouverts d'une fine couche en plastique appelée gaine.

a. Justifier brièvement la présence d'une gaine en plastique enrobant les brins en cuivre pour garantir la sécurité de l'utilisateur.

b. En contact avec l'air, le cuivre noircit. Il participe à une transformation chimique qui peut être modélisée par la réaction d'équation : $2\ Cu + O_2 \longrightarrow 2\ CuO$.

Indiquer si le dioxygène de l'air est un produit ou un réactif de cette transformation chimique. Justifier.

Expliquer la présence du chiffre « 2 » devant la formule chimique de l'oxyde de cuivre CuO.

c. On modélise l'installation électrique du fourgon par le circuit schématisé ci-après (document 1 de la page suivante). La batterie est modélisée par une pile. Reproduire le schéma de la pile.

d. On souhaite ajouter dans le circuit un interrupteur capable d'allumer et d'éteindre toutes les lampes en même temps.

Indiquer, parmi les positions A, B, C ou D proposées sur le document 1 où pourrait être placé l'interrupteur pour répondre à ce cahier des charges.

e. Lorsque toutes les lampes sont allumées, la pile a une tension électrique à ses bornes $U = 12$ V. À l'aide d'un ampèremètre, on réalise plusieurs mesures :

– intensité du courant électrique dans la branche principale : $I_P = 0{,}15$ A ;

– intensité du courant électrique traversant les lampes L_2 et L_3 : $I_2 = 0{,}12$ A.

L'aménagement ne permettant pas de mesurer directement l'intensité I_1 du courant électrique traversant la lampe L_1, on cherche à calculer sa valeur.

Vérifier, en justifiant la réponse, que la valeur de l'intensité I_1 du courant électrique traversant la lampe L_1 est égale à 30 mA.

Sur la lampe L_1 figurent les indications suivantes : 12 V ; 0,36 W. Justifier que la lampe L_1 fonctionne dans les conditions normales d'utilisation.

DOC. 1 Schéma électrique

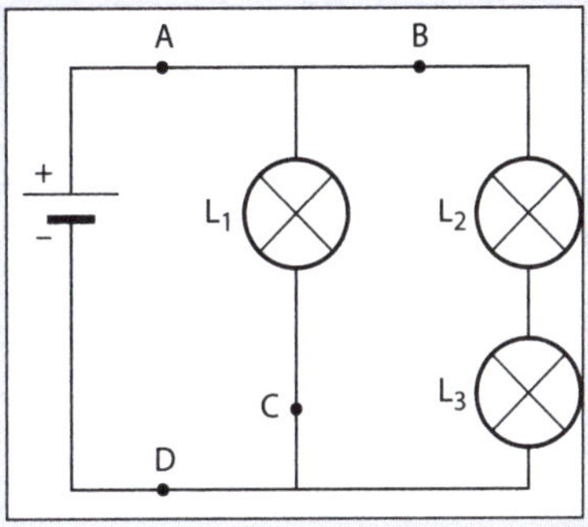

3 Choix d'une batterie

Pour alimenter en énergie les différents appareils électriques, la batterie auxiliaire choisie doit être à décharge lente. À l'aide des documents 2 et 3, déterminer la batterie la moins chère qui offrirait deux jours d'autonomie dans des conditions normales d'utilisation. Une démarche et des calculs sont attendus.

DOC. 2 Données sur les besoins de l'utilisateur

Appareils utilisés	Puissance (en W)	Temps d'utilisation par jour (en h)
Ensemble des lampes	6	2
Glacière	37	8
Téléphone portable	5	2

DOC. 3 Batteries disponibles

	Batterie A	Batterie B	Batterie C
Type	Décharge lente	De démarrage	Décharge lente
Énergie disponible (en Wh)	588	756	840
Prix (en €)	87	93	120

PAR ÉTAPES

À CONNAÎTRE

- **L'énergie** existe sous **différentes formes** : énergie thermique, énergie électrique, énergie lumineuse, etc.
- L'énergie change de forme lors d'une **conversion d'énergie** ; elle ne change pas de forme lors d'un **transfert d'énergie**.
- Le plastique est un **isolant électrique** ; le cuivre est un **conducteur électrique**.
- Lors d'une transformation chimique, des **réactifs** sont consommés et des **produits** sont formés à partir des réactifs.
- Dans un circuit à deux mailles, la **loi d'additivité des intensités** s'applique.
- La **puissance électrique** P reçue par un dipôle électrique est égale à $\boldsymbol{P = U \times I}$, avec U la tension électrique aux bornes de ce dipôle et I l'intensité du courant électrique qui le traverse.
- **L'énergie** E utilisée par un appareil est égale à $\boldsymbol{E = P \times t}$, avec P la puissance de l'appareil et t sa durée d'utilisation.

ANALYSER L'ÉNONCÉ ET LES DOCUMENTS

- Le document 1 présente le schéma d'un circuit électrique. Remarquez qu'il s'agit d'un circuit à deux mailles.
- Le document 2 donne des informations sur les besoins quotidiens de l'utilisateur.
- N'oubliez pas de prendre en compte le type de batterie lorsque vous étudiez le document 3.

BIEN COMPRENDRE LES QUESTIONS

Question 1

1 a. et b. Ne confondez pas les différentes formes d'énergie.

Question 2

2 c., d. et e. Étudiez attentivement le document 1.

Question 3

Rappelez-vous que la batterie doit offrir deux jours d'autonomie, alors que le document 2 présente uniquement les besoins quotidiens de l'utilisateur.

CORRIGÉ 10

Comprendre le corrigé

1 **a.** La phrase correcte est la suivante : « Dans un circuit électrique, la lampe LED se comporte comme un **récepteur**. Alimentée en énergie **électrique**, elle émet de l'énergie **lumineuse** ».

b. La lampe LED est **alimentée en énergie électrique** et elle **émet de l'énergie lumineuse**. Elle réalise donc une **conversion d'énergie** car l'énergie électrique et l'énergie lumineuse sont **deux formes d'énergie différentes**.

> **Pour aller plus loin**
> La lampe LED émet aussi de l'énergie thermique.

2 **a.** Pour garantir la sécurité de l'utilisateur, une gaine plastique enrobe les brins de cuivre des câbles électriques. En effet, le plastique est un **isolant électrique**, ce qui évite à l'utilisateur d'être en contact avec le courant électrique qui traverse les brins de cuivre, qui sont eux conducteurs électriques.

b. Le cuivre participe à une transformation chimique qui peut être modélisée par la réaction d'équation :

$$2\,Cu + O_2 \longrightarrow 2\,CuO$$

D'après cette équation, le dioxygène est un **réactif** de cette transformation chimique : il est **consommé** au cours de la transformation.

Le chiffre « 2 » devant la formule chimique de l'oxyde de cuivre CuO est un **coefficient stœchiométrique**. Cela signifie qu'il y a deux fois plus d'oxyde de cuivre formé que de dioxygène O_2 consommé.

> **Bien comprendre**
> L'absence de chiffre devant « O_2 » dans l'équation signifie que le coefficient stœchiométrique devant « O_2 » est égal à 1.

c. Le schéma de la pile est :

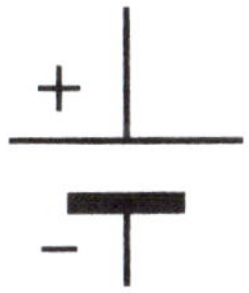

> **Piège à éviter**
> Ne confondez pas le schéma d'une pile avec celui d'une lampe.

d. On souhaite ajouter dans le circuit un interrupteur capable d'allumer et d'éteindre toutes les lampes en même temps. Pour cela, l'interrupteur doit être placé dans la branche principale, c'est-à-dire à la **position A ou D**.

e. D'après la loi d'additivité des intensités dans un circuit à deux mailles, l'intensité I_p du courant électrique dans la branche principale est égale à : $I_p = I_1 + I_2$ avec I_1 l'intensité du courant électrique traversant la lampe L_1 et I_2 l'intensité du courant électrique traversant les lampes L_2 et L_3.

Ainsi, $\boldsymbol{I_1 = I_p - I_2}$.

$I_1 = 0{,}15 - 0{,}12 =$ **0,03 A = 30 mA**.

Rappel
1 mA = 0,001 A.

Lorsque toutes les lampes sont allumées, la pile a une tension électrique à ses bornes $U = 12$ V. Comme la lampe L_1 est en dérivation avec la pile, la tension électrique aux bornes de la lampe L_1 est égale aussi à $\boldsymbol{U}$ **= 12 V**.

Ainsi, la puissance électrique de la lampe L_1 vaut :

$\boldsymbol{P = U \times I_1 = 12 \times 0{,}03 = 0{,}36}$ **W**.

Comme les indications « 12 V ; 0,36 W » figurent sur la lampe L_1, **cette lampe fonctionne bien dans les conditions normales d'utilisation**.

3 Pour alimenter en énergie les différents appareils électriques présentés dans le document 2, la batterie auxiliaire choisie doit être **à décharge lente**. D'après le document 3, **seules les batteries A et C peuvent donc être choisies**.

Remarque
Le critère de prix (choisir la batterie la moins chère) ne peut pas être pris en compte, car seule la batterie C a les caractéristiques techniques demandées.

De plus, d'après le document 2, pour offrir deux jours d'autonomie dans des conditions normales d'utilisation, la batterie doit avoir une énergie disponible au moins égale à :

$\boldsymbol{E} = 6 \times 2 \times 2 + 37 \times 2 \times 2 + 5 \times 2 \times 2 =$ **636 Wh**.

Or, d'après le document 3, l'énergie disponible de la batterie A est uniquement de 588 Wh. Seule **la batterie C, ayant une énergie disponible de 840 Wh, peut donc convenir**.

SUJET 11 Centres étrangers, juin 2021 25 pts 30 min

Aide au stationnement

Le radar de recul est un système utilisé à l'arrière de certains véhicules pour faciliter la manœuvre de stationnement.

Il est constitué de 4 capteurs à ultrasons positionnés sur le pare-chocs du véhicule. Lorsqu'un obstacle est détecté (mur, véhicule, arbre, personne...) (document 1), le système émet des bips sonores et affiche la position de l'obstacle sur un écran au tableau de bord (document 2).

Chaque capteur est capable d'émettre et de recevoir des ultrasons. Lorsqu'un obstacle est présent face au capteur, le délai entre l'émission et la réception de l'onde permet de connaître la distance qui le sépare de l'obstacle (document 1). Les informations sont ensuite traitées par l'ordinateur de bord.

DOC. 1 Principe du radar de recul

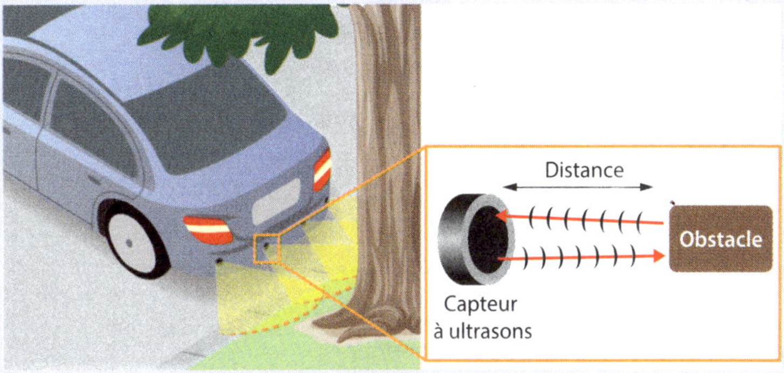

L'affichage au tableau de bord s'active lorsque la distance avec l'obstacle est inférieure ou égale à 2 m. Des voyants verts apparaissent puis orange, puis rouges au fur et à mesure que le véhicule se rapproche de l'obstacle (document 2). Ils sont accompagnés d'un signal sonore émis par un buzzer dont le rythme s'accélère lorsque la distance diminue.

DOC. 2 Affichage du tableau de bord

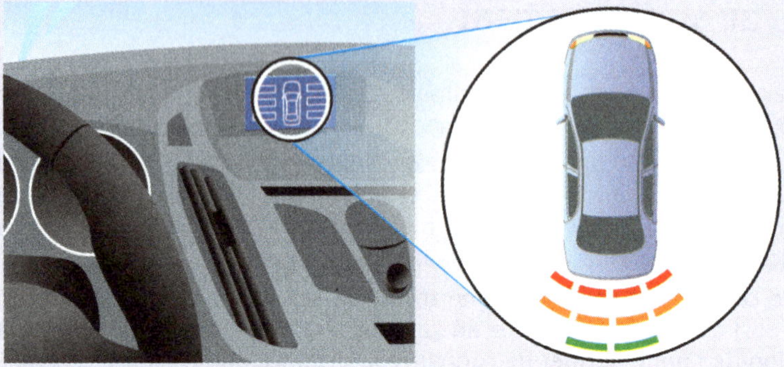

DOC. 3 Signaux visuels et sonores pour le conducteur

Distance de l'obstacle (en mètres)	Couleur du voyant	Rythme du signal sonore
À partir de 2 m et jusqu'à 1 m	Vert	Signal toutes les 0,5 s
Inférieure à 1 m et jusqu'à 0,50 m	Orange	Signal toutes les 0,25 s
Inférieure à 0,50 m	Rouge	Signal continu

1 Donner la fonction d'usage du radar de recul (rédiger la réponse).

2 Choisir la réponse correcte. Un capteur est un élément :

a. permettant d'avertir par un signal sonore.

b. capable de prélever une information.

c. pouvant transformer un mouvement.

d. permettant d'alimenter en énergie.

3 a. Compléter les deux affirmations ci-dessous concernant le capteur à ultrasons en utilisant les mots : *court* et *long*.

– Plus la distance entre le radar de recul et l'obstacle est petite, plus le délai émission/réception de l'onde est ....

– Plus la distance entre le radar de recul et l'obstacle est grande, plus le délai émission/réception de l'onde est ....

b. Quel paramètre permet de déterminer la distance entre le véhicule et l'obstacle ?

- ☐ Le délai entre l'émission et la réception de l'onde.
- ☐ La vitesse du véhicule.
- ☐ Le nombre de capteurs.

4 Compléter la chaîne d'information du système d'aide au stationnement.

a. Compléter les deux cases par une fonction (verbe à l'infinitif).

b. Replacer les solutions techniques suivantes sur les pointillés :

Buzzer ; Capteur à ultrasons ; Écran avec voyants ; Ordinateur de bord

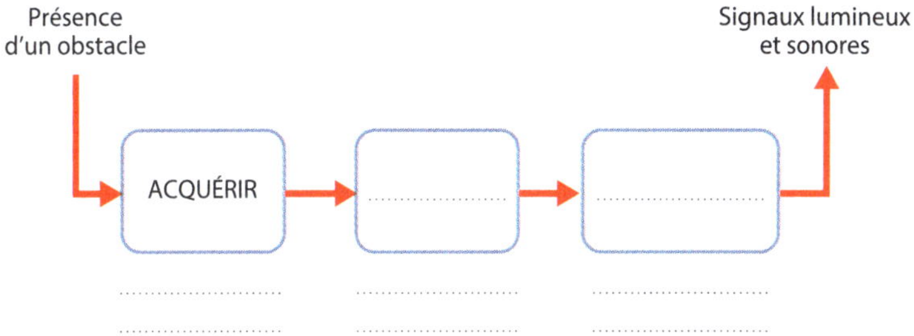

5 Pour le bon fonctionnement du système, le capteur à ultrasons doit avoir un temps de réponse inférieur à 500 ms et doit capter un obstacle à partir de 2 mètres de distance.

À partir du document 4, choisir le capteur le plus approprié. Justifier le choix.

DOC. 4 Différents modèles de capteurs à ultrasons

	Modèle A	Modèle B	Modèle C
Détection entre	8 m et 0,1 m	0,6 m et 0,065 m	2 m et 0,2 m
Temps de réponse	240 ms	64 ms	530 ms
Diamètre	35 mm	65 mm	30 mm

6 À partir du document 3 et du document 5, compléter les huit cases blanches du programme ci-après lié au fonctionnement du radar de recul (les distances sont en mètres).

DOC. 5 Système de codage informatique des couleurs

Les couleurs sont notées « RVB » pour le système de codage informatique.

- Code couleur RVB pour le **Vert** : (rouge 0 ; vert 255 ; bleu 0).
- Code couleur RVB pour le **Rouge** : (rouge 255 ; vert 0 ; bleu 0).
- Code couleur RVB pour le **Orange** : (rouge 255 ; vert 150 ; bleu 20).

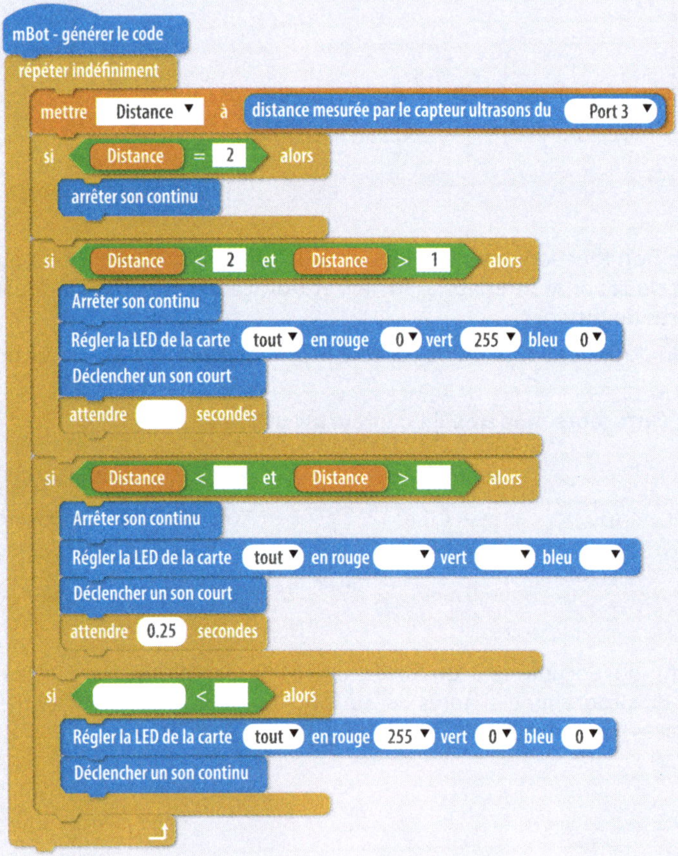

PAR ÉTAPES

À CONNAÎTRE

- La **fonction d'usage** d'un objet correspond au **service qu'il rend**. Par exemple, la fonction d'usage d'une voiture est de transporter des personnes.
- Un **capteur acquiert une grandeur physique**, comme une température par exemple, et la transforme en information compréhensible par un ordinateur.
- Le **paramètre** d'un radar de recul est la grandeur physique qui **varie** lorsque la distance entre le véhicule et l'obstacle varie.
- Une **chaîne d'information** est l'**ensemble des fonctions techniques** d'un objet qui permettent de gérer toutes les informations indispensables à son fonctionnement. La chaîne d'information transmet des ordres à la chaîne d'énergie, qui les réalise.
- Un **programme** informatique est un **ensemble d'opérations** destinées à être exécutées par un ordinateur.

ANALYSER L'ÉNONCÉ ET LES DOCUMENTS

- L'énoncé et les documents 1 et 2 permettent de comprendre l'intérêt et le fonctionnement d'un radar de recul.
- L'étude des documents 3 et 5 est nécessaire pour répondre à la question 6 ; l'analyse du document 4 permet de résoudre la question 5.

BIEN COMPRENDRE LES QUESTIONS

Question 1 et 2

Rappelez-vous des définitions des termes « fonction d'usage » et « capteur » pour répondre à ces questions.

Question 3

Appuyez-vous sur la réponse à la question 3 a. pour répondre à la question 3 b.

Question 4

Les trois fonctions d'une chaîne d'information sont : acquérir, traiter et communiquer.

Question 5

Tenez compte du temps de réponse, mais aussi de la portée du capteur à ultrasons pour choisir le modèle approprié.

Question 6

Dans un programme, le nombre « 0,5 » s'écrit : 0.5.

CORRIGÉ 11

Comprendre le corrigé

1 La fonction d'usage d'un radar de recul est d'**avertir de la présence d'un obstacle**.

2 Un capteur est un **élément capable de prélever une information**.

3 **a.** Plus la distance entre le radar de recul et l'obstacle est petite, plus le délai émission/réception de l'onde est **court**.

Plus la distance entre le radar de recul et l'obstacle est grande, plus le délai émission/réception de l'onde est **long**.

b. Le paramètre qui permet de déterminer la distance entre le véhicule et l'obstacle est **le délai entre l'émission et la réception de l'onde**. En effet, d'après la réponse à la question précédente, le délai émission/réception de l'onde varie lorsque la distance entre le radar de recul et l'obstacle varie.

4 La chaîne d'information du système d'aide au stationnement est la suivante.

L'astuce du prof

Une fonction d'usage est toujours exprimée de la même façon : un verbe à l'infinitif suivi éventuellement d'un groupe nominal.

Pour aller plus loin

La distance d entre le radar de recul et l'obstacle est égale à $d = \frac{v \times t}{2}$, avec v la vitesse de propagation de l'onde et t le délai entre l'émission et la réception de l'onde.

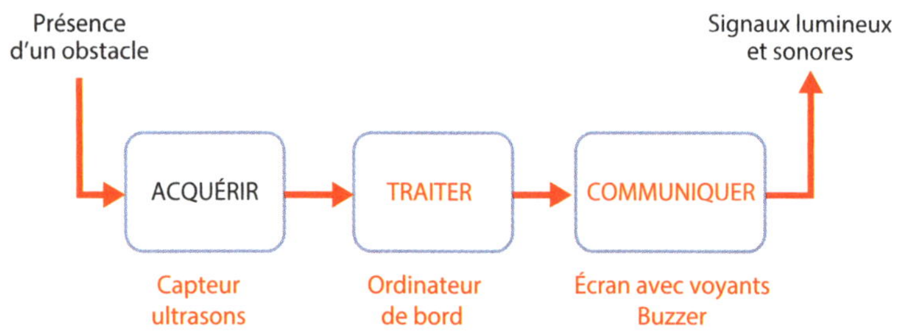

5 Pour le bon fonctionnement du système, le capteur à ultrasons doit avoir un temps de réponse inférieur à 500 ms, ce qui est le cas des modèles de capteurs à ultrasons A et B.

De plus, le capteur à ultrasons doit capter un obstacle à partir de 2 m de distance, ce qui est le cas du modèle A, mais pas du modèle B.

Ainsi, le capteur le plus approprié est le **modèle A**.

Gagnez des points !

N'oubliez pas de justifier votre réponse.

6 Le programme lié au fonctionnement du radar de recul est le suivant.

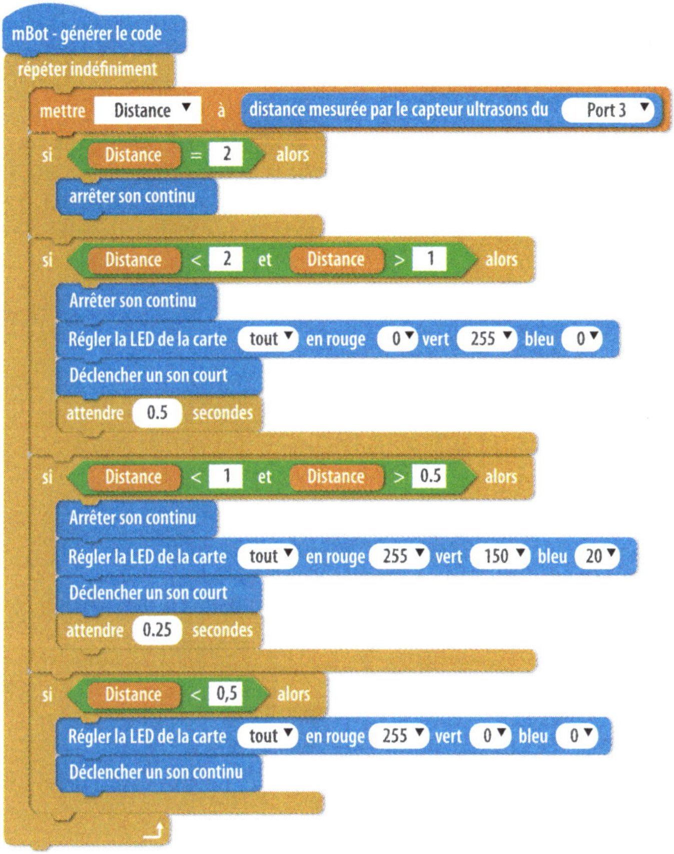

SUJET 12 Nouvelle-Calédonie, décembre 2019 25 pts 30 min

Système d'arrosage automatique par goutte à goutte

Afin d'économiser les ressources en eau, un producteur de tomates sous serre décide d'installer un système d'arrosage par goutte à goutte automatique dans son exploitation. Chaque pied de tomate se voit munir d'un tuyau d'arrivée d'eau, et un capteur d'humidité est planté dans la terre, à proximité des pieds de tomate.

DOC. 1 Types de signaux

Signal numérique : information codée par une suite de 0 et de 1

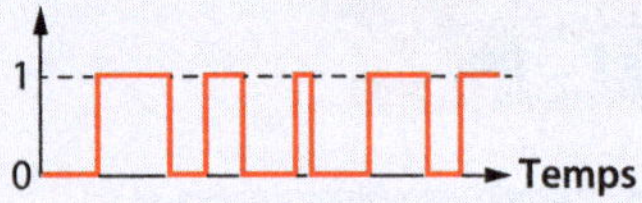

Signal analogique : grandeur physique qui varie de manière continue dans le temps

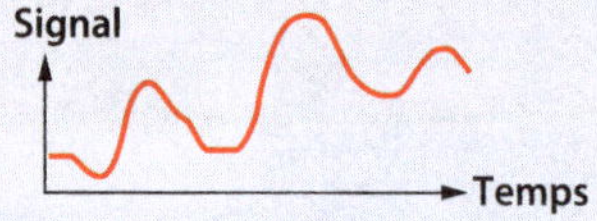

Le capteur d'humidité renvoie une valeur qui varie de 0 à 1 024. La valeur 0 correspond à 0 % d'humidité, la valeur 1 024 à 100 % d'humidité.

DOC. 2 Enregistrement des valeurs envoyées par le capteur d'humidité de la terre pendant une journée

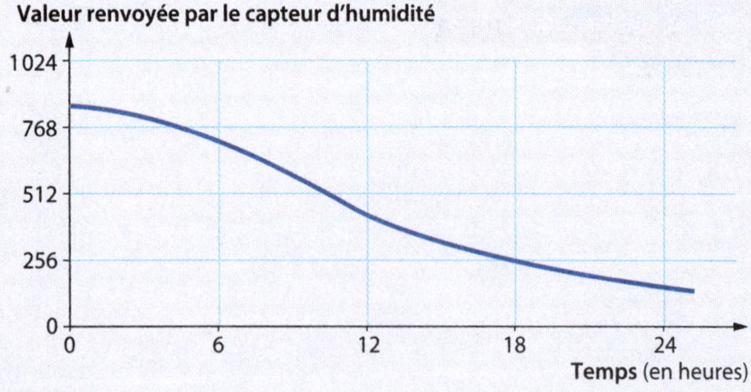

1 D'après les documents 1 et 2, comment s'appelle le type de signal produit par le capteur d'humidité ? Justifier la réponse.

2 On considère que les pieds de tomate ont besoin d'eau lorsque l'humidité de la terre est en dessous de 25 %. Il faut alors déclencher l'arrosage. À quelle valeur envoyée par le capteur faut-il déclencher l'arrosage ? Expliquer la réponse.

3 D'après le document 2, pendant la journée où ces données ont été enregistrées, à quelle heure aurait-il fallu déclencher l'arrosage ?

DOC. 3 Schéma du dispositif d'arrosage par goutte à goutte automatique

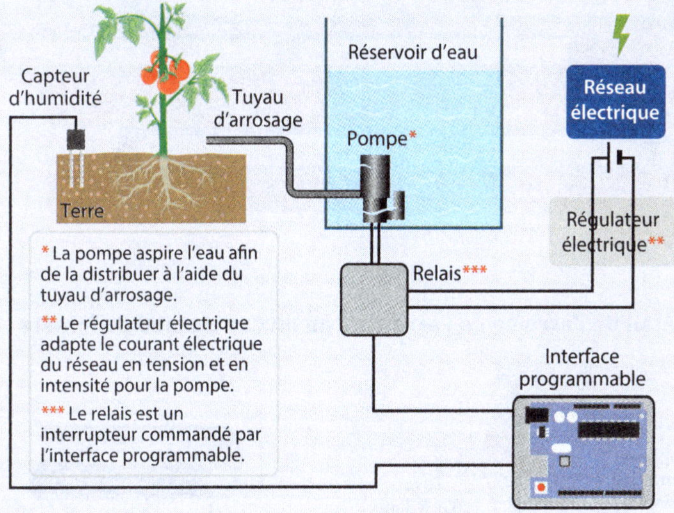

* La pompe aspire l'eau afin de la distribuer à l'aide du tuyau d'arrosage.

** Le régulateur électrique adapte le courant électrique du réseau en tension et en intensité pour la pompe.

*** Le relais est un interrupteur commandé par l'interface programmable.

4 À l'aide du document 3, compléter les chaînes d'énergie et d'information du système sur le schéma ci-après avec les éléments suivants : *capteur d'humidité*; *interface programmable*; *régulateur électrique*; *pompe*.

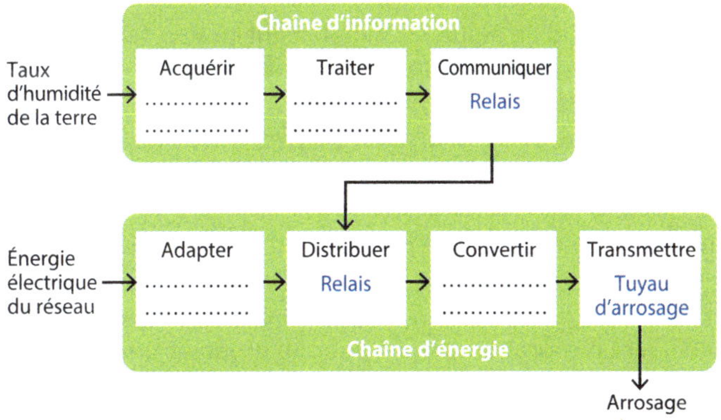

5 Compléter le programme ci-dessous qui sera transféré dans l'interface programmable avec les propositions suivantes : *pompe arrêtée*; *pompe en marche*; *relais*; *relais*; *taux d'humidité de la terre*; *taux d'humidité de la terre*; *valeur de déclenchement*; *valeur de déclenchement*.

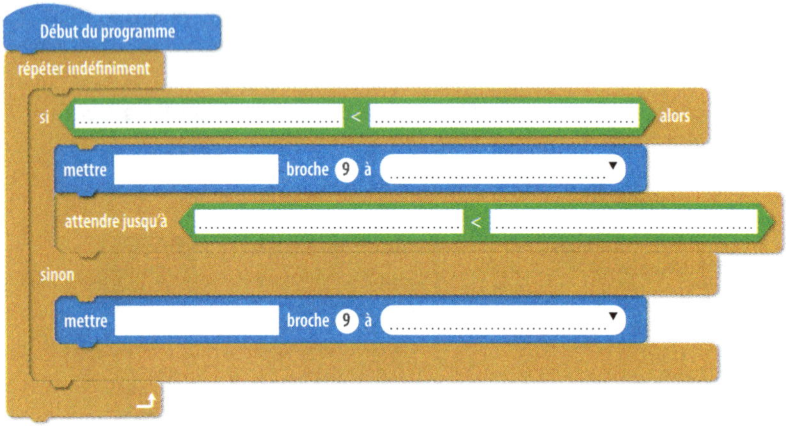

DOC. 4 Détail de l'arrivée de l'arrosage au niveau du pied de tomate

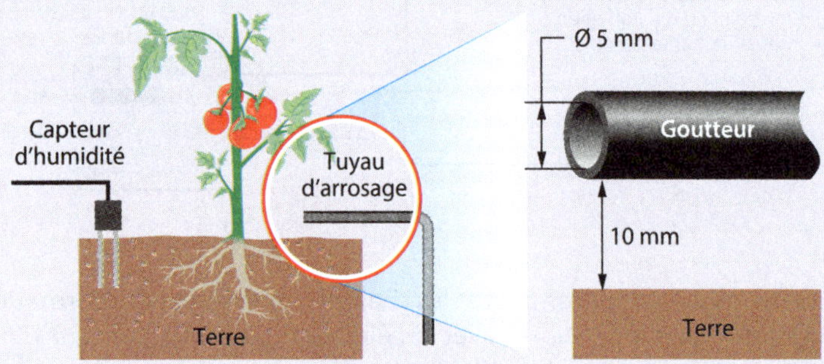

6 Le goutteur du tuyau d'arrosage est simplement posé à terre au niveau du pied de tomate, mais on s'aperçoit très vite qu'il finit par s'encrasser et le pied finit par ne plus être irrigué.

À l'aide du document 4, dessiner une pièce qui permettra de tenir le goutteur à 1 cm du sol, afin qu'il ne se salisse pas. Vous pouvez indiquer des dimensions et autres légendes nécessaires à la compréhension.

7 À l'aide du document 5, quel type de matériau faudrait-il choisir pour fabriquer la pièce de maintien du goutteur ? Justifier la réponse.

8 Le producteur est satisfait de son installation, mais il désire réduire sa facture d'électricité. Rédiger un court paragraphe pour lui proposer une solution afin de réduire le coût de la consommation d'énergie de ce système.

DOC. 5 Tableau comparatif des matériaux envisagés pour fabriquer la pièce de maintien du goutteur

	Résistance à la corrosion (rouille)	Résistance aux changements de température	Résistance à la dégradation par les rayons du soleil	Résistance à l'humidité	Prix	Impact écologique
Matière plastique	Excellente	Excellente	Mauvaise	Excellente	Peu cher	Important
Bois	Excellente	Moyenne	Moyenne	Mauvaise	Très cher	Faible
Matériau ferreux	Mauvaise	Excellente	Excellente	Excellente	Cher	Moyen

PAR ÉTAPES

À CONNAÎTRE

- Le diagramme des **chaînes d'énergie et d'information** permet de représenter le fonctionnement du système et les échanges de flux entre ses différents éléments.
- Un **algorithme** est une succession d'opérations et d'instructions permettant la réalisation d'une tâche ou la résolution d'un problème.
- Il existe plusieurs méthodes pour représenter une pièce d'un système, comme réaliser un **croquis, un plan**, un **modèle numérique**, etc.
- Le **choix d'un matériau** s'effectue suivant des critères comme la formabilité, le coût, l'impact écologique, la durée de vie.
- La **source d'énergie** choisie pour alimenter un système va modifier son coût d'utilisation et son impact environnemental.

ANALYSER L'ÉNONCÉ ET LES DOCUMENTS

- Le document 1 présente un signal numérique et un signal analogique.
- Le document 2 représente les valeurs renvoyées par un capteur.
- Le document 3 est une représentation des éléments du système d'arrosage et des liens qui existent entre eux.
- Le document 4 montre le goutteur (l'arrivée de l'arrosage) au niveau du pied de tomate.
- Le document 5 permet de comparer différents matériaux suivant des critères définis pour fabriquer la pièce de maintien du goutteur.

BIEN COMPRENDRE LES QUESTIONS

Question 1

Le document 2 montre que la valeur du capteur d'humidité varie dans le temps. Le document 1 vous permet d'identifier ce type de signal.

Question 2

Les valeurs du capteur d'humidité sont proportionnelles à l'humidité de la terre.

Question 3

Utilisez la valeur trouvée dans la question 2.

Questions 4 et 5

Positionnez les éléments donnés dans les bonnes cases de la chaîne d'information et de l'algorithme.

Question 6

Dessinez une pièce (type croquis ou plan). La contrainte principale consiste à maintenir le tuyau à 1 cm du sol.

Question 7

Utilisez le document 5 pour choisir un matériau en fonction des critères présentés (prix, résistance à l'humidité...).

Question 8

L'utilisation d'une source d'énergie renouvelable permettrait de réduire le coût d'utilisation du système.

CORRIGÉ 12

Comprendre le corrigé

1 Le signal produit par le capteur d'humidité est un **signal analogique**. Il varie de manière continue dans le temps suivant l'humidité de la terre. Le capteur renvoie une valeur entre 0 et 1 024 : la valeur 0 correspond à 0 % d'humidité, la valeur 1 024 correspond à 100 % d'humidité.

Gagnez des points !
Pour bien comprendre les documents de l'énoncé, n'hésitez pas à les lire plusieurs fois.

2 La valeur varie proportionnellement entre 0 et 1 024 pour une humidité de 0 % à 100 %.

Taux d'humidité	0 %	25 %	100 %
Valeur	0	x	1 024

Calcul : $x = \dfrac{(25 \times 1\,024)}{100} = 256.$

L'astuce du prof
Utilisez un produit en croix pour effectuer ce calcul.

Lorsque le taux d'humidité est à 25 %, le capteur renvoie une valeur de 256. Il faut donc déclencher l'arrosage pour **une valeur inférieure ou égale à 256**.

3 D'après le document 2, la valeur renvoyée par le capteur est égale à 256 à 18 h, puis inférieure par la suite.

Il aurait donc fallu déclencher l'arrosage **à 18 h**.

Gagnez des points !
Placez en premier les éléments que vous connaissez.

4 Voici les chaînes d'information et d'énergie complétées :

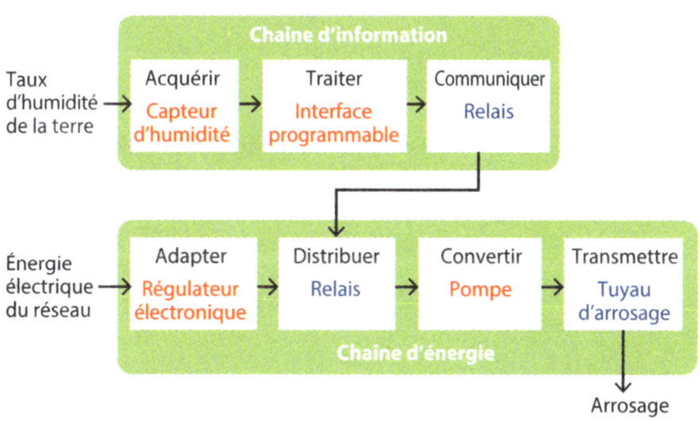

5 Il faut mettre en marche la pompe lorsque le taux d'humidité de la terre est inférieur à la valeur de déclenchement (256). Puis il faut arrêter la pompe lorsque la valeur de déclenchement est supérieure au taux d'humidité de la terre.

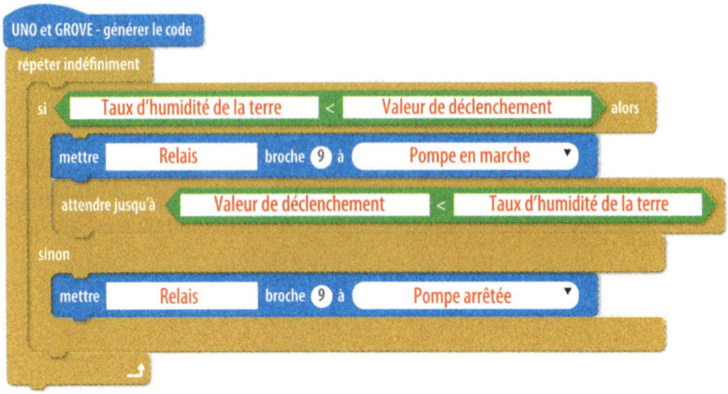

6 Voici un croquis d'une pièce pour tenir le goutteur. La partie rouge est en contact avec le sol et permet de fixer le goutteur à 1 cm du sol.

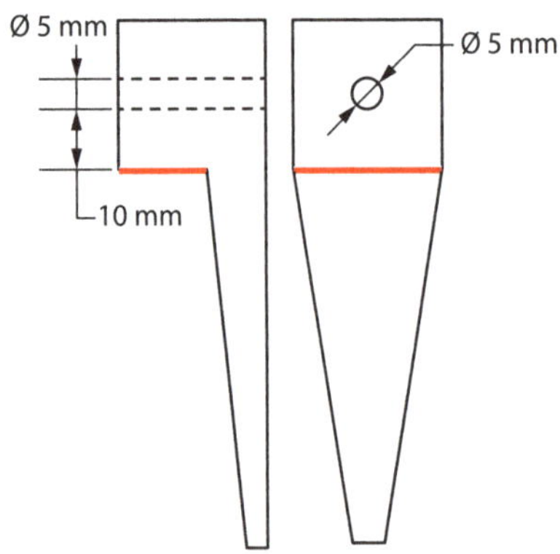

Ce croquis est une proposition, d'autres solutions techniques sont envisageables.

7 Le **plastique** pourrait être choisi pour fabriquer cet élément car il résiste à l'humidité et ne rouille pas. En effet, la rouille pourrait nuire au développement des plantes.

L'impact écologique est important, mais les autres matériaux ne répondent pas aux contraintes imposées.

8 Pour réduire la facture d'électricité, une source d'énergie différente comme l'énergie solaire pourrait être utilisée. L'utilisation d'un **panneau solaire** associé à un régulateur et une **batterie** permettrait une alimentation électrique suffisante pour faire fonctionner ce système qui consomme peu d'énergie.

L'astuce du prof

Vous pouvez utiliser des couleurs pour légender votre dessin et le rendre ainsi plus facile à comprendre.

Gagnez des points !

Le choix d'un matériau est toujours le fruit d'un compromis. Donnez les critères qui justifient votre décision.

SUJET 13 **Polynésie, septembre 2021** 25 pts 30 min

Système de ventilation autonome pour une véranda

Le propriétaire d'une véranda, surchauffée par le soleil en été, souhaite trouver une solution simple, économique et autonome pour ventiler cette pièce automatiquement.

DOC. 1 Descriptif du kit de ventilation solaire

Ce kit de ventilation solaire peut renouveler l'air d'une pièce en autonomie dès le lever du soleil. Lorsque le soleil éclaire le panneau, l'extracteur se déclenche et extrait l'air à l'extérieur de la pièce.

Il est fourni avec un panneau photovoltaïque 10 W-12 V, un support pour le panneau, un interrupteur, un extracteur d'air 160 m^3/h en 12 V, une bobine de câble électrique de 4 m.

Sa consommation est de 0,45 A. Il est silencieux, 100 % autonome et il permet de ventiler de façon optimale une maison, même si elle est inhabitée.

Source : sellande.fr

1 Compléter le descriptif du kit ci-dessous, puis cocher sa fonction d'usage parmi les trois propositions.

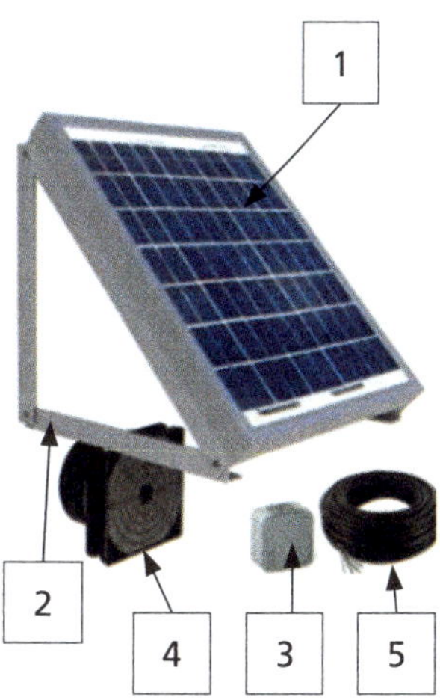

Rep.	Désignation	Fonction
1	....	Alimenter en courant électrique
2	Support	....
3	....	Allumer ou éteindre le système
4	Extracteur 160 m^3/h 12 V	....
5	....	Distribuer le courant électrique

Fonction d'usage :

☐ Le kit de ventilation sert à renouveler l'air de façon autonome.

☐ Le kit de ventilation, quand il est usé, doit être déposé dans une filière de recyclage.

☐ Le kit de ventilation fonctionne grâce à un panneau photovoltaïque.

2 On veut ajouter deux fonctions supplémentaires FS1 et FS2 au kit.

DOC. 2 Extrait du cahier des charges du kit de ventilation avec régulation

Fonction		Critère	Niveau de performance
FS1	Stocker l'énergie	– Tension – Autonomie – Dimensions (mm)	12 volts 12 h minimum 140 × 100 × 100 maximum
FS2	Réguler l'alimentation électrique du système	– Tension – Courant d'entrée (panneau) – Courant de sortie (extracteur)	12 volts Supporter au moins 2 A Supporter au moins 0,5 A

Pour ces deux fonctions, une solution technique a été choisie.

	FS1	FS2
Descriptif	Batterie HUASA 7A  Associée à un régulateur, elle peut stocker l'énergie produite par un panneau photovoltaïque.	Régulateur Solsum 6.6  Il se branche entre le panneau photovoltaïque et la batterie ; il permet d'adapter la tension fournie et de contrôler le niveau de la charge.
Caracté-ristiques	– Tension : 12 V – Capacité : 7 Ah – Autonomie : 17 h – Dimensions (mm) : 151 × 65 × 98	– Tension : 12 V à 24 V – Courant en entrée et en sortie : jusqu'à 10 A – Poids : 150 g – DEL témoin de charge

Toutes les caractéristiques de la batterie et du régulateur répondent-elles aux exigences du cahier des charges ? Justifier la réponse.

3 Dans les endroits chauds, il est conseillé d'avoir une capacité de ventilation du triple du volume de la pièce à ventiler afin de changer d'air plusieurs fois par jour. Sachant que la véranda mesure 3 m en longueur, 5 m de largeur et 2,5 m de hauteur, quel est son volume ? Cocher la bonne réponse et la justifier par un calcul.

☐ 11,25 m^3 ☐ 37,5 m^3 ☐ 43,31 m^3

4 Sachant que l'extracteur d'air peut extraire 160 m³/h d'air, est-il capable d'extraire le triple du volume de la véranda ? Justifier.

5 À l'aide du document 3, compléter la représentation de la chaîne d'information et de la chaîne d'énergie ci-après avec les termes suivants :

Communiquer ; *Acquérir* ; *Batterie* ; *Transmettre* ; *Alimenter* ; *Extracteur* ; *Distribuer* ; *Traiter*

DOC. 3 Schéma et principe de fonctionnement

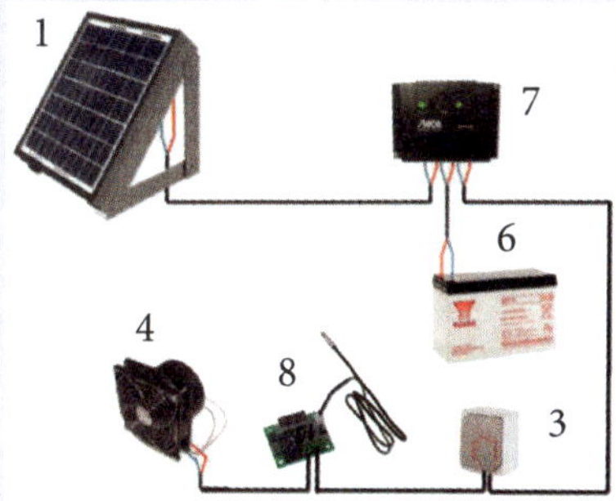

La batterie (6) et le panneau photovoltaïque sont branchés sur le régulateur (7). Celui-ci charge la batterie le jour, jusqu'à sa valeur maximale à partir de laquelle le régulateur coupe la charge.

L'interrupteur (3) et le commutateur de température (8) sont branchés en série entre la sortie du régulateur et l'extracteur (le commutateur de température (8) permet de régler l'allumage en fonction de la température).

Pour que l'extracteur fonctionne, il faut que :
- la batterie soit assez chargée ;
- l'interrupteur soit fermé ;
- la température dépasse la valeur affichée, réglée par l'utilisateur.

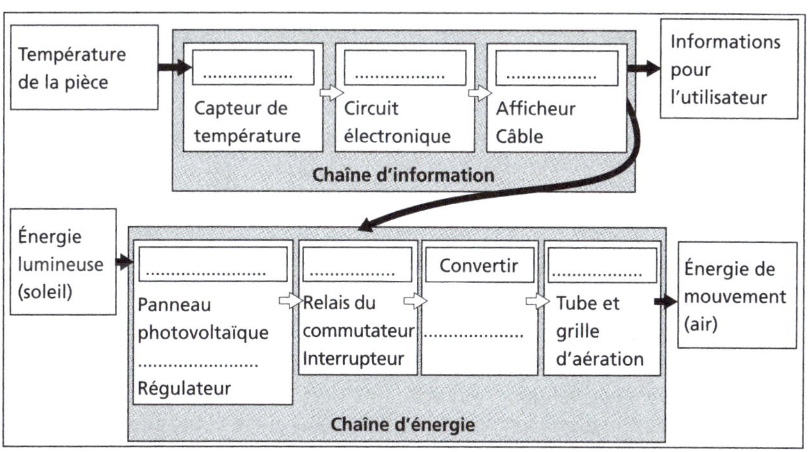

6 Compléter l'algorigramme de fonctionnement (document 4 page suivante) avec les informations ci-dessous :

– Charger batterie

– Ventiler
– Système allumé ?
– Charge = 100 % ?

DOC. 4 Algorithme de fonctionnement

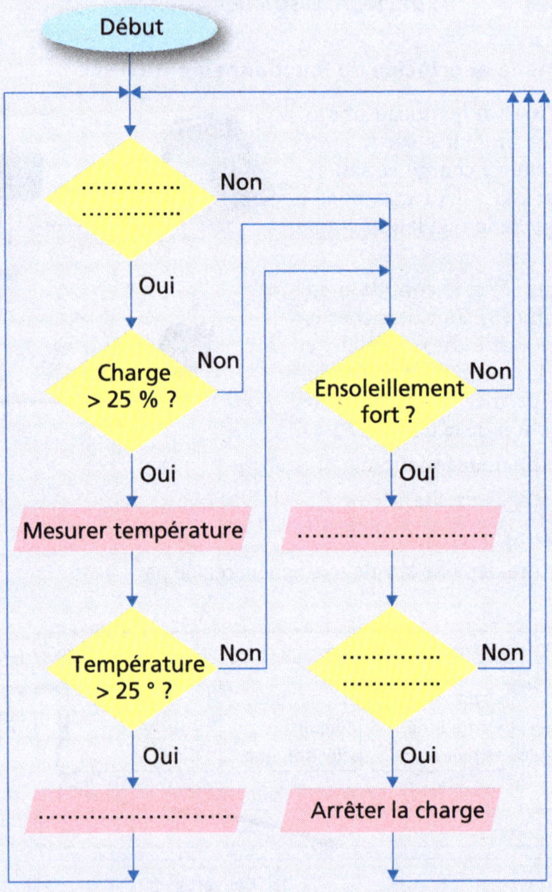

Descriptif du fonctionnement

Quand le système est allumé, l'extracteur ne doit ventiler qu'au-dessus d'une température dépassant les 25 °C et si la charge de la batterie est supérieure à 25 %.
En dessous de cette température, si l'ensoleillement est fort, le panneau photovoltaïque doit recharger la batterie ; une fois celle-ci chargée, on arrête la charge.

PAR ÉTAPES

À CONNAÎTRE

- La **fonction d'usage** est le service rendu par l'objet technique pour répondre au besoin de l'utilisateur.
- Le **cahier des charges** regroupe de façon détaillée l'ensemble des fonctions que l'objet devra satisfaire et les contraintes qu'il devra respecter.
- Chaque bloc de la **chaîne d'énergie et d'information** représente une opération effectuée par le système.

ANALYSER L'ÉNONCÉ ET LES DOCUMENTS

- Le document 1 permet de comprendre le fonctionnement du système, il présente les solutions techniques choisies pour satisfaire la fonction d'usage.
- Le premier tableau du document 2 est un cahier des charges présentant deux fonctions (FS1 et FS2). Pour chaque fonction, trois critères sont définis avec leurs niveaux de performance associés.
- Le document 3 présente le système avec les deux fonctions supplémentaires (Stocker l'énergie et Réguler l'alimentation électrique du système).

BIEN COMPRENDRE LES QUESTIONS

▶ Question 1

La colonne « Désignation » doit être complétée avec les solutions techniques choisies pour réaliser les fonctions. La colonne « Fonction » doit être complétée en utilisant les verbes utilisés dans le document 1.

▶ Question 2

Comparez les caractéristiques des solutions choisies aux niveaux de performance souhaités dans le cahier des charges et indiquer s'ils sont respectés.

▶ Question 3

Il faut calculer le volume de la pièce. Identifiez la forme du volume (pavé) et appliquez la formule associée à cette forme : Longueur × Largeur × Hauteur.

▶ Question 4

Vous devez calculer le triple (triple = multiplié par 3) du volume de la pièce et indiquer si cela est supérieur à la capacité d'extraction par heure de l'extracteur.

▶ Question 5

Vous devez replacer les termes proposés dans les cases de la chaîne d'information et de la chaîne d'énergie.

▶ Question 6

Dans l'algorigramme que vous devez compléter, les losanges correspondent à des tests, les parallélogrammes sont des actions.

CORRIGÉ 13

Comprendre le corrigé

1 Descriptif du kit et fonction d'usage

Rep.	Désignation	Fonction
1	**Panneau solaire**	Alimenter en courant électrique
2	Support	**Supporter le panneau solaire**
3	**Interrupteur**	Allumer ou éteindre le système
4	Extracteur 160 m^3/h 12 V	**Extraire l'air chaud**
5	**Bobine de câble électrique**	Distribuer le courant électrique

La fonction d'usage du système est :
Le kit de ventilation sert à renouveler l'air de façon autonome.

> **L'astuce du prof**
> Utilisez le vocabulaire de l'énoncé pour compléter le tableau.

2 Fonction FS1 : Stocker l'énergie

La tension de la batterie HUASA 7A correspond aux exigences du cahier des charges (12 V).

L'autonomie de la batterie HUASA 7A est supérieure à celle demandée dans le cahier des charges (17 h > 12 h). Cette caractéristique correspond donc aux exigences du cahier des charges.

Les dimensions de la batterie HUASA 7A sont trop importantes, car la longueur de la batterie proposée est supérieure aux dimensions maximales imposées par le cahier des charges (151 mm > 140 mm). Cette caractéristique ne correspond donc pas aux exigences du cahier des charges.

> **Gagnez des points !**
> N'oubliez pas de justifier votre réponse.

Fonction FS2 : Réguler l'alimentation électrique du système

La plage de tension utilisable par le régulateur Solsum 6.6 correspond aux exigences du cahier des charges (12 V).

Les courants d'entrée et de sortie pouvant être supportés par le régulateur respectent également le cahier des charges (10 A > 2 A et 10 A > 0,5 A).

Toutes les caractéristiques des solutions choisies respectent les exigences du cahier des charges, excepté les dimensions de la batterie (sa longueur est trop importante : 151 mm > 140 mm).

3 La bonne réponse est **37,5 m^3**.

Calcul : 3 m × 5 m × 2,5 m = 37,5 m^3.

> **Méthode**
> Calcul du volume d'un pavé (en m^3) = Longueur × Largeur × Hauteur (en m).

4 La surface de la véranda est de 37,5 m^3, donc le triple du volume de la véranda correspond à :

37,5 × 3 = 112,5 m^3.

L'extracteur peut extraire 160 m^3/heure. **Il est donc capable d'extraire plus du triple du volume de la véranda** (160 m^3 > 112,5 m^3).

5 Schéma de l'énoncé à compléter

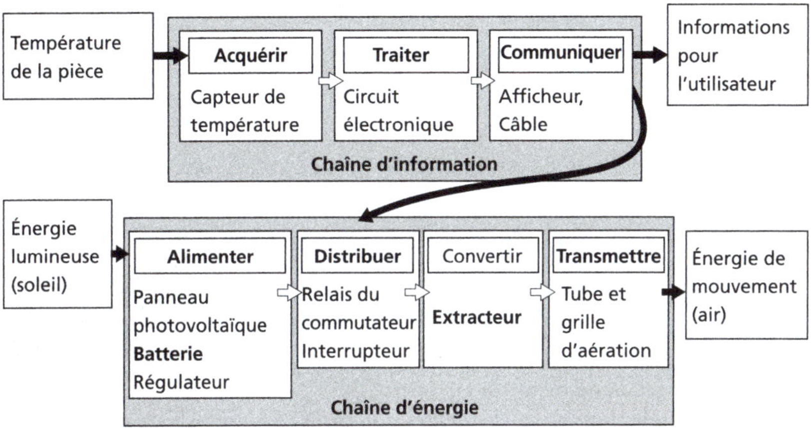

6 Schéma de l'énoncé à compléter

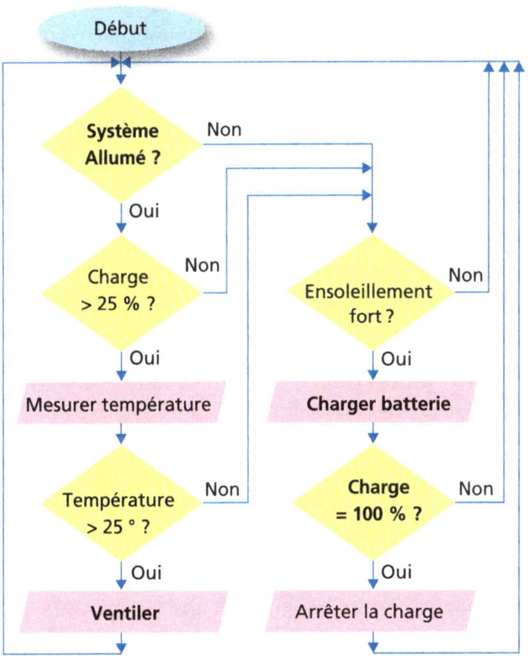

L'astuce du prof

Pour vérifier votre algorigramme, parcourez avec votre doigt tous les déroulements possibles.

SUJET COMPLET 1 France métropolitaine, juin 2023 50 pts 1h

Exercice 1 25 pts 30 min autorisée

corrigés p. 285

PHYSIQUE-CHIMIE

L'augmentation du niveau marin

Les démarches engagées et les essais, même non aboutis, seront pris en compte.

DOC. 1 Conséquences de l'augmentation du niveau marin moyen

Globalement, le niveau marin moyen* a augmenté d'environ 15 cm entre 1900 et 2000, puis cette hausse s'est accélérée. La dilatation thermique** de l'eau de mer, conséquence du réchauffement de l'océan, explique environ la moitié de la hausse, l'autre moitié étant due à la fonte des glaciers continentaux.

Sous l'effet de l'augmentation globale du niveau marin, de plus en plus de zones côtières sont exposées aux inondations. En l'absence d'efforts d'adaptation, la fréquence de ces inondations augmentera, ce qui pourrait générer des infiltrations d'eau de mer dans les eaux souterraines, détériorant ainsi la qualité de l'eau et entraînant potentiellement des problèmes de santé et une destruction des récoltes.

D'après Océan et Cryosphère – OCE

* *Niveau marin moyen : hauteur moyenne de la surface de la mer, par rapport à un niveau de référence.*
** *Dilatation thermique : augmentation du volume sous l'effet d'une augmentation de la température.*

1 Citer deux conséquences de l'augmentation du niveau marin moyen.

2 L'eau de mer contient, au moins en petites quantités, de nombreux éléments chimiques. Parmi ceux-ci, le sodium est présent sous forme d'ion dans le chlorure de sodium.

On donne à la page suivante un extrait de la classification périodique des éléments chimiques qui les regroupe par ordre croissant de numéro atomique (nombre de protons dans le noyau de l'élément considéré).

a. Donner le symbole de l'élément sodium.

b. Donner le nombre de protons contenus dans le noyau d'un atome de sodium.

c. Indiquer le nombre de neutrons contenus dans le noyau d'un atome de sodium. Expliquer la démarche.

DOC. 2 Extrait de la classification périodique des éléments

Nombre de nucléons → A ; Numéro atomique → Z ; X ← Symbole de l'élément : $^{A}_{Z}X$

Hydrogène $^{1}_{1}H$							Hélium $^{4}_{2}He$
Lithium $^{7}_{3}Li$	Béryllium $^{9}_{4}Be$	Bore $^{11}_{5}B$	Carbone $^{12}_{6}C$	Azote $^{14}_{7}Li$	Oxygène $^{16}_{8}O$	Fluor $^{19}_{9}F$	Néon $^{20}_{10}Ne$
Sodium $^{23}_{11}Na$	Magnésium $^{24}_{12}Mg$	Aluminium $^{27}_{13}Al$	Silicium $^{28}_{14}Si$	Phosphore $^{31}_{15}P$	Soufre $^{32}_{16}S$	Chlore $^{35}_{17}Cl$	Argon $^{40}_{18}Ar$

DOC. 3 Mise en évidence expérimentale de la dilatation thermique de l'eau

De l'eau, initialement placée dans un réfrigérateur à une température de 5 °C, est mise dans un ballon surmonté d'un bouchon, d'un thermomètre et d'un tube en verre.

Le niveau de l'eau dans le tube est indiqué sur le schéma ci-dessous.

Le dispositif est placé sur une balance pendant plusieurs heures, dans une pièce à la température de 25 °C.

La masse de l'ensemble reste constante.

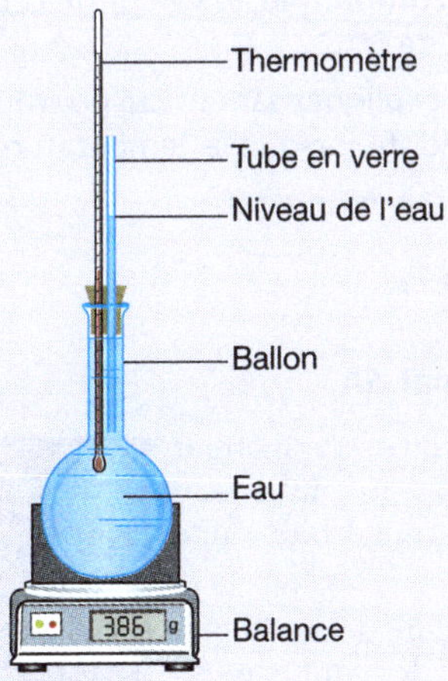

DOC. 4 Graphique de l'évolution de la masse volumique de l'eau en fonction de la température

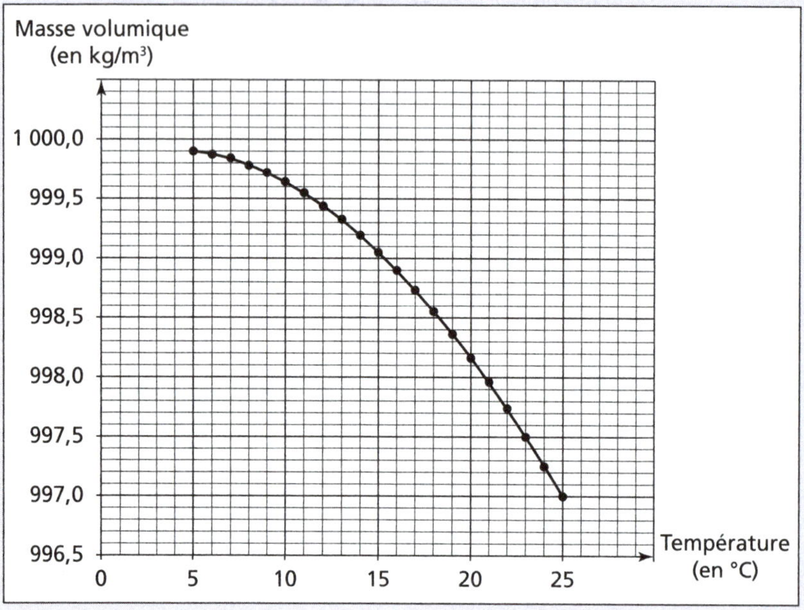

D'après https://webphysique.fr/masse-volumique-eau/

3 **a.** Indiquer, à l'aide du **graphique**, la valeur de la masse volumique de l'eau à la température initiale de 5 °C.

b. À partir du **graphique**, expliquer sans calcul pourquoi le niveau de l'eau dans le tube de l'expérience monte lorsque la température de l'eau augmente.

Détailler précisément le raisonnement.

4 Mesure du niveau marin

DOC. 5 Mission Sentinel-6A

Depuis 1992, des satellites permettent de déterminer avec précision le niveau marin ; ils évoluent sur une orbite à une altitude de 1 336 km.

Afin d'assurer la continuité de ces observations, capitales dans le contexte du réchauffement climatique, un nouveau satellite, *Sentinel-6A*, a été lancé fin 2020. Il embarque le radar altimètre *Poseidon-4*.

D'après CNES, Sentinel-6

DOC. 6 Principe de l'altimétrie radar par satellite

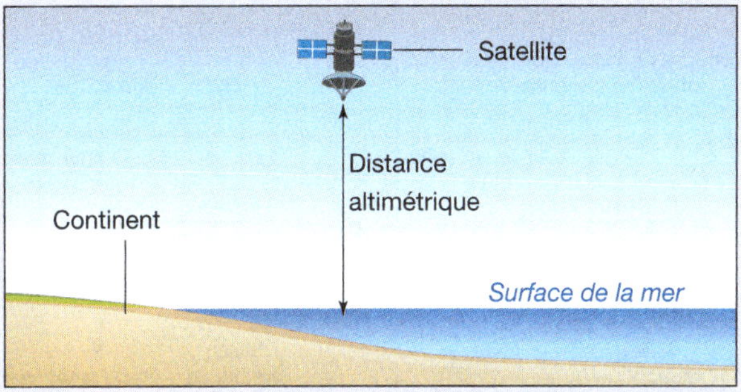

Afin de déterminer le niveau marin, le satellite mesure la distance altimétrique, c'est-à-dire la distance entre le satellite et la surface de la mer. Un radar, embarqué sur le satellite, émet verticalement des ondes radio, sous forme de signaux de très courtes durées. Ces signaux, qui se propagent à la vitesse de 300 000 km/s, se réfléchissent sur la surface de la mer, reviennent jusqu'au satellite et sont détectés par l'antenne du radar. La durée mise par un signal radio pour faire l'aller-retour permet de déterminer la distance altimétrique.

D'après Planète Terre, ENS Lyon

Déterminer la valeur de la distance altimétrique mesurée par le satellite *Sentinel-6A* lorsque le signal met 8,9 ms (soit 0,0089 s) pour effectuer l'aller-retour entre le satellite et la surface de la mer. Expliquer la démarche. Préciser la relation utilisée et commenter le résultat obtenu.

Exercice 2 — 25 pts — 30 min — calculatrice autorisée

corrigés p. 287

SVT

L'idotée, l'abeille des mers

Les essais et les démarches engagés, même non aboutis, seront pris en compte.

Des chercheurs viennent récemment de mettre en évidence le rôle d'un petit crustacé (l'idotée), dans la reproduction d'une algue rouge marine, la gracilaire. On appelle ce crustacé l'« abeille des mers ».

DOC. 1 Reproduction sexuée chez l'algue rouge

L'algue rouge forme de longs rameaux. Il existe des pieds mâles et des pieds femelles. Lors de la reproduction, le pied mâle libère dans l'eau des cellules sexuelles mâles incapables de se déplacer par elles-mêmes. Les ovules sont fixés sur les rameaux du pied femelle. La fécondation correspond à la fusion de deux cellules sexuelles, l'une mâle et l'autre femelle, pour donner une cellule-œuf formant un renflement sur le pied femelle.

1 À partir des informations du *document 1*, indiquer quel schéma (A ou B) correspond à la rencontre des cellules sexuelles chez l'algue rouge.

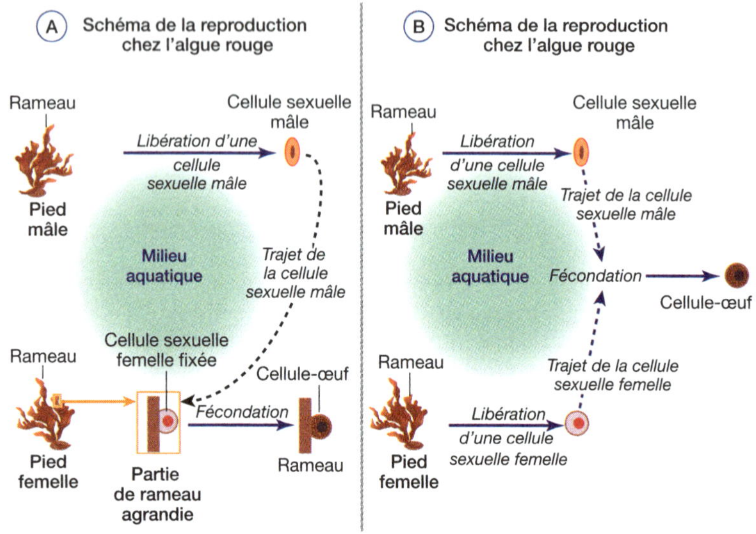

DOC. 2 Rôle de l'idotée dans la reproduction de l'algue rouge

L'idotée se déplace d'une algue rouge à l'autre pour se nourrir. Les chercheurs, ayant observé au microscope l'idotée, ont découvert que de nombreuses cellules sexuelles mâles de l'algue rouge étaient collées sur son corps.

Ils ont voulu comprendre le rôle de ce petit crustacé dans la reproduction de l'algue rouge.

2 Parmi les 3 propositions ci-dessous, recopier l'hypothèse choisie par les chercheurs.

Justifier votre choix en prélevant **deux informations** des *documents 1* et *2*.

L'idotée joue un rôle dans la reproduction de l'algue rouge, en transportant :

1. les cellules sexuelles mâles vers les cellules sexuelles femelles.
2. les cellules sexuelles femelles vers les cellules sexuelles mâles.
3. les cellules sexuelles mâles et femelles les unes vers les autres.

3 En laboratoire, les chercheurs ont mis au point des expériences afin de comprendre quel rôle joue l'idotée dans le succès de la reproduction de l'algue rouge (voir le *document 3*).

DOC. 3 Expérience réalisée par les chercheurs du CNRS-Sorbonne Université de Roscoff

Montage expérimental de l'expérience réalisée par les chercheurs

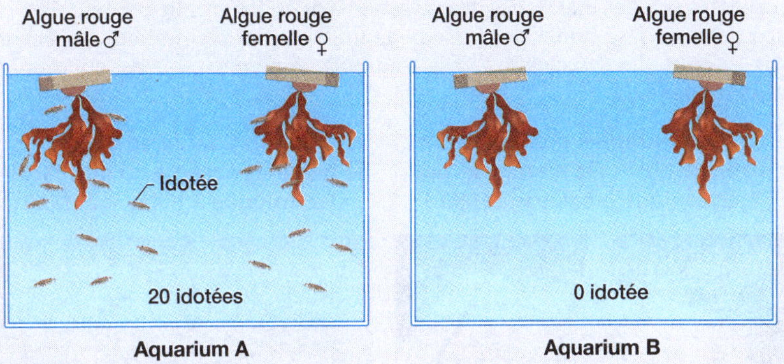

Source : Lavaut *et al.*, *Science*, 2022

Graphique des résultats obtenus

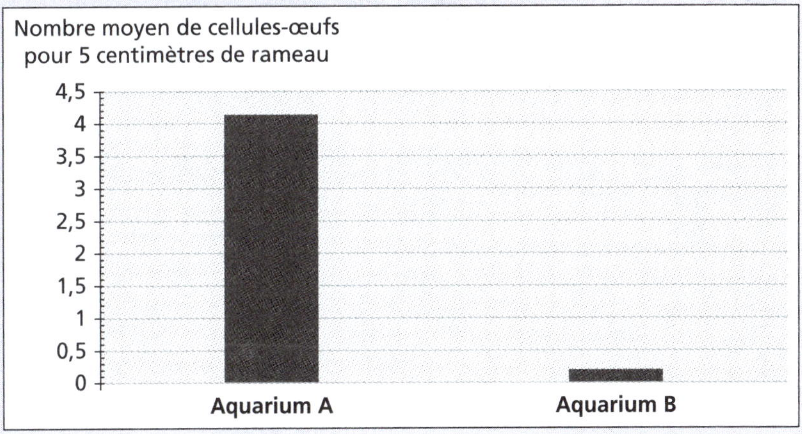

On précise que les rameaux des algues rouges mesurent de 20 à 50 cm de long.

Source : Lavaut *et al.*, *Science*, 2022

Parmi les 3 propositions ci-dessous, choisir la conclusion des chercheurs puis recopier celle-ci. Justifier la réponse, à partir du *document 3*, **en citant des valeurs chiffrées**.

La fécondation de l'algue rouge :

1. ne dépend pas de l'idotée.
2. est favorisée par la présence de l'idotée.
3. ne peut avoir lieu qu'en présence de l'idotée.

DOC. 4 Rôle des insectes pollinisateurs dans la fécondation chez les plantes à fleurs

Les animaux participent activement ou passivement au transport du pollen (cellules sexuelles mâles) des fleurs vers les ovules d'autres fleurs. Le pollen est accroché sur les plumes des oiseaux, la fourrure des mammifères ou encore sur les soies des insectes. L'abeille transporte différents pollens, notamment celui du pissenlit.

Photographie d'une tête d'abeille observée au microscope électronique à balayage (MEB)

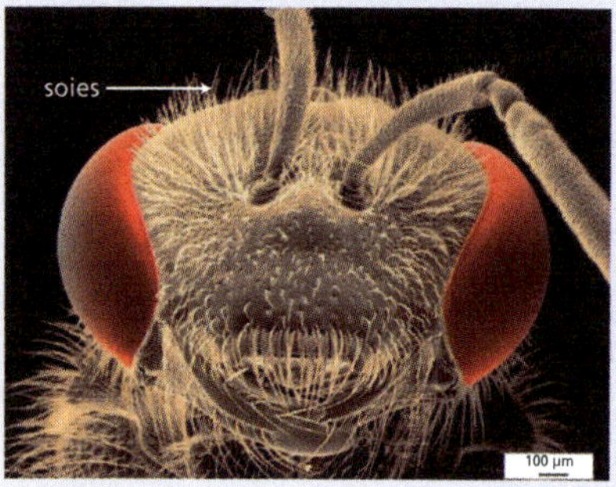

Photographie de pollen de pissenlit observé au microscope électronique à balayage (MEB)

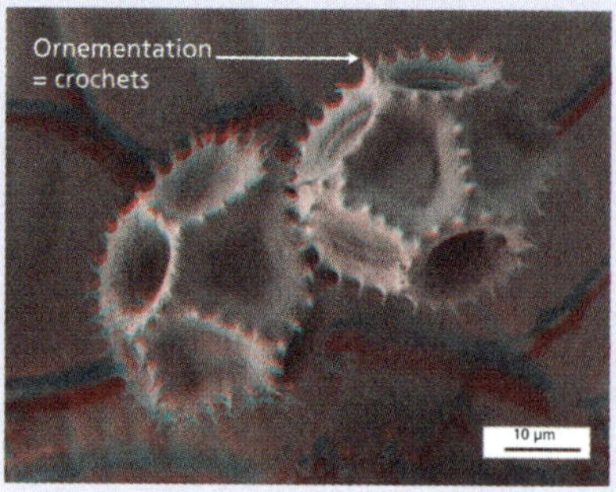

4 En vous appuyant sur l'ensemble des documents, expliquer pourquoi les chercheurs qualifient l'idotée d'« abeille des mers ».

CORRIGÉ SUJET COMPLET 1

Exercice 1

énoncé p. 278

PHYSIQUE-CHIMIE

1 Deux conséquences de l'augmentation du niveau marin moyen sont :

– des **inondations** des zones côtières **de plus en plus fréquentes** ;

– une **détérioration de la qualité de l'eau douce** à cause des infiltrations de l'eau de mer dans les eaux souterraines, ce qui peut entraîner des **problèmes de santé** et une **destruction des récoltes**.

2 **a.** Le symbole de l'élément sodium est **Na**.

b. Le nombre de protons contenus dans le noyau d'un atome de sodium est égal au numéro atomique de l'élément sodium.

Or, d'après l'extrait de la classification périodique des éléments, le numéro atomique de l'élément sodium est $Z = 11$.

Le noyau d'un atome de sodium contient donc **11 protons**.

> **L'astuce du prof**
> Le symbole de l'élément sodium est indiqué au début de la troisième ligne de l'extrait de la classification périodique des éléments présenté dans l'énoncé.

c. L'extrait de la classification périodique des éléments indique les informations suivantes :

Nombre de nucléons → A
Numéro atomique → Z
X ← Symbole de l'élément

Sodium
$^{23}_{11}\text{Na}$

Ainsi, le noyau d'un atome de sodium contient $A = 23$ nucléons, c'est-à-dire 23 neutrons et protons, et $Z = 11$ protons.

Cela signifie que le nombre N de neutrons contenus dans le noyau d'un atome de sodium est égal à :

$N = A - Z$

$N = 23 - 11 =$ **12 neutrons**.

> **Bien comprendre**
> Le mot nucléon vient du latin *nucleus*, qui signifie « noyau ».

3 **a.** D'après le graphique ci-après de l'évolution de la masse volumique de l'eau en fonction de la température, la valeur de la masse volumique de l'eau à la température initiale de 5 °C est égale à **999,9 kg/m³**.

> **Gagnez des points !**
> N'oubliez pas l'unité de la masse volumique : kg/m³ !

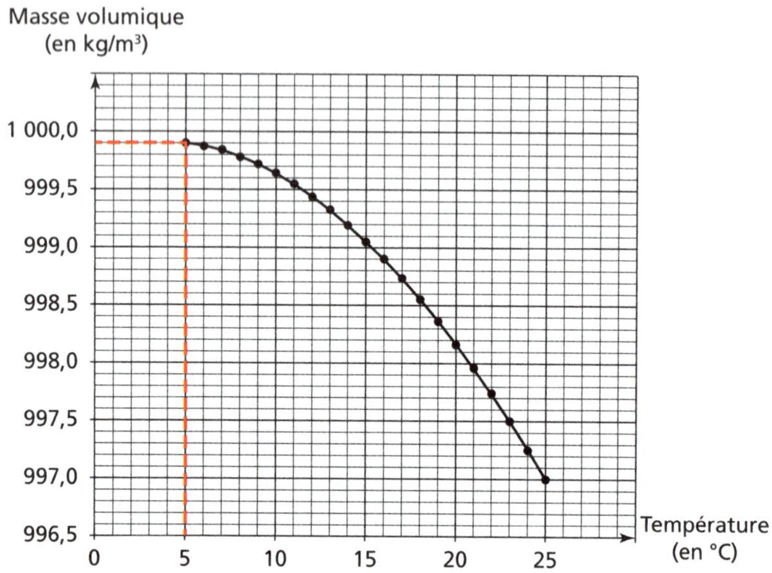

b. D'après le graphique ci-dessus, lorsque la température augmente, la masse volumique ρ de l'eau diminue.

Or, la masse volumique ρ de l'eau est définie par la relation $\rho = \frac{m}{V}$ avec *m* la masse d'un volume *V* d'eau, ce qui équivaut, d'après cette relation, à $V = \frac{m}{\rho}$.

Le volume *V* d'une même masse *m* d'eau **augmente** donc lorsque sa **masse volumique ρ diminue**, ce qui est le cas **quand la température augmente**.

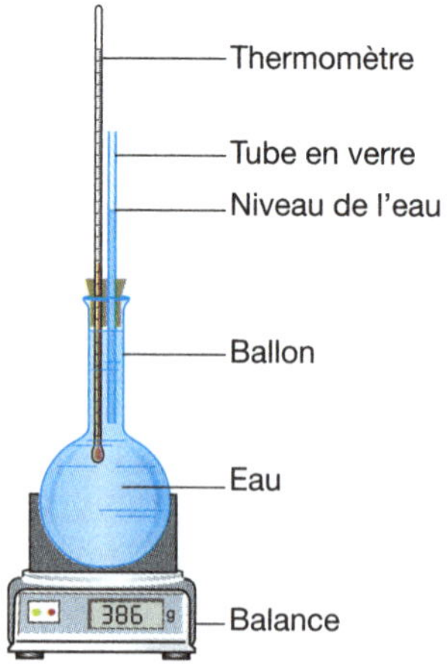

Rappel mathématique

La valeur d'une fraction augmente lorsque son dénominateur diminue.

Ainsi, le volume augmente et le niveau de l'eau dans le tube de l'expérience monte lorsque la température de l'eau augmente.

4 La vitesse de propagation v d'un signal est égale à $v = \frac{d}{t}$, avec d la distance parcourue par le signal pendant une durée t.

Quand le signal met une durée t pour effectuer un aller-retour, la distance d de l'aller-retour est donc égale à : $d = v \times t$.

Or, lors de l'aller-retour, de distance d, entre le satellite et la surface de la mer, le signal parcourt deux fois la distance altimétrique D, c'est-à-dire deux fois la distance entre le satellite et la surface de la mer, d'où $d = 2D$.

Ainsi, $2D = v \times t$ et $D = \frac{v \times t}{2}$, avec v = 300 000 km/s la vitesse de propagation du signal et t = 8,9 ms = 0,0089 s la durée de l'aller-retour effectué par le signal.

On a donc : $D = \frac{300\,000 \text{ km/s} \times 0{,}0089 \text{ s}}{2} = 1\,335 \text{ km}$.

La distance altimétrique mesurée par le satellite Sentinel-6A est égale à **1 335 km**. Cela correspond bien, aux incertitudes de mesure près, aux données de l'énoncé, qui indiquent que le satellite Sentinel-6A évolue sur une orbite à une altitude de 1 336 km.

Bien comprendre
Lors d'un aller-retour, le signal parcourt une première fois la distance altimétrique à l'aller, entre le satellite et la surface de la mer, puis une deuxième fois la distance altimétrique au retour, entre la surface de la mer et le satellite.

Gagnez des points !
Pensez à commenter le résultat obtenu car cela est demandé dans l'énoncé.

Exercice 2

énoncé p. 281

SVT

1 Le *document 1* **indique** que le pied mâle **libère** dans l'eau des cellules sexuelles mâles, alors que les ovules **sont fixés** sur les rameaux du pied femelle. Par conséquent, c'est le schéma A qui correspond à la fécondation chez cette algue rouge puisqu'il représente les **cellules sexuelles femelles fixées sur le rameau**, alors que le schéma B les représente libres.

Méthode
Sans recopier totalement le texte du *document 1*, pensez à reprendre des mots et des expressions utilisés dans le texte pour justifier votre réponse.

2 L'idotée joue un rôle dans la reproduction de l'algue rouge, en **transportant les cellules sexuelles mâles vers les cellules sexuelles femelles** (hypothèse 1). En effet, les cellules sexuelles mâles sont libres (*document 1*) et l'observation de l'idotée au microscope révèle que de nombreuses cellules sexuelles mâles de l'algue rouge sont collées sur son corps (*document 2*).

L'astuce du prof
Indiquez clairement l'hypothèse retenue, ainsi que les documents dont vous tirez les justifications.

3 L'hypothèse des chercheurs est **confirmée** : l'idotée joue un rôle dans la reproduction de l'algue. Plus précisément, la fécondation de l'algue rouge est **favorisée** par la présence de l'idotée (proposition 2).

La proposition 1 est rapidement éliminée car **le graphique de résultats** de l'expérience montre qu'il y a bien plus de cellules-œufs formées dans l'aquarium contenant des idotées. Cependant**, sans idotée, le nombre de cellules-œufs n'est pas nul.** Sur le graphique, on constate qu'il y a 0,2 cellule-œuf formée pour 5 cm de rameau. Cela représente plus d'une cellule-œuf par rameau chez l'algue car les rameaux font 20 à 50 cm de long. Il y a donc des fécondations qui ont lieu sans les idotées.

Méthode

Reliez l'hypothèse des chercheurs et la conclusion des expériences pour montrer que vous avez perçu qu'il s'agissait d'une démarche scientifique.

4 Les chercheurs qualifient l'idotée d'« **abeille des mers** ». En effet, la présence d'idotées **favorise fortement** la rencontre des cellules sexuelles, **comme** c'est le cas de la **pollinisation** grâce à l'abeille (*document 3*). Sans idotée, c'est le hasard des courants marins qui transporte quelques cellules sexuelles mâles au contact des ovules fixés sur les rameaux (*document 1*). Enfin, l'observation des idotées au microscope montre que **leur corps est recouvert de cellules sexuelles mâles** qu'elles ont récupérées au moment où elles sont venues se nourrir (*document 2*). On peut supposer qu'elles possèdent des soies **comme** les abeilles, et que les cellules sexuelles mâles **s'accrochent à ces soies** (*document 4*).

Méthode

Citez les quatre documents pour montrer que vous tirez une information de chacun d'entre eux.

SUJET COMPLET 2 France métropolitaine, juillet 2022 50 pts 1 h

Exercice 1 25 pts 30 min — Calculatrice autorisée

corrigés p. 296

SVT

Les essais et les démarches engagés, même non aboutis, seront pris en compte.

Situés dans la zone intertropicale dans des eaux peu profondes et chaudes, les récifs coralliens couvrent moins de 0,2 % de la surface des océans, mais offrent un potentiel économique et une source de nourriture à plus de 500 millions de personnes, soit 8 % de la population mondiale.

On constate actuellement que l'augmentation de la température des eaux de surface des océans due au réchauffement climatique provoque le blanchissement des coraux.

DOC. 1 Le corail, une association symbiotique entre des animaux et des algues

Les récifs coralliens sont construits par des animaux qui fabriquent un squelette calcaire. Ces animaux marins, appelés polypes, hébergent à l'intérieur de leurs cellules des algues microscopiques : les zooxanthelles, responsables en partie de leur couleur.

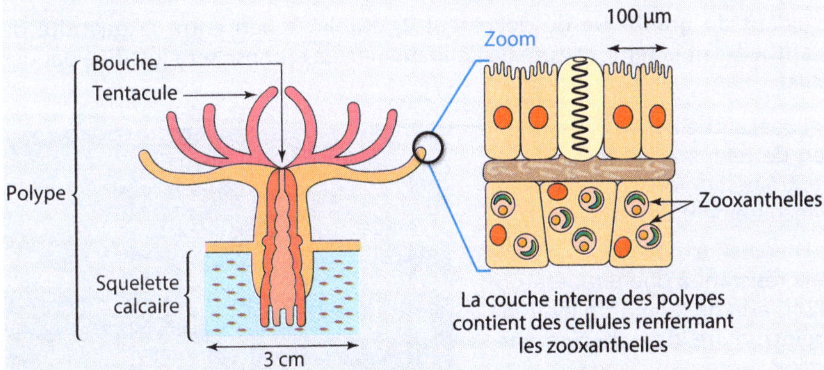

Schéma d'une coupe longitudinale d'un polype

D'après NOAA, s.d

Grâce à la photosynthèse, les zooxanthelles apportent des molécules riches en carbone et du dioxygène aux polypes.

Les zooxanthelles bénéficient d'un environnement protégé du broutage par les prédateurs et de conditions stables pour leur multiplication.

Elles utilisent les déchets azotés et phosphatés du polype comme source d'éléments minéraux.

1 Sachant qu'une symbiose est une association à bénéfices réciproques, justifier que le corail est une association symbiotique.

2 La température est un paramètre environnemental primordial car elle agit sur la photosynthèse, la respiration et la croissance des coraux.

DOC. 2 **Nombre de zooxanthelles dans les polypes en fonction de la température de l'eau**

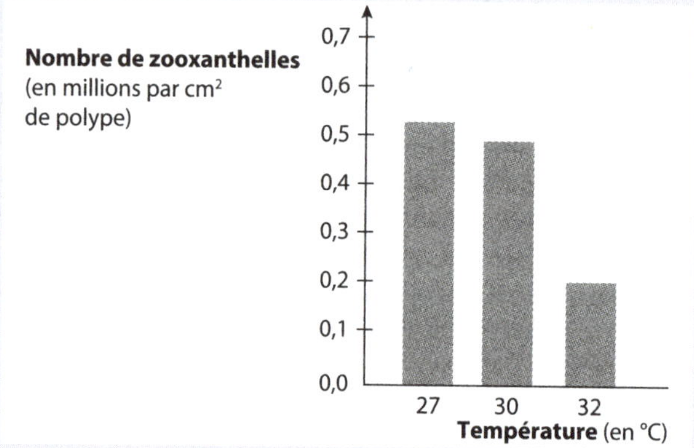

Hoegh-Guldberg & Smith, 1989

En s'aidant du graphique du document 2, établir le lien entre la quantité de zooxanthelles et la température de l'eau de mer. La réponse sera justifiée par des valeurs.

3 Les zooxanthelles sensibles à l'élévation de température meurent, ce qui entraîne la mort des polypes et le blanchissement des coraux.

On cherche à sélectionner des coraux résistant à une température de 32 °C afin de les multiplier et de les réintroduire dans l'environnement.

Coraux commençant à blanchir

En s'aidant du document 3, proposer un protocole expérimental pour sélectionner des coraux résistant à une température des eaux de surface de 32 °C. Votre réponse sera présentée sous forme d'un texte ou /et d'un schéma légendé.

DOC. 3 Matériel disponible pour réaliser les expériences

- Coraux hébergeant des zooxanthelles d'espèce A
- Coraux hébergeant des zooxanthelles d'espèce B
- Coraux hébergeant des zooxanthelles d'espèce C
- Aquariums
- Eau de mer
- Bains thermostatés (conservant une température constante)
- Thermomètres.

Durée des expériences

Les résultats des expériences ne seront visibles qu'au bout de quelques semaines car le blanchissement des coraux n'est pas immédiat.

4 On s'intéresse aux services rendus par les récifs coralliens pour les 8 millions d'humains vivant à leur proximité.

DOC. 4 Les récifs coralliens de l'île de la Réunion, des écosystèmes marins d'une grande valeur

Aspects socio-économiques	Aspects environnementaux
• Les ressources marines sont limitées, les récifs constituent des zones de pêche privilégiées. • La pêche est la ressource principale des familles les plus démunies. • Environ un demi-million de touristes visitent l'île chaque année en moyenne. • Plus de 80 % des touristes passent au moins une journée ou plus à la plage pendant leur séjour. • L'ensemble des touristes dépense en moyenne 350 millions d'euros chaque année sur l'île. • Les activités récréatives de sports côtiers (voile, plongée, surf, kayak) représentent plus de 80 000 pratiquants par an. • Des dizaines de clubs de plongée vivent directement des activités en lien avec les récifs. • L'utilisation pharmacologique potentielle des différentes espèces marines constitue un réservoir naturel susceptible de constituer les médicaments de demain.	• Les récifs coralliens protègent les côtes de la houle et évitent la dégradation des habitats du littoral. • L'érosion des plages est ralentie par la barrière de corail qui diminue l'énergie de la houle. • 1/3 des espèces marines connues vivent dans les récifs : les récifs sont un réservoir de biodiversité. • Les récifs constituent une zone de frayère et de nurserie pour de très nombreuses espèces de poissons, notamment des poissons pêchés. • Des espèces rares et menacées vivent de manière protégée dans les récifs. • Le carbone est séquestré dans le squelette calcaire des coraux.

À partir de l'ensemble des documents, montrer comment un changement à l'échelle de la planète peut influencer la biodiversité locale et les activités humaines sur l'île de la Réunion.

On attend au moins deux exemples qui associent obligatoirement ces trois éléments : activités humaines, biodiversité et climat.

Exercice 2 25 pts 30 min autorisée

corrigés p. 298

TECHNOLOGIE

Robot collecteur de déchets flottants

Les essais et les démarches engagés, même non aboutis, seront pris en compte.

De plus en plus de déchets flottent en mer, polluent les eaux et intoxiquent les animaux.

La collecte de ces déchets, triés puis recyclés, permet d'économiser les ressources naturelles non renouvelables (pétrole, aluminium...), de limiter les émissions de gaz à effet de serre, de préserver la faune et la flore subaquatiques.

L'étude porte sur un robot collecteur de déchets se déplaçant de façon autonome sur l'eau.

1 Donner la fonction d'usage de ce robot. Citer trois éléments permettant d'expliquer l'importance de recycler les déchets collectés par ce robot.

DOC. 1 Principe de fonctionnement

Le déplacement du robot sur l'eau est assuré par deux hélices couplées chacune à un moteur électrique.

La consommation électrique des moteurs est proportionnelle à la quantité de déchets collectée. Le niveau de déchets collecté est estimé à l'aide d'un capteur qui effectue une mesure du courant consommé par les moteurs électriques. L'énergie électrique, nécessaire au fonctionnement du robot, est stockée au sein d'une batterie.

Un module de puissance distribue, sur ordre d'une interface programmable, l'énergie aux moteurs électriques.

Les flux d'information et de puissance sont gérés par l'interface programmable.

Un retour à la base est programmé dès lors que l'intensité lumineuse, détectée par le capteur de luminosité, est faible ou que le réservoir de déchets est plein.

2 À l'aide du document 1 de la page précédente, compléter le diagramme ci-dessous des blocs internes en utilisant les termes suivants :

- *interface programmable* ;
- *capteur de mesure de courant* ;
- *capteur de luminosité* ;
- *batterie* ;
- *moteurs électriques* ;
- *hélices.*

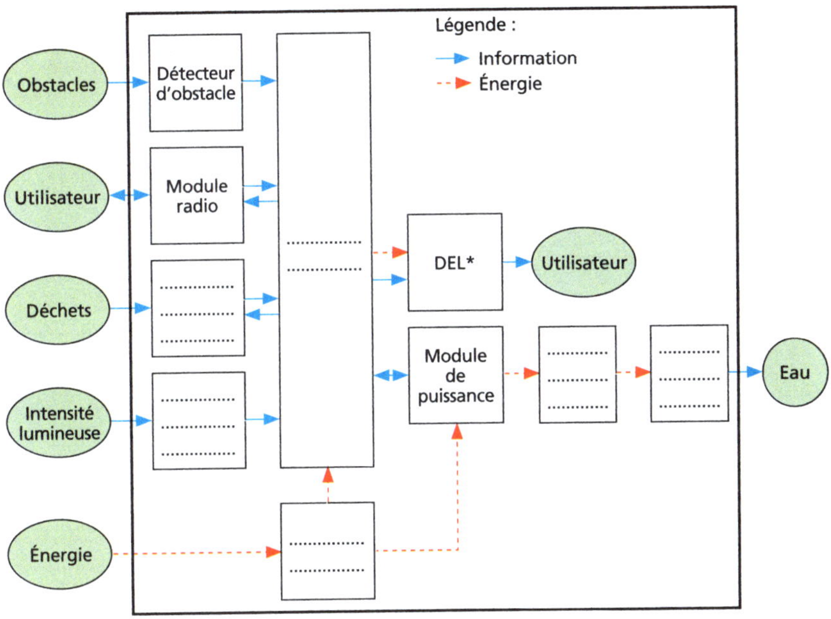

DOC. 2 Algorithme du programme de gestion du retour à la base

Si la valeur mesurée par le capteur de courant est supérieure à 80 A

Alors les DEL* d'information à destination de l'utilisateur sont allumées,

la commande « retour base » est activée,

le message « vider les déchets » est envoyé à tous

Sinon

Si l'intensité lumineuse reçue par le capteur est inférieure à 50 lux

Alors les DEL d'information à destination de l'utilisateur sont allumées,

la commande « retour base » est activée,

le message « intensité lumineuse insuffisante » est envoyé à tous

Sinon le robot effectue son cycle de « déplacement ».

*DEL : diode électroluminescente

3 À l'aide du document 2, compléter le programme de gestion « retour à la base » ci-dessous.

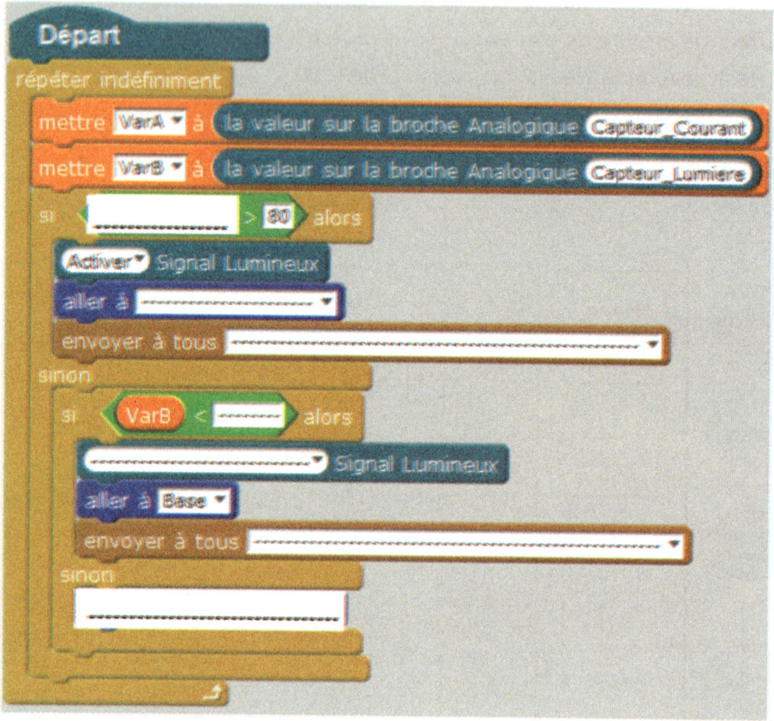

DOC. 3 Caractéristiques des batteries

Matériau	Aluminium recyclé	Composite (fibre de carbone)
Volume de la pièce	2 500 cm^3	1 800 cm^3
Masse volumique du matériau	2,7 $g{\cdot}cm^{-3}$	1,7 $g{\cdot}cm^{-3}$
Émission de gaz à effet de serre pour 1 kg de matière utilisée	560 g	2 600 g

Remarque : le volume de la pièce varie en fonction du matériau utilisé car l'épaisseur de la coque est différente pour obtenir un même niveau de résistance.

4 Pour limiter l'impact environnemental, la coque du robot est réalisée avec le matériau qui a la plus faible émission de gaz à effet de serre.

Dans le tableau ci-dessous, à l'aide du document 3 de la page précédente, calculer la masse de chaque matériau, puis la quantité d'émission de gaz à effet de serre.

Déterminer alors le matériau à utiliser pour réaliser la coque du robot.

Argumenter.

Matériau		Aluminium recyclé	Composite : fibre de carbone
Masse du matériau	**Détail du calcul**		
	Résultat en kg		
Émission de gaz à effet de serre lors du cycle de vie de la coque	**Détail du calcul**		
	Résultat en g		

CORRIGÉ SUJET COMPLET 2

Exercice 1

énoncé p. 289

SVT

1 Le corail est une association symbiotique.

En effet, **les polypes (animaux)** bénéficient des molécules riches en carbone fabriquées grâce à la photosynthèse des zooxanthelles, ainsi que du dioxygène rejeté par ces dernières.

De plus, les **zooxanthelles (végétaux)** profitent d'une protection du squelette calcaire fabriqué par le polype et bénéficient aussi de conditions stables pour se développer. Enfin, elles utilisent les déchets du polype riches en minéraux.

Méthode

Sans recopier totalement le texte du document 1, pensez à reprendre des mots et des expressions utilisés dans le texte et dans le schéma.

2 On constate que **plus la température de l'eau augmente, plus le nombre de zooxanthelles diminue**.

À 27 °C, on observe environ 0,5 million de zooxanthelles par cm^2 de polype, alors qu'à 32 °C, on n'en observe plus que 0,2 million par cm^2.

L'astuce du prof

Utilisez des valeurs extrêmes pour justifier la relation entre la température et le nombre de zooxanthelles.

3 **Réponse sous forme de texte**

On **cherche à sélectionner** les coraux qui résistent à une température de l'eau de 32 °C.

On utilise donc deux aquariums remplis d'eau de mer et thermostatés à 27 °C et à 32 °C, qui sont les températures données dans le document 2.

On place les trois sortes de coraux dans chacun de ces aquariums en les repérant avec des étiquettes résistantes à l'eau.

Remarque

Il s'agit de montrer qu'on utilise le matériel proposé de manière pertinente en s'assurant que la température est contrôlée et en réalisant une expérience témoin.

On **vérifie** régulièrement, avec les thermomètres, que les températures sont bien celles que l'on souhaite et on attend quelques semaines.

On **observe** alors le degré de blanchiment des coraux, car on sait que ce blanchiment est dû à la mort des zooxanthelles, puis des polypes. On se sert de l'aquarium à 27 °C comme **témoin** pour la couleur des coraux lorsqu'ils sont vivants.

On s'attend à ce qu'une des variétés de coraux (avec l'espèce A, B ou C de zooxanthelles) **ne blanchisse pas et soit donc résistante** à une température de l'eau de surface de 32 °C.

Réponse sous forme de schéma

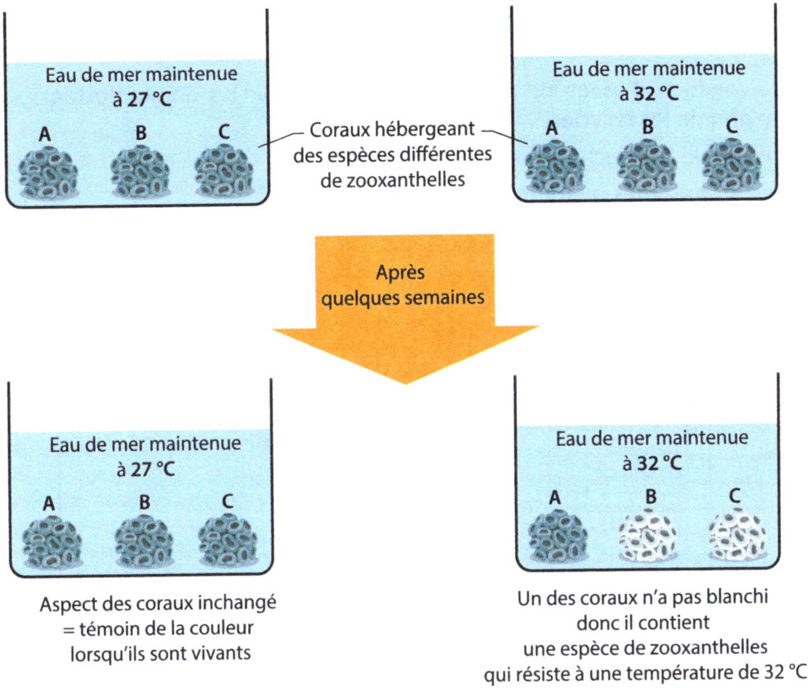

4 Un changement à l'échelle de la planète peut influencer la biodiversité locale et les activités humaines sur l'île de la Réunion.

Par exemple, le **réchauffement climatique** qui affecte toute la planète provoque une augmentation de la température des eaux de surface de la zone intertropicale (climat). Cette augmentation de la température de l'eau provoque la **mort de certaines espèces de zooxanthelles** et donc la mort des coraux et leur blanchiment.

Or, les récifs coralliens sont une zone de reproduction pour de nombreuses espèces de poissons qui sont pêchés (baisse de la biodiversité), et la **pêche** est la principale ressource pour les familles les plus pauvres (activités humaines).

De plus, l'augmentation de la température de l'eau, en provoquant le blanchiment des coraux, entraîne la disparition de ce **réservoir de biodiversité** pour un tiers des espèces marines.

Or, des dizaines de **clubs de plongée** vivent directement de l'existence de ces récifs grouillant de vie.

Gagner des points !

Mettez en valeur les trois éléments demandés : activités humaines, biodiversité et climat.

Exercice 2

énoncé p. 292

Technologie

1 La fonction d'usage de ce robot est de **collecter les objets flottants sur l'eau afin de les recycler**.

Le recyclage des déchets flottants permet :

– **d'économiser les ressources naturelles non renouvelables** ;

– **de limiter les gaz à effets de serre** ;

– **de préserver la faune et la flore subaquatique.**

Méthode

Pour trouver la fonction d'usage d'un objet, il faut terminer la phrase : « Cet objet sert à… ».

2 Voici le diagramme complété :

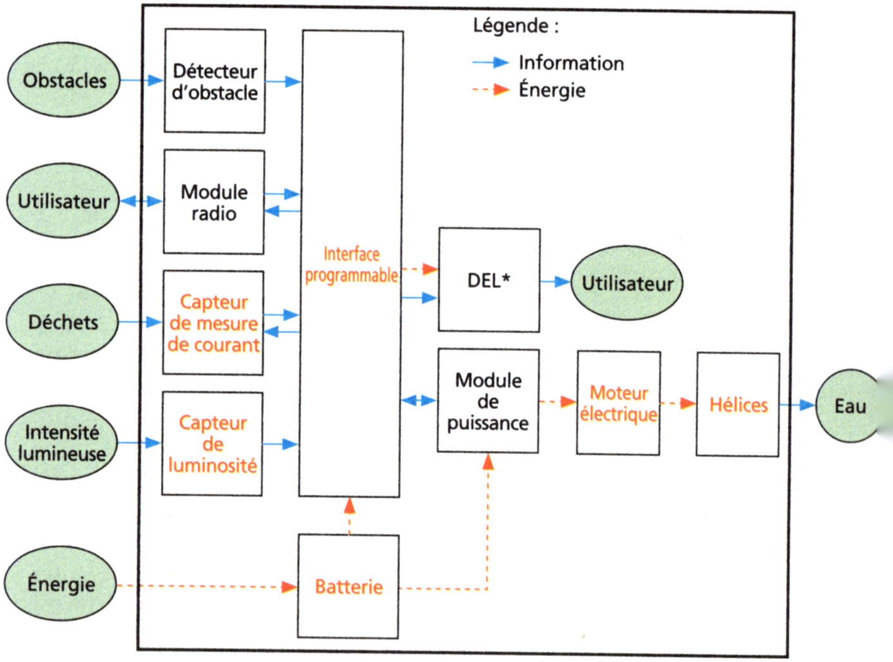

L'astuce du prof

Les types de flèches (information, énergie) vous aident à compléter le diagramme de blocs internes.

3 Voici le programme de gestion complété :

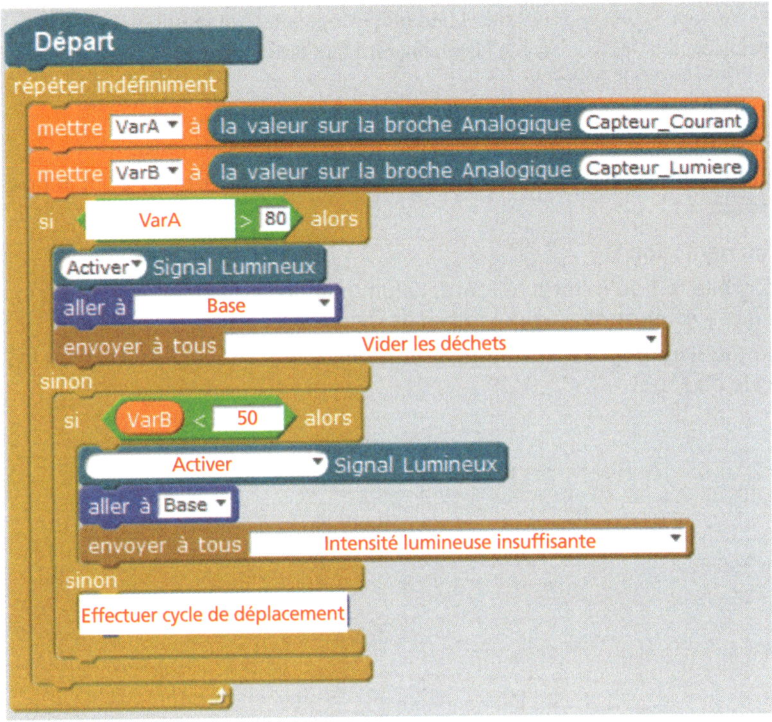

Gagnez des points !

Il faut bien utiliser les variables VarA et VarB qui servent à stocker les informations en provenance des capteurs.

4 Voici le tableau complété :

Matériau		Aluminium recyclé	Composite : fibre de carbone
Masse du matériau	**Détail du calcul**	2 500 cm^3 × 2,7 $g{\cdot}cm^{-3}$ = 6 750 g	1 800 cm^3 × 1,7 $g{\cdot}cm^{-3}$ = 3 060 g
	Résultat en kg	6,75 kg	3,06 kg
Émission de gaz à effet de serre lors du cycle de vie de la coque	**Détail du calcul**	6,75 kg × 560 g par kg de matière utilisée	3,06 kg × 2 600 g par kg de matière utilisée
	Résultat en g	3 780 g	7 956 g

Remarques

- La question 4 est assez difficile, il faut procéder par étape et revérifier ses calculs.
- Pour convertir les grammes en kilogrammes, il faut diviser par 1 000 (décaler la virgule de 3 chiffres vers la gauche).

Matériau choisi :

L'aluminium recyclé convient mieux que la fibre de carbone pour fabriquer le robot.

Argumentation :

Malgré le fait qu'il soit plus lourd, l'aluminium recyclé émet nettement moins de gaz à effet de serre que la fibre de carbone.

De plus, il est déjà issu de matière recyclée et sera à nouveau recyclable en fin de vie du robot.

Histoire
Géographie
EMC

Sujets guidés

L'épreuve en bref ..... p. 304

HISTOIRE

1. L'Europe, un théâtre majeur des guerres totales (1914-1945)

SUJET 1 Civils et militaires dans la Première Guerre mondiale
Antilles-Guyane, juin 2019 ..... p. 306

2. Le monde depuis 1945

SUJET 2 Affirmation et mise en œuvre du projet européen
France métropolitaine, septembre 2018 ..... p. 312

3. La France et l'Union européenne

SUJET 3 La Ve République, de la République gaullienne à l'alternance et à la cohabitation
Sujet inédit ..... p. 316

GÉOGRAPHIE

1. Dynamiques territoriales de la France contemporaine

SUJET 4 Les espaces de faible densité et leurs atouts
Centres étrangers, juin 2019 ..... p. 320

2. Pourquoi et comment aménager le territoire

SUJET 5 Aménager pour répondre aux inégalités croissantes entre territoires français, à toutes les échelles
Polynésie, septembre 2017 ..... p. 325

3. La France et l'Union européenne

SUJET 6 La France et l'Europe dans le monde
Pondichéry, mai 2018 ..... p. 329

ENSEIGNEMENT MORAL ET CIVIQUE

1. Respecter autrui

SUJET 7 Le respect d'autrui
Antilles-Guyane, juin 2019 .... p. 332

2. Acquérir et partager les valeurs de la République

SUJET 8 Connaître les principes, valeurs et symboles de la citoyenneté française et de la citoyenneté européenne
Amérique du Nord, juin 2018 .... p. 336

3. Construire une culture civique

SUJET 9 L'engagement ou les engagements
Centres étrangers, juin 2019 .... p. 340

Sujets complets

SUJET COMPLET 1 France métropolitaine, juin 2023 .... p. 344

SUJET COMPLET 2 Centres étrangers, juillet 2023 .... p. 353

L'ÉPREUVE EN BREF

- **Durée** : 2 heures
- **Notation** : 50 points en tout (20 points pour l'histoire, 20 points pour la géographie et 10 points pour l'enseignement moral et civique).
- **L'épreuve comporte trois parties obligatoires**, divisées en 3 exercices :

Exercice 1 : Histoire-Géo	Exercice 2 : Histoire-Géo	Exercice 3 : EMC
Analyser et comprendre des documents	Maîtriser différents langages pour raisonner et se repérer	Questions sur des documents

- Pour vous organiser efficacement, prévoyez environ : **45 minutes pour** l'exercice 1, **45 minutes pour** l'exercice 2, **30 minutes pour** l'exercice 3.

Quels sont les critères d'évaluation de ma copie de Brevet ?

- On attend de vous que vous soyez capable de : **maîtriser les connaissances** du programme de 3e ; **savoir lire et comprendre** un document ; **lire, comprendre et utiliser différents langages** (textuel, iconographique, cartographique, graphique) ; **répondre aux questions posées** ou aux consignes ; **rédiger un développement construit** en réponse à l'une des questions d'histoire ou de géographie.
- Certaines questions vous demandent de **prélever des informations** sur le ou les document(s), de **vous servir de vos connaissances** pour répondre à la question, ou bien encore **d'analyser les informations** données par le ou les document(s).
- **En histoire** : repérez à quel type de document vous êtes confronté. Est-ce un témoignage fait par quelqu'un ayant assisté à un événement historique, est-ce l'analyse d'un historien ? etc.
- **En géographie** : il faut identifier clairement l'espace étudié en s'interrogeant sur l'échelle à laquelle il est considéré : le document concerne-t-il un phénomène mondial, une situation nationale, régionale ou locale ?

Exercice 1 : Analyser et comprendre des documents

- **Un travail sur un ou plusieurs document(s)** vous est proposé dans une des deux matières. Vous devrez répondre à des questions ou des consignes permettant d'**identifier** le ou les document(s) proposé(s), d'en dégager le **sens**, de prélever des informations et éventuellement, de porter un regard **critique** sur ce ou ces document(s) en soulignant son intérêt ou ses limites.
- **Pensez à présenter le ou les document(s).** Pour cela, identifiez la nature du ou des document(s), l'auteur, la date…
- **Vous devez également rattacher le ou les document(s) proposé(s) à un chapitre du programme** : ainsi vous comprendrez rapidement pourquoi on vous propose ce ou ces document(s).
- **Lisez attentivement** les intitulés des questions, des consignes et les documents, y compris les graphiques et les images, les photographies et les légendes des cartes. Analysez les **chiffres**, relevez les **détails** d'une photographie ou d'un dessin.

Exercice 2 : Maîtriser différents langages

- **Un paragraphe argumenté** vous est demandé dans chacune des deux matières, sur un thème donné dans les consignes et d'une longueur correspondant aux attentes des correcteurs. Mettez en œuvre toutes vos connaissances et sélectionnez-les bien pour répondre le plus précisément possible au sujet donné.

- Vous devez tout d'abord **introduire votre développement** en expliquant de quoi il s'agit et en le situant dans le temps et dans l'espace.
- Vous devez ensuite **organiser vos idées** en deux ou trois parties qui correspondent à deux ou trois idées différentes. Là encore, utilisez un vocabulaire précis appris en cours. Quand vous avez fini d'exposer l'une de vos idées, **allez à la ligne** ou **sautez une ligne** pour montrer au correcteur que vous **passez à une autre idée**.
- **Un second exercice** faisant appel à un **autre langage** peut être préparé. Il s'agit par exemple de remplir une frise, un croquis ou un schéma, en respectant les consignes données : colorier une carte ou compléter un croquis en y ajoutant des flèches, des points ou des couleurs. Le but sera toujours de voir si vous avez compris l'**organisation** et le **fonctionnement** de l'espace représenté.
- **Pensez à toujours vous munir de crayons de couleur**.
- **Pensez à relire les croquis étudiés en classe** (en particulier le titre et la légende).

Exercice 3 : Enseignement moral et civique

- **Vous devez identifier** les documents proposés, en dégager le sens, prélever des informations et, éventuellement, porter un regard critique sur ces documents en indiquant son intérêt ou ses limites.
- **Vous devez rendre compte** du problème politique ou social mis en avant par les documents. Prenez des exemples qui montrent que vous suivez l'actualité et que vous vous intéressez au monde qui vous entoure. Ne vous limitez pas aux connaissances extraites de votre cours.
- Certaines questions vous demandent de **prélever des informations** sur les documents, de **vous servir de vos connaissances** pour répondre à la question, ou **d'analyser les informations données** par les documents.
- **Une situation pratique** vous sera proposée ainsi qu'un ensemble de questions en relation avec la situation. Vous devrez comprendre le cas décrit mais aussi mettre à profit toutes les connaissances acquises tout au long de l'année pour répondre correctement.

Sujets guidés

SUJET 1 Antilles-Guyane, juin 2019 20 pts 45 min

Civils et militaires dans la Première Guerre mondiale

DOC. 1 Extrait du « Rapport annuel sur la situation de l'enseignement primaire » rendu en 1917

Un instituteur d'une école du département de la Somme répond à une enquête de son inspecteur.

[Questions] Comment avez-vous adapté votre enseignement aux circonstances ?

L'emploi du temps n'a pas été modifié, et les programmes ont été respectés. Mais chaque matière enseignée a reçu un caractère se rapportant aux événements actuels.

En morale et en instruction civique : la Patrie, l'amour de la patrie, le devoir militaire, les qualités du soldat, obéissance, courage, patience, bonne humeur ; le devoir des civils : travail, économie, versement de l'or, souscriptions aux emprunts, aux Bons de la Défense nationale, ont été illustrés par des faits d'actualité. Le récit des souffrances endurées par les malheureuses populations des pays occupés, les dévastations de l'ennemi ont ému les enfants qui comprennent toute la reconnaissance qu'ils doivent à nos soldats et à nos alliés.

L'étude de l'histoire a permis de montrer le rôle de la France dans le monde ; des comparaisons entre les événements passés et les événements actuels ont montré l'unité de notre tradition nationale[1].

En géographie, les nations alliées ont été étudiées avec intérêt ; de même les régions envahies de France si prospères autrefois, aujourd'hui dévastées par un ennemi sans conscience. L'importance de l'agriculture a été particulièrement mise en relief.

Dans l'enseignement du français, les textes de dictées, les morceaux de récitation, les exercices de rédaction ont été empruntés aux événements de guerre actuels ou de la guerre de 1870[2]. Les enfants ont écrit à leur père mobilisé. Les autres matières du programme, sciences, dessin, arithmétique, ont été étudiées dans leurs rapports avec la guerre aussi souvent que possible [...].

« Rapport annuel sur la situation de l'enseignement primaire »,
Archives départementales de la Somme, 1917.

1. L'instituteur fait par exemple allusion à la défense des droits de l'homme par la France depuis la Révolution française.

2. Guerre qui a opposé les Français et les Allemands et qui s'est terminée par la défaite de la France.

DOC. 2 Carte postale de la Première Guerre mondiale

Les cartes postales sont d'un usage très fréquent pendant la Première Guerre mondiale. Elles sont utilisées dans la correspondance entre l'arrière et le front, ou entre civils. La série « Graine de Poilu » met en scène des enfants dans des photographies réalisées en studio, puis colorisées ou retouchées.

Carte postale réalisée par Georges Morinet, conservée aux Archives départementales de l'Ain, Éditions Patriotic, non datée.

1 Quelle est la situation de la France quand ce rapport (document 1) est publié ?

2 Relevez trois exemples dans le document 1 montrant que, selon l'instituteur, la guerre est très présente dans l'enseignement comme dans les activités proposées aux élèves.

3 Décrivez la carte postale.

4 Montrez que cette image est une image de propagande.

5 En vous appuyant sur vos réponses et sur vos connaissances, montrez que les civils, y compris les enfants, sont impliqués et mobilisés dans le cadre d'une guerre totale.

PAR ÉTAPES

BIEN LIRE LES DOCUMENTS

Identifier leur nature

• **Le document 1** est un extrait du « Rapport annuel sur la situation de l'enseignement primaire » rendu en 1917. Il provient des Archives départementales de la Somme, **l'un des départements les plus touchés par la guerre** et où s'était tenue, en 1916, l'une des batailles les plus sanglantes du conflit.

Comme le précise le document, cet extrait fait partie de la réponse d'un instituteur à une enquête menée par son inspecteur pour savoir **quelle place avait la guerre dans son enseignement**. C'est notamment cette enquête, menée auprès de nombreux instituteurs, qui a permis aux inspecteurs de l'éducation nationale de faire un état de la situation de l'enseignement primaire dans un rapport national, c'est-à-dire à l'échelle de la France.

• **Le document 2** est une carte postale conservée aux Archives départementales de l'Ain. Elle fait partie d'une série de **cartes éditées pendant la guerre** sous le titre « Graine de Poilus ». Comme l'indique le texte au-dessus de la reproduction de la carte postale, cette série mettait en scène des enfants dans des **scènes patriotiques**. Le but était ainsi de **soutenir le moral de la population**.

Repérer les éléments importants

• **Dans le document 1 :** le texte introductif qui nous explique le dialogue entre un instituteur et son inspecteur à l'occasion d'une enquête.

• La date du document : 1917.

• Au début du texte, la question posée par l'inspecteur à l'instituteur.

• Chaque paragraphe du texte qui correspond à une **matière enseignée** par l'instituteur.

• Les notes en bas de texte qui expliquent des références faites par le maître.

• **Dans le document 2 :** le titre de la série de cartes postales, « Graine de Poilu ».

• Cette carte postale a été utilisée pendant la **Grande guerre**.

• L'uniforme, les armes et la posture de l'enfant.

• La phrase prononcée par l'enfant habillé en Poilu, « Comme Papa ! », qui fait écho au titre de la série de cartes postales « Graine de Poilu ».

• Le minuscule **soldat allemand** sous le pied droit de l'enfant.

BIEN COMPRENDRE LES QUESTIONS

Question 1

• Il faut expliquer la **situation de la France** au moment où ce rapport a été publié. Ne vous contentez pas de montrer que la France est en guerre. Soyez le plus précis possible en indiquant à quel moment de la guerre on est à cette date et quelle est la situation particulière de certaines régions françaises.

- À l'opposé, ne racontez pas tout le déroulement de la guerre, ni le détail des batailles que vous avez étudiées en cours.

Question 2

- Les exemples montrant que la guerre est très présente dans l'enseignement comme dans les activités sont nombreux. Vous pouvez **citer plusieurs extraits du texte**, en évitant d'en recopier l'intégralité.
- Veillez aussi à citer au moins une « activité » faite par les élèves, comme mentionné dans la question.

Question 3

Cette question ne porte que sur le document 2. Quand on vous demande de « décrire » une image, il vous faut **citer tout ce que vous voyez sur le document**, aussi bien les personnages que les mots présents sur la carte.

Question 4

Pour répondre à la question, vous devez connaître la **définition de « propagande »**. Il vous faut aussi expliquer à qui s'adressait ce type de cartes postales et quel était leur but.

Question 5

- La dernière question est une sorte de question-bilan. Vous devez utiliser vos réponses aux questions précédentes, mais aussi vos connaissances personnelles sur le sujet.
- On vous demande d'expliquer comment les civils étaient « impliqués et mobilisés » dans le conflit, « y compris les enfants ». Les termes « y compris » induisent que vous devez parler du rôle et de la place des enfants, notamment dans la propagande d'État, mais pas seulement des enfants.
- Vous pouvez commencer par **montrer que les civils étaient mobilisés dans le conflit** en utilisant vos connaissances (et également les quelques allusions faites dans le document 1) ; **puis vous pouvez vous arrêter sur la situation particulière des enfants** (en vous aidant des réponses aux questions précédentes).

BIEN DÉFINIR LES MOTS-CLÉS

- **Guerre totale :** guerre dans laquelle toutes les forces humaines, économiques et scientifiques sont mobilisées par les États.
- **Civils :** personnes qui ne font pas partie de l'armée.
- **Patriotisme :** attachement, dévouement à sa patrie.
- **Propagande :** ensemble des méthodes de communication utilisées pour faire accepter des idées à une population.
- **Bons de la Défense nationale :** emprunts auprès de la population civile organisés par les États pour financer la guerre.

- **Mobilisé :** pendant la Première Guerre mondiale, en France et dans de nombreux pays en guerre, tous les hommes en âge de se battre ont l'obligation de prendre l'uniforme et d'aller se battre ; c'est la mobilisation générale.
- **Poilus :** surnom donné aux soldats français de la Première Guerre mondiale, sans doute en partie à cause des conditions de vie des soldats dans les tranchées qui ne leur permettaient pas de se raser souvent.
- **Archives :** institutions où sont conservées les documents historiques.

CORRIGÉ 1

Comprendre le corrigé

1 Au moment où ce rapport est publié, en 1917, la France est engagée depuis trois ans dans la Première Guerre mondiale qui l'oppose aux Allemands et à leurs alliés. Envahis dès le début de la guerre, l'Est et le Nord de la France sont particulièrement touchés : certaines régions sont occupées par les Allemands et c'est là que se situe la ligne de front où ont lieu les combats. En effet, la guerre est devenue une guerre de position : depuis trois ans, le front est au même endroit, malgré des batailles sanglantes comme celle de Verdun…

> **Gagnez des points !**
> Expliquez précisément quelles régions françaises sont les plus touchées par la guerre.

2 On peut trouver de nombreux exemples qui montrent que la guerre est très présente dans l'enseignement de cet instituteur.

– Tout d'abord en « morale et instruction civique », les écoliers étudient « la Patrie, l'amour de la patrie, le devoir militaire (…), le devoir des civils » afin de mobiliser les enfants dans la guerre.

– Ensuite, certaines activités sont adaptées au contexte de guerre : « dans l'enseignement du français, les textes de dictées, les morceaux de récitation, les exercices de rédaction ont été empruntés aux événements de guerre actuels ».

> **L'astuce du prof**
> N'oubliez de mettre des guillemets lorsque vous citez le texte.

– Enfin, « les autres matières du programme, sciences, dessin, arithmétique, ont été étudiées dans leurs rapports avec la guerre aussi souvent que possible… ».

La guerre est donc omniprésente dans le quotidien des écoliers français.

3 Sur la carte postale, on voit un jeune enfant portant l'uniforme du « Poilu », c'est-à-dire du soldat français de la Première Guerre mondiale : il a un képi sur la tête, un sabre à la ceinture et un fusil à baïonnette à l'épaule. Il sourit et fait le salut militaire.

Sous son pied droit, on reconnaît un minuscule soldat allemand avec le casque à pointe prussien, en train d'être écrasé. Cette carte postale fait partie d'une série intitulée « Graine de Poilu » dont on peut voir le titre en haut à gauche, à côté de la phrase : « Comme Papa ! ».

Gagnez des points !
Décrivez bien chaque élément de la carte postale : les personnages, leurs costumes, leurs postures, mais aussi ce qui est écrit.

4 Cette image est une image de propagande, car elle cherche à mobiliser la population, notamment les enfants, dans la guerre. Tout est mis en scène pour que le lecteur comprenne que toute la population est derrière les soldats : la guerre est totale. Ce genre d'image tente aussi de maintenir le moral de la population, civils comme militaires, après trois longues années de guerre. Le texte introductif met l'accent sur la mise en scène de ces cartes postales, « réalisées en studio, puis colorisées ou retouchées ».

Gagnez des points !
Essayez d'expliquer quel est le but de ce genre d'image.

5 La Première Guerre mondiale est une guerre totale : toute la population et toute la société sont mobilisées dans la guerre.

Gagnez des points !
Utilisez l'expression « guerre totale » apprise en cours.

Les civils sont impliqués de différentes manières : ceux qui sont restés à l'arrière, notamment les femmes, doivent travailler pour remplacer les hommes partis au front. On demande aussi aux civils de souscrire à des emprunts destinés à financer la guerre. Les enfants sont également mobilisés : à l'école, leurs instituteurs leur parlent constamment du conflit et chaque matière est étudiée dans son rapport à la guerre. Ainsi, on forme les futurs soldats-citoyens et on préserve le moral des populations civile et militaire.

SUJET 2 France métropolitaine, septembre 2018 — 20 pts — 45 min

Affirmation et mise en œuvre du projet européen

1 Rédigez un développement construit d'environ vingt lignes racontant les étapes et présentant les enjeux de la construction européenne.

2 a. En suivant l'exemple proposé (Joseph Staline/Communisme soviétique), associez chaque expression suivante à un personnage.

- Front populaire
- Régime de Vichy
- Allemagne nazie
- Ve République
- Loi sur l'IVG (interruption volontaire de grossesse)

Léon Blum

1. ....

Joseph Staline

2. Communiste soviétique

Charles de Gaulle

3. ....

Philippe Pétain

4. ....

Simone Veil

5. ....

Adolphe Hitler

6. ....

b. Reportez son numéro à sa place sur la frise chronologique.

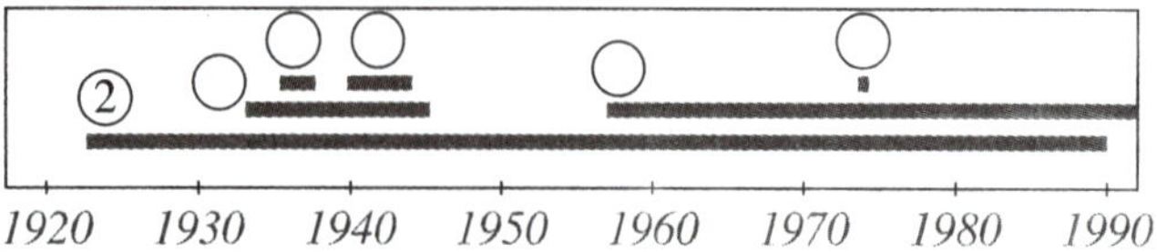

c. Nommez et datez un événement auquel participe un de ces personnages.

PAR ÉTAPES

BIEN COMPRENDRE LES CONSIGNES

Consigne 1

- Le sujet porte sur les « **étapes** » et les « **enjeux** » de la construction européenne. Le mot « étape » fait référence aux différents grands traités qui ont permis la construction européenne, tandis que le mot « enjeu » implique de retrouver les objectifs recherchés à chacune de ces étapes.
- Vous devez réfléchir à ces deux mots importants en les associant. En effet, il ne s'agit pas de rédiger votre paragraphe en parlant d'abord des étapes et ensuite des enjeux, mais de **réfléchir aux enjeux présents à chaque grande étape de la construction européenne**.
- La difficulté du sujet est qu'il ne vous donne aucune date. C'est à vous de déterminer quelles sont les grandes étapes qui vont marquer **le début, le milieu** et **la fin de votre développement** construit. Un brouillon est donc nécessaire pour rassembler d'abord toutes les dates que vous connaissez sur la construction européenne, puis pour réfléchir à celles que vous allez choisir comme étapes majeures.

Consigne 2

- Vous devez **associer les expressions proposées à chacun des portraits** d'hommes et de femme politiques présentés. Vous devez les réécrire en bas de chaque photo.
- Vous devez ensuite **compléter la frise chronologique** en reportant le numéro de chaque portrait dans la bulle correspondante. Attention à bien lire la frise, car plusieurs dates sont proches et plusieurs périodes se superposent ! Il y a un petit piège : réfléchissez bien avant de placer le portrait du général de Gaulle !
- Enfin, n'oubliez pas de **rédiger votre dernière réponse** à la consigne **c**, qui vérifie que vous n'avez pas répondu par hasard aux précédentes consignes **a** et **b**, mais bien grâce à des repères historiques solides.

BIEN DÉFINIR LES MOTS-CLÉS

- **CECA :** Communauté européenne du charbon et de l'acier, embryon, début de la construction européenne en 1951.
- **CEE :** Communauté Économique Européenne instituée par le traité de Rome.
- **Traité de Rome :** traité signé en 1957 par 6 États européens (RFA, France, Italie, Belgique, Pays-Bas et Luxembourg), instituant la CEE.
- **Traité de Maastricht :** traité signé en 1992 par 12 États européens donnant naissance à l'Union européenne.
- **Union européenne :** rassemblement volontaire de 27 États partageant des valeurs communes (démocratie, droits de l'homme) et mobilisés autour d'un projet de développement économique et social à long terme.

- **Citoyenneté européenne:** fait d'être citoyen de l'UE, grâce notamment à la création d'un passeport de l'UE, et donnant le droit de voter et d'être éligible aux élections municipales et européennes.
- **PESC:** Politique Étrangère et de Sécurité Commune, instituée par le traité de Maastricht en 1992.
- **Euro:** monnaie unique de l'union économique et monétaire, formée au sein de l'Union européenne.
- **Élargissement:** agrandissement progressif de l'UE par l'intégration de nouveaux pays membres.
- **Brexit:** retrait du Royaume-Uni de l'Union européenne.

CORRIGÉ 2

Comprendre le corrigé

1 Au lendemain de la Seconde Guerre mondiale, construire une Europe unie apparaît comme une nécessité pour éviter un nouveau conflit meurtrier. Quels sont les étapes et les enjeux de la construction européenne ?

La construction européenne débute en 1951 avec le traité instituant la CECA, la communauté européenne du charbon et de l'acier. Ce traité porté par les Français Jean Monnet et Robert Schuman doit accélérer la reconstruction de l'Europe en facilitant l'accès aux matières premières. Il est signé par six pays: la France, la RFA, les Pays-Bas, la Belgique, le Luxembourg et l'Italie.

Gagnez des points !
Précisez au maximum le nom des traités, leurs dates et le nombre de pays signataires à chaque fois.

En 1957, ces six pays signent le traité de Rome, qui donne naissance à la CEE, la communauté économique européenne. Ce traité prévoit la libre circulation des marchandises, des capitaux et des hommes, ainsi qu'une politique agricole commune. Il s'agit d'aider l'Europe à retrouver sa prospérité économique. Au fil des années, la CEE attire de nouveaux pays et en 1992, elle compte douze pays membres.

Le traité de Maastricht, élaboré et signé en 1992 par les douze pays de la CEE, est l'étape majeure de la construction européenne: celle qui donne naissance à l'Union européenne. En effet, ce traité crée une citoyenneté européenne qui repose sur un passeport européen et des élections européennes qui permettent d'élire un parlement européen. Il a aussi pour objectif de créer une monnaie unique, l'euro, et de supprimer

Gagnez des points !
Utilisez vos connaissances en EMC et en géographie sur l'UE pour développer le paragraphe sur le traité de Maastricht, qui est l'étape la plus importante de la construction européenne.

les frontières entre États membres pour renforcer la libre circulation des biens et des hommes. Enfin, pour affirmer son identité sur la scène internationale, l'UE doit désormais construire une politique étrangère et de sécurité commune (PESC).

Depuis 1992, l'UE n'a cessé de s'élargir, notamment avec l'adhésion de nombreux États de l'Europe de l'Est, libérés des dictatures communistes. Elle compte à l'heure actuelle vingt-huit États membres. Néanmoins, la construction européenne reste difficile : le Royaume-Uni a refusé l'euro et la suppression de ses frontières, et depuis le référendum sur le « Brexit » en juin 2016, il négocie pour quitter l'UE. De nombreux pays membres ont élu des gouvernements qui critiquent fortement les décisions et le fonctionnement de l'UE.

L'astuce du prof
Utilisez l'actualité pour rédiger le dernier paragraphe sur les difficultés actuelles de l'UE.

Malgré les difficultés qu'elle traverse, la construction européenne est un succès : elle a fondé un territoire attractif et prospère, qui reste une exception mondiale.

2 a.

Léon Blum

1. Front populaire

Joseph Staline

2. Communiste soviétique

Charles de Gaulle

3. Ve République

Philippe Pétain

4. Régime de Vichy

Simone Veil

5. Loi sur l'IVG

Adolphe Hitler

6. Allemagne nazie

L'astuce du prof
Attention, pour la réponse à cette question, les photographies ne sont pas numérotées dans l'ordre chronologique !

b.

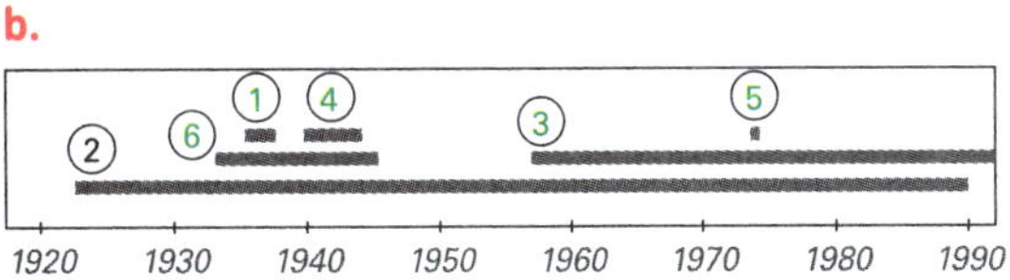

c. Pendant la Seconde Guerre mondiale, le 18 juin 1940, Charles de Gaulle lance un appel aux Français pour qu'ils continuent à lutter contre l'Allemagne nazie.

L'astuce du prof
Tous ces personnages ont participé à la Seconde Guerre mondiale. Vous pouvez citer les dates de cette guerre comme événements, si vous n'en connaissez pas d'autres, tout en précisant bien le rôle du personnage politique que vous avez choisi.

SUJET 3 Sujet inédit

20 pts — 45 min

La Ve République, de la République gaullienne à l'alternance

1 Sous la forme d'un développement construit d'une vingtaine de lignes, en vous appuyant sur des exemples précis, décrivez les principales caractéristiques de la Ve République puis la politique menée par son fondateur, le général de Gaulle.

2 Complétez la frise ci-dessous :

a. Placez les années de la présidence du général de Gaulle.

b. Placez ces présidents de la Ve République en inscrivant leurs noms au bon endroit dans la frise : François Mitterrand, Jacques Chirac et François Hollande.

c. Coloriez en rouge une présidence qui illustre l'alternance pendant la Ve République.

d. Placez une période de cohabitation dans la frise en indiquant les années de début et de fin et le nom du Premier ministre.

La Ve République à l'épreuve de l'alternance

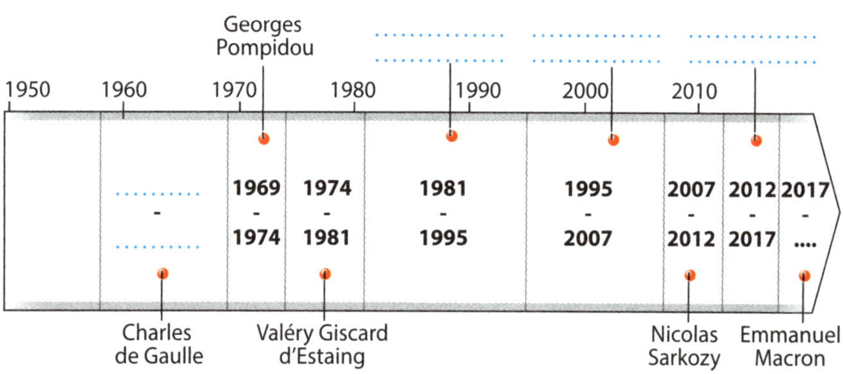

PAR ÉTAPES

BIEN COMPRENDRE LES CONSIGNES

Consigne 1

- La consigne vous demande de connaître les caractéristiques d'une description en histoire pour rédiger un développement d'une vingtaine de lignes.
- Il faut être méthodique et réussir à **organiser vos connaissances** pour les présenter de manière structurée et cohérente.
- La description de la Ve République doit commencer par **sa mise en place** par le général de Gaulle.
- Vous devez décrire la politique de grandeur de ce dernier permise par les institutions de la Ve République.

Consigne 2

- Il faut compléter la frise chronologique avec les **différentes présidences** que vous devez savoir replacer dans le bon ordre, quelques présidents devant être pour vous des repères historiques à connaître précisément.
- Vous devez maîtriser les notions de la leçon, alternance et cohabitation pour pouvoir les placer sur la frise.
- Il y a eu **trois cohabitations** sous la Ve République ; placez celle dont vous connaissez le mieux les dates.

BIEN DÉFINIR LES MOTS-CLÉS

- **Régime présidentiel :** régime politique où l'essentiel du pouvoir est entre les mains d'un président.
- **Régime parlementaire :** régime politique où l'essentiel des pouvoirs est entre les mains du Parlement, qui nomme le chef du gouvernement.
- **Référendum :** vote, à l'initiative du chef de l'État, d'1/5 des parlementaires ou d'une pétition rassemblant 1/10 des citoyens, lors duquel on pose une question aux électeurs, qui doivent y répondre par « oui » ou par « non ».
- **Accords d'Évian :** accords signés entre la France et les Algériens en mars 1962 et qui reconnaissent l'indépendance de l'Algérie.
- **Coup d'État :** prise de pouvoir par la force.
- **Constitution :** loi fondamentale qui décrit les principes et le fonctionnement d'un État ou d'un groupe d'États.
- **Suffrage universel :** élection à laquelle tous les citoyens peuvent participer.
- **Politique de grandeur :** politique du général de Gaulle quand il est président pour redonner sa place de puissance à la France.

- **Force de dissuasion nucléaire:** menace d'un bombardement atomique sur les deux camps pendant la Guerre froide. On parle de dissuasion, car aucun des deux grands ne veut risquer l'anéantissement.
- **OTAN:** Organisation du Traité de l'Atlantique Nord créée dans le contexte de la guerre froide regroupant les Alliés des États-Unis.
- **Construction européenne:** processus d'élargissement et d'approfondissement de l'union entre les États européens.
- **Influence américaine:** capacité des États-Unis à attirer les flux vers lui ou à exercer des pressions sur d'autres États.
- **Conservateur:** qui cherche à conserver les valeurs et les institutions existantes, sans les faire évoluer.
- **Crise de mai 1968:** révolte des étudiants et des ouvriers contre le pouvoir trop autoritaire et conservateur du général de Gaulle. La France est paralysée par des grèves et des manifestations pendant un mois.

CORRIGÉ 3

Comprendre le corrigé

1 En 1958, après une tentative de coup d'État menée par les généraux en Algérie, de Gaulle apparaît comme le seul homme capable de redresser la situation. Il est rappelé au pouvoir et fonde une nouvelle République: la Ve République.

La constitution proposée par de Gaulle est approuvée par les Français lors d'un référendum. Elle donne l'essentiel des pouvoirs au président de la République. La Ve République est donc un régime présidentiel. Le rôle du président est encore renforcé à partir de 1962 quand de Gaulle met en place l'élection du président au suffrage universel direct.

L'astuce du prof
Utilisez vos connaissances d'EMC pour compléter votre description de la Ve République.

Le rôle du président selon de Gaulle est de redonner sa grandeur et sa puissance à la France. Critiquée et affaiblie par la guerre d'Algérie, celle-ci doit mettre fin rapidement à ce conflit. De Gaulle signe donc les Accords d'Évian avec le FLN. Il entame aussi une politique d'indépendance vis-à-vis des États-Unis en se retirant du commandement militaire de l'OTAN et en se dotant d'une force de dissuasion nucléaire propre. Il se rapproche au contraire des autres pays européens notamment de l'Allemagne dans le cadre de la construction européenne.

Gagnez des points!
Placez ici des connaissances sur le contexte de la guerre d'Algérie ou de la guerre froide sans toutefois tomber dans le hors-sujet.

Réélu en 1965, de Gaulle doit affronter trois ans plus tard la révolte des étudiants qui le jugent trop conservateur et surtout trop autoritaire. Lorsque les ouvriers rejoignent les étudiants en mai 1968, de Gaulle doit faire face pour la première fois à une grave crise sociale qui remet en cause son gouvernement. Affaibli, il décide de quitter le pouvoir en 1969.

2

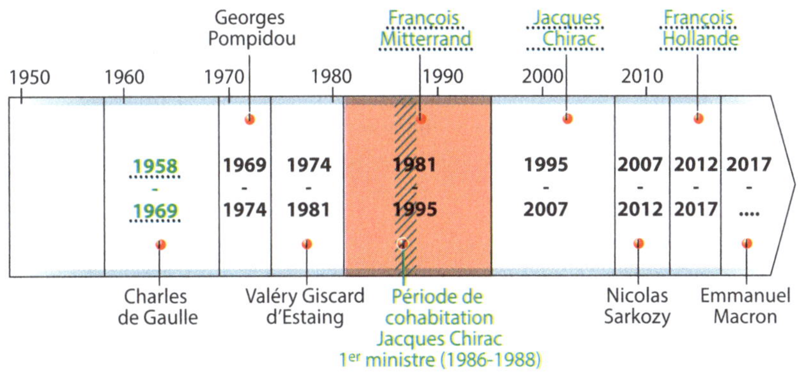

SUJET 4 Centres étrangers, juin 2019 20 pts 45 min

Les espaces de faible densité et leurs atouts

DOC. 1 De nouveaux enjeux pour le Cantal

Le Cantal, un territoire sans demandeur d'emploi ? Avec un taux de chômage de 6,3 % au troisième trimestre 2016, le département affiche le taux le plus faible de France devant la Lozère […].

Ces bons chiffres devraient ravir les acteurs économiques. Mais la réalité est plus contrastée. Car le département, dont la préfecture est l'une des rares à ne pas être reliée à l'autoroute, est sujet au déclin démographique – il a perdu 9 % de ses habitants entre 1982 et 2010 – et à un vieillissement de sa population.

Si certains secteurs d'activité, comme le transport ou le bâtiment, peinent à recruter, les services publics, eux, sont en décroissance, nuance Éric Debuire, secrétaire général départemental de la CGT, installé dans le Cantal depuis 2000. « Le département a perdu six bureaux de postes, cinq trésoreries principales, une agence EDF doit fermer en juin, le ferroviaire est à l'abandon… », détaille le syndicaliste. « Nous sommes dans une zone rurale peuplée de personnes âgées ayant un revenu très bas, qui a besoin d'une politique de services publics de proximité ».

Pour les élus, l'enjeu principal est d'attirer de nouveaux habitants, en leur proposant une offre complète. « Il leur faut insister sur la qualité de vie dans le territoire et sur la qualité des services liés par exemple à la scolarité des enfants ou aux nouveaux usages numériques », explique Laurent Rieutort, directeur de l'Institut d'Auvergne du développement des territoires. Salons spécialisés, dispositif WorK2Be pour trouver du travail au conjoint d'un nouvel arrivant, accompagnement des porteurs de projets… Les outils se sont multipliés pour transmettre un même message : « Le Cantal embauche ! » Et depuis 2003, ils ont permis à 96 familles de s'installer dans le département.

Surtout, la clé pour le territoire est de parvenir à retenir ses jeunes. Faute d'offre universitaire suffisante dans le département, nombre d'étudiants vont suivre un cursus ailleurs. Et trouvent, ensuite, un emploi sur place. […].

Solène Lhénoret, « Dans le Cantal, trouver trente salariés, ce n'est pas évident »
Le Monde sur *www.lemonde.fr*, 24 mars 2017.

DOC. 2 Opération de communication (Cantal, 2017)

Le Cantal accueille les porteurs de projets pour les aider à réussir leur installation dans le département.

Améliorez votre qualité de vie
Venez vivre et travailler dans le Cantal. **Conseils**, contacts, offres de **reprise** et opportunité **d'installation**.
En amont de toute création ou reprise d'activité, nous vous accompagnons pas à pas.

Du mercredi 18 au vendredi 20 octobre 2017
Participez à la prochaine session d'accueil d'actifs en pays **de Salers** :
– seuls les frais de déplacement pour se rendre à la session sont à la charge des participants ;
– complétez votre candidature en ligne sur : www.cantalauvergne.com

D'après *www.cantalauvergne.com*

1 Relevez quatre éléments qui, d'après cet article, montrent que la situation du Cantal est révélatrice de celle que connaissent les espaces de faible densité.

2 D'après le document 2, quelles catégories de population le Cantal cherche-t-il à retenir et à attirer ? Pourquoi ?

3 Relevez une phrase du document 1 permettant d'expliquer le message du document 2.

4 À l'aide de l'exemple du Cantal et de vos connaissances, montrez qu'un espace de faible densité possède des atouts et peut les valoriser.

PAR ÉTAPES

BIEN LIRE LES DOCUMENTS

Identifier leur nature

- **Le document 1** est un article du journal *Le Monde* du 24 mars 2017. Cet article, écrit par la journaliste Solène Lhénoret, met en avant les contraintes que connaît un territoire de faible densité comme le Cantal, mais aussi ses atouts.
- **Le document 2** est une affiche publicitaire éditée par le département du Cantal dont le but est de faire venir de nouveaux habitants dans ce territoire en mettant en avant son cadre de vie agréable.

Repérer les éléments importants

- **Dans le document 1**, les deux premiers paragraphes du texte qui évoquent les difficultés et les contraintes du Cantal. Dans le deuxième paragraphe, l'énumération des différents services publics qui ferment dans le département. Le troisième paragraphe qui met l'accent sur ses atouts. Le dernier paragraphe qui insiste à nouveau sur une difficulté propre à ce territoire.
- **Dans le document 2**, le slogan en haut de l'affiche. La photo dans laquelle le paysage naturel est mis en valeur, ainsi que le jeune père et son enfant souriant. Le texte en dessous de l'image, même s'il est écrit en petit, qui met l'accent sur ce que propose le Cantal aux nouveaux habitants.

BIEN COMPRENDRE LES QUESTIONS

Question 1

- Vous devez « relever » **quatre éléments** qui montrent la « situation » du Cantal. Il vous faut donc connaître cette situation avant de trouver les éléments. Cette situation est celle que connaissent de nombreux espaces de faible densité. Vous devez donc utiliser vos connaissances personnelles, même si la question ne le précise pas.
- Ce sont les **deux premiers paragraphes** du texte qui expliquent cette situation et dans lesquels vous pouvez trouver au moins quatre éléments à citer. N'oubliez pas les guillemets quand vous citez le texte.

Question 2

- Cette question ne porte que sur le document 2. C'est donc dans la publicité que vous devez trouver les catégories de population que le Cantal cherche à retenir et à attirer. Attention, la question vous invite à trouver plusieurs catégories de personnes ! Une catégorie peut être trouvée à l'aide de la photo, et une autre dans le texte.
- « Retenir » est à **mettre en lien avec le slogan de l'affiche** et correspond aux touristes ou aux personnes vivant déjà dans ce département ; « attirer » s'adresse plutôt aux personnes étrangères à ce territoire.

- Veillez à **expliquer « pourquoi »** le département du Cantal cherche à attirer ces populations. Utilisez vos connaissances, ainsi que la situation du Cantal telle qu'elle est montrée par le document.

Question 3

- Il s'agit ici de « relever » une phrase du document 1. Vous devez donc **citer une phrase** en n'oubliant pas les guillemets.
- Le message du document 2 est essentiellement transmis par la photographie : celle-ci **met en avant un cadre de vie idéal pour les familles** avec des jeunes enfants. Vous devez trouver dans le document 1 la phrase qui correspond à ce message.

Question 4

- Pour cette dernière question, vous avez vraiment besoin de **connaissances personnelles**. Vous n'avez probablement pas étudié le Cantal avec votre professeur(e), mais vous avez sûrement vu un **espace de faible densité** présentant les mêmes difficultés et les mêmes atouts. Servez-vous de cet exemple pour développer votre réponse.
- Vous devez expliquer **quels sont les atouts de ce territoire** et comment ils sont valorisés, c'est-à-dire comment le département et ses habitants les utilisent pour produire des activités et de la richesse.

BIEN DÉFINIR LES MOTS-CLÉS

- **Espaces de faible densité :** espaces où vivent moins de 30 habitants par km^2.
- **Atouts :** points forts, avantages qui permettent à un territoire de se développer.
- **Acteurs économiques :** entreprises, État, collectivités territoriales (départements, régions).
- **Préfecture :** chef-lieu, centre administratif d'un département.
- **Déclin démographique :** baisse de la population d'un territoire.
- **Vieillissement de la population :** augmentation de la proportion de personnes âgées dans un territoire.
- **Services publics :** services qui dépendent de l'État comme la Poste, les impôts, l'école, la justice…
- **Décroissance :** baisse, diminution.
- **Zone rurale :** espace qui se situe à la campagne.
- **Cursus universitaire :** parcours d'études à l'université.
- **Porteurs de projets :** personnes ayant un projet de création d'entreprise.

CORRIGÉ 4

Comprendre le corrigé

1 Selon cet article, le Cantal connaît des difficultés propres aux espaces de faible densité. C'est un espace isolé: sa préfecture « est l'une des rares à ne pas être reliée à l'autoroute ». De plus, ce département connaît un « déclin démographique [...] et un « vieillissement de sa population ».

Mais encore, ses « services publics [...] sont en décroissance », « le département a perdu six bureaux de postes, cinq trésoreries principales, une agence EDF doit fermer en juin, le ferroviaire est à l'abandon ».

Enfin, ce territoire est « une zone rurale peuplée de personnes âgées, ayant un revenu très bas ».

> **Gagnez des points !**
> Avant de « relever » les quatre éléments demandés, expliquez rapidement à l'aide de vos connaissances la « situation » du Cantal.

2 Le Cantal cherche à retenir les jeunes habitants et à attirer les familles avec enfants, notamment celles qui viennent y passer leurs vacances. Le slogan de la publicité du document 2 propose ainsi: « Et si vous restiez dans le Cantal... ». Les jeunes actifs, « porteurs de projets », peuvent développer l'activité économique de ce territoire en créant des emplois et en faisant vivre les services publics.

> **L'astuce du prof**
> Ne vous focalisez pas uniquement sur l'image, mais lisez bien le texte en dessous qui vous aide à expliquer pourquoi le Cantal cherche à attirer une catégorie de population en particulier.

3 La phrase du doc. 1 permettant d'expliquer le message du doc. 2 est: « Pour les élus, l'enjeu principal est d'attirer de nouveaux habitants, en leur proposant une offre complète » ou bien « Il leur faut insister sur la qualité de vie dans le territoire et sur la qualité des services [...] ».

> **L'astuce du prof**
> Trouvez le passage du texte qui illustre le mieux l'atout principal du Cantal mis en avant par la photo.

4 L'exemple du Cantal montre qu'un espace de faible densité possède des atouts qu'il peut valoriser: des familles quittent les métropoles et sont attirées par le cadre de vie qu'il propose – un environnement rural et calme, des paysages naturels et préservés, de grandes habitations individuelles et bon marché. Ces néoruraux peuvent trouver des emplois ou créer leurs propres entreprises grâce au développement du numérique qui leur permet d'être reliés aux métropoles sans y habiter.

Le cadre de vie rural permet aussi de développer des activités de tourisme vert, comme des gîtes ruraux qui accueillent des urbains en quête d'activités sportives et de pleine nature.

> **L'astuce du prof**
> Utilisez des connaissances tirées des exemples d'espaces de faible densité étudiés en classe quand ils vous semblent correspondre à la situation du Cantal.

SUJET 5 Polynésie, septembre 2017 — 20 pts — 45 min

Aménager pour répondre aux inégalités croissantes entre territoires français, à toutes les échelles

DOC. 1 Le projet d'aéroport du Grand Ouest à Notre-Dame-des-Landes ménacé[1]

Aujourd'hui, nul ne sait quand les travaux de cette infrastructure, destinée à remplacer l'actuel aéroport de Nantes, pourront être mis en œuvre. Les voix des opposants n'ont cessé de se faire entendre. Plus d'une centaine d'entre eux se sont même installés sur la zone d'aménagement différé (ZAD[2]), rebaptisée « zone à défendre ».

Cécile Rialland-Juin, géographe à l'université d'Angers : « Dans les années 1960, cette zone était faiblement peuplée et l'agriculture n'était pas considérée comme prioritaire. Toutes les conditions étaient réunies pour que l'aéroport se fasse. »

Les paysans concernés vont pourtant s'organiser contre le projet. « Entre-temps, l'étalement urbain a fait son œuvre et de plus en plus de pavillons ont poussé autour de Notre-Dame-des-Landes », poursuit Cécile Rialland. Cette hausse de la population riveraine ne pouvait que mener au conflit.

F. Pagneux, « Notre-Dame-des-Landes, du projet local à l'enjeu national »,
La Croix, 29 janvier 2016.

1. Ce projet d'aéroport est aujourd'hui abandonné.
2. Zone mise en réserve afin d'être aménagée.

DOC. 2 Relier le Grand Ouest : aéroports et TGV

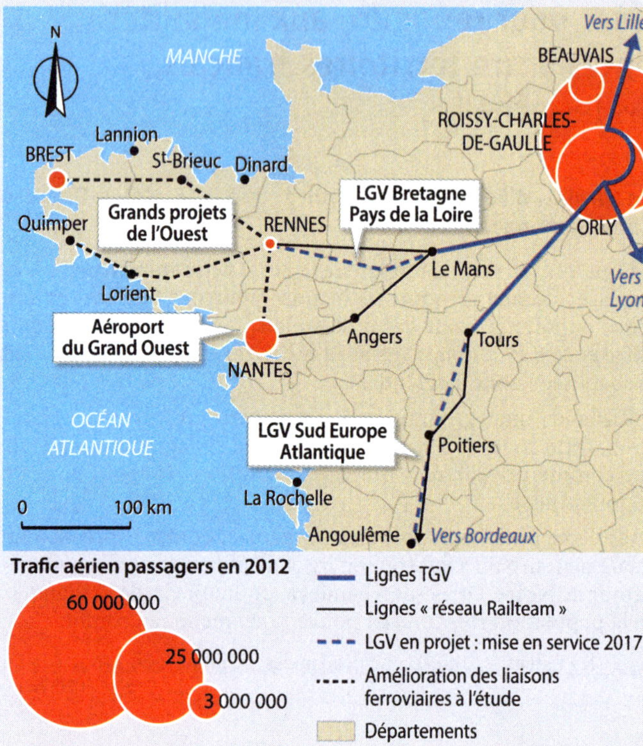

Cécile Rialland-Juin, géographe

1 Quelle « infrastructure » doit être réalisée dans la première ligne du texte ?

2 En vous aidant de la carte, où ce projet d'infrastructure doit-il être réalisé ?

3 Quels aménagements sont réalisés dans l'ouest de la France ? Deux réponses sont attendues.

4 Pourquoi ce projet d'infrastructure permettrait-il d'équilibrer le trafic aérien de passagers en France ?

5 Expliquez pourquoi le projet tarde à débuter en identifiant les opposants et leurs motivations.

PAR ÉTAPES

BIEN LIRE LES DOCUMENTS

Identifier leur nature

- **Le document 1** est un extrait de texte tiré d'un article du journal ***La Croix*** publié en janvier 2016. La journaliste essaie de faire le point sur les oppositions suscitées par ce projet d'infrastructure qui a longtemps fait la une de l'actualité.
- **Le document 2** est une carte de l'ouest de la France sur laquelle on peut retrouver les infrastructures de transport, d'où son titre : « Relier le Grand Ouest : aéroports et TGV ».

Repérer les éléments importants

- Dans le document 1, **le nom de l'infrastructure** dont il est question, ainsi que **les raisons de l'opposition** de certains à ce projet.
- Dans le document 2, **les principales lignes ferroviaires à grande vitesse** présentes dans cette partie du territoire longtemps mal desservie, ainsi que **les principaux aéroports** visibles par le trafic aérien des passagers.

BIEN COMPRENDRE LES QUESTIONS

Question 1

On vous demande de repérer l'infrastructure mentionnée à la ligne 1 du texte. Une infrastructure est un ensemble d'aménagements et d'équipements utiles à une collectivité. Ici, il s'agit d'une **infrastructure de transport**.

Question 2

Pour cette question, vous devez repérer l'infrastructure sur la carte du document 2 et **la situer à l'échelle locale et nationale**.

Question 3

Les aménagements que vous devez repérer sont présents sur la carte et dans sa légende. Attention de ne choisir que **ceux qui sont déjà mis en service en 2017**, puisque la question vous demande lesquels sont déjà réalisés.

Question 4

Cette question demande de bien observer le trafic aérien de passagers sur le document 2. Pour y arriver, **comparez le nombre de passagers** en Île-de-France et celui dans les Pays de la Loire.

Question 5

Afin de répondre aussi précisément que possible à cette question, vous devez à la fois **repérer les différents opposants** au projet et expliquer, pour chacun d'eux, **pourquoi ils s'y opposent** (leurs motivations).

BIEN DÉFINIR LES MOTS-CLÉS

- **Aménager :** actions des pouvoirs publics pour corriger les inégalités entre les territoires.
- **Étalement urbain :** extensions de la ville sur les campagnes alentours.
- **Grand Ouest :** territoire regroupant plusieurs régions de l'ouest de la France, situées à proximité de l'océan Atlantique.
- **Infrastructure :** ensemble d'aménagements et d'équipements utiles à une collectivité.
- **LGV (ligne à grande vitesse) :** ligne ferroviaire construite pour des trains roulant au-delà des 220 km/h.
- **Population riveraine :** population qui habite à proximité.

CORRIGÉ 5

Comprendre le corrigé

1 L'infrastructure qui doit être réalisée est l'aéroport du Grand Ouest à Notre-Dame-des-Landes.

2 Cet aéroport doit être réalisé dans l'aire urbaine de Nantes dans l'ouest de la France (région des Pays de la Loire).

Gagnez des points !
Dites à proximité de quelle métropole se situe cette infrastructure, mais situez-la également dans l'espace national.

3 Les aménagements réalisés dans l'ouest de la France sont le prolongement de la ligne LGV Paris-Le Mans jusqu'à Rennes et le prolongement de la ligne LGV Paris-Tours jusqu'à Bordeaux.

L'astuce du prof
Trouvez dans la légende de la carte les aménagements mis en service en 2017.

4 Jusqu'à présent, l'essentiel du trafic aérien de passagers en France arrive dans les aéroports de l'aire urbaine parisienne ; en premier lieu Roissy-Charles-de-Gaulle, puis Orly et Beauvais. Ce nouvel aéroport permettrait donc de rééquilibrer le trafic en détournant en sa faveur une partie des passagers.

L'astuce du prof
Observez bien où se concentre l'essentiel du trafic aérien des passagers à l'aide des figurés en cercles.

5 Ce projet a tardé à débuter (et a même été abandonné), en raison de la forte opposition de certains acteurs. Ses opposants sont les agriculteurs qui veulent défendre leur activité et leurs terres, notamment ceux installés sur la ZAD. Il y a aussi les riverains, installés dans des pavillons qui n'ont cessé de se multiplier dans cette zone de la couronne périurbaine de Nantes touchée par l'étalement urbain.

L'astuce du prof
Identifiez les deux types différents d'opposants au projet.

SUJET 6 Pondichéry, mai 2018 20 pts 45 min

La France et l'Europe dans le monde

1 Rédigez un développement construit d'une vingtaine de lignes montrant à la fois l'influence de l'Union européenne dans le monde et les limites de son rayonnement.

2 Complétez la carte ci-dessous et la légende :

– Nommez sur la carte les trois pôles du commerce mondial.

– Dans la légende, choisissez un figuré pour représenter les flux de marchandises.

– Puis, placez sur la carte les principaux flux de marchandises du commerce mondial.

L'Union européenne dans le commerce mondial

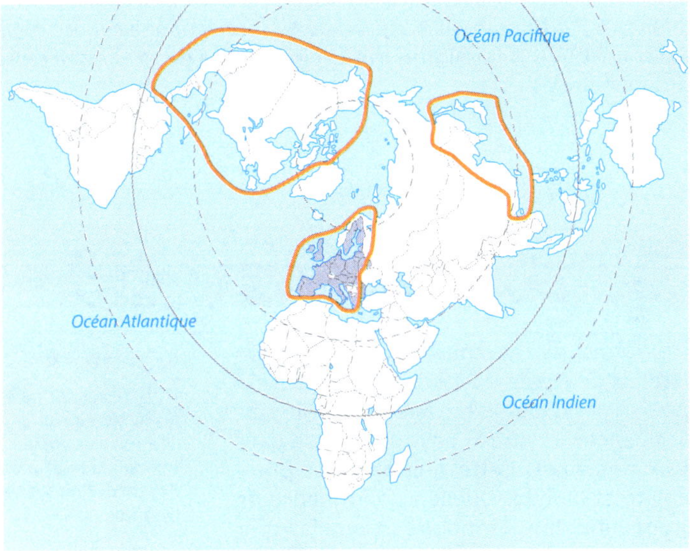

PAR ÉTAPES

BIEN COMPRENDRE LES CONSIGNES

Consigne 1

• Vous devez rédiger un **développement construit**, c'est-à-dire un texte structuré par une introduction, plusieurs parties et une conclusion. Un brouillon est ici nécessaire pour organiser vos idées et vos connaissances.

- Lisez bien le sujet en vous interrogeant sur le sens des mots « **influence** » et « **rayonnement** », qui doivent vous mener à la notion de « **puissance** ». Il vous donne également le plan à suivre pour construire votre développement : il faudra d'abord aborder les **domaines dans lesquels s'exerce l'influence de l'UE** puis, dans une deuxième partie, expliquer les **domaines dans lesquels cette influence est limitée**.

Consigne 2

- Il faut **compléter le croquis** avec des tâches cartographiques très simples :

– Pour placer sur le croquis les trois pôles du commerce mondial, il faut les nommer en noir et en majuscules à l'intérieur ou à l'extérieur du trait orange.

– Vous devez savoir lequel des figurés utilisés en géographie, figuré de surface, figuré ponctuel ou figuré linéaire, permet de représenter des flux, c'est-à-dire des échanges.

BIEN DÉFINIR LES MOTS-CLÉS

UE • Influence • Rayonnement • Puissance • Libre-échange • Euro • Mégalopole • Flux touristiques • Immigration • Diplomatie • ONU • Conseil de sécurité • Référendum • Brexit

CORRIGÉ 6

Comprendre le corrigé

1 L'Union européenne, en constante construction depuis les traités de Rome de 1957, est aujourd'hui une puissance mondiale, c'est-à-dire qu'elle est capable d'influencer les autres pays du monde dans de nombreux domaines. Cette puissance est pourtant incomplète et limitée. Quelle est l'influence de l'Union européenne dans le monde et quelles sont les limites de son rayonnement ?

Gagnez des points ! Utilisez vos connaissances en histoire pour commencer votre introduction et n'oubliez pas de définir les termes du sujet.

L'Union européenne a d'abord une influence économique et commerciale majeure dans le monde. Avec plus de 500 millions d'habitants, l'UE est un marché de riches consommateurs, unis dans un vaste espace de libre-échange et de libre circulation. Elle concentre 30 % des richesses mondiales et participe pour 28 % au PIB mondial.

Gagnez des points ! Citez des chiffres et des exemples précis pour développer votre première partie.

L'UE est aussi une grande place financière : l'euro, utilisé depuis 2002, est une des monnaies les plus solides et les plus utilisées dans le monde.

L'UE est enfin un espace attractif. Son rayonnement culturel est tel qu'elle est la première destination touristique mondiale : elle concentre à elle seule 60 % des flux touristiques mondiaux. Son modèle démocratique et l'absence de conflits en font le premier foyer d'immigration au monde.

Pourtant, l'influence de l'Union européenne reste limitée. Dans les domaines diplomatique et militaire, elle apparait trop souvent divisée et inefficace car chaque pays a gardé son armée nationale et sa diplomatie propre. Elle parle rarement d'une seule voix à l'ONU et n'est pas représentée au Conseil de sécurité.

Puissance politique en construction, elle montre de nombreuses fragilités, notamment depuis que le Royaume-Uni a décidé de quitter l'Union par un référendum en 2016, le « Brexit ». Partout en Europe, de plus en plus d'Européens sont méfiants vis-à-vis de l'UE ou la rejettent complètement. La montée de cet « euroscepticisme » est un véritable frein à la poursuite de la construction européenne.

Gagnez des points !
Utilisez aussi l'actualité pour trouver des exemples de limites au rayonnement de l'Union européenne.

L'Union européenne dispose donc aujourd'hui dans le monde d'une influence réelle mais incomplète, en construction et parfois menacée par les choix politiques intérieurs de ses États membres.

2 L'Union européenne dans le commerce mondial

SUJET 7 Antilles-Guyane, juin 2019

10 pts 30 min

Le respect d'autrui

DOC. 1 Un exemple d'action mené par une association

27 octobre 2014

En début de semaine, Gilles Ducoudré, président de l'association « Engagement Citoyen pour le Montargois[1] » (ECM) a adressé par lettre recommandée un courrier à M. X, directeur de la société Y (société de transport en commun) afin d'obtenir de lui des réponses claires quant aux raisons qui empêchent l'usage des transports publics de l'agglomération aux personnes handicapées. Les difficultés sont telles que la plupart des personnes en fauteuil roulant de notre ville restent cloîtrées chez elles.

Pourtant, des stations sont adaptées et le réseau de 18 bus équipés pourrait d'ores et déjà leur permettre de nombreux déplacements… Les raisons invoquées pour justifier le refus des chauffeurs de les prendre en charge sont toutes plus fausses les unes que les autres… L'association ECM ne baisse pas les bras et continuera à travailler pour que les droits des personnes handicapées soient respectés dans notre ville.

D'après *http://www.montargois.fr/index.php/transport.*

1. Région de Montargis (Loiret, 45).

DOC. 2 Affiche de l'association des Paralysés de France

https://www.apf-francehandicap.org.

1 Pour quelle raison G. Ducoudré adresse-t-il un courrier à la société Y ?

2 Quels sont les éléments du document 2 qui permettent de faire le lien avec la République française ?

3 Expliquez le message de l'affiche.

4 Montrez que les associations ECM (Engagement Citoyen pour le Montargois) et APF (Association des Paralysés de France) défendent la même valeur républicaine.

PAR ÉTAPES

BIEN COMPRENDRE LES QUESTIONS

Question 1

Vous devez indiquer **pourquoi le président de l'association a adressé un courrier à une société de transport**. C'est donc **la cause de l'injustice** mise en avant par cette association qui doit être expliquée. Vous pouvez trouver la réponse dans le premier paragraphe du texte, tandis que la raison pour laquelle Gilles Ducoudré qualifie de « fausses » les justifications invoquées par les chauffeurs est dans le second paragraphe.

Question 2

Cette question porte sur l'affiche du document 2. Elle demande de trouver des « éléments » permettant de **faire le lien avec la République française**. L'un de ces éléments est à chercher sur l'image elle-même, l'autre dans le slogan qui l'accompagne. Pensez aux **symboles de la République française** que vous avez étudiés en classe. Deux de ces symboles sont présents ici.

Question 3

On vous demande d'« expliquer » le message de l'affiche. Il ne s'agit pas de détailler chaque mot du slogan indépendamment, mais de réussir à **comprendre l'idée véhiculée par le texte accompagnant cette publicité**. Servez-vous de la réponse à la question précédente. Le terme « accessibilité » doit être particulièrement expliqué.

Question 4

- Ici, on vous demande de **croiser les informations des documents 1 et 2**. En effet, les deux associations citées ici ont le même but, même si elles ne sont pas de même nature. La première association, ECM, est une association citoyenne locale, dont le but est de **défendre les valeurs républicaines** en général ; tandis que la seconde, APF, est une association nationale qui **défend particulièrement les personnes en situation de handicap moteur**.

- Vous devez commencer par citer la **valeur commune défendue** par ces associations. Puis vous devez expliquer en quoi les actions de ces deux associations vont dans le même sens.

BIEN DÉFINIR LES MOTS-CLÉS

- **Autrui :** quelqu'un d'autre que soi.
- **Association :** groupement de personnes volontaires réunies autour d'un projet commun ou partageant des activités, mais sans chercher à réaliser de profit.
- **Citoyen :** personne qui jouit des droits civils et politiques à l'intérieur d'un État.
- **Handicap :** limitation des capacités d'un individu à interagir avec son environnement.
- **Droits :** droits de participer à la vie politique de son pays notamment par le droit d'être électeur et éligible.
- **Devise de la République :** phrase qui énonce les valeurs fondamentales de la République : « liberté, égalité, fraternité ».
- **Symboles de la République :** les symboles de la république sont le drapeau (bleu, blanc, rouge), la devise (égalité, liberté, fraternité), Marianne (allégorie de la République), la fête nationale (le 14 juillet) et l'hymne national (la Marseillaise).
- **Accessibilité :** rendre accessible un lieu ou un contenu pour un handicapé.

CORRIGÉ 7

Comprendre le corrigé

1 Gilles Ducoudré, président de l'association « Engagement citoyen pour le Montargois » a adressé un courrier à la société de transport en commun Y « afin d'obtenir [...] des réponses claires quant aux raisons qui empêchent l'usage des transports publics de l'agglomération aux personnes handicapées ». En effet, les chauffeurs refusent de les prendre en charge alors que certaines stations sont adaptées et 18 bus sont équipés.

Gagnez des points !
Ne vous contentez pas de citer le texte. Expliquez ce que G. Ducoudré trouve particulièrement injuste.

2 Sur l'affiche de l'association des Paralysés de France, on peut voir le personnage de Marianne, reconnaissable à son bonnet phrygien, handicapée, assise dans un fauteuil roulant. Ce personnage est l'allégorie de la République française, présente notamment sur les documents officiels. De plus, le slogan de cette affiche est un détournement de la

L'astuce du prof
Avant de répondre à la question, décrivez l'affiche au brouillon le plus précisément possible.

devise de la République inscrite dans notre Constitution : à la place de « Liberté, Égalité, Fraternité », on peut lire « Liberté, Égalité, Accessibilité ».

3 Le message de l'affiche est « Liberté, Égalité, Accessibilité ». Il met ainsi l'accent sur le fait qu'une certaine catégorie de la population, les personnes avec un handicap moteur, les « paralysés », voit ses droits fondamentaux reniés. En effet, à cause de leur handicap, les personnes à mobilité réduite ne peuvent pas se déplacer dans les lieux publics et n'ont donc pas accès aux mêmes services que les autres citoyens. Ce manque d'« accessibilité » revient donc à leur retirer leur liberté et à ne pas leur donner les mêmes droits qu'aux autres, ce qui va à l'encontre de la valeur d'égalité.

Gagnez des points !
Faites le lien avec les valeurs fondamentales de la République.

4 Les associations ECM et APF défendent toutes les deux la valeur républicaine d'égalité. En effet, elles cherchent à alerter une société de transport, et l'opinion publique en général, sur l'inégalité qui existe entre les citoyens valides et les citoyens handicapés. Faute d'aménagements publics suffisants ou de volonté des décideurs locaux, notamment dans les grandes agglomérations, les personnes handicapées sont obligées de rester « cloîtrées » chez elles, c'est-à-dire d'être enfermées chez elles, dans l'incapacité à se promener, à travailler, à faire leurs courses, à avoir des loisirs comme n'importe quel citoyen.

Gagnez des points !
Choisissez la valeur républicaine présente dans notre devise qui vous paraît être défendue par ces deux documents.

SUJET 8 **Amérique du Nord, juin 2018** 10 pts 30 min

Connaître les principes, valeurs et symboles de la citoyenneté…

Situation pratique : L'égalité hommes-femmes en France.

Depuis 1982, le 8 mars est officiellement reconnu, en France, comme la journée des droits des femmes. Votre collège profite de cette journée pour organiser une exposition et rappeler qu'en France, hommes et femmes disposent de droits égaux mais que des inégalités persistent. Voici deux panneaux issus de cette exposition :

DOC. 1 Panneau « Quelques étapes dans la mise en œuvre d'une égalité de droits entre hommes et femmes en France »

1907 : la loi accorde aux femmes mariées la libre disposition de leur salaire.

1924 : les programmes de l'enseignement secondaire sont les mêmes pour les filles et les garçons.

1944 : droit de vote et d'éligibilité aux femmes.

1946 : le principe de l'égalité entre les femmes et les hommes dans tous les domaines est désormais inscrit dans la Constitution.

1965 : loi de réforme des régimes matrimoniaux qui autorise les femmes à exercer une profession sans autorisation de leur mari et à gérer leurs biens propres.

1972 : le principe de l'égalité de salaires entre les femmes et les hommes est inscrit dans la loi.

2000 : loi favorisant l'égal accès des femmes et des hommes aux mandats électoraux.

DOC. 2 Panneau « Les inégalités professionnelles aujourd'hui »

Par rapport aux hommes, les femmes gagnent…

- 27,5 % de moins dans le secteur des services où elles sont 88 % à travailler ;
- 21,8 % de moins lorsqu'elles sont cadres.

Leurs emplois sont les plus précaires et les moins bien rémunérés puisqu'elles représentent 62 % des emplois non qualifiés.

Panneaux réalisés par les élèves. Les données chiffrées sont issues de *Franceinfo.fr*, 17 septembre 2014.

1 Selon le document 1, de quand date l'affirmation du principe d'égalité complète entre hommes et femmes en France ?

2 Pourquoi, selon vous, a-t-il été nécessaire d'adopter ensuite de nouvelles lois sur l'égalité hommes-femmes ?

3 À partir du document 2, montrez que des inégalités persistent dans le domaine professionnel.

4 Proposez au moins deux explications au maintien d'inégalités professionnelles entre hommes et femmes.

5 À partir des documents 1 et 2, rédigez un texte de quelques lignes de conclusion à l'exposition expliquant en quoi les inégalités entre les hommes et les femmes vont à l'encontre des valeurs de la République française.

PAR ÉTAPES

BIEN COMPRENDRE LES QUESTIONS

Question 1

Vous devez trouver l'information dans la chronologie du document 1, qui propose de nombreuses dates. Il vous faut relever **celle qui correspond à l'affirmation d'une égalité complète**, c'est-à-dire une égalité dans tous les domaines entre les femmes et les hommes en France.

Question 2

- La réponse à cette question n'est pas dans les documents, vous avez besoin de **vos connaissances** pour y répondre.
- Vous pouvez aussi la déduire de la série de lois votées entre 1946 et 2000.

Question 3

Il s'agit ici de prélever les principales informations du document 2, **données sous forme de chiffres**, en les expliquant.

Question 4

Il vous faut ici proposer des explications à l'aide de vos connaissances ou de votre réflexion personnelle, **sans vous appuyer sur les documents**.

Question 5

- Les documents du sujet sont des panneaux qu'auraient réalisés des élèves de votre collège lors d'une exposition sur l'égalité hommes-femmes en France pour célébrer la journée du 8 mars.
- Il s'agit ici de rédiger une conclusion à l'exposition qui montrerait que **les inégalités entre les hommes et les femmes vont à l'encontre des valeurs de la République**.
- Cette conclusion nécessite que vous fassiez appel à vos connaissances pour répondre au sujet, les informations tirées des documents ne le permettant pas.

BIEN DÉFINIR LES MOTS-CLÉS

- **Constitution :** loi fondamentale qui décrit les principes et le fonctionnement d'un État.

- **Droits :** droits de participer à la vie politique de son pays notamment par le droit d'être électeur et éligible.
- **Égalités :** principe républicain qui signifie que tous les citoyens ont les mêmes droits devant la loi.
- **Emplois précaires :** emploi à durée déterminée (CDD), emploi à temps partiel.
- **Inégalités :** différence dans l'accès à une ressource, un bien, un service, etc.
- **Secteur des services :** secteur tertiaire, secteur de services à la personne (commerce, loisirs, santé, bien-être…).
- **Valeurs républicaines :** valeurs inscrites dans la constitution de la Ve République qui servent de référence à toutes les lois et les règles votées par les institutions de cette république.

CORRIGÉ 8

Comprendre le corrigé

1 L'affirmation du principe d'égalité complète entre les hommes et les femmes en France date de 1946, lorsque celui-ci est enfin inscrit dans la Constitution de la IVe République.

Gagnez des points ! Utilisez vos connaissances d'histoire sur la refondation républicaine pour bien répondre à cette question.

2 Il a été nécessaire d'adopter ensuite de nouvelles lois car l'égalité affirmée par la Constitution n'a pas été mise en œuvre automatiquement. Il a donc fallu pour cela faire des lois dans chaque domaine : matrimonial (1965), professionnel (1972) ou encore politique (loi sur la parité en 2000).

L'astuce du prof Appuyez-vous sur les lois postérieures à 1946 pour rédiger votre réponse.

3 Des inégalités persistent dans le domaine professionnel entre les hommes et les femmes. En effet, les femmes gagnent 27,5 % de moins que les hommes dans le secteur des services alors qu'elles sont les plus nombreuses (88 %) à y travailler. Même quand elles sont cadres, leur salaire est inférieur de 21,8 % à celui des hommes. De plus, elles représentent 62 % des emplois non qualifiés dans ce secteur : elles sont les plus touchées par la précarité.

L'astuce du prof Donnez les chiffres, sans recopier les documents mais en les expliquant, pour bien montrer quelles sont les inégalités professionnelles qui demeurent entre les hommes et les femmes.

4 Les inégalités professionnelles entre les hommes et les femmes se maintiennent car ces dernières sont souvent victimes de préjugés qui les désignent comme moins compétentes et dévalorisent leur travail, justifiant ainsi des salaires moins élevés que ceux des hommes. Elles interrompent aussi souvent leurs études, leurs formations ou leurs carrières pour s'occuper de leurs enfants, ce qui les désavantage

Gagnez des points ! Utilisez vos connaissances en histoire sur les changements sociaux sous la Ve République pour répondre à cette question.

ensuite quand elles veulent reprendre une carrière professionnelle.

5 Cette exposition montre que la mise en œuvre de l'égalité des droits entre hommes et femmes a été très longue. Commencée sous la IIIe République, elle se poursuit encore aujourd'hui puisque certaines inégalités, notamment professionnelles, persistent entre femmes et hommes. Pourtant, ces inégalités vont à l'encontre des valeurs de la République française dont la Constitution, depuis 1946, affirme que l'égalité, la liberté et la fraternité s'appliquent à tous, hommes et femmes. L'égalité en droits, notamment, n'est pas encore effective car des situations de discrimination existent encore. La République essaye de les combattre, de même que les préjugés qui en sont à l'origine, aussi bien à l'école, en politique ou encore dans le domaine professionnel, mais ils sont encore trop nombreux. C'est un défi pour la République de réussir à tenir enfin la promesse d'égalité qu'elle a faite aux femmes, ainsi qu'à toutes les minorités.

Gagnez des points !

Ne décrivez pas toutes les inégalités qui persistent en détail, ce n'est pas le sujet. Vous devez simplement aborder ce que la République essaye de faire pour lutter contre elles.

SUJET 9 Centres étrangers, juin 2019

10 pts — 30 min

L'engagement ou les engagements

DOC. 1 Des violences à caractère raciste

Quatre supporters anglais ont été jugés coupables de violence à caractère raciste en réunion dans l'espace public et ont été condamnés à de la prison avec sursis mardi en fin d'après-midi. Des peines allant de six à douze mois avec sursis, assorties de dommages et intérêts ont été prononcées.

Seuls deux des quatre prévenus étaient présents. En marge du match PSG-Chelsea, ils avaient empêché un homme noir de monter dans la rame du métro dans laquelle ils se trouvaient en 2015, avant d'entonner un chant raciste. […] Les images avaient fait le tour des chaînes d'information et couler beaucoup d'encre.

Extrait d'un article de R. Goument, *www.liberation.fr*, 3 janvier 2017.

DOC. 2 L'égalité contre le racisme

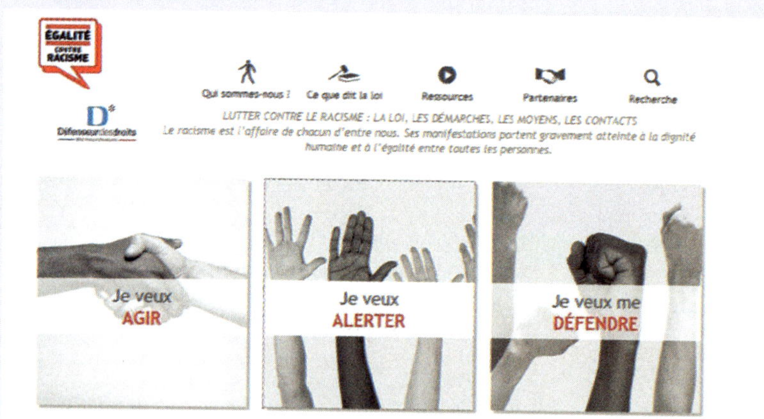

www.egalitecontreleracisme.fr.

* Le Défenseur des droits est une institution de l'État créée en 2011 ayant pour mission de défendre les personnes dont les droits ne sont pas respectés.

1 Pourquoi quatre supporters anglais ont-ils été condamnés ?

2 Relevez les trois types d'actions proposées par le site *egalitecontreleracisme.fr.*

3 Expliquez pourquoi ce site propose un lien internet vers celui du Défenseur des droits.

4 Expliquez la phrase « Le racisme est l'affaire de chacun d'entre nous ».

5 La semaine d'éducation et d'action contre le racisme et l'antisémitisme est organisée au mois de mars dans votre collège. À cette occasion, vous êtes chargé(e) de rédiger un texte pour convaincre vos camarades de s'engager dans un projet de lutte contre le racisme dans votre établissement. Quels sont vos arguments ? *Votre réponse ne comportera aucune information d'identité ou de signature.*

PAR ÉTAPES

BIEN COMPRENDRE LES QUESTIONS

Question 1

La réponse à la question 1 se trouve dans le document 1. Racontez ce qui s'est passé, dans **quel contexte** et pour **quelles raisons**.

Question 2

Les trois actions **correspondent aux trois images** proposées dans le document 2.

Question 3

Vous pouvez trouver la réponse à la question 3 dans le document 2. Cela revient à **expliquer quel est le rôle du Défenseur des droits**.

Question 4

La phrase se trouve dans le document 2. Demandez-vous **pourquoi est-ce que chacun d'entre nous est concerné par le racisme et comment on peut agir pour lutter contre**. Ne détaillez pas trop votre réponse, car vous devez garder des arguments pour la réponse à la question 5 qui doit être la plus développée.

Question 5

- C'est la consigne la plus importante de ce sujet. Vous devez **trouver des arguments pour convaincre vos camarades de classe** de s'engager dans un projet de lutte contre le racisme.
- Vous pouvez partir de **votre expérience personnelle** : avez-vous déjà entendu parler ou participé à ce type de projet ? Que diriez-vous à vos amis pour les convaincre d'y participer ? Au nom de quelles valeurs est-il nécessaire de s'engager contre le racisme ?
- Votre réponse peut prendre la forme d'un discours, d'un exposé ou d'un texte dans lequel vous vous adressez à vos camarades.

BIEN DÉFINIR LES MOTS-CLÉS

- **Civisme :** respect d'autrui et de la vie en collectivité.
- **Racisme :** attitude de ceux qui méprisent des personnes en raison de leur origine, de leur appartenance à une « race » supposée.
- **Peine avec sursis :** peine qui sera appliquée seulement si une nouvelle infraction est commise.
- **Égalité :** principe républicain qui signifie que tous les citoyens ont les mêmes droits devant la loi.
- **Défenseur de droits :** institution qui veille au respect des droits et des libertés de chacun dans la République. Par exemple on peut s'adresser à elle si on est victime de discriminations.

CORRIGÉ 9

Comprendre le corrigé

1 Quatre supporters anglais ont été condamnés par la justice en 2017 car ils avaient empêché un homme noir de monter dans le métro, en marge d'un match de football opposant Chelsea au PSG en 2015, avant d'entonner un chant raciste. Ils ont donc été jugés coupables de « violence à caractère raciste en réunion dans l'espace public ».

Gagnez des points !
Relevez la cause retenue par la justice pour condamner les supporters.

2 Le site *egalitecontreleracisme.fr* propose trois types d'actions : « agir », « alerter » et « se défendre ».

3 Ce site propose un lien internet vers celui du Défenseur des droits, car c'est l'institution de l'État ayant pour mission de défendre les personnes dont les droits n'ont pas été respectés, notamment les victimes de racisme.

L'astuce du prof
La définition du Défenseur des droits se trouve sous le document 2.

4 La phrase « Le racisme est l'affaire de chacun d'entre nous » signifie à la fois que chacun d'entre nous peut être victime de racisme mais surtout, que chacun d'entre nous peut agir et se mobiliser pour dénoncer les comportements et paroles racistes. En effet, ceux-ci sont nombreux et touchent toutes les minorités ethniques. Ils sont considérés comme des délits mais sont rarement punis, du fait de leur fréquence et de la difficulté à pouvoir présenter des preuves. Tout le monde doit donc se mobiliser pour faire reculer le racisme.

5 Bonjour à tous,

Avec certains camarades de la classe, nous en avons assez que des insultes racistes soient souvent utilisées dans la cour, dans les couloirs, en classe et sur les réseaux sociaux. Quand on fait la remarque aux élèves qui utilisent ces insultes racistes, ils répondent toujours que c'est pour rire et qu'ils ne sont pas vraiment racistes. Pourtant, quand on est concerné par ces insultes, on trouve ça beaucoup moins drôle et cela finit souvent en bagarre.

Chacun d'entre nous est concerné par ce problème. Ces insultes peuvent toucher n'importe qui. Le racisme s'attaque à ce que nous sommes et nous empêche de nous sentir à l'aise, avec nos différences, dans le collège comme en dehors. Il porte ainsi atteinte à la dignité humaine. Nous avons la chance de vivre dans un pays multiculturel, qui accepte toutes les religions et toutes les cultures. Nous devons ainsi faire respecter la devise de notre République : « Liberté, Égalité, Fraternité ». L'égalité, cela signifie qu'au collège comme partout, il ne doit pas y avoir de différences entre nous, selon notre couleur de peau, notre pays d'origine ou notre religion. Et la fraternité nous oblige à être solidaires de ceux qui sont victimes de discrimination raciste.

C'est pourquoi nous vous proposons d'organiser un grand concours contre le racisme. Chaque classe doit trouver des slogans. Les meilleurs seront sélectionnés par un jury constitué d'élèves, de professeurs et de personnels du collège pour être affichés dans le hall de l'établissement.

Gagnez des points !

Même si l'énoncé ne l'impose pas, imaginez un projet précis de lutte contre le racisme qui pourrait être mis en place dans votre collège.

SUJET COMPLET 1 France métropolitaine, juin 2023 50 pts 2h

Exercice 1 20 pts 45 min

Analyser et comprendre des documents

corrigés p. 349

Histoire Les civils dans la Première Guerre mondiale

DOC. 1 Témoignage d'une enfant pendant la Première Guerre mondiale

En 1914, Juliette Eychenne-Bareil a sept ans et vit dans le sud de la France, à Carcassonne.

Lorsque la guerre a été déclarée, ma sœur m'emmenait avec d'autres jeunes filles à la gare voir passer les soldats qui partaient pour le front. Quel enthousiasme ! Ils chantaient joyeux : « Tous à Berlin ! » Tout le monde s'embrassait.

Quelques temps après, ce n'était plus la même chose.

Nous allions voir arriver les trains de blessés, c'était bien triste. Les écoles étaient transformées en hôpitaux militaires : Saint-Stanislas, André Chénier, l'École Normale de Garçons et d'autres locaux. On manquait de beaucoup de choses malgré le dévouement des dames de la Croix-Rouge.

Les hommes étant partis, ceci explique qu'on ait utilisé les femmes dans les usines pour faire des obus. L'usine Plancard était une fonderie qui se consacra à la fabrication des obus grâce aux femmes qui considéraient ce genre de travail comme un acte patriotique ; mais c'était très pénible. Beaucoup de femmes confectionnaient des vêtements militaires à domicile ; tout cela était peu payé, ma mère travaillait tous les jours, mais malgré tous ses efforts, c'était quand même la misère.

Pour la nourriture, on a surtout manqué de pain. Les pommes de terre étaient rares, il fallait faire des queues interminables pour avoir 2 kg par personne : j'accompagnais ma mère qui me donnait un sac et je passais et repassais.

Années cruelles. 1914-1918, Atelier du Gué, coll. Terres d'Aude, 1983

DOC. 2 Affiche française de 1918 appelant les civils à poursuivre l'effort de guerre en participant au quatrième emprunt

Raoul Cabrol, 1918, Gallica-Bibliothèque nationale de France

Document 1

1 Identifiez la nature de ce document.

2 Relevez trois extraits montrant les souffrances des civils.

3 Montrez ce qu'apporte ce document par rapport au point de vue d'un soldat de la Première Guerre mondiale.

Document 2

4 Décrivez l'affiche en montrant comment les personnages représentent le front et l'arrière.

5 Expliquez l'objectif de cette affiche.

Documents 1 et 2

6 Montrez comment les civils participent à l'effort de guerre entre 1914 et 1918.

Exercice 2 20 pts 45 min

Maîtriser différents langages

corrigés p. 350

Géographie Les espaces de faible densité

1 En vous appuyant sur un exemple de votre choix, rédigez un développement construit d'environ vingt lignes qui présente les atouts et les dynamiques des espaces de faible densité en France.

2 L'organisation d'une aire urbaine en France :

a. Nommez dans la légende les trois espaces qui composent une aire urbaine (schéma 1).

b. Complétez le schéma 1 et sa légende en indiquant les mobilités avec un figuré adapté.

c. Sur le fond de carte (schéma 2), localisez et nommez six aires urbaines de votre choix.

Schéma 1

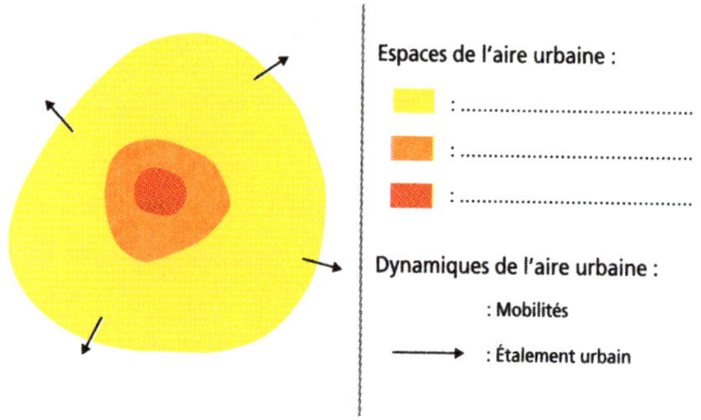

Schéma 2

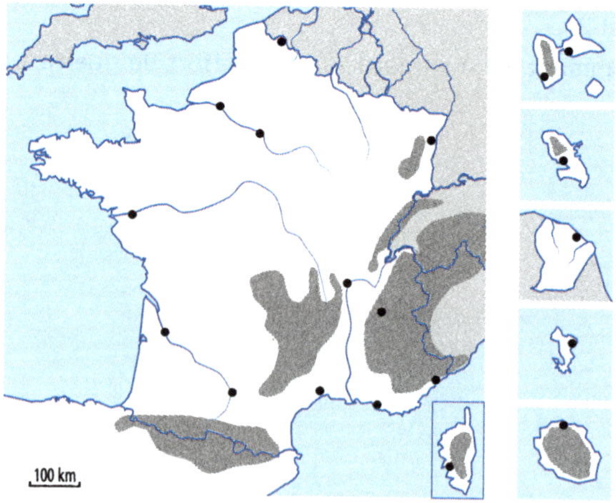

Exercice 3 10 pts 30 min

Enseignement moral et civique

corrigés p. 352

L'engagement citoyen des jeunes

DOC. 1 Le conseil municipal des jeunes de Reims (département de la Marne, région Grand Est)

Le conseil municipal des jeunes est ouvert à tous les collégiens qui habitent à Reims ou qui y sont scolarisés. Dès la sixième et jusqu'à la troisième, chaque jeune peut ainsi devenir acteur au sein de sa ville.

Accompagnés tout au long de l'année scolaire, les jeunes conseillers ont pour objectif de développer leurs propres idées en matière de citoyenneté autour de thématiques variées : environnement, culture, sports/loisirs, solidarité, santé… Ponctuellement, ils participent également à des actions solidaires et durables portées par la ville de Reims ou différents partenaires associatifs.

Les réunions de travail ont lieu les mercredis après-midi (hors vacances scolaires) à la direction de la Jeunesse. C'est lors de ces temps privilégiés que les jeunes échangent sur leurs idées qui pourront, pour certaines, devenir de véritables projets.

Site internet de la mairie de Reims, 2022

DOC. 2 Affiche pour le conseil municipal des jeunes de Margencel (département de la Haute-Savoie, région Auvergne-Rhône-Alpes)

Site internet de la mairie de Margencel

Document 1

1 Indiquez deux conditions qui permettent de participer au conseil municipal des jeunes de la ville de Reims.

2 Citez deux thématiques dans lesquelles les actions du conseil municipal des jeunes de la ville de Reims doivent s'inscrire.

Document 2

3 « Présente-toi ou vote pour élire tes représentants » : montrez que ce slogan fait du conseil municipal des jeunes une instance démocratique.

Documents 1 et 2

4 Vous décidez de candidater pour devenir membre du conseil municipal des jeunes de votre commune. Rédigez un discours dans lequel vous présentez vos motivations et vous développez une proposition d'action citoyenne qui vous tient à cœur.

CORRIGÉ SUJET COMPLET 1

Exercice 1

énoncé p. 344

1 Ce document est un témoignage de Juliette Eychenne-Bareil qui avait 7 ans en 1914 et qui vivait dans le Sud de la France à Carcassonne. Ce témoignage a été recueilli en 1983, soit 69 ans plus tard, dans un livre sur la Première Guerre mondiale: *Années cruelles 1914-1918*.

> **Gagnez des points!**
> Calculez le nombre d'années qui sépare ce qui est raconté du moment où le récit est recueilli.

2 Trois extraits, au moins, nous montrent les souffrances des civils: d'abord, par exemple, «Nous allions voir arriver les trains des blessés c'était bien triste. Les écoles étaient transformées en hôpitaux militaires». Puis «Beaucoup de femmes confectionnaient des vêtements militaires à domicile, tout cela était peu payé.» Et enfin «Pour la nourriture on a surtout manqué de pain. Les pommes de terre étaient rares, il fallait faire des queues interminables.»

> **Gagnez des points!**
> Sélectionnez des souffrances qui ont des causes différentes dans plusieurs endroits du texte pour montrer que vous l'avez bien compris.

3 Ce document nous apporte le point de vue de l'arrière, notamment ce qui est rare, celui d'une enfant qui vit loin des combats, à Carcassonne. Si, dans un premier temps, la petite fille se réjouit de la guerre et participe à l'enthousiasme général, très vite elle constate un changement d'atmosphère radicale avec les premiers blessés, les premières pénuries, les souffrances de sa mère et le rationnement. On voit que toute sa vie quotidienne est bouleversée.

4 En haut de l'affiche on voit un soldat, «un poilu», en première ligne avec son fusil. Il tend la main derrière lui pour prendre des munitions tout en surveillant l'ennemi, il est prêt à combattre. Il représente le front. Au pied du soldat, derrière lui, un homme riche et plus âgé lui passe une caisse de munitions. À côté de lui, une petite fille, très bien habillée, très élégante, lui passe une grenade. Ces deux personnages représentent l'arrière. Le front et l'arrière sont donc solidaires et unis dans l'effort de guerre, le soldat s'appuie sur l'aide active de l'arrière pour combattre et remporter la victoire.

> **Gagnez des points!**
> Ne vous contentez pas de décrire les personnages mais insistez aussi sur leurs relations complémentaires.

5 Cette affiche est une affiche de propagande du gouvernement qui a pour objectif d'inciter les Français à donner leur argent pour participer à l'effort de guerre. En effet cette affiche date de 1918 et il s'agit du quatrième emprunt, c'est pourquoi le slogan promet: «l'emprunt des dernières cartouches, Français encore un effort... !». Pour les Français la guerre s'éternise, une lassitude s'est installée c'est pourquoi l'affiche fait espérer une fin prochaine.

6 Les civils participent à l'effort de guerre, entre 1914 et 1918, de plusieurs manières :

D'une part, ils remplacent au travail les hommes partis au front. Dans l'industrie, dans l'agriculture les femmes, mais aussi une main d'œuvre venue des colonies, remplacent les soldats. C'est « un acte patriotique » comme le dit le document 1 : les salaires sont faibles et les conditions de travail épuisantes notamment pour les « munitionnettes » les femmes qui fabriquent des munitions comme le document 1 en témoigne.

D'autre part, les civils contribuent aussi à l'effort de guerre en le finançant. Pour cela, ils participent à plusieurs emprunts lancés par le gouvernement. Les civils sont incités à utiliser leurs économies, leur or ou encore leurs bijoux pour prêter de l'argent à l'État qui n'arrive plus à soutenir seul le coût de cette guerre industrielle.

Méthode
Rédigez votre réponse en organisant bien vos informations comme dans un développement construit.

Enfin, les civils participent à l'effort de guerre en soutenant les soldats. Dans le document 1 on les voit se mobiliser pour accueillir les blessés. On les voit supporter de nombreuses pénuries et le rationnement afin de laisser la nourriture et le matériel en priorité aux armées. Ce soutien est aussi le résultat d'une propagande incessante du gouvernement qui incite l'arrière à rester mobilisé avec les soldats et qui interdit toute critique sous peine d'être un traitre et de causer la défaite.

Exercice 2

énoncé p. 346

1 La France est le pays le plus peuplé d'Europe après l'Allemagne cependant 40 % de son territoire est constitué d'espaces de faible densité c'est-à-dire d'espaces comptant moins de 30 habitants au km². Ces espaces connaissent de fortes contraintes mais possèdent aussi de nombreux atouts. Quels sont les atouts et les dynamiques des espaces de faible densité ?

Gagnez des points !
Faites une introduction qui s'appuie sur les termes importants du sujet et posez la problématique sous forme de question.

Les espaces de faible densité ont d'abord comme atout principal leur riche patrimoine naturel et culturel. Ainsi le Gers ou la Lozère attirent de nombreux touristes à la recherche d'activités proches de la nature dans le cadre d'un tourisme vert et/ou sportif mais aussi curieux de découvrir un patrimoine local original. Ces espaces sont en effet des espaces ruraux qui valorisent souvent des savoirs faire et des produits de qualité reconnus par des labels type AOC ou AOP et une agriculture biologique.

De plus les espaces de faible densité étant souvent des espaces de montagnes, comme les Pyrénées, les Cévennes ou les Alpes, ils permettent l'aménagement de parcs naturels régionaux ou nationaux qui attirent touristes ou résidents, séduits par ces projets de préservation de la nature et de la biodiversité.

Gagnez des points !
Localisez précisément votre exemple en montrant que vous savez situer en France les différents types d'espace de faible densité.
Préciser s'il appartient à la diagonale du vide par exemple.

Enfin, ces espaces, avec leur environnement naturel préservé, leur faible coût de l'immobilier, attirent de nouveaux habitants venus des métropoles, les « néo-ruraux ». En effet, grâce aux nouvelles technologies comme le télétravail ou à l'amélioration des transports, ceux-ci peuvent concilier travail urbain et résidence rurale. Les espaces de faible densité permettent aussi aux urbains de changer de vie et de se reconvertir dans l'agriculture ou dans l'artisanat notamment.

Grâce à tous ces atouts, les espaces de faible densité sont des espaces dynamiques qui voient leur population et leurs emplois augmenter, en particulier depuis la pandémie du coronavirus en 2019.

2

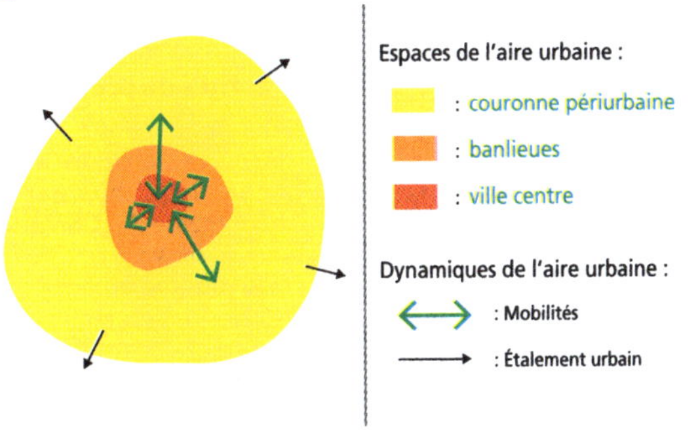

L'astuce du prof

Rappelez-vous que les mobilités sont toujours indiquées à l'aide du même type de figuré.

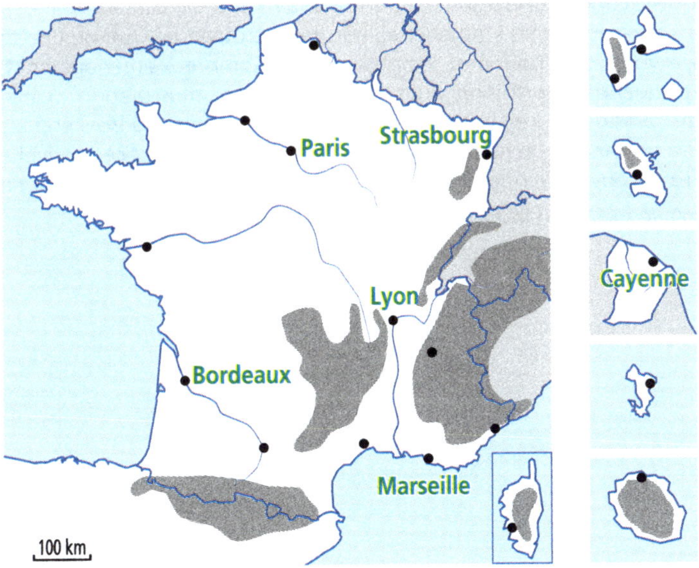

Exercice 3

énoncé p. 347

1 Pour participer au conseil municipal des jeunes de la ville de Reims il faut habiter à Reims et/ou y être scolarisés de la 6e à la 3e.

2 Les actions du conseil municipal des jeunes peuvent s'inscrire autour de la thématique de l'environnement ou des sports/loisirs par exemple.

3 Le conseil municipal des jeunes de Margencel est une instance démocratique car il permet aux jeunes de se présenter (« Présente-toi ») ou d'être représenté par un autre jeune, grâce au vote : « vote pour élire tes représentants ». Nous sommes bien dans le cadre de la démocratie représentative.

4 Bonjour,

J'ai décidé de présenter ma candidature pour devenir membre du conseil municipal des jeunes.

J'habite dans la commune depuis ma naissance et j'y ai fait toute ma scolarité de la maternelle au collège. Je suis maintenant en classe de 3e.

Je connais donc très bien notre commune et ce qui m'a motivé à me présenter devant vous c'est ma passion pour le sport.

En effet, j'ai pratiqué plusieurs sports depuis l'école primaire et je trouve que la commune manque d'équipements sportifs. Pour beaucoup de jeunes que je connais cela signifie renoncer à faire du sport car leurs parents n'ont pas toujours le temps de les emmener ailleurs pour trouver un club ou une association. Aussi, si vous votez pour moi, je proposerai de nombreux aménagements pour pouvoir pratiquer des sports individuels (skate, vélo cross, musculation…) mais aussi collectifs (terrains de basket, de handball…) dans la commune. J'insisterai aussi sur la formation et l'emploi de nombreux animateurs pour encadrer ces nouvelles activités et faire découvrir de nombreux sports aux enfants des écoles de la commune.

Merci de m'avoir écouté ! Votez pour moi ! Vive le sport !

L'astuce du prof

Pour enrichir votre discours et le rendre plus authentique, choisissez un domaine d'action qui vous plaît. Vous pourrez ainsi plus facilement trouver des exemples de projet à mettre en œuvre.

SUJET COMPLET 2 Centres étrangers, juin 2023

50 pts — 2h

Exercice 1 — 20 pts — 45 min

Analyser et comprendre des documents

corrigés p. 356

Géographie Les espaces de faible densité et leurs atouts

DOC. 1 Affiche du conseil départemental de la Lozère (2019)

Site du Pays du Gévaudan-Lozère, http://www.pays-gevaudan-lozere.fr, consulté le 22 novembre 2020

DOC. 2 Enquête sur les campagnes françaises

D'apparence simple et définitivement tranchée, la question du rural offre pourtant d'étonnants paradoxes[1]. Car les campagnes, par de nombreux aspects, vont bien ! Ces vingt dernières années, les territoires peu denses ont en moyenne connu la croissance démographique la plus favorable. Un puissant mouvement de mobilité des villes vers les campagnes est à l'œuvre, et il ne concerne pas que les retraités : les actifs, et notamment les cadres, effectuent le même voyage. […] Si on constate certes le recul des services publics en milieu rural, la situation de ces territoires reste confortable, mieux dotés en argent public que les villes proportionnellement au nombre d'habitants. Enfin, les territoires ruraux sont nombreux à créer des emplois, de la valeur ajoutée et des activités économiques innovantes. De ce point de vue, le potentiel du rural est supérieur à celui des métropoles, largement exploitées et congestionnées[2].

Vincent Grimault, *La reconnaissance des campagnes. Enquête dans une France qui se réinvente*, Éditions du Seuil, 2020, p. 2.

---

1. *Paradoxe* : idées contraires.
2. *Congestionnées* : l'occupation de l'espace y est déjà très forte.

Document 1

1 Identifiez l'auteur et le destinataire de cette affiche.

2 Que propose cette affiche et dans quel but ?

3 Que viennent chercher les familles qui acceptent cette offre ?

Document 2

4 Relevez au moins trois arguments du texte qui permettent de justifier la phrase soulignée.

Documents 1 et 2

5 En prenant appui sur les documents et sur vos connaissances, montrez que les espaces de faible densité possèdent des atouts qui peuvent être valorisés.

Exercice 2 20 pts 45 min

Maîtriser différents langages

corrigés p. 357

Histoire Françaises et Français dans une république repensée

1 Sous la forme d'un développement construit d'une vingtaine de lignes et à partir d'exemples concrets vus en classe, décrivez les transformations de la société française des années 1950 aux années 1980.

2 **a.** Indiquez sous chaque image numérotée l'année du repère historique représenté.

b. Puis reportez les numéros de ces repères sur la frise.

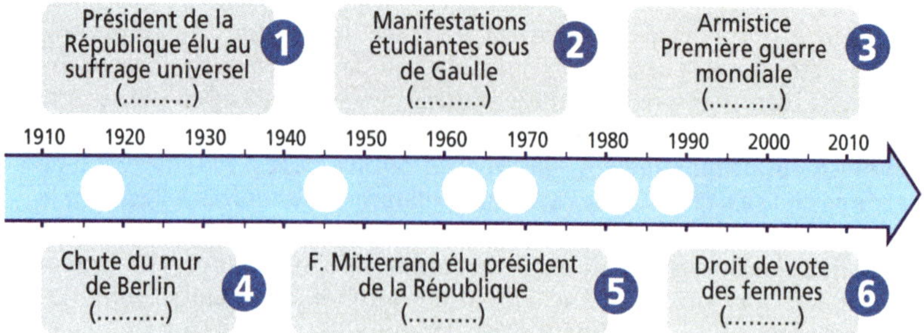

Exercice 3 10 pts 30 min

Enseignement moral et civique

corrigés p. 358

Faire vivre la démocratie française

DOC. 1 Le droit de vote en France

Le droit de vote permet aux citoyens d'exprimer leur volonté à l'occasion d'un scrutin. Il fonde la légitimité des élus (président de la République, députés, maires…).

Établi en France par la Déclaration des droits de l'homme et du citoyen de 1789, le droit de vote n'a été effectif pour l'ensemble de la population qu'en 1944, avec la reconnaissance du droit de vote des femmes. […] **Le droit de vote permet aux citoyens d'exprimer leur volonté.** Ils peuvent ainsi élire leurs représentants (parlementaires à l'Assemblée nationale et au Sénat) et leurs gouvernants (président de la République, maires…), et participer directement à la prise de décision politique lorsqu'un texte est présenté à leur approbation par la voie du référendum. […]

En France, le droit de vote est un droit et non une obligation. Certains pays comme la Belgique l'imposent, mais transformer ce devoir en obligation pourrait être contre-productif. […]

En France, le droit de vote est un devoir pour les citoyens, comme le rappelle l'inscription figurant sur les cartes électorales : « Voter est un droit, c'est aussi un devoir civique ».

La question de rendre le vote obligatoire a souvent été débattue mais n'a jamais été envisagée sérieusement :

- le **vote n'est pas obligatoire par principe**. Si le vote est un droit, on peut, comme tout autre droit (liberté de réunion ou d'association, par exemple), ne pas l'exercer. Il pourrait sembler paradoxal de transformer un droit aussi essentiel en contrainte ;
- obliger les citoyens à voter impose de vérifier que cette règle sera suivie. Il faudrait créer une sanction pénale efficace, faute de quoi la nouvelle obligation demeurerait lettre morte ;
- forcer les citoyens à participer aux élections pourrait avoir un impact sur les résultats (augmentation des votes blancs ou nuls, par exemple).

Fiche thématique extrait du site viepublique.fr, dernière modification du 12 octobre 2021.

DOC. 2 Affiche de la ville de Fontenay-Sous-Bois contre l'abstention

Affiche provenant d'un article du site leparisien.fr, écrit par Sylvain Deleuze, daté du 15 février 2022.

Note : Pour inciter les jeunes à s'inscrire sur les listes électorales, la mairie de Fontenay-sous-Bois a lancé une campagne d'affichage originale avec le rappeur Drake ou, comme ici, l'internaute Khaby Lame.

Document 1

1 Pourquoi peut-on dire que le droit de vote permet aux citoyens d'exprimer leur volonté ? Deux éléments de réponse sont attendus.

2 Relevez deux arguments qui expliquent que le droit de vote n'est pas rendu obligatoire en France.

Document 2

3 Expliquez pourquoi la mairie de Fontenay-sous-Bois a lancé cette campagne d'affichage.

4 Quels moyens la mairie de Fontenay-sous-Bois utilise-t-elle pour convaincre de s'inscrire sur les listes électorales ? Deux éléments de réponse sont attendus.

Documents 1 et 2

5 L'un de vos amis hésite à aller voter et vous décidez de le convaincre de le faire. Comment lui expliquez-vous que, si voter est un droit, c'est aussi un devoir civique ?

CORRIGÉ SUJET COMPLET 2

Exercice 1

énoncé p. 352

À savoir

Attention le document est très riche : il comporte de nombreux encadrés, essayez de rassembler un maximum d'informations pour formuler votre réponse

1 L'auteur de ce document est le conseil départemental de la Lozère, un département du Massif central. Le destinataire de ce document est une personne ou une famille qui souhaite s'installer en Lozère ou découvrir la Lozère.

2 Cette affiche propose de rencontrer pendant deux jours, le 17 et le 18 octobre des élus et des entreprises de la Lozère pour construire un projet autour de l'artisanat, de l'agriculture ou encore du tourisme. Le but de ces rencontres est de permettre à des personnes de s'installer en Lozère et d'y commencer une « nouvelle vie ».

Gagnez des points !

Même si les informations sont nombreuses sur l'affiche, n'oubliez pas la photo pour rédiger votre réponse. Vous devez montrer que vous savez décrire une photo à l'aide des différents plans.

3 Les familles qui acceptent cette offre viennent chercher « une nouvelle vie » en Lozère, l'expression est répétée au moins trois fois sur l'affiche. Cette nouvelle vie est illustrée par la photo au centre : on y voit au premier plan une famille de quatre personnes, une famille heureuse et dynamique et à l'arrière-plan une étendue d'eau et des collines avec un troupeau qui broute. La Lozère met ainsi en avant son environnement naturel préservé comme le souligne le slogan « s'installer en Lozère naturellement ».

4 La phrase « car les campagnes, par de nombreux aspects vont bien » est justifiée par les trois arguments suivants : d'abord, premier argument : « les territoires peu denses ont en moyenne connu la croissance démographique la plus favorable » ; ensuite « la situation de ces territoires reste confortable, mieux dotés en argent public ». Enfin, dernier argument : « les territoires ruraux sont nombreux à créer des emplois, de la valeur ajoutée et des activités économiques innovantes ».

5 Les espaces de faible densité, définis comme étant les espaces comptant moins de 30 hab/km² et qui couvrent 40 % du territoire français, possèdent de nombreux atouts.

Ce sont des espaces en devenir à l'inverse des métropoles « largement exploitées et congestionnées ». En effet ils proposent un cadre de vie préservé proche de la nature où les prix de l'immobilier restent abordables pour une famille. Ils offrent ainsi une qualité de vie réelle quand ils disposent d'un minimum de services publics à proximité. Déjà attractifs pour les touristes, les résidents secondaires et les retraités, ces espaces attirent désormais « les actifs et notamment les cadres » particulièrement depuis la pandémie du coronavirus en 2019.

De plus ces espaces de faible densité sont le plus souvent des espaces ruraux disposant de savoirs faire et de productions qui leurs sont propres et qui peuvent être valorisés. Ils permettent ainsi à des urbains de changer de vie, de se reconvertir dans des métiers liés à l'agriculture et à l'artisanat et de fonder de nouvelles entreprises. Cependant, de mieux en mieux reliés par les réseaux 4G et par des moyens de transports performants, ils peuvent aussi permettre à des urbains de garder leur emploi grâce au télétravail. Ainsi comme le dit le document 2 : « le potentiel du rural est supérieur à celui des métropoles ».

Gagnez des points !

Commencez par définir les espaces de faible densité pour montrer vos connaissances précises de la leçon.

Exercice 2

énoncé p. 353

1 La forte croissance économique des Trente Glorieuses et la stabilité politique de la Vème République permettent à la France de connaitre d'importantes transformations économiques, sociales et culturelles de 1950 à 1980. Quelles sont les transformations de la société française de 1950 à 1980 ?

L'astuce du prof

Appuyez-vous sur des lois importantes pour développer des exemples précis de transformations sociales.

D'abord, au cours de ces années, la France connait des transformations démographiques importantes. En effet, jusqu'en 1965, on constate en France un fort taux de natalité : c'est le baby-boom. Il fait augmenter rapidement la population et surtout provoque une irruption de la jeunesse et de ses revendications dans la vie politique, sociale et culturelle française à partir des années 60. En mai 68, la jeunesse se révolte et obtient un meilleur accès à l'éducation, à l'enseignement supérieur et à la culture. En 1974, l'âge légal de la majorité passe de 21 ans à 18 ans pour garantir notamment une meilleure représentation des jeunes dans la vie politique.

Mai 68 est aussi un moment important pour les revendications féministes qui se font entendre fortement à ce moment-là et qui vont s'amplifier dans les années 70 grâce au travail de nombreuses associations féministes comme le MLF (mouvement de libération des femmes). Cela permet le vote de lois importantes dans le domaine de l'égalité conjugale par exemple. Si, dès 1965, une femme avait le droit de travailler sans l'accord de son mari, en 1970 l'autorité paternelle devient l'autorité parentale et en 1975 une loi sur le divorce par consentement mutuel est enfin adoptée. L'égalité sexuelle progresse aussi à cette époque grâce à l'application de la loi Neuwirth qui autorise la contraception à partir de 1972 et à la loi Veil qui légalise l'avortement (IVG) en 1974.

Méthode

Chaque paragraphe doit commencer par des mots de liaison pour bien construire votre développement : d'abord, ensuite, aussi, enfin, pour finir...

Enfin la société française se transforme car, entre 1950 et 1980, elle connait une immigration très importante. Si la France est un pays d'immigration depuis le XIXe siècle, le besoin de main d'œuvre est tel pendant les Trente Glorieuses qu'il provoque des flux migratoires très importants. Cette immigration est très diversifiée. Elle provient du Sud de l'Europe (Italie, Espagne, Portugal) mais aussi de l'Afrique du Nord et de l'Afrique sub-saharienne. L'année 1974 marque cependant un tournant considérable : la fin de la croissance économique et la montée du chômage provoquent des restrictions importantes à l'immigration qui diminue. La France doit, dans les années 80, faire face à une nouvelle problématique qui est celle de l'intégration de ces populations immigrées dans une société devenue multiculturelle.

Ainsi, de 1950 à 1980, la société française a connu des transformations majeures donnant une place nouvelle à ses minorités : les jeunes, les femmes ou encore les immigrés. Ces transformations continuent aujourd'hui portées par de nouvelles revendications.

2

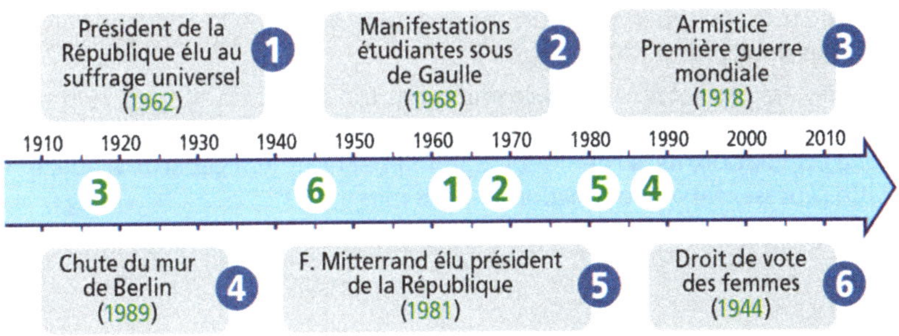

Exercice 3

énoncé p. 354

1 Le droit de vote permet aux citoyens d'exprimer leur volonté. En effet, il leur permet d'élire « leurs représentants... et leurs gouvernants » mais aussi de « participer directement à la prise de décision politique... par la voie du référendum ».

> **À savoir**
> Ne vous fiez pas aux phrases soulignées, cela provient de la mise en page originale du site officiel vie-publique.fr.

2 Le droit de vote n'est pas rendu obligatoire en France car « si le vote est un droit on peut, comme tout autre droit, ne pas l'exercer ». De plus pour obliger les citoyens à voter « il faudrait créer une sanction pénale efficace » pour ceux qui ne le feraient pas.

3 La mairie de Fontenay-sous-Bois a lancé cette campagne d'affichage pour lutter contre l'abstention des jeunes lors des élections présidentielles. Pour cela, elle les incite à s'inscrire sur les listes électorales, « le meilleur geste barrière » contre l'abstention.

4 Pour convaincre les jeunes de s'inscrire sur les listes électorales, la mairie de Fontenay-sous-Bois appuie sa communication sur des personnalités connues et appréciées des jeunes comme le tiktokeur Khaby Lame ou le rappeur Drake qui vont être plus écoutés que des responsables politiques. De plus, elle utilise des moyens de communication qui reposent sur l'usage du téléphone portable : smiley et QR code à flasher qui paraissent plus simples d'accès que des démarches à faire en mairie.

5 Premièrement, voter est un droit qui a été difficilement acquis par l'ensemble de la population en France. Il est revendiqué en 1789 par la Déclaration des droits de l'homme et du citoyen mais il n'a été « effectif pour l'ensemble de la population qu'en 1944 ». De nombreuses personnes se sont battues en France pendant des siècles pour pouvoir voter, tu dois donc aller voter par devoir, par hommage à ces combattants.

Deuxièmement, tu dois aller voter car tu dois donner ton avis sur les choix politiques importants qui vont engager notre génération pour de longues années. Si tu n'exprimes aucune volonté cela veut dire que tu es d'accord avec tous les choix qui pourront être faits par d'autres. Tu es donc prêt à tout accepter ?

Méthode

Toutes les réponses seront valorisées du moment qu'elles exposent clairement des arguments pour inciter un jeune à aller voter. Vous pouvez bien sûr vous inspirer des arguments des documents mais il ne faut pas les recopier. Utilisez surtout vos connaissances mais aussi pourquoi pas vos convictions personnelles.

Enfin, si tu ne vas pas voter, si tu n'accomplis pas ton devoir de citoyen, tu mets la démocratie en danger. En effet si les gouvernants ne sont élus que par une petite partie de la population, ils perdent leur légitimité et donc leur capacité à agir, et la démocratie représentative ne fonctionne alors plus.

Cahier SPÉCIAL ORAL

ORAL

SUJET 1 100 pts 15 min

Doc. Otto Dix, *Les Joueurs de skat*, 1920

Huile sur toile et collage, Galerie nationale, Berlin.

Projet

› Parmi les œuvres étudiées lors du Parcours d'Éducation Artistique et Culturelle, j'ai choisi de vous présenter *Les Joueurs de skat*, d'Otto Dix.

Parcours PEAC

Objectif du projet Montrer l'engagement d'un artiste contre la guerre

PREMIÈRE PARTIE DE L'ÉPREUVE

Seul : 5 min

En groupe : 10 min

▶ Présenter l'artiste

Otto Dix (1891-1969), peintre allemand, engagé dans l'artillerie en 1914. Il sort traumatisé de la guerre puis devient professeur d'art. Il participe au mouvement **expressionniste** dans lequel **les artistes expriment la réalité selon leurs sentiments** dans une peinture agressive et angoissante qui critique la société. Considéré comme un artiste « dégénéré » par les nazis, il est interdit et certaines de ses œuvres sont brûlées.

▶ Replacer l'œuvre dans son contexte

En 1920, l'Europe sort avec peine de la **Première Guerre mondiale**. Les sociétés sont encore traumatisées par celle-ci et les traces de cette guerre sont présentes dans la vie quotidienne (destructions, blessés, commémorations...). Cette guerre fait plus de 10 millions de morts et 6 millions de « **gueules cassées** » qui peinent à retrouver une vie normale.

▶ Décrire le tableau

- Observez attentivement le **décor** pour mettre en évidence certains détails significatifs : lampe, porte-manteau vide, journaux allemands...
- Décrivez précisément les trois **personnages** : chaque élément peut être significatif, que ce soit dans les mutilations, les attitudes, les vêtements... Demandez-vous toujours quelle a été l'**intention de l'artiste**.

▶ Expliquer la signification de l'œuvre

- Appuyez-vous sur votre description pour **interpréter le tableau**. Chaque détail a été choisi par le peintre : pour quelles raisons ?
- Pensez à **faire des liens avec d'autres œuvres** que vous connaissez et à montrer pourquoi vous considérez Otto Dix comme un artiste « engagé ».

▶ Exposé

Au second plan, un lampadaire où l'on voit une **tête de mort** éclaire la scène. Au-dessus des hommes sont affichés des **articles de journaux** allemands qui font référence à la guerre. Sur la droite se trouve un porte-manteau vide.

Au centre, les trois personnages assis autour d'une table jouent aux cartes.

Le personnage de gauche : Amputé du bras droit, il a une main articulée à gauche. Il tient ses cartes avec son pied. Une prothèse remplace sa jambe à partir du genou. De son oreille part un étrange dispositif auditif. Son visage est **mutilé** (œil, joue, cuir chevelu...).

Le personnage du centre : Ses jambes sont remplacées par deux prothèses. Sa face gauche est mutilée (œil de verre, absence d'oreille, joue...) La peau est absente de son cou et de sa tête où se dessine le corps d'une femme. Il n'a plus de bras et se sert de sa mâchoire pour tenir ses cartes.

Le personnage de droite: Il n'a plus de jambes, son bras droit est mécanique, sa mâchoire est une prothèse, son nez coupé est caché par un bandeau. Il porte une Croix de fer: distinction honorifique des soldats allemands.

Les couleurs tournent autour du verdâtre, noir, et bleu foncé, à l'exception des visages. **Les lignes du tableau sont très confuses**: elles sont cassées.

> **Pour présenter votre exposé vous pouvez réaliser un diaporama.**
>
> • **Ne rédigez surtout pas de phrases sur le diaporama**: vous seriez tenté de lire et vous perdriez des points sur votre évaluation de l'oral.
>
> • **Montrez bien sur l'image les éléments que vous décrivez à l'oral**: vous connaissez l'œuvre, mais le jury pas toujours.

Les **mutilations** renvoient bien sûr à la violence subie pendant la guerre mais aussi à l'impuissance des médecins à réparer les corps. Les prothèses deviennent une sorte de camouflage pour tenter de rendre invisibles les destructions subies par ceux que l'on appelle les «**Gueules cassées**». Les joueurs **montrent leurs jeux** car «les jeux sont faits»! Ces derniers étaient **truqués** (cartes identiques). Les **cartes sont retournées** comme les enveloppes corporelles. L'absence des membres inférieurs, remplacés par des jambes de bois articulées, transforme ces trois personnages en caricatures proches de **marionnettes**. Ils sont difformes et ne maîtrisent pas leur destin: quelqu'un tire les ficelles pour eux… **la mort qui les regarde**?

À l'heure de la mise à l'honneur des anciens combattants et de la valorisation de la guerre, **Otto Dix prend clairement position contre la guerre**, en dénonçant ses horreurs. Il reprend ici un thème très connu, *Les Joueurs de cartes*, peints par **Cézanne** en 1890, en transformant une scène banale de la vie quotidienne en scène d'horreur de l'après-guerre. Le peintre **Fernand Léger**, soldat de la Première Guerre mondiale, traite le même thème en 1917 dans son tableau *La Partie de cartes* qui montre une déshumanisation entraînée par cette guerre moderne. Enfin, ce tableau trouve des échos dans de nombreux textes sur les gueules cassées, notamment le roman *La Chambre des officiers* de **Marc Dugain** (1998), qui retrace le parcours d'Adrien Fournier, jeune officier blessé au visage dès 1914, qui se réveille dans un hôpital parisien où il passera cinq ans avec d'autres «gueules cassées».

SECONDE PARTIE DE L'ÉPREUVE 5 à 10 min

▶ Entretien avec les examinateurs

Voici des questions que pourrait vous poser le jury:

- Pourquoi avez-vous choisi cette œuvre?
- Dans quel contexte historique cette œuvre est-elle née?
- Pourriez-vous établir des liens avec d'autres œuvres sur le même thème?

SUJET 2 100 pts 15 min

Doc. Eras, *Rappeur entouré de crânes*, 2008

Peinture murale éphémère, rue Ordener, Paris, XVIIIe arrondissement.

Projet

› Parmi les parcours et les EPI que nous avons étudiés pendant le cycle 4, j'ai choisi de vous présenter l'œuvre d'art *Rappeur entouré de crânes* d'Eras.

EPI Culture et création artistique

Discipline Français – Histoire des arts

Titre du projet Eras, *Rappeur entouré de crânes*

Objectif du projet Analyser une peinture murale éphémère

PREMIÈRE PARTIE DE L'ÉPREUVE

Seul : 5 min

En groupe : 10 min

▶ Replacer l'œuvre dans son contexte

• **Le lieu d'exposition de la peinture** est important ici car il est indissociable de l'œuvre. Elle a été réalisée dans le XVIIIe arrondissement de Paris sur un mur de la rue Ordener.

- Depuis 2003, c'est un mur d'expression libre qui accueille des fresques éphémères, les œuvres étant vite recouvertes par de nouveaux graffitis.

▶ Décrire la scène

- Demandez-vous ce que l'artiste a voulu représenter à travers sa peinture. Commencez par **identifier le personnage** au centre de l'œuvre.
- Il peut également être utile de vous interroger sur **la mise en scène des relations entre les personnages**: ici, le pantin et la main du marionnettiste.
- Dans cette œuvre, **le décor fait partie intégrante de la scène**. Observez attentivement les crânes et décrivez les différents éléments qui les caractérisent.

▶ Expliquer la signification de l'œuvre

- Pour expliquer une œuvre, il vous faut **identifier les symboles** et les interpréter. Par exemple, les crânes, les billets, la fumée ou encore le bijou au cou du pantin.
- Pensez à **faire des liens** entre les thèmes traités dans l'œuvre présentée et d'autres œuvres que vous connaissez.

▶ Exposé

Cette œuvre intitulée ***Rappeur entouré de crânes*** est une **peinture murale réalisée par le graffeur Eras en 2008**. Elle se trouve sur le mur de la rue Ordener, dans le XVIIIe arrondissement de Paris. L'auteur est un « graffeur » qui signe « Eras » et participe au street art ou art urbain, mouvement artistique contemporain qui existe depuis les années 1960. Le street art regroupe toutes les formes d'art réalisées dans la rue ou dans des endroits publics, et comprend diverses techniques telles que le graffiti, le pochoir ou les stickers. C'est un art éphémère vu par un très large public.

Sur la peinture, la main d'un **marionnettiste** aux doigts violets fait danser un **rappeur-pantin** de bois à la tête baissée, coiffé d'une casquette et tenant dans une main un micro et dans l'autre des **billets** de 500 euros. Son cou est orné d'un **lourd collier en or** et d'une médaille en forme d'euro.

> **La partie « décrire » ne doit pas être trop longue**: ne faites pas une liste sans fin de chaque détail, mais relevez les éléments les plus importants que vous pourrez expliquer.

À gauche, des **crânes** sont entassés et portent les marques de morts violentes: l'un est poignardé, l'autre présente un impact de balle en plein front, un troisième est transpercé par un os, et du dernier, ouvert en son sommet, sortent des billets de 500 euros. À droite, on voit d'autres crânes aux **allures menaçantes**, tous sont brisés et laissent s'échapper une fumée blanchâtre.

Le rappeur est manipulé par un marionnettiste dont les doigts ont tellement touché l'argent qu'ils ont la couleur des billets de 500 euros. Le chanteur en récupère quelques-uns pour se donner une **illusion de réussite** : celle-ci est symbolisée par un bijou *bling-bling,* signe extérieur de richesse ostentatoire et éloigné des véritables valeurs artistiques. On peut donc voir dans ce graff une **œuvre de contestation**, dénonçant les dérives du show-business qui oublie trop souvent le spectacle au profit du « business ».

Cependant, le rappeur devient vite **esclave de cette richesse qui l'enchaîne** et l'attire inexorablement vers le sol… et vers **la mort qui sera la véritable gagnante,** puisque c'est dans le crâne que s'entassent les billets violets.

Cette peinture murale reprend ainsi tous les thèmes des tableaux baroques appelés **vanités**, qui suggèrent par de nombreux symboles que l'existence humaine est « vaine », c'est-à-dire vide, fragile et soumise aux apparences. Selon la devise latine *memento mori* (« souviens-toi que tu vas mourir »), l'homme ne doit pas oublier qu'il est mortel pour ne pas perdre son temps à de vaines activités. Les symboles usuels des vanités sont bien présents ici : **la vanité des richesses** (argent, bijoux), **la fragilité de la vie humaine** (crânes, fumée, armes), **la vanité des plaisirs** (le micro symbolisant la musique). Enfin, le street art, par essence éphémère, puisque destiné à être bientôt recouvert, est une sorte de **mise en abyme du caractère transitoire de la vie humaine**, thème majeur des vanités.

SECONDE PARTIE DE L'ÉPREUVE 5 à 10 min

▶ Entretien avec les examinateurs

Voici des questions que pourrait vous poser le jury :

- Pourquoi avez-vous choisi de nous présenter cette œuvre ?
- Dans quelle tradition de l'histoire de l'art peut-on inscrire cette œuvre ?

▶ Pistes de réponses

- J'ai choisi cette œuvre parce que je suis sensible à toutes les formes d'art urbain (graffitis, slam, rap…) qui s'adressent de façon explicite à tout le monde. Ce sont des œuvres éphémères, mais qui ont un très large écho. J'aime aussi l'idée que l'art vienne à notre rencontre sans que l'on ait soi-même décidé du moment (à la différence de la visite d'un musée, par exemple).

- Cette œuvre s'inscrit dans un parcours culturel qui montre la permanence de certaines grandes questions humaines que l'on retrouve à travers différentes formes d'expression artistique. Les vanités interrogent sur le rapport de l'homme au temps et sur la meilleure façon d'en profiter. Cette œuvre invite à se recentrer sur l'essentiel, qui doit primer sur une certaine « tyrannie » des apparences. On retrouve d'ailleurs ce thème dans la poésie dès l'antiquité avec le *Carpe Diem* d'Horace, plus tard avec les sonnets de Ronsard et au XXe siècle sous la plume de Queneau dans sa chanson « Si tu t'imagines ».

SUJET 3 100 pts 15 à 25 min

L'accès à l'eau potable

Projet

› Parmi les parcours et les EPI que nous avons étudiés tout au long du cycle 4, nous avons choisi de vous expliquer pourquoi l'accès à l'eau potable est une nécessité pour les êtres humains. Puis nous avons étudié ce qui pourrait être fait pour améliorer l'accès à l'eau potable dans les camps pour réfugiés ou migrants.

EPI Sciences, technologie et société

Disciplines Physique-Chimie et SVT

Titre du projet L'accès à l'eau potable

Contenu du projet Recherche et exploitation de documents scientifiques liés à une problématique sociétale

Doc. 1 Les camps pour réfugiés ou migrants dans le monde

Traquées par la guerre, la misère ou les tragédies humanitaires, douze millions de personnes vivent regroupées dans des camps pour réfugiés ou migrants partout dans le monde [...] « De la bâche plastique à l'ingénierie urbaine, en passant par les villages consolidés ou les quartiers pérennisés, les camps sont l'enjeu d'une architecture spécifique et variée », estime l'anthropologue Michel Agier. Contre toute attente, l'urgence humanitaire ne rime pas nécessairement avec anarchie et désordre. Ainsi, agissant en véritable maître d'œuvre, le Haut-Commissariat des Nations Unies pour les réfugiés (HCR) requiert désormais l'intervention de spécialistes dès la fondation d'un camp, afin de rationaliser au mieux les installations.

D'après « Recherches : Camps et réfugiés : un monde de transformations », *Sciences au Sud*, n° 77.

Doc. 2 Les actions des associations humanitaires

En Somalie comme dans d'autres pays, l'eau potable manque dans les camps pour réfugiés ou migrants. Des actions sont alors mises en œuvre par des associations humanitaires :

– travaux et actions permettant aux populations d'avoir accès à de l'eau potable (construction et réhabilitation de puits, distribution de filtres en céramique, distribution d'eau par camion, création et maintenance d'un stock de plaquettes de chlore distribuées en cas d'urgence) ;

– travaux assurant aux populations une meilleure situation sanitaire (construction de latrines[1], organisation de séances de promotion à l'hygiène, distribution de kits de première nécessité non alimentaires).

1. W.-C.

D'après www.solidarites.org/missions/Somalie/action-humanitaires.html

Doc. 3 Les maladies liées à l'eau

Dans la nature, l'eau n'est pas toujours source de vie, loin s'en faut. Elle véhicule en particulier nombre de micro-organismes, bactéries et virus en tout genre, qui y vivent et s'y développent, ainsi que nombre de parasites qui ont besoin d'eau pour vivre ou se reproduire. Or de tels organismes peuvent engendrer des maladies parfois graves lorsqu'ils pénètrent dans le corps humain. L'eau est ainsi le vecteur de transmission privilégié de ces maladies que l'on dit hydriques.

Les micro-organismes abondent dans les eaux souillées par les déjections animales et humaines, et leur transmission à l'Homme se fait par simple ingestion d'eau infectée. Ils se propagent donc rapidement dans les pays qui ne disposent pas de bonnes conditions d'hygiène. Certaines bactéries déclenchent de fortes diarrhées. Aujourd'hui, ces épidémies sont surtout le drame des pays chauds qui ne disposent pas de latrines septiques, ni de traitements des eaux. Dans ces conditions en effet, les matières fécales des personnes malades contaminent rapidement les eaux de boisson consommées par les personnes saines […].

Ces maladies hydriques sont à l'origine de la mortalité très élevée des populations des pays en voie de développement. Dans le monde, environ 6 millions d'enfants meurent chaque année des suites de gastro-entérites et 100 millions de personnes souffrent en permanence de gastro-entérites hydriques. La raison principale de cette situation catastrophique est la pauvreté. Nombre de populations ne disposent pas d'eau potable, les aménagements indispensables aux traitements des eaux usées et à la fabrication d'eau potable étant trop coûteux, ni même des soins que ces affections nécessitent, les infrastructures médicales n'étant pas suffisantes.

D'après http://www.cnrs.fr, CNRS : Centre national de recherches scientifiques

Doc. 4 Dispositifs de traitement de l'eau

Les filtres céramiques pour le traitement des eaux sont en usage depuis plusieurs siècles [...] Ils ont souvent la forme d'un pot de fleur ou d'un bol et sont imprégnés de fines particules colloïdales[1] en argent servant de désinfectant et empêchant la prolifération des bactéries dans le filtre. [...] Les tests en laboratoire ont montré que ces dispositifs, s'ils sont bien conçus et bien fabriqués, peuvent éliminer ou désactiver presque toutes les bactéries et parasites protozoaires. Leur efficacité contre les virus est inconnue.

Le nettoyage et la maintenance du filtre sont critiques: [...] il est recommandé d'y joindre un programme éducatif sur un stockage salubre, le nettoyage du filtre et d'autres actions recommandées.

Les avantages des filtres céramiques sont leur facilité d'emploi, leur longue durée de vie (s'ils ne se cassent pas) et leur coût relativement bas. Les inconvénients comprennent une possible recontamination de l'eau conservée sans chlore résiduel et un débit faible, en général un à deux litres par heure.

1. Solution liquide contenant un corps dispersé sous forme de particules minuscules en suspension.

D'après http://drinking-water.org, site Internet de l'Académie nationale des sciences, Washington, USA

Doc. 5 Quelques paramètres de potabilité d'une eau

Pour être consommée, l'eau doit répondre à des critères de qualité très stricts :

Paramètres	Critères de qualité	Normes
Micro-biologiques	– Parasites – Virus – Bactéries	Présence non tolérée
Chimiques	– Sels minéraux – Substances chimiques toxiques	– Présence possible – Normes très sévères (quantités très limitées)
Physiques et gustatifs	– Aspect – Saveur, odeur	– Limpide – Non désagréables

D'après http://www.lesagencesdeleau.fr

PREMIÈRE PARTIE DE L'ÉPREUVE

Seul : 5 min

En groupe : 10 min

▶ L'essentiel à savoir

- Les **critères de potabilité** d'une eau portent sur les **paramètres microbiologiques, chimiques, physiques et gustatifs** de cette eau.
- Les **micro-organismes** sont des organismes microscopiques, généralement unicellulaires, tels que les bactéries et les champignons microscopiques.
- Certains micro-organismes sont **pathogènes** et peuvent provoquer des maladies.
- Les **virus** sont de taille beaucoup plus petite que les micro-organismes.
- Un **parasite** vit aux dépens d'un individu chez lequel il provoque des troubles plus ou moins importants en consommant ses tissus et ses molécules.
- La **contamination** est l'envahissement d'un organisme vivant ou d'un milieu par des micro-organismes.
- Des **filtres céramiques** peuvent être employés pour traiter l'eau dans les pays en voie de développement. Ils permettent d'éliminer la plupart des parasites et des bactéries, mais leur efficacité sur la destruction des virus présents dans l'eau n'est pas démontrée.
- Des **pastilles de chlore** permettent d'éviter une **contamination** trop rapide de l'eau traitée.

▶ Exploiter les documents

- **Doc. 1 :** sa lecture permet de se rendre compte du nombre de réfugiés ou de migrants en 2015. Ce nombre a malheureusement augmenté aujourd'hui.
- **Doc. 2 :** il précise quelques actions menées par des associations humanitaires dans des camps pour réfugiés ou migrants.
- **Doc. 3 :** il décrit les maladies dues à l'eau polluée et donne des informations sur les modes de contamination de cette eau.
- **Doc. 4 :** plusieurs dispositifs de traitement de l'eau adaptés aux pays en voie de développement sont détaillés dans ce document.
- **Doc. 5 :** plusieurs paramètres de potabilité d'une eau sont donnés dans ce document.

▶ Préparer un exposé

Exposez la problématique et la méthodologie suivie. Expliquez pourquoi vous avez choisi d'étudier l'accès à l'eau potable dans les camps pour réfugiés ou migrants, puis comment vous avez travaillé pour rechercher et analyser les documents présentés précédemment.

Répondez à la problématique. Le jury attend un exposé en deux parties :

I. Pourquoi l'accès à l'eau potable est-il une nécessité pour les êtres humains ?

II. Comment améliorer l'accès à l'eau potable dans les camps pour réfugiés ou migrants ?

▶ Exposé

Comme vous le savez, **plus de douze millions de personnes**, traquées par la guerre, la misère ou les tragédies humanitaires, **doivent vivre dans des camps pour réfugiés ou migrants**. La **situation** de ces populations est **souvent préoccupante en matière d'accès à l'eau potable**. Nous avons donc décidé d'étudier l'importance de l'accès à l'eau potable pour les êtres humains avant de nous intéresser à son acheminement dans les camps pour réfugiés ou migrants de certains pays du Sud notamment. Pour cela, nous avons recherché des documents portant sur ce sujet avant de les analyser et d'en faire une synthèse que nous vous présentons aujourd'hui.

L'astuce du prof
Prenez le temps de bien expliquer pourquoi vous avez choisi de présenter cet EPI.

La consommation d'eau non potable entraîne de très **nombreuses maladies graves** comme des gastro-entérites et des diarrhées qui **tuent** énormément de **personnes**, déjà affaiblies par la dénutrition. D'après un document du CNRS traitant des maladies liées à l'eau, environ **6 millions d'enfants meurent chaque année dans le monde suite à ces maladies hydriques**. En effet, les habitants de certains pays disposent de très peu de latrines septiques et ne sont pas en mesure de traiter l'eau, ce qui explique les micro-organismes, les parasites et les virus retrouvés dans l'eau consommée, en raison notamment de la présence dans l'eau de matières fécales de personnes malades.

Gagnez des points !
Reprenez dès que possible les données chiffrées des documents.

Malheureusement, dans les pays du Sud, comme la Somalie, l'eau potable manque souvent dans les camps pour réfugiés et migrants, et l'eau utilisée par les populations pour boire ou se laver peut être souillée. Les normes de potabilité ne sont pas respectées et des parasites, des virus et des bactéries sont présents dans l'eau. Il est donc indispensable de traiter cette eau souillée qui est un vecteur très important de maladies. Pour cela, **des filtres céramiques** peu coûteux et relativement simples d'utilisation permettent d'éliminer la plupart des parasites et des bactéries dans l'eau. Leur efficacité sur la destruction des virus présents dans l'eau n'est toutefois pas démontrée, et des intervenants doivent être formés pour éduquer la population à l'utilisation correcte de ce matériel. De plus, l'envoi de ce matériel doit être accompagné de **plaquettes de chlore** qui permettent de **mieux conserver l'eau déjà filtrée** et qui peuvent peut-être mieux traiter l'eau en éliminant éventuellement les virus (des tests devront être mis en place pour le vérifier). Cependant, si l'envoi de ce matériel pour traiter les eaux polluées est indispensable pour pallier les situations d'urgence, ce traitement des eaux avec des filtres à céramiques et du chlore n'est pas satisfaisant à long terme. En effet, l'eau traitée contient encore des virus et peut-être d'autres substances chimiques toxiques. Pour améliorer cette situation à plus long terme et pour éviter

Méthode
Pour vous faire bien comprendre, utilisez des marqueurs langagiers forts pour accentuer vos propos.

au maximum la pollution des eaux, il est alors nécessaire :

– de **construire des latrines** afin d'éviter que les déjections polluent l'eau et de limiter la propagation de germes d'origine fécale ;

– de **construire ou** de **réhabiliter des puits** pour augmenter le nombre d'accès directs à l'eau potable. Cela permettrait aussi de mieux irriguer les cultures afin d'améliorer le rendement des surfaces agricoles ;

– de **distribuer des notices d'éducation** à l'hygiène pour que les habitants comprennent mieux le lien entre les déjections dans l'environnement, la pollution des eaux et les maladies hydriques ;

– d'**augmenter le nombre de personnels** soignants et non soignants dans les camps pour réfugiés et migrants afin d'accompagner, de soigner et de former les populations.

> **L'astuce du prof**
> Ne mélangez pas les différentes parties de votre argumentation : parlez d'abord des mesures d'urgence avant de développer les solutions plus pérennes.

> **Gagnez des points !**
> Lors de l'exposé des solutions, faites des pauses respiratoires pour éviter un effet « catalogue » indigeste.

En espérant vous avoir convaincu de l'urgence de la situation, nous vous remercions pour votre écoute attentive.

DEUXIÈME PARTIE DE L'ÉPREUVE

Seul : 10 min
En groupe : 15 min

▶ Entretien avec les examinateurs

Voici des questions que pourrait vous poser le jury :

- Où y a-t-il des camps pour réfugiés ou migrants ?
- Pourquoi ne doit-il pas y avoir de parasites dans une eau potable ?
- Pourquoi les filtres céramiques ne permettent-ils pas d'éliminer les virus ?

▶ Pistes de réponses

Les réponses aux questions posées par les examinateurs peuvent être les suivantes :

- Il y a malheureusement des camps de réfugiés ou migrants **partout dans le monde** : en Afrique, en Europe, en Asie, en Amérique…
- Il ne doit pas y avoir de parasites dans une eau potable, car ils occasionnent des **troubles plus ou moins importants** dans les organismes des êtres vivants en consommant leurs tissus et leurs molécules.
- Les filtres céramiques ne permettent pas d'éliminer les virus, car ces derniers sont **beaucoup plus petits** que les micro-organismes.

SUJET 4 100 pts 15 à 25 min

Les métiers de l'informatique

Projet

› Parmi les parcours et les EPI que nous avons étudiés tout au long du cycle 4, nous avons choisi de reprendre le travail que nous avons effectué dans le cadre des parcours Avenir en vous présentant différents métiers dans le domaine de l'informatique, ainsi que les compétences à acquérir au collège pour les exercer.

Parcours Avenir

Titre du projet Les métiers de l'informatique

Contenu du projet Connaître les compétences à acquérir pour travailler dans l'informatique

Doc. 1 Technicien(ne) de maintenance en informatique

Une carte son à changer ? Un ordinateur à installer ? Un écran noir ? Polyvalent, le technicien de maintenance en informatique est capable de faire face à de nombreux problèmes. Et ce, avec le plus de rapidité et d'efficacité possible.

Pour devenir technicien de maintenance en informatique, un métier qui ne connaît pas la crise, les formations se situent à plusieurs niveaux : bac professionnel, bac + 2 ou 3. Actuellement, ce dernier a souvent la préférence des recruteurs. La maîtrise de l'anglais technique est requise.

Après la 3e : Bac pro SEN (systèmes électroniques numériques), spécialité télécommunications et réseaux.

Après le baccalauréat :

- BTS systèmes numériques ou services informatiques aux organisations ;
- BUT informatique, réseaux et télécommunications ou génie électrique et informatique industrielle ;
- DEUST maintenance et installation de réseaux ;
- Licence professionnelle, mention métiers de l'informatique.

D'après http://www.onisep.fr/Ressources/Univers-Metier/Metiers/technicien-technicienne-de-maintenance-en-informatique

Doc. 2 Entretien avec un ingénieur informatique dans le domaine du traitement d'images

Dans le domaine du traitement d'images, Pierre, ingénieur informatique en recherche et développement, est amené à développer des algorithmes, des applications et à concevoir des systèmes d'acquisition (éclairage, caméra). Les applications sont variées : réalité augmentée, robotique, biométrie, imagerie médicale, etc.

Quelles sont les compétences requises pour exercer le métier d'ingénieur informatique ?

L'informaticien résout des problèmes techniques et scientifiques tout en utilisant le travail réalisé par des millions d'autres informaticiens à travers le monde. L'évolution constante et l'émergence de nouvelles technologies imposent de se former en continu et d'acquérir de nouvelles compétences : nouveau langage informatique, nouveau système d'exploitation, etc.

Dans ce métier, il est également très important de savoir chercher de l'information sur Internet et de maîtriser l'anglais scientifique, qui est la langue d'échange dans ce milieu.

Quelle formation avez-vous suivie ?

Après un baccalauréat scientifique, j'ai continué mes études à l'université. J'y ai obtenu un Master en « Systèmes Intelligents et Communicants » recouvrant des domaines tels que l'informatique embarquée et le traitement du signal et de l'image.

En quoi vos connaissances scientifiques sont-elles utiles dans votre pratique quotidienne ?

Je travaille dans le secteur de la biométrie et plus particulièrement dans celui de la reconnaissance d'iris de l'œil. Le système d'acquisition utilisé pour la reconnaissance d'iris est constitué d'une caméra et d'un éclairage spécifique, ce qui permet de distinguer la texture de l'iris, même pour les gens ayant les yeux sombres. S'en suit une étape de détection de l'iris dans l'image, basée sur des algorithmes de traitement d'images. D'autres algorithmes permettent de comparer cet iris à un ou plusieurs millions d'autres iris sur un smartphone, un ordinateur ou un supercalculateur.

Qu'aimez-vous dans votre métier ?

La diversité : je peux travailler sur des sujets très variés, dans différents domaines d'application et pour différents supports (téléphones, robots, caméras, etc.). Au quotidien, je développe de nouvelles applications qui seront utilisées par des centaines de personnes.

PREMIÈRE PARTIE DE L'ÉPREUVE

Seul : 5 min

En groupe : 10 min

▶ L'essentiel à savoir

- Une **carte son** est une carte d'extension d'un ordinateur. La principale fonction de cette carte est de gérer tous les sons reçus ou émis par l'ordinateur, pour les envoyer vers les haut-parleurs. Cette carte se présente sous la forme d'un périphérique que l'on peut connecter à l'ordinateur.
- Un **algorithme** est une suite d'opérations ou d'instructions qui permettent de résoudre un problème.
- Un **système d'exploitation** est un ensemble de programmes qui dirige l'utilisation des capacités d'un ordinateur. C'est l'intermédiaire entre le système informatique et les logiciels utilisés par les êtres humains.
- Un **œil** est constitué notamment d'un **iris**, qui limite la lumière pénétrant dans l'œil par la pupille.

▶ Exploiter les documents

- **Doc. 1 :** ce document de l'Onisep précise les différentes formations que l'on peut suivre pour devenir technicien(ne) de maintenance informatique.
- **Doc. 2 :** l'entretien avec Pierre, ingénieur informatique, permet de mieux comprendre la réalité de son métier.

▶ Préparer un exposé

Exposez la problématique et la méthodologie suivie. Expliquez pourquoi vous avez choisi d'étudier les métiers de l'informatique, puis comment vous avez travaillé dans votre parcours Avenir pour rechercher des documents et pour réaliser l'entretien avec Pierre, ingénieur informatique.

Répondez à la problématique. Pour cet exposé, le jury attend un exposé en deux parties :

I. Les différents métiers de l'informatique

II. Les compétences à acquérir au collège pour pouvoir travailler plus tard dans l'informatique

▶ Exposé

L'informatique recrute ! Nous nous sommes donc intéressé(e)s à ce **secteur porté par des innovations constantes** : robots programmés en médecine, logiciels de commande d'avion, système de commerce électronique… Pour cela, nous avons recherché des documents au CDI avec le professeur documentaliste sur les métiers de l'informatique et nous avons également rencontré Pierre, un ingénieur informatique dans le domaine du traitement d'images.

> **Gagnez des points !**
> N'hésitez pas à insister sur les initiatives que vous avez prises en dehors du collège, par exemple la rencontre avec un(e) ingénieur(e) informatique.

Présent dans tous les domaines et porté par les innovations technologiques, le secteur informatique **génère de nombreux débouchés**. **Du niveau baccalauréat au niveau bac + 5**, les informaticiens sont recherchés pour leurs connaissances pointues dans un domaine en **perpétuelle évolution**.

En effet, des bureaux d'étude aux services administratifs, en passant par les usines et les hôpitaux, les entreprises ne fonctionneraient plus sans l'informatique. Les logiciels interviennent pendant la conception et la fabrication des produits et gèrent également des flux d'information à travers le monde (achats de matières, stocks, ventes, congés, paies, etc.). Internet a également permis le développement du commerce électronique, du multimédia et des jeux vidéo. Ainsi, de nombreuses embauches sont attendues dans les années à venir, notamment dans le Web et le e-commerce. Aujourd'hui, près de la moitié des informaticiens travaillent pour des éditeurs de logiciels ou des sociétés de services. Les autres exercent pour des entreprises qui mettent l'informatique au service de leurs métiers, notamment le secteur public avec l'e-administration (déclaration sur Internet, dossier médical informatisé dans les hôpitaux…), la bancassurance, les transports, l'énergie… **Derrière le terme « informaticien » se cache donc aujourd'hui une multitude de métiers, au niveau technicien ou ingénieur**.

> **L'astuce du prof**
> Ne cherchez pas à être exhaustif. Le but n'est pas de faire la liste de tous les métiers existants liés à l'informatique.

Si l'on souhaite s'orienter vers les métiers de l'informatique, il faut **acquérir dès le collège de nombreuses compétences**. Par exemple, **en mathématiques et en technologie**, il est indispensable de comprendre toutes les parties du programme sur la **programmation informatique**. Il est nécessaire de **savoir écrire, mettre au point et exécuter un programme,** mais aussi de **comprendre le fonctionnement d'un réseau informatique**, c'est-à-dire d'être capable :

– d'analyser les composants et l'architecture d'un réseau ;

– d'**étudier les notions de protocole, d'organisation de protocoles en couche, d'algorithme de routage ;**

– de comprendre le fonctionnement d'Internet...

De plus, si l'acquisition de ces compétences scientifiques est indispensable, cela n'est pas suffisant. Il faut absolument **travailler le français mais aussi l'anglais** pour être **capable de communiquer** convenablement avec l'ensemble de ses interlocuteurs. Enfin, de façon générale, il est important de travailler l'ensemble des disciplines enseignées au collège, car il est nécessaire aujourd'hui d'avoir au minimum le baccalauréat ou un bac + 2 pour travailler dans le secteur informatique.

Gagnez des points !
N'oubliez pas de parler de toutes les compétences nécessaire pour devenir informaticien(ne).

En conclusion, ce travail sur les métiers de l'informatique a conforté notre idée de travailler dans ce secteur plus tard, ce qui nous a motivé(e)s encore davantage pour obtenir de bons résultats au collège !

L'astuce du prof
Indiquez au jury que vous finissez votre exposé en commençant votre dernière phrase par « en conclusion ».

DEUXIÈME PARTIE DE L'ÉPREUVE

Seul : 10 min

En groupe : 15 min

▶ Entretien avec les examinateurs

Voici des questions que pourrait vous poser le jury :

- Faut-il forcément suivre des études scientifiques pour travailler dans l'informatique ?
- Les métiers de l'informatique sont-ils réservés aux garçons ?
- Qu'est-ce que la biométrie ?

▶ Pistes de réponses

Les réponses aux questions posées par les examinateurs peuvent être les suivantes :

- Pour travailler dans l'informatique, il faut **suivre des études scientifiques** pour être ingénieur, technicien ou développeur informatique. Cependant, il existe des **exceptions** : une personne ayant fait des études artistiques peut travailler dans le domaine informatique pour rédiger un scénario ou pour créer les personnages d'un jeu vidéo par exemple.
- Comme quasiment tous les métiers aujourd'hui, l'informatique n'est **pas réservée aux garçons**. Les filles peuvent réussir aussi bien que les garçons dans ce milieu.

• La biométrie signifie « **mesure du vivant** » ; elle désigne dans un sens très large l'étude quantitative des êtres vivants. L'usage de ce terme se rapporte aujourd'hui de plus en plus à l'usage de techniques informatisées à des fins de **reconnaissance, d'authentification et d'identification**, comme la reconnaissance de l'iris d'un œil, tel que cela est expliqué par Pierre, l'ingénieur informatique.

Méthode

Écoutez bien les questions posées par le jury et n'hésitez pas à le faire répéter si vous n'êtes pas sûr(e) d'avoir bien compris.

Notes

Dépôt légal : août 2023 - N° de projet : 10290497
Imprimé en France par Maury-Imprimeur
45330 Malesherbes
N° d'imprimeur : 271527

IMPRIM'VERT
Votre imprimeur agit pour l'environnement